经典阅读文选

主编 陈丽萍 文革红 冷淑敏

副主编 胡 蓉 田秀娟 欧阳伟 徐彩云 张庆胜

ZHEJIANG UNIVERSITY PRESS
浙江大学出版社
·杭州·

图书在版编目(CIP)数据

经典阅读文选 / 陈丽萍，文革红，冷淑敏主编. —
杭州：浙江大学出版社，2022.9(2025.1重印)
ISBN 978-7-308-22960-9

Ⅰ. ①经… Ⅱ. ①陈… ②文… ③冷… Ⅲ. ①文学欣
赏－高等学校－教材 Ⅳ. ①I06

中国版本图书馆 CIP 数据核字(2022)第 154124 号

经典阅读文选
JINGDIAN YUEDU WENXUAN

陈丽萍　文革红　冷淑敏 主编

策划编辑　曾　熙
责任编辑　曾　熙
责任校对　陈丽勋
封面设计　春天书装
出版发行　浙江大学出版社
　　　　　（杭州市天目山路 148 号　邮政编码 310007）
　　　　　（网址：http://www.zjupress.com）
排　　版　杭州朝曦图文设计有限公司
印　　刷　广东虎彩云印刷有限公司绍兴分公司
开　　本　787mm×1092mm　1/16
印　　张　16
字　　数　400 千
版 印 次　2022 年 9 月第 1 版　2025 年 1 月第 2 次印刷
书　　号　ISBN 978-7-308-22960-9
定　　价　49.00 元

浙江大学出版社市场运营中心联系方式：0571-88925591；http://zjdxcbs.tmall.com

前 言

党的二十大报告指出，要"讲好中国故事、传播好中国声音，展现可信、可爱、可敬的中国形象"，"推动中华文化更好地走向世界"。[①]

对语言文字的理解和运用是大学生应该掌握的基本技能之一。在人类文明几千年的发展历程中，灿若星河的文学佳作，就像一颗颗明珠，闪耀着华丽的光芒，带给我们美的享受和感动，依然是值得我们学习和继承的典范。文学作品的价值历久而弥新。我们学习"经典阅读"这门课程的目的，就是要从这些经典的作品中汲取营养，为我所用。

那么，什么样的作品才算是经典呢？或许，能给人精神愉悦的作品、具有美感的作品、具有打动人的力量的作品是经典的作品。"情感所引起的观念越丰富，情感越充满着感觉和情绪，那么，我们觉得所表现的美就越加深刻、越加高贵。"[②]作者和读者之间存在以人性为基础的共同点，这些共同点是作品打动读者的基础，因此，越是反映人性的作品，越能打动读者，才能成为经典作品。文学发展的推动力，乃是人性的不断发展，感情的逐渐丰富、细致，以及由此产生的对文学表现形式的推动、调整和变化。

我们首先把文学作品分为中外两个部分。外国文学部分选取了不同国家、不同体裁的代表性文学作品，而本书的重点在于中国文学部分。由于中国古代时间漫长，我们根据复旦大学章培恒、骆玉明主编的《中国文学史新著》，将古代文学分为上古(先秦)文学、中世(秦至宋末)文学和近世[金末至光绪二十六年(1900)]文学3个时期。1900年以后，中国文学进入现代期。1949年至今为当代文学时期。接下来，我们按照上古文学、中世文学、近世文学、现代文学及当代文学的顺序分别予以说明。

一、上古文学

上古时代是以奴隶制(及其以前的原始公社制)为基础的时期，其下限似应划

---

① 习近平.高举中国特色社会主义伟大旗帜 为全面建设社会主义现代化国家而团结奋斗：在中国共产党第二十次全国代表大会上的报告[N].人民日报，2022-10-26(01).

② 李斯托威尔.近代美学史评述[M].蒋孔阳，译.上海：上海译文出版社，1980.

在封建制形成的前夕。尽管春秋战国之交常被作为我国封建制开始形成的时期，但直到秦始皇建立集权的大帝国之后，专制独裁的封建政体的实质才充分显示出来并影响到文学。这时期还不具备严酷统治的条件，中国的思想和文学都处于较自由的时期，文学还处于自发阶段，基本的功能是给读者以美感，但作家还没有自觉地追求文学的美感。代表作品有《诗经》和《楚辞》两部，具有不同程度文学成分的作品有《山海经》等神话作品，以及先秦诸子散文和历史散文，如《庄子》《战国策》《国语》等。

二、中世文学

中世即中国封建制度的前期，从秦一直到南宋末期。中世文学分为发轫期、拓展期和分化期3个时期。

1. 发轫期：从秦到东汉建安之前的文学时期为中世文学的发轫期，这是中国文学从自发走向自觉的过渡阶段，文学开始对美进行有意识的追求。由于秦汉的严酷统治，《诗经》中"变风""变雅"那种批判精神消失了，屈原作品的抗争之音也听不到了。文学的抒情功能受到严格限制，与此同时，为适应统治阶层的享乐需要，文学的娱乐功能开始得到发展，主要的文学样式为辞赋，秦灭亡以前的重要作品有《楚辞·大招》，而西汉写赋成就最高的作家为司马相如。叙事文学取得重要成就，《神乌赋》是我国民间叙事文学的初祖。文学性的散文开始出现，司马迁的《史记》代表了叙事文学的辉煌成就。诗歌从四言过渡到五言，其中以《古诗十九首》为代表，体现出被压抑的个人对个体生命的珍惜。

2. 拓展期：从东汉建安时期到唐代天宝末期，我们称之为中世文学的拓展期，文学开始进入自觉时期，文学的主体性逐渐凸显，文学的个性和情感得到了较为自由的展现。其标志是曹丕《典论·论文》提出"诗赋欲丽"的主张，对文学的审美功能及其与非文学的区别有了较为成熟的理解。这一时期文学创作一直向上发展，在各方面都取得了重要成就，表现为：文学在内容上取得了开拓性进展；形式上，诗成为主要的文学门类，赋开始退居次要地位；以诗歌为代表的文学样式发展到了令人瞩目的高度，代表作家有王粲、曹操、曹丕、曹植、谢灵运、谢朓、王勃、王维、李白等。晋宋时期，体物大赋渐趋衰弱，抒情小赋则以江淹《别赋》《恨赋》为代表，至唐初，抒情赋也走向了没落。在诗赋以外的散文领域，以抒情、叙事为目的的文学作品日益增多，终于成为一个独立的文学门类，代表作为王羲之的《兰亭集序》、陶渊明的《桃花源记》等。唐初，文学性的散文成为诗以外的第二大文学门类，赋反而在其下了。与此同时，小说成为诗文之外新的文学门类，出现了志怪小说和志人小说，前者以干宝《搜神记》为代表，后者以刘义庆《世说新语》为代表。在志人、志怪小说的基础上产生了唐传奇，小说成为诗文之外的新的文学门类。总之，东汉建安到魏晋南北朝时期是我国文学史上一个划时代的时期，初唐、盛唐文学则是这一时期文学的继续和发展。

3. 分化期：从中唐到南宋末，文学发生了分化，一部分作者遵循前一阶段文学发展的方向继续向前推进，另一部分作家却企图后退。虽然这一时期文学仍向前发展，但文学发展的进程较为迟缓，因而我们称之为中世文学的分化期。唐代的古文运动、新乐府运动、宋诗的感情薄弱成为普遍现象就是典型的例证;与此同时,文学在分化中进一步发展,体现在诗文、唐传奇、讲唱文学和新起的词,代表作家有杜甫、李贺、李商隐、柳永、苏轼、辛弃疾等。随着城市经济的发展,俗文学日益繁盛,很多被保存在敦煌的石窟中。唐代俗文学中的虚构性的叙事作品、唐传奇、宋元"说话"为诸宫调、金元杂剧、明传奇、明清通俗小说的发展提供了丰富的营养。雅俗的结合促使文学进入近世文学的发展阶段。

三、近世文学

近世即中国封建制度的后期,这是具有明显市民色彩的时期。中国的近世文学始于金末元初,至清末结束,乃是近代—现代文学的酝酿期,追求"人性的解放"文学的前奏。对于美的追求无论是在深度或广度上都较中世文学有了更大的发展,主流的文学样式已经从诗歌转为戏曲和通俗小说,文学的自觉性进一步强化,虚构文学取得了日益重要的地位。但近世文学的发展并不是直线前进的,一再出现逆转和徘徊,我们将近世文学的发展划分为萌生期、受挫期、复兴期、徘徊期和嬗变期5个时期。其中,洪武元年(1368)至成化末年(1487)为受挫期。自朱元璋建立明王朝起,文学就进入了一个较为黯淡的时期,萌生期出现的新的文学成分不是夭折就是衰退,只有极少数作品仍能坚持原先的传统,但又常遭无情的摧残。因此,本教材着重选取近世文学其他4个重要时期的作品加以介绍。

1. 萌生期:从金末至元末为近世文学的萌生期。董解元的《西厢记诸宫调》、元好问的作品、关汉卿的杂剧是最早的代表。特征为市民意识在文学中增长;人的个体的独特性、人与环境的矛盾进一步展现;文学语言开始发生变化,出现了用白话写作的文学作品,最突出的代表作为《水浒传》。文学朝着类似五四新文学的方向行进和发展。

2. 复兴期:明代中叶弘治年间(1488—1505)至万历三十年(1602),文学进入复兴期,代表作品有前七子(即李梦阳、何景明、徐祯卿、边贡、康海、王九思、王廷相)的诗文,小说有《西游记》,戏曲有汤显祖《牡丹亭》,以及公安派袁宏道等人的诗文等,个人与环境的冲突、环境对个人的压制,以及人性的复杂性得到进一步的体现,文学的发展达到了高潮。究其原因,一方面,经济的发展达到了前所未有的繁荣程度,市民的影响是促进文学发展的重要因素;另一方面,思想领域出现了王阳明的"良知说"、李贽的"童心说",肯定了人的欲望及追求"富贵利达"的合理性,对束缚人心的"德礼""政刑"加以反对,这就和限制人的欲望的道家有了根本区别,是市民意识的体现,与资本主义初期的启蒙思想有共通之处。万历三十年,随着李贽的被捕自杀和作品的被禁毁,社会危机日益深重,文学高潮开始回落,从那以后,近世文学就处于历时悠久的落潮期了。

3. 徘徊期:万历三十年前后至乾隆十四年(1749),文学的发展处在长期的徘徊之中,表面上处于低谷,实际有前进的暗流在涌动。明末小说方面的代表作有三言二拍;诗文方面的代表性流派有竟陵派,代表性作家有王思任、陈子龙、王彦鸿等;戏曲方面的代表性作家有吴炳、袁于令、阮大铖等。清初以吴伟业、王士禛为代表的诗,以纳兰性德为代表的词,以张岱、廖燕为代表的散文,以蒲松龄的《聊斋志异》为代表的小说,以孔尚任的《桃花扇》、洪昇的《长生殿》为代表的戏曲都在文学史上占有重要地位。这一时期的文学与五四新文学相通的因素有所削弱,诗文失去了锐气与开拓性,偏重感伤一路。文学从康熙末期起就恹恹无生气,但仍有新的力量在增长,促使《红楼梦》和《儒林外史》的出现。

4. 嬗变期:即中国近世文学向现代文学的嬗变阶段,始于乾隆十四年(1749)或稍前,结束于光绪二十六年(1900),从 20 世纪起,中国文学就进入了现代期。小说方面出现了《儒林外史》《红楼梦》这样的对现实进行批判的作品,把我国的文学创作水平提高到了一个新的层面。随后有《镜花缘》《海上花列传》,以自抒性灵为主。诗文方面,袁枚标举"性灵""生趣",龚自珍已具有以个人为本位的意识,标志着我国的近世文学出现了明显的现代性的成分。散文方面沈复的《浮生六记》自抒性灵,且深刻控诉了礼教对人的戕害,为独绝之作。近世文学的嬗变期,为中国新文学的出现奠定了基础。

四、现代文学

从光绪二十六年(1900)起,中国文学一方面受传统文学的陶染,一方面受西方文化的影响,步入现代期,其主要特征是要求人性的解放,自觉地融入世界现代文学的潮流,对文学的艺术特征高度重视,语言白话化。以鲁迅、林语堂、郁达夫、戴望舒、张爱玲等为代表。

五、当代文学

从 1949 年至今的文学时期一般被称为当代文学时期。在世界文坛上产生影响的主要作家有:莫言、余光中、余华、路遥、陈忠实等人,他们的作品对人性进行了更为深入的挖掘,写作的手段也更加丰富。莫言获得诺贝尔文学奖,说明中国文学在世界文学的地位得到了提高。

了解中国文学发展的脉络,有助于我们更好地把握作品的内容和意义及界定其文学史上的地位,同时也为我们对作品的鉴赏提供了一个宏观的视角。任何一部作品都不是孤立存在的,当我们找到文学嬗变和发展的规律时,我们对作品的理解无疑变得更加客观、全面和透彻。习近平总书记指出:"坚定文化自信,推动中华优秀传统文化创造性转化、创新性发展,继承革命文化,发展社会主义先进文化,不断铸就中华文化新辉煌,建设社会主义文化强国。"[①]对文学作品的理解和鉴赏是提高写作水平的基础,也是实现中华优秀传统文化创造性转化与创新性发展的基础,希望这部书的出版对大学生的写作能力和鉴赏水平的提高能有所裨益,更希望当代大学生能从优秀作品中汲取精神力量,内化于心,外化于行,为建设社会主义文化强国贡献力量。

编　者

2025 年 1 月

---

① 习近平主持召开教育文化卫生体育领域专家代表座谈会强调:全面推进教育文化卫生体育事业发展　不断增强人民群众获得感幸福感安全感[N].人民日报,2020-09-23(01).

目　录

下编
外国文学

上 编

中国文学

第一单元
上古文学
——先秦

山海经（四则）

无名氏

【诗文集略解】

　　《山海经》是中国现存最古老的地理著作。原题为禹、伯益所作，实际当出于春秋、战国间人之手。成书于战国至西汉期间，最后由西汉刘歆编定。

　　全书包括《山经》5卷（即《五藏山经》5卷）、《海经》13卷（包括《海内经》4卷、《海外经》4卷、《大荒经》4卷，又一卷《海内经》），共18卷。书中记载了100多个邦国、550多座山、300多条河、140多个历史人物，保存了有关中国上古时期民族、宗教、神话、历史、地理、医药、生物、矿产等诸多方面的丰富资料，是研究中国上古社会的重要文献。

精卫填海[1]

　　又北二百里，曰发鸠之山[2]，其上多柘木[3]，有鸟焉，其状如乌[4]，文首[5]、白喙[6]、赤足，名曰"精卫"，其鸣自詨[7]。是炎帝之少女[8]，名曰女娃。女娃游于东海，溺而不返，故为精卫。常衔西山之木石，以堙于东海[9]。漳水[10]出焉，东流注于河。

（《北山经》）

【注释】

　　[1] 精卫：鸟名。又名誓鸟、冤禽、志鸟，俗称帝女雀。见六朝人纂辑的《述异记》。传说这种鸟曾在东海淹死。

　　[2] 发鸠：山名。旧说在山西省武乡县西北。

　　[3] 柘（zhè）木：柘树，桑树的一种。

　　[4] 乌：乌鸦。

　　[5] 文首：头上有花纹。

　　[6] 喙（huì）：鸟嘴。

　　[7] 詨（xiāo）：呼叫。"精卫"原是这种鸟叫的声音。这里是指它的鸣声是自己呼叫自己。

　　[8] 炎帝：即神农氏。

　　[9] 堙（yīn）：填塞。

　　[10] 漳水：《五藏山经传》卷三："今名甲水河，东南流合数水东南入浊，像飞鹰之形，浊则像纵鹰屈其腕之形，故曰漳，曰发鸠。"

夸父逐日[1]

　　夸父与日逐走，入日[2]。渴，欲得饮，饮于河、渭[3]；河、渭不足，北饮大泽[4]。未至，道渴而死。弃其杖,化为邓林[5]。

(《海外北经》)

【注释】

[1] 夸父:人名。也是一个种族的名称。

[2] 入日:太阳入于地平线下。

[3] 河:黄河。渭:渭水,在今陕西省境内。

[4] 大泽:大湖。传说纵横有千里,在雁门山北。

[5] 邓林:地名。在今大别山附近(河南、湖北、安徽三省交界处)。据毕沅《山海经》校本考证:邓、桃音近,"邓林"即"桃林"。

黄帝擒蚩尤[1]

蚩尤作兵[2],伐黄帝。黄帝乃令应龙攻之冀州之野[3]。应龙畜水,蚩尤请风伯雨师[4],纵大风雨。黄帝乃下天女曰"魃"[5]。雨止,遂杀蚩尤。

(《大荒北经》)

【注释】

[1] 黄帝:上古帝号。传说称轩辕氏,诛蚩尤之后被诸侯尊为帝。蚩尤:人名,为中华古代部落的首领。

[2] 作兵:制造兵器。

[3] 应龙:传说是有翅膀的神龙,善能畜水行雨。据《山海经》记载,应龙住在凶犁的土邱山。冀州:古九州之一,约有今河北、山西两省地及河南、辽宁两省的一部分地方。

[4] 风伯雨师:风神、雨神。

[5] 魃(bá):黄帝的女儿,一说是旱神。

鲧禹治水[1]

洪水滔天,鲧窃帝之息壤以堙洪水[2],不待帝命。帝令祝融杀鲧于羽郊[3]。鲧复生禹,帝乃命禹卒布土以定九州[4]。

(《海内经》)

【注释】

[1] 鲧(gǔn):人名,禹的父亲。

[2] 帝:指天帝。息壤:一种神土,息有生长的意义,自己生长不止,所以能堵塞洪水。

[3] 祝融:火神之名。羽郊:羽山的近郊。

[4] 卒:最后,终于。布:同"敷",铺陈。九州:古时分中国为九州,这里泛指全国的土地。

【鉴赏导引】

神话是先民的美丽幻想,也是人类早期浪漫精神的结晶,以艺术的方式展现人间英雄的业绩,同时也折射出社会的矛盾和斗争,以及人类自身的困惑和理想。中国古代的早期神话尽管还不是很发达,但却有鲜明的特点,表现为对为民除害的英雄的歌颂,以及对现存秩序的肯定态度,因而并无对反抗的英雄、叛乱者的歌颂。

《精卫填海》选自《山海经·北山经》。故事讲述的是炎帝的小女儿女娃,游于东海溺水而死,化为精卫鸟。于是,经常口衔树枝石块填入东海,想把东海填平。这则神话反映的是陆缘文化与水缘文化的对立,反映大海给人造成的阻隔和灾难,以及先民反抗自然暴力的愿望。精卫是悲剧英雄的化身。

《夸父逐日》选自《山海经·海外北经》。故事讲述的是夸父为了清除炎热所造成的旱灾和太阳赛跑。他感到口渴,将黄河、渭水喝干,最终可能遭遇了沙漠,渴死于往北方大湖的途中,他所丢弃的手杖化为了一片树林。这则故事体现了人民对勇敢、力量和伟大气魄的歌颂,以及对死后不忘为人民造福的崇高精神的赞美。

《黄帝擒蚩尤》选自《山海经·大荒北经》。故事讲述的是上古时期黄帝与蚩尤两个部落间的战争,以蚩尤兵败告终。神话中的蚩尤是凶残暴虐的,黄帝则是民族的显赫英雄和正义的象征。

《鲧禹治水》选自《山海经·海内经》。在古代的治水神话中,鲧和禹都是为人们所熟悉的人物。同样是用息壤治水,鲧因为没有取得帝的同意而被杀;禹则接受帝的命令,最终用布土的方法制服了洪水。从中可以看出对既定秩序的破坏是不被允许的,神话中现存秩序是合理的、有益的。

精卫、夸父、鲧以反抗自然暴力的悲剧英雄身份为人所缅怀,禹却是以战胜自然暴力之胜利英雄的身份为人所歌颂。至于反抗者蚩尤则最终被斩杀。这些故事反映了中国古代神话重群体、轻个体的意识,表现了华夏文化重实际、轻玄想的特色。

【广阅津梁】

1. 西汉刘歆《山海经叙录》:

　　禹别九州,任士作贡;而益等类物善恶,著《山海经》。皆圣贤之遗事,古文之著明者也。其事质明有信。

2. 鲁迅《中国小说史略》:

　　中国之神话与传说,今尚无集录为专书者,仅散见于古籍,而《山海经》中特多。《山海经》今所传十八卷,记海内外山川神祇异物及祭祀所宜,以为禹益作者固非,而谓因《楚辞》而造者亦未是;所载祠神之物多用糈(精米),与巫术合,盖古之巫书也,然秦汉人亦有所增益。

【研讨练习】

1. 请分析《夸父逐日》中"弃其杖,化为邓林"的深层意蕴。
2. 试析《鲧禹治水》中"鲧窃帝之息壤以堙洪水,不待帝命。帝命祝融杀鲧于羽郊"的社会意蕴。

（徐彩云）

采　薇[1]

无名氏

【诗文集略解】

《诗经》原称"诗"或"诗三百",汉代武帝后被尊为儒家经典之一,故称《诗经》。《诗经》是中国文学史上第一部诗歌总集,也是我国古代现实主义文学的源头,共收入自西周初年至春秋中叶500余年的诗歌305篇。《诗经》共分"风""雅""颂"三大部分。"风"有"风化""风刺"的意思,大多是一些诸侯国或地区的民歌,有周南、召南、邶风、鄘风、卫风、王风、郑风、齐风、魏风、唐风、秦风、陈风、桧风、曹风、豳风共十五国风。"雅"是西周王朝所在地——所谓"王畿"的歌乐,多为贵族、士大夫所作,被奉为正声,分为"大雅""小雅"。"颂"是对统治者的颂歌,于宗庙祭祀、祈祷时所用,有"周颂""鲁颂""商颂"三部分。

《诗经》的题材广泛,内容丰富,从各个方面反映了当时社会的政治矛盾、经济状况和风俗习惯,堪称古代社会历史的形象画卷,具有极高的文学价值和史学价值。《诗经》句式以四言为主,语言朴素优美,韵律和谐;结构常采用重章叠句形式,回环往复,富于韵味;主要采用赋、比、兴的艺术手法,形象生动,富于美感。

采薇采薇,薇亦作止[2]。曰归曰归,岁亦莫止[3]。靡室靡家[4],猃狁之故[5]。不遑启居[6],猃狁之故。

采薇采薇,薇亦柔止[7]。曰归曰归,心亦忧止。忧心烈烈[8],载饥载渴[9]。我戍未定[10],靡使归聘[11]。

采薇采薇,薇亦刚止[12]。曰归曰归,岁亦阳止[13]。王事靡盬[14],不遑启处[15]。忧心孔疚[16],我行不来[17]。

彼尔维何[18]?维常之华[19]。彼路斯何[20]?君子之车[21]。戎车既驾,四牡业业[22]。岂敢定居[23],一月三捷[24]!

驾彼四牡,四牡骙骙[25]。君子所依[26],小人所腓[27]。四牡翼翼[28],象弭鱼服[29]。岂不日戒[30]?猃狁孔棘[31]。

昔我往矣,杨柳依依[32]。今我来思[33],雨雪霏霏[34]。行道迟迟[35],载渴载饥。我心伤悲,莫知我哀[36]!

【注释】

[1] 此诗选自《诗经·小雅·鹿鸣之什》。薇:野豌豆,冬天发芽,春天二三月长大,嫩苗可食用。

［2］亦、止：语助词。作：野豌豆嫩芽长出地面。

［3］曰：说。一说，句首语助词。莫：通"暮"，指年终。以上两句是说：说回家说回家，转眼一年又快过去了，还是没能回家。

［4］靡：无。靡室靡家：指不能居家安享天伦之乐。

［5］猃狁（xiǎn yǔn）：西周时居住在我国北方的一个部族，春秋时称"北狄"，秦汉时叫"匈奴"。故：缘故。

［6］不遑：没有闲暇。启居：指居家安歇。

［7］柔：指野豌豆长出嫩叶。

［8］烈烈：形容忧心如焚的样子。

［9］载：又。载饥载渴：又饥又渴。

［10］未定：指戍边没有固定的地点。

［11］聘：问候。靡使归聘：没有使者回去代我问候家人。

［12］刚：硬。指野豌豆苗已长出坚硬的茎。

［13］阳：指夏历十月。一说，"阳"为暖和的意思，指温暖的春天已经到来。

［14］王事：指周王委派的各种差事。盬（gǔ）：止。靡盬：没有止息，没完没了。

［15］启处：犹"启居"。

［16］孔疚：非常痛苦。

［17］行：指行役在外。来：归来。此句是说：我久戍在外，总不得归来。一说，来指"抚慰"。不来，指得不到抚慰。

［18］尔：花盛开的样子。维：语助词。此句是说：那开得很茂盛的是什么花？

［19］常：通"棠"，即棠棣，树木名，果实像李子。华：花。

［20］路：通"辂"（lù），一种高大的马车。斯：是。

［21］君子之车：指将帅乘坐的兵车，即下文的"戎车"。

［22］四牡：指驾车的四匹雄马。业业：形容战马高大的样子。

［23］定居：安居。

［24］一月三捷：指一个月内多次打胜仗。一说，"捷"通"接"，"一月三捷"指一个月内多次与敌人交战。

［25］骙（kuí）骙：形容战马威武雄壮的样子。

［26］君子：指将帅。依：指乘坐。

［27］小人：指士兵。腓（féi）：隐蔽。指作战时士兵以战车掩护身体。

［28］翼翼：整齐的样子。

［29］象弭（mǐ）：用象牙做装饰的弓。鱼服：用鱼皮制成的箭袋。

［30］日戒：每天小心戒备。

［31］棘：通"急"。孔棘：很紧急。指敌人来势凶猛。

［32］依依：形容柳枝随风飘动的样子。

［33］思：语助词。

［34］雨（yù）雪：下雪。霏霏：雪花纷飞的样子。

［35］行道：走在路上。迟迟：脚步沉重缓慢的样子。

［36］莫：没有人。莫知我哀：没有人知道我内心的悲哀。

【鉴赏导引】

这首诗主要描写戍边士卒生活的艰辛和浓郁的思乡之情,反映了连年战乱给广大人民群众造成的巨大苦难,同时也表现出士卒为国戍边的爱国情怀。全诗共6章,前三章描写离家久戍之故、饥渴劳苦之状和思乡恋土之情;四、五章描写军容的整饬和将士效力疆场的情状;末章描写士卒归家途中的痛苦和悲伤。

诗歌艺术特色主要有三:一是采用"兴"的手法,通过"薇"的变化,写出时间的推移,暗示戍边之久,以引出诗人伤时忧事之吟。二是多用叠字叠句,以达到形象鲜明生动和极富音乐美的艺术效果。三是情景交融,心理刻画细腻传神。"昔我往矣,杨柳依依。今我来思,雨雪霏霏"是千古传诵的名句,借景物的剧烈变化,表达心境意绪的改变。初春柔嫩、低垂的柳条,表达的是对家人的依依惜别之情;满天飞舞的大雪,象征着极度的严寒和头绪的纷乱,表达了士卒内心的沉重、寒冷、寂寞、孤独、无所适从,很好地刻画了失家之人彷徨无助之感,突出了个人命运无法自我主宰、个体消解于群体之中、为群体而牺牲个人的悲哀。

【广阅津梁】

1. 南朝宋刘义庆《世说新语·文学》:

谢公因子弟集聚,问:"《毛诗》何句最佳?"遏称曰:"昔我往矣,杨柳依依。今我来思,雨雪霏霏。"公曰:"'讦谟定命,远猷辰告。'谓此句偏有雅人深致。"

2. 清代王夫之《姜斋诗话》卷一:

"昔我往矣,杨柳依依。今我来思,雨雪霏霏。"以乐景写哀,以哀景写乐,一倍增其哀乐。

3. 清代方玉润《诗经原始》:

末乃言归途景物,并回忆来时风光,不禁黯然神伤。绝世文情,千古常新。

【研讨练习】

1. "昔我往矣,杨柳依依。今我来思,雨雪霏霏"这四句为什么会成为千古名句?分析这四句诗的抒情特点。

2. 当兵服役、保家卫国是一个人对国家义不容辞的责任和义务,它既让人感到神圣和自豪,但同时又让人承受巨大的痛苦折磨,甚至要付出生命的代价。试结合《采薇》这首诗的学习,谈谈你对这一问题的认识和看法。

(冷淑敏)

山　鬼[1]

屈　原

【作者传略】

屈原（约前340—前278），名平，字原。战国后期楚王的同姓贵族。曾任左徒、三闾大夫等职。政治上主张修明法度，举贤任能，变革图强。但遭到同列小人的妒忌，被谗遭贬，退居汉北，后又流放江南。秦兵攻破郢都后，自投汨罗江而死。他是我国历史上一位伟大的爱国诗人、楚辞的创始人和代表作家。作品有《离骚》、《九歌》（11篇）、《天问》、《九章》（9篇）、《远游》、《卜居》、《渔父》等20多篇，收集在《楚辞》一书中。

【诗文集略解】

在中国文学史上，常常以"风""骚"并称，"风"指《诗经》，"骚"指《楚辞》。"楚辞"作为一种诗歌形式，是屈原在楚国民间歌谣的基础上首先创制的。它比起《诗经》来，篇幅扩大，句式加长，富于浪漫主义色彩，具有"书楚语、作楚声、纪楚地、名楚物"的浓厚地方特色，真实地反映了诗人的思想性格和政治遭遇，交织着悲愤痛苦和忧国忧民之情。同时大量运用神话传说和比喻象征手法，构思奇伟，想象丰富，形式活泼，文采绚丽，是我国积极浪漫主义诗歌的最早典范。南朝沈约在《宋书·谢灵运传论》中曾用"莫不同祖风骚"一句，概括了汉魏以来诗歌的渊源。鲁迅也认为《楚辞》对后代文学的影响，"乃甚或在三百篇以上"。可见《楚辞》对中国文学影响的巨大和深远。

西汉刘向辑屈原、宋玉、景差诸人的赋作，附以贾谊、淮南小山、东方朔、严忌、王褒诸作，及自作《九叹》，为《楚辞》16卷；东汉王逸又益以自作《九思》及班固二序，勒成17卷，且为作注（其《九思》亦自注）。常见的《楚辞》注本有：东汉王逸的《楚辞章句》，宋洪兴祖的《楚辞补注》，宋朱熹的《楚辞集注》，清王夫之的《楚辞通释》，清蒋骥的《山带阁注楚辞》，今人黄寿祺、梅桐生《楚辞全译》等。

若有人兮山之阿，被薜荔兮带女萝[2]。既含睇兮又宜笑，子慕予兮善窈窕[3]。乘赤豹兮从文狸，辛夷车兮结桂旗[4]。被石兰兮带杜衡，折芳馨兮遗所思[5]。

余处幽篁兮终不见天，路险难兮独后来[6]。表独立兮山之上，云容容兮而在下[7]。杳冥冥兮羌昼晦，东风飘兮神灵雨[8]。留灵修兮憺忘归，岁既晏兮孰华予[9]？

采三秀兮于山间，石磊磊兮葛蔓蔓[10]。怨公子兮怅忘归，君思我兮不得闲[11]。山中人兮芳杜若，饮石泉兮荫松柏[12]。君思我兮然疑作[13]。

雷填填兮雨冥冥，猨啾啾兮又夜鸣[14]。风飒飒兮木萧萧，思公子兮徒离忧[15]。

【注释】

[1] 山鬼：山中之神。

[2] 若有人：指山鬼。王夫之曰："仿佛似人，故曰若有人。"一说，若，犹"此"。阿：曲隅。被：同"披"。薜荔：蔓生常绿灌木，又名木莲，属香木。带：以……为带。女萝：即兔丝，蔓生植物。

[3] 含睇：含情流盼。睇：斜视，微睨的样子。宜笑：指口齿美好，适宜于笑。子：指山鬼所爱慕的人。予：指山鬼。

[4] 赤豹：毛赤而纹黑的豹。从：随从。作使动词。文狸：有花纹的狸。辛夷：香木名，又叫木笔、迎春。桂旗：桂枝的旗子。

[5] 石兰：即山兰，香木名。杜衡：香草名。芳馨：芬芳馨香，指香草香木。

[6] 余：山鬼自称。篁：竹林。后来：迟到。

[7] 表：突出的样子。容容：同溶溶，飞动流行的样子。

[8] 杳：深沉。冥冥：昏暗的样子。昼晦：白天变得黑暗。神灵：这里指雨神。

[9] 灵修：指山鬼的恋人，喻楚王。一说，山鬼自指。憺（dàn）：安乐。晏（yàn）：晚。华予：使我年轻。华：同花，开花，引申为年轻，使动用法。一说，指荣华。

[10] 三秀：灵芝草。相传一年开花三次，故称三秀。于山：犹"於山"，即巫山，"於"与"巫"古音通转。磊磊：乱石堆积的样子。

[11] 公子：指山鬼的恋人。怅：惆怅，失意的样子。不得闲：没有空。

[12] 山中人：山鬼自称。杜若：花卉名。芳杜若：芳香如杜若。荫松柏：以松柏为荫庇，即栖息在松柏下。

[13] 然疑作：信疑交作。然：相信。疑：不信。据闻一多考证，此句前当脱一句。

[14] 填填：雷声。啾啾：猿鸣声。又：一本作"狖"（yòu），猿类动物。

[15] 飒（sà）飒：风声。萧萧：风吹树木发出的声响。离：通"罹"，遭受。

【鉴赏导引】

《山鬼》是《楚辞·九歌》中的一篇。《九歌》是屈原在楚民间巫歌基础上加工而成的一组祭神乐歌，共有11篇。其中除《礼魂》为送神曲外，其余10篇分别祭祀10位神灵。

《山鬼》，祭祀的是山神，女性。清代学者顾天成以为是传说中的巫山神女瑶姬。郭沫若则据"采三秀兮于山间"句，认为"於"与"巫"古音通转，在巫山采三秀，即巫山神女无疑。祭祀时，当由女巫扮演山鬼上台演唱。诗歌先写女神出场赴约，她好像看到山之阿有一个俊美的人，乘着赤豹，跟从有漂亮的文狸，带着香车桂旗，因为爱慕她的窈窕，要折下香草送给她；次写她等候相会，于是她向山上赶去，因道路艰险而迟到，她独立于山上，云彩在她的脚下飘荡，天色阴暗，风雨骤至，她所爱的人被他人留住不再回来，她因为失去了爱情而感到生命顿然没有了光辉；最后写她久候情人不至的烦恼痛苦。她在山上采摘灵芝，渴饮泉水，饥餐杜若，栖息于松柏之下，山上石头遍布，葛蔓牵绕，雷鸣电闪，猿猴夜啼，然而她所思念的人要么没有空闲，要么疑心重重，始终也没有出现，她因为思念而遭受巨大的痛苦和煎熬。

整首诗写的是山神对于爱情的追求和失去爱情的痛苦。不是人追求神仙，而是神仙对于人的追求和眷恋，这是诗歌的奇特之处，这与古人对神鬼的态度不同有关。山鬼所追求的爱情不是一般意义上的爱情,而是生命的价值与寄托,是唯一能使自己生发出光华的东西,将爱情对生命的意义提到如此的高度,体现了对个人生命价值的重视。

本诗人物心理活动刻画细致入微,曲折变化;景物描写安排很有特色,或作为山鬼活动的背景,或作为寄情寓意的媒介,具有比喻、象征、渲染、烘托等作用,通过自然景象的描述,制造令人震撼的气氛,具有浓郁的浪漫主义色彩。

【广阅津梁】

1. 南朝刘勰《文心雕龙·辨骚》:

自《风》《雅》寝声,莫或抽绪;奇文郁起,其《离骚》哉!固已轩翥(zhù。轩翥,飞举的样子)诗人之后,奋飞辞家之前;岂去圣之未远,而楚人之多才乎?昔汉武爱《骚》,而淮南作《传》,以为:"《国风》好色而不淫,《小雅》怨诽而不乱,若《离骚》者,可谓兼之";蝉蜕秽浊之中,浮游尘埃之外,皭然涅而不缁(皭jiào:洁白。涅niè:染黑。缁zī:黑色),虽与日月争光可也。

2. 刘永济《屈赋音注详解》卷三:

以前后各篇比勘,则此文的山鬼为屈原自己写影,更为明显。

此篇写景物之句特多亦特妙,如山鬼被薜荔、带女萝、乘赤豹、从文狸、被石兰、带杜衡、饮石泉、荫松柏,皆极形其情芳香修洁;如云容容、杳冥冥、石磊磊、葛蔓蔓、雷填填、雨冥冥、猿啾啾、风飒飒、木萧萧,皆极形其境凄凉幽寂。

3. 鲁迅《汉文学史纲要》:

其文甚长,其思甚幻,其言甚丽,其旨甚明。

逸响伟辞,卓绝一世。后人惊其文采,相率仿效。

【研讨练习】

1. 屈原为什么会受到全世界人民的尊敬?谈谈你对屈原的认识和了解。

2. 山鬼是一个怎样的形象?分析诗中山鬼感情变化的轨迹。

(冷淑敏)

赵威后问齐使

《战国策·齐策》

【诗文集略解】

《战国策》原名《国策》《国事》《事语》《短长》等,作者不详,属战国时代史料汇编。书中记事始于公元前 455 年,止于公元前 216 年,保存了许多重要的史料,是研究战国史的重要文献。全书列为西周、东周、秦、齐、楚、赵、韩、魏、燕、宋、卫、中山 12 策,共 33 篇。书中主要记叙战国策士谋臣的言论和活动,称颂他们的才智与雄辩。叙事生动,说理透彻,写人传神,笔调夸张,善用比喻和寓言,具有较为浓厚的文学色彩。

齐王使使者问[1]赵威后[2]。书未发[3],威后问使者曰:"岁[4]亦无恙[5]邪?民亦无恙邪?王亦无恙邪?"使者不说[6],曰:"臣奉使使威后,今不问王而先问岁与民,岂先贱而后尊贵者乎?"威后曰:"不然[7],苟[8]无岁,何以有民?苟无民,何以有君?故[9]有问,舍本[10]而问末[11]者耶?"

乃进而问之曰:"齐有处士[12]曰钟离子,无恙耶?是其为人也[13],有粮者亦食[14],无粮者亦食;有衣者亦衣[15],无衣者亦衣。是助王养其民也,何以至今不业[16]也?叶阳子[17]无恙乎?是其为人,哀鳏寡[18],恤[19]孤独[20],振[21]困穷,补不足。是助王息其民者也[22],何以至今不业也?北宫之女婴儿子[23]无恙耶?彻其环瑱[24],至老不嫁,以养父母。是皆率民而出于孝情者也,胡为至今不朝[25]也?此二士弗业,一女不朝,何以王[26]齐国,子万民乎?於陵子仲[27]尚存乎?是其为人也,上不臣[28]于王,下不治其家,中不索交诸侯[29]。此率民而出于无用者,何为至今不杀乎?"

【注释】

[1] 使:命令,派遣。使(音事)者:奉使命的人。者:……的人。问:问候,聘问,当时诸侯之间的一种礼节。

[2] 赵威后:赵惠文王之妻。

[3] 书未发:国书没有打开。书:信,此指齐国给赵国的国书。发,启封。

[4] 岁:年成,收成。

[5] 恙:忧患。

[6] 说:通"悦",高兴。

[7] 不然:不是这样的。然:……的样子。

[8] 苟:如果。

[9] 故:哪有,难道。

[10] 本：根本。

[11] 末：次要的。

[12] 处士：有才能而隐居不出来做官的人。钟离：复姓。

[13] 是：这，这个人。

[14] 食(sì)：拿食物给人吃，作动词。

[15] 衣(yì)：给人衣服穿，作动词。

[16] 业：使之做官而成就功业。用作动词，这里指重用。

[17] 叶(shè)阳子：齐国的处士。叶阳为复姓。

[18] 哀鳏(guān)寡：怜悯鳏夫寡妇。

[19] 恤：顾怜。

[20] 孤独：孤，幼年丧父；独，老年丧子。

[21] 振：通"赈"，救济。

[22] 息：繁衍。

[23] 北宫：复姓。婴儿子，是其名。

[24] 彻：通"撤"。环瑱(tiàn)：耳环和戴在耳垂上的玉。

[25] 不朝：不上朝，古代女子得到封号才能上朝，这句是说为什么还没有得到封号呢？

[26] 王(wàng)：统治。子万民：以万民为子，意谓为民父母。

[27] 於陵子仲：於(wū)陵，地名，在今山东省邹平市长山镇；子仲，齐国的隐士。

[28] 臣：用作动词。臣于王，做王的臣。

[29] 索：求。

【鉴赏导引】

　　赵威后是赵惠文王之妻，赵孝成王之母。公元前 266 年，惠文王卒，孝成王立。因孝成王年齿尚幼，由威后执秉赵国朝政。

　　赵威后执政之时已是战国后期。当时，秦于七雄之中最为强大，时时想乘地势形便、国富兵强击灭六国，一统天下。赵、韩、魏等弱国则千方百计以图自保。某些弱国的统治者明智地看到，单凭一国之武力，已难以与强秦抗衡，于是不得不采取其他措施以谋求生存。一是通过频繁的外交活动订立军事同盟以合纵抗秦，一是加强国内政治以安邦固本。本文所记载威后的一些言论，即是统治者重视国内政治的反映。

　　据《战国策·赵策》所记载，赵威后刚执政之时，赵国曾遭到秦国的攻打，她将幼子长安君送入齐国作为人质，请齐国发兵相助，才解脱了赵国的危难。本文所记齐使聘问威后之事，或许就在此次战争之后不久。

　　本文体现了春秋战国时期"以民为本"的进步思想。全篇紧扣题目中的"问"字，通过赵威后的连续七问，鲜明而传神地刻画出一位洞悉别国政治民情、明察贤愚是非、具有高度民本主义思想的女政治家形象，笔法富于变化顿挫。

【广阅津梁】

　　清代吴乘权、吴大职《古文观止》：

通篇以民为主,直问到底;而文法各变,全于用虚字处着神。问固奇,而心亦热,末一问,胆识尤过人。

【研讨练习】

1. 从内在结构看,本文前后两部分之间有何联系?

2. 历史地看,本文所反映的民本思想有何进步意义和积极作用?

3. 以本文第二部分为例,谈谈赵威后是从哪些角度来批评齐国的政治失误的? 在批评时,她主要采取了什么方法?

4. 翻译下面句子,注意加点字。

(1) 臣奉使使威后。

(2) 有粮者亦食,无粮者亦食;有衣者亦衣,无衣者亦衣。

(3) 此二士弗业,一女不朝,何以王齐国,子万民乎?

(4) 此率民而出于无用者。

(5) 哀鳏寡,恤孤独,振困穷,补不足。

5. 给下面一段话加上标点并翻译加线的部分。

《战国策·楚策》:

虎求白兽而食之得狐狐曰子无敢食我也天帝使我长百兽今子食我是逆天命也子以我为不信吾为子先行子随我后观百兽之见我而散不走乎虎以为然故遂与之行兽见之皆走虎不知兽畏己而走也以为畏狐也

(胡　蓉)

第二单元
中世文学·发轫期
——秦、汉（东汉建安以前）

◎ 楚辞·大招 / 无名氏
◎ 李将军列传(节选) / 司马迁
◎ 行行重行行 / 无名氏

楚辞·大招

无名氏

【诗文集略解】

楚辞是中国文学史上的一种特殊文体,介于诗和散文之间,基本属于诗歌类。楚辞的篇章是以楚地民歌为基础,融合大量的古代神话而产生。西汉刘向整理古籍,将屈原、宋玉,以及汉代贾谊、淮南小山等人依傍屈原所作的骚体,包括他本人的《九叹》在内,编辑成书定名为《楚辞》,成为楚辞之总集的名称,因此,《楚辞》成了一部与《诗经》齐名的集部作品,是中国古代文学的两大源头之一。

王逸在《楚辞章句》中说:"《大招》者,屈原之所作也。或曰景差,疑不能明也。"《大招》实际为秦末作品,并非屈原所作。《大招》中有"青色直眉"语,"青色"指黑色,而称黑为青实始于秦末,因而《大招》不可能是秦末之前屈原的作品。

《大招》表现了秦汉之际政治的动荡不安,也表达了对圣王贤君的渴慕与赞美。如汤炳正等《楚辞今注》说:"(大招)不过是借悼屈之形式,以表达一种对圣君贤王治世的向往。无论争议如何,《大招》的艺术之美及其对后世祭祀之辞的影响确是不争的事实,堪称一篇绝世奇文。"

青春受谢,白日昭只[1]。春气奋发,万物遽只[2]。冥凌浃行,魂无逃只[3]。魂魄归徕!无远遥只。魂乎归徕!无东无西,无南无北只。

东有大海,溺水浟浟只[4]。螭龙并流,上下悠悠只[5]。雾雨淫淫,白皓胶只[6]。魂乎无东!汤谷寂只[7]。魂乎无南!南有炎火千里,蝮蛇蜒只[8]。山林险隘,虎豹蜿只[9]。鰅鳙短狐,王虺骞只[10]。魂乎无南!蛌伤躬只。魂乎无西!西方流沙,漭洋洋只[11]。豕首纵目,被发鬤只[12]。长爪踞牙,诶笑狂只[13]。魂乎无西!多害伤只。魂乎无北!北有寒山,逴龙赩只[14]。代水不可涉,深不可测只[15]。天白颢颢,寒凝凝只[16]。魂乎无往!盈北极只[17]。

魂魄归徕!闲以静只。自恣荆楚,安以定只[18]。逞志究欲,心意安只[19]。穷身安乐,年寿延只[20]。魂乎归徕!乐不可言只。五谷六仞,设菰粱只[21]。鼎臑盈望,和致芳只[22]。内鸧鸽鹄,味豺羹只[23]。魂乎归徕!恣所尝只。鲜蠵甘鸡,和楚酪只[24]。醢豚苦狗,脍苴蒪只[25]。吴酸蒿蒌,不沾薄只[26]。魂兮归徕!恣所择只。炙鸹烝凫,煔鹑陈只[27]。煎鰿膗雀,遽爽存只[28]。魂乎归徕!丽以先只[29]。四酎并孰,不涩嗌只[30]。清馨冻饮,不歠役只[31]。吴醴白蘗,和楚沥只[32]。魂乎归徕!不遽惕只[33]。

代秦郑卫,鸣竽张只[34]。伏戏驾辩,楚劳商只[35]。讴和扬阿,赵萧倡只[36]。魂乎归徕！定空桑只[37]。二八接舞,投诗赋只[38]。叩钟调磬,娱人乱只[39]。四上竞气,极声变只[40]。魂乎归徕！听歌譔只[41]。朱唇皓齿,嫭以姱只[42]。比德好闲,习以都只[43]。丰肉微骨,调以娱只[44]。魂乎归徕！安以舒只。嫭目宜笑,娥眉曼只[45]。容则秀雅,稚朱颜只[46]。魂乎归徕！静以安只。姱修滂浩,丽以佳只[47]。曾颊倚耳,曲眉规只[48]。滂心绰态,姣丽施只[49]。小腰秀颈,若鲜卑只[50]。魂乎归徕！思怨移只。易中利心,以动作只[51]。粉白黛黑,施芳泽只[52]。长袂拂面,善留客只。魂乎归徕！以娱昔只。青色直眉,美目媔只[53]。靥辅奇牙,宜笑嘕只[54]。丰肉微骨,体便娟只[55]。魂乎归徕！恣所便只。

夏屋广大,沙堂秀只[56]。南房小坛,观绝霤只[57]。曲屋步壛,宜扰畜只[58]。腾驾步游,猎春囿只[59]。琼毂错衡,英华假只[60]。茝兰桂树,郁弥路只[61]。魂乎归徕！恣志虑只[62]。孔雀盈园,畜鸾皇只[63]。鵾鸿群晨,杂鹙鸧只[64]。鸿鹄代游,曼鹔鹴只[65]。魂乎归徕！凤凰翔只。曼泽怡面,血气盛只[66]。永宜厥身,保寿命只。室家盈廷,爵禄盛只[67]。魂乎归徕！居室定只。

接径千里,出若云只[68]。三圭重侯,听类神只[69]。察笃夭隐,孤寡存只[70]。魂乎归徕！正始昆只[71]。田邑千畛,人阜昌只[72]。美冒众流,德泽章只[73]。先威后文,善美明只[74]。魂乎归徕！赏罚当只。名声若日,照四海只。德誉配天,万民理只[75]。北至幽陵,南交阯只[76]。西薄羊肠,东穷海只[77]。魂乎归徕！尚贤士只。发政献行,禁苛暴只[78]。举杰压陛,诛讥罢只[79]。直赢在位,近禹麾只[80]。豪杰执政,流泽施只。魂乎归徕！国家为只[81]。雄雄赫赫,天德明只[82]。三公穆穆,登降堂只[83]。诸侯毕极,立九卿只[84]。昭质既设,大侯张只[85]。执弓挟矢,揖辞让只[86]。魂乎归徕！尚三王只[87]。

【注释】

[1]青春:春天,王逸《楚辞章句》:"青,东方春位,其色青也。"谢:王逸《楚辞章句》:"去也。"受谢,是说春天承接着冬天到来。白日:明亮的太阳。昭:形容阳光灿烂。只:语气助词。

[2]遽(jù):竞相生长之貌。

[3]冥:幽暗。凌:升,王逸《楚辞章句》:"驰也。"浃:周遍。此两句说黑暗无处不在,魂魄无从逃逸。

[4]溺水:谓水流湍急。浟(yōu)浟:水流湍急之貌。

[5]螭(chī)龙:古代传说中,有角为龙,无角为螭。并流:顺流而行。悠悠:顺流而行之貌。

[6]淫淫:王逸《楚辞章句》:"流貌也。"此处指下雨久而不停。皓胶:本义乃水冰冻之貌,此处指雨雾白茫茫,好像凝固在天空一样。

[7]汤(yáng)谷:即"旸谷",传说中日出之处。

[8]炎火千里:据《玄中记》载,扶南国东有炎山,四月火生,十二月火灭,余月俱出云气。蝮蛇:毒蛇。蜒:长而弯曲之貌。

[9]蜿:作动词,匍匐着。

[10]鳙鱅(yú yōng)短狐:传说中皆是害人之怪物,皆生活于水中。王虺(huǐ):大毒蛇,《尔雅》:"蟒,王蛇也。"骞(qiān):虎视眈眈貌,此处指大蛇头部和前面的部分抬起来。

[11]蜮(yù):传说中一种在水里暗中害人的怪物。涔涔洋:浩瀚无际之貌。

[12]豕首:指怪物的脑袋好像猪头。纵目:竖起眼睛。鬤(ráng):头发散乱之貌。

[13]踞牙:踞,借作"锯";锯牙,言其牙如锯一般锋利。诶(xī):强笑。

[14] 逴(chuō)龙:逴,古音同烛,逴龙即烛龙,是《山海经》中记载的怪物:"身长千里,人面蛇身而赤。"赩(xì):赤色。

[15] 代:古代国名。代水:水名。

[16] 颢(hào)颢:闪光之貌,此处指冰雪照耀之貌。凝凝:冰雪冻结之貌。

[17] 盈:满。北极:王逸《楚辞章句》:"太阴之中,空虚之处也。"

[18] 自恣:随心所欲,肆意纵情。

[19] 逞:施展。究:穷尽。安:安定。

[20] 穷身:终身。

[21] 五谷:指稻、稷、麦、豆、麻,此处指粮食。六仞:谓五谷堆积,有六仞高。仞:八尺。设:陈列。菰(gū)粱:雕胡米,可以做饭,味道甜美。

[22] 鼎臑(nào):用鼎煮烂了的菜肴。臑:牲畜前肢的下半截。盈望:满目都是,此处指筵席之丰盛。和致芳:调和使其芳香。

[23] 内:通"肭"(nà),肥的意思。鸧(cāng):鸧鹒(gēng)。味:品味。

[24] 蠵(xī):大海龟。酪:乳浆。

[25] 醢(hǎi):肉酱。豚:猪肉。苦狗:加少许苦胆汁的狗肉,汤炳正等《楚辞今注》:"以苦荼包狗制之。"脍:切细的肉。苴蒪(jū pò):一种菜,王逸《楚辞章句》:"襄荷也。"根如姜芽。

[26] 蒿蒌:香蒿,嫩时可食用。蒿(zhān):形容汁浓。薄:形容味淡。

[27] 炙:烤。鸹(guā):乌鸦。烝:同"蒸"。凫(fú):野鸭。煔(qián):烩,把食物放入沸汤之中烫熟。

[28] 鲗(jí):鲫鱼。臛(huò):肉羹。遽:通"渠",表示程度,极其、特别。爽:爽口。

[29] 丽:附着,陈列。

[30] 酎(zhòu):醇酒。四酎:四重酿成之醇酒。孰:同"熟"。涩嗌(sè yì):苦涩,刺激咽喉而感到窒息。不歠(chuò)役:不能给仆役低贱之人喝,汤炳正等《楚辞今注》认为"歠"乃"辍"之借字,"役"为使用之意,此处意思为"常用不缺,言其多"。

[31] 冻饮:冷饮。

[32] 醴:甜酒。白蘖(niè):以米酿成之曲酒。沥:清酒。

[33] 遽惕:恐惧、害怕。

[34] 代秦郑卫:指当时代、秦、郑、卫四国之乐舞,王逸《楚辞章句》认为此四国"工作妙音",在音乐方面有特长。张:指开始演奏乐器。

[35] 伏戏:即伏羲,传说中远古之帝王。驾辩:古代乐曲名,相传为伏羲所制。劳商:楚国曲名。

[36] 讴:歌唱。扬阿:歌曲名,即《阳阿》。倡:首倡,最先演奏。

[37] 定:给乐器正音调弦。空桑:瑟名,王逸《楚辞章句》引《周官》云:"古者弦空桑而为瑟。"

[38] 二八:女乐两列,每列八人。接舞:指舞蹈此起彼伏。投诗赋:指舞步与辞的节奏相配合。投:配合之意。

[39] 乱:治、理,谓各得其理,有条有序。

[40] 四上:指前文代、秦、郑、卫四国之鸣竽。竞气:竞相演奏音乐,颇含竞赛之意。极:穷尽。声变:音乐之各种变化。

[41] 譔(zhuàn):具备,谓招魂归来,欣赏各种风格的音乐。

[42] 朱唇皓齿:美女。嫭(hù)、姱(kuā):皆为美丽、美好之意。

〔43〕比德：指这些女子皆有品德。闲：通"娴"，娴静。习：娴熟，指熟习各种礼仪。都：指仪态美好大方。

〔44〕丰肉微骨，调以娱只：指美女不仅仪态姿容美好，亦善解人意，温柔体贴。

〔45〕嫮（hù）目：睐目斜视。宜笑：笑得自然得体。

〔46〕则：模样。稚朱颜：容貌娇小，正当青涩之年。

〔47〕修：美好。滂浩：广大之貌，此处指身体极其丰丽。

〔48〕曾颊：指面庞丰满。曾：重。倚耳：指两耳贴后。规：弧形。

〔49〕滂心：形容心意广大，汤炳正等《楚辞今注》："指情感丰富充沛。"绰：绰约。施：显示，表现。

〔50〕鲜卑：言腰肢细小，好像用鲜卑产的带子束腰。鲜卑为古代东胡族的一支。

〔51〕易中：指和悦其心。利心：心灵正直温和。以动作只：意为美女之动作，体现了内心之平易与伶俐。

〔52〕黛黑：青黑色颜料，此处指描眉之色，代指美女。芳泽：芬芳的膏脂。

〔53〕直眉：一说双眉相连，一说双眉相对。姏（mián）：王逸《楚辞章句》："美目貌"；汤炳正等《楚辞今注》："眼波灵慧貌。"

〔54〕靥辅：指脸颊上的酒窝。奇牙：美丽的牙齿。嫭：同"嫣"，指笑起来很好看。

〔55〕便（pián）娟：轻盈美好之貌，指女子体态丰满窈窕。

〔56〕夏：同"厦"，即为大厦。沙堂：以朱砂描绘装饰的厅堂。

〔57〕南房：门户向南的厅堂左右侧室。小坛：堂前之平台。观（guàn）：可以远观的楼房。绝霤（liù）：在屋檐下放置承载水的器具，令水不能直接流下来，而是被引到旁边。霤：《说文》："屋水流也。"

〔58〕曲屋：王逸《楚辞章句》："周阁也。"即围绕正屋的房子，一说指深邃弯曲的屋室。步壛（yán）：长廊，壛同"檐"。扰畜：驯养各种家禽。

〔59〕腾驾：驾车而行。步游：步行。春囿：指帝王春猎，即在春天打猎。

〔60〕琼毂：以玉装饰的毂。错衡：以金银装饰的衡木。英华：极美，美丽之至。假：大、特别。

〔61〕茝（chǎi）：洪兴祖《楚辞补注》："一作芷"，香草名。白芷：郁：茂盛之貌。弥：弥漫。

〔62〕虑：汤炳正等《楚辞今注》："洪氏《考异》：'一作处'，是。恣志处：随意择其所虑，指上文所述台观园囿而言。"

〔63〕鸾：鸾鸟。皇：凤凰。

〔64〕鹍（kūn）：鹍鸡。群晨：早晨群鸣。鹙（qiū）：水鸟名，据传似鹤而大，青苍色。鸧（cāng）：亦为鹤类。

〔65〕代游：此起彼伏的飞翔落下。曼：连续不断，指飞翔不停之貌。鹔鹴（sù shuāng）：水鸟之名，模样像大雁，羽毛绿色。

〔66〕曼泽：细腻润泽。怡：怡人，和颜悦色。

〔67〕室家：指同一宗族者。盈廷：充满朝廷，在朝廷上占据重要位置，也指后面爵禄之高。

〔68〕接径：道路交错连接。出若云：言人民众多，其出如云也。《诗经·郑风·出其东门》："出其东门，有女如云。"

〔69〕三圭：古代公执桓圭、侯执信圭、伯执躬圭，故曰三圭，此处指称公、侯、伯。圭：玉制礼器，以别爵位之高低。重侯：公、侯、伯三种爵位因为执有圭，所以地位尤其重要，被称为重侯，指国家之重臣。听：听讼断案。类神：形容断案犹如神明一般公正、清晰。

[70] 察笃：调查访问，笃，通"督"。夭：未成年而死。隐：疾病，此处指病人。存：体恤、慰问。

[71] 正始昆：认定施行仁政之先后。此处之意是治国之策须将民众之利益置于先。

[72] 畛(zhěn)：田间小路。阜昌：形容人口之众多、昌盛。

[73] 美：指美的教化。冒：覆盖、遍及。众流：指各类居民。章：通"彰"，显明之意。

[74] 先威后文：先以威力慑服，从而稳定政权，随后使用文治来治理天下。

[75] 配：配得上，媲美。理：被治理。

[76] 幽陵、交阯：皆为地名，幽陵在今北京、河北北部及辽宁一带，即幽州。交阯在今两广一带，直至越南。

[77] 羊肠：山名，在今山西太原西北。穷：尽，直到。

[78] 发政：发布政令。献行：令百官施行仁政。

[79] 举杰压陛：推举贤能杰出之人，使其在朝廷占据高位。压：立。陛：宫廷厅堂前面的台阶。诛：此处指责怪。讥：此处指察觉那些不法的行为并禁止。罢：同"疲"，疲软，指不能胜任工作的人；一说意为停息，指推举贤能之人后，那些不法的行为就会停息。

[80] 直赢：正直之人。禹麾：蒋骥《山带阁注楚辞》曰："疑楚王车旗之名，禹或羽字误也。"一说夏禹所建的大旗。

[81] 为：治理。

[82] 雄雄赫赫：国家威武强盛之貌。

[83] 三公：天子之下最高的三个职位，历代不同。周代，称太师、太傅、太保为三公；秦代无三公；汉代称大司马、大司徒、大司空为三公。穆穆：此处指和睦、和谐之貌。登降：上下，此指出入，一说为职务升降。堂：朝廷。

[84] 毕极：指诸侯全部到达中央朝廷来朝见天子。九卿：九卿的说法较晚，先秦之时所言九卿，或许极言其多，意为"众卿"。

[85] 昭质：很明显的箭靶。大侯：大幅的布制箭靶，上面有各种猛兽的图案，仅供天子所射。

[86] 揖辞让：此处描写古代射礼，射者手执弓，挟带矢，首先相互作揖，继而相互辞让，最后才射箭。

[87] 尚：效法。三王：王逸《楚辞章句》："禹、汤、文王也。"另说为楚三王，即"句亶王、鄂王、越章王"，但从全篇来看，另说不切。

【鉴赏导引】

《大招》作于秦末，"大招"指盛大的招魂，是一篇典型的招魂辞。从"自恣荆楚"来看，应为把魂魄召回楚国，所招之魂为战国时期的楚怀王。秦末，项梁立战国时楚怀王之孙熊心为楚怀王，此时的楚国重建，军事进展较为顺利，作者认为对怀王有必要举行盛大的招魂，故作者亦当为楚人。全文共分为6个部分，每一个段落自成一章。第一段以冬去春来统领全篇，刻画万物萌发、生机勃勃，黑暗、寒冷均已退走的景象，认为魂魄不用再奔逃了。第二段极力刻画了四方之险恶，东方是浩瀚的大海；南方是难忍的酷热、山林中还有无数的凶猛怪兽出没；西方是无边的沙漠和各种怪兽；北方是寒冷的冰山、深不可测的河水，对险恶环境进行极力渲染的目的是不让魂魄四处漂流，同时为下面的宫廷生活描写作铺垫。从第三段起，作者从食物、音乐歌舞、楼观苑囿、政治制度等各个方面描写了楚的繁荣，目的是让魂魄回来享受这种"吃喝玩乐"的人间幸福。第三段写楚国准备了丰富的饮食招待归来的魂魄,第四段以歌舞美女之婉丽招魂归来,第五段以宫殿花园之居住胜景招魂归来。最后一段作者从生活转到了对政治的关注,以收拾河山、施行仁政、赏罚得当、选贤任能等现实政治招魂归来,表达了当时人民苦于秦之暴政的心声。最后一段不仅是全篇的结尾,也体现了一种政治上的诉求,是全篇主旨的浓缩,是汉代大赋在篇末进行讽谏的先声。

从风格上看,本篇继承并发展了象征性的景色描写,写景实际象征着当时的政治形式。描写细腻,观察细致,以赋为主,极力铺陈,使用四言句式及华丽精彩的语言展现出一种奇诡之美。从结构上看,全篇从春日之萌动开始,从四方到人间,最后落笔到政治理想,结构清晰,曲终奏雅和豪奢铺陈结合成一个有机的整体。

【广阅津梁】

1. 南朝刘勰《文心雕龙·辨骚》:

固知《楚辞》者,体慢于三代,而风雅于战国,乃《雅》《颂》之博徒,而辞赋之英杰也。观其骨鲠所树,肌肤所附,虽取熔经意,亦自铸伟辞。

2. 东汉王逸《楚辞章句·序》:

屈原之词,诚博远矣!自终没以来,名儒博达之士,著造辞赋,莫不拟则其仪表,祖式其模范,取其要妙,窃其华藻,所谓金相玉质,百世无匹,名垂罔极,永不刊灭者矣。

3. 姜亮夫《楚辞今绎讲录》:

中国文学史自从有了楚辞,特别是到了汉代,得到汉高祖的提倡,可以说,整个中国文学都楚化了,因为它适用于整个民族的语调。

【研讨练习】

1. 请谈一谈你对《楚辞·大招》主旨的认识。
2. 试析《楚辞·大招》的艺术特点。

(徐彩云)

李将军列传（节选）[1]

司马迁

【作者传略】

司马迁（前 145—约前 87），字子长，夏阳（今陕西韩城）人，西汉著名的历史学家、文学家。自幼接受了良好教育，青年时期曾游历全国各地，为日后的著述打下了坚实基础。汉武帝元封三年（前 108），司马迁继任太史令，四年后开始着手编写《史记》。因李陵之祸，被下狱处以宫刑。出狱后任中书令，继续发愤著书，终于在征和二年（前 91）左右，完成了《史记》这部皇皇巨著。

【诗文集略解】

《史记》是我国第一部纪传体通史。全书共 130 篇，其中有本纪 12 篇、表 10 篇、书 8 篇、世家 30 篇、列传 70 篇，共约 526500 字，所记史实上自黄帝（约前 3000）下至汉武帝元狩元年（前 122），约 3000 年间政治、经济、军事、文化等各个方面的发展状况。它包罗万象，融会贯通，脉络清晰，"王迹所兴，原始察终，见盛观衰，论考之行"（《太史公自序》），所谓"究天人之际，通古今之变"，以"不虚美""不隐恶"的"实录"精神，开创了史家的进步传统，对后世的文学创作具有深远影响，被鲁迅誉为"史家之绝唱，无韵之离骚"。

　　李将军广者，陇西成纪人也[2]。其先曰李信，秦时为将，逐得燕太子丹者也[3]。故槐里，徙成纪[4]。广家世世受射[5]。孝文帝十四年，匈奴大入萧关[6]，而广以良家子从军击胡[7]，用善骑射，杀首虏多，为汉中郎[8]。广从弟李蔡亦为郎，皆为武骑常侍，秩八百石[9]。尝从行，有所冲陷折关，及格猛兽[10]，而文帝曰："惜乎，子不遇时！ 如令子当高帝时，万户侯岂足道哉[11]！"

　　……

　　匈奴大入上郡，天子使中贵人从广勒习兵击匈奴[12]。中贵人将骑数十纵，见匈奴三人，与战[13]。三人还射，伤中贵人，杀其骑且尽[14]。中贵人走广[15]。广曰："是必射雕者也[16]。"广乃遂从百骑往驰三人[17]。三人亡马步行[18]，行数十里。广令其骑张左右翼，而广身自射彼三人者[19]，杀其二人，生得一人，果匈奴射雕者也。已缚之，上马，望匈奴有数千骑[20]，见广，以为诱骑，皆惊，上山陈[21]。广之百骑皆大恐，欲驰还走[22]。广曰："吾去大军数十里，今如此以百骑走[23]，匈奴追射我立尽。今我留，匈奴必以我为大军诱之[24]，必不敢击我。"广令诸骑曰："前！"前，未到匈奴陈二里所，止[25]。令曰："皆下马解鞍！"其骑曰："虏多且近，即有急，奈何[26]？"广曰："彼虏以我为走，今皆解鞍以示不走，用坚其意[27]。"于是胡骑遂不敢击。有白马将出护其兵[28],李广上马与十余骑奔射杀胡白马将[29],而复还至其骑中。解鞍,令士皆纵马卧[30]。是时会暮[31],胡兵终怪之,不敢击。夜半时,胡兵亦以为汉有伏军于旁,欲夜取之,胡皆引兵而去[32]。平旦,李广乃归其大军。大军不知广所之,故弗从[33]。

居久之,孝景崩,武帝立[34],左右以为广名将也,于是广以上郡太守为未央卫尉[35],而程不识亦为长乐卫尉[36],程不识故与李广俱以边太守将军屯[37]。及出击胡,而广行无部伍行陈[38],就善水草屯,舍止,人人自便[39],不击刁斗以自卫[40],莫府省约文书籍事[41],然亦远斥候,未尝遇害[42]。程不识正部曲行伍营陈[43],击刁斗,士吏治军簿至明[44],军不得休息,然亦未尝遇害。不识曰:"李广军极简易,然虏卒犯之[45],无以禁也,而其士卒亦佚乐,咸乐为之死[46]。我军虽烦扰,然虏亦不得犯我[47]。"是时汉边郡李广、程不识皆为名将,然匈奴畏李广之略,士卒亦多乐从李广而苦程不识[48]。

……

其后四岁,广以卫尉为将军,出雁门击匈奴[49]。匈奴兵多,破败广军,生得广[50]。单于素闻广贤,令曰:"得李广必生致之[51]。"胡骑得广,广时伤病,置广两马间,络而盛卧广[52]。行十余里,广佯死,睨其旁有一胡儿骑善马[53],广暂腾而上胡儿马,因推堕儿,取其弓[54],鞭马南驰数十里,复得其余军,因引而入塞[55]。匈奴捕者,骑数百追之,广行取胡儿弓,射杀追骑,以故得脱[56]。于是至汉,汉下广吏[57]。吏当广所失亡多,为虏所生得,当斩[58],赎为庶人[59]。

……广居右北平,匈奴闻之,号曰"汉之飞将军",避之数岁,不敢入右北平。广出猎,见草中石,以为虎而射之,中石没镞,视之石也[60]。因复更射之,终不能复入石矣。广所居郡闻有虎,尝自射之[61]。及居右北平,射虎,虎腾伤广,广亦竟射杀之[62]。

广廉,得赏赐辄分其麾下,饮食与士共之[63]。终广之身,为二千石四十余年,家无余财,终不言家产事[64]。广为人长,猿臂,其善射亦天性也[65]。虽其子孙他人学者,莫能及广[66]。广讷口少言,与人居则画地为军陈,射阔狭以饮[67]。专以射为戏,竟死[68]。广之将兵,乏绝之处,见水,士卒不尽饮,广不近水;士卒不尽食,广不尝食[69]。宽缓不苛,士以此爱乐为用[70]。其射,见敌急,非在数十步之内,度不中不发,发即应弦而倒[71]。用此,其将兵数困辱,其射猛兽亦为所伤云[72]。

……

后二岁,大将军、骠骑将军大出击匈奴[73],广数自请行[74]。天子以为老,弗许;良久,乃许之,以为前将军[75]。是岁,元狩四年也[76]。

广既从大将军青击匈奴,既出塞,青捕虏知单于所居,乃自以精兵走之[77],而令广并于右将军军,出东道[78]。东道少回远,而大军行,水草少,其势不屯行[79]。广自请曰:"臣部为前将军,今大将军乃徙令臣出东道,且臣结发而与匈奴战,今乃一得当单于[80],臣愿居前,先死单于[81]。"大将军青亦阴受上诫[82],以为李广老,数奇[83],毋令当单于,恐不得所欲[84]。而是时公孙敖新失侯,为中将军,从大将军[85],大将军亦欲使敖与俱当单于,故徙前将军广。广时知之,固自辞于大将军[86]。大将军不听,令长史封书与广之莫府[87],曰:"急诣部,如书[88]!"广不谢大将军而起行,意甚愠怒而就部[89],引兵与右将军食其合军出东道[90]。军亡导,或失道,后大将军[91]。大将军与单于接战,单于遁走,弗能得而还^[92]。南绝幕，遇前将军、右将军^[93]。广已见大将军，还入军^[94]。大将军使长史持糒醪遗广，因问广、食其失道状^[95]，青欲上书报天子军曲折^[96]。广未对，大将军使长史急责广之幕府对簿^[97]。广曰："诸校尉无罪，乃我自失道。吾今自上簿^[98]。"至幕府，广谓其麾下曰："广结发与匈奴大小七十余战，今幸从大将军出接单于兵^[99]，而大将军又徙广部，行回远，而又迷失道，岂非天哉^[100]！且广年六十余矣，终不能复对刀笔之吏^[101]。"遂引刀自刭^[102]。广军士大夫一军皆哭^[103]。百姓闻之，知与不知，无老壮皆为垂涕^[104]。而右将军独下吏，当死，赎为庶人^[105]。

……

太史公曰^[106]：《传》曰^[107]"其身正，不令而行；其身不正，虽令不从^[108]"。其李将军之谓也^[109]？余睹李将军，悛悛如鄙人，口不能道辞^[110]。及死之日，天下知与不知，皆为尽哀^[111]。彼其忠实心诚信于士大夫也^[112]。谚曰："桃李不言，下自成蹊^[113]。"此言虽小，可以谕大也^[114]。

【注释】

［1］本文节选自《史记》卷一〇九，传后附述李广子孙之事，这里略去。

［2］陇西：郡名，在今甘肃省东部。成纪：县名，在今甘肃省秦安县北。

［3］其先：他的祖先。李信：秦国名将。战国末年，燕太子丹派荆轲去刺秦王，不中；秦派李信伐燕，得丹，灭燕国。逐得：追逐、获得。

［4］故：旧居。槐里：县名，在今陕西省兴平市境。徙：迁移。

［5］受：传授，学习。这句是说：李家世世代代都学习祖先传留下来的射箭技法。

［6］孝文帝：即汉文帝刘恒，在位二十三年（前179－前157）。孝文帝十四年系指公元前166年。大入：大举侵入。萧关：当时通塞外的关口，在今宁夏固原市东南。

［7］良家子：家世清白人家的子弟。当时，医、巫、商、贾、百工都不得列入良家。胡：当时对北方和西方民族的泛称，此处指匈奴人。

［8］用：因为。善骑射：善于骑马射箭。杀首虏多：斩敌首级多，俘虏敌人多。中郎：官名，也简称"郎"，属郎中令所管，担任禁中守卫值夜的工作，皇帝出门，则充当车骑以为护卫，每年俸米约六百石。

［9］从弟：堂弟。皆为武骑常侍：指李广、李蔡都被晋升为武骑常侍。武骑常侍是皇帝的侍从官，是郎官的加衔。秩：官吏的俸禄。八百石：每年俸米八百石。石：容量单位，一石等于十斗，等于一百升。

［10］尝从行：经常跟从皇帝出行。尝：通"常"。有所冲陷折关及格猛兽：曾有冲锋陷阵斩关克敌以及与猛兽格斗的行为。

［11］子不遇时：你没有遇到好时运。下句是说：假如让你出生在汉高祖打天下的时候，你做个万户侯难道还用说吗？万户侯：封邑万户的侯爵。

［12］天子：指汉景帝。中贵人：宫中贵人，指皇帝宠幸的某个宦官。从广勒习兵：跟随李广受军事训练。勒：部勒，指景帝命令中贵人受李广的约束。

［13］将骑数十纵：带领数十名骑兵纵马驰骋。

［14］还射：返身射箭。杀其骑且尽：把中贵人带去的骑兵，几乎杀光了。

［15］走广：逃奔到李广那儿。

　　[16] 是必射雕者：这一定是匈奴专门射雕的人。因其箭法厉害，故李广如此判断。

　　[17] 乃：于是。遂：立即。从百骑：带了一百名骑兵做随从。往驰三人：前往急追那三个人。

　　[18] 亡马步行：无马而徒步行走。亡：通"无"。

　　[19] 张左右翼：兵分两路从左右两边像展开两翼那样包抄过云。身自：亲自。

　　[20] 已缚之：指李广把那个剩下的射雕者捆绑起来了。下句是说：远远望见匈奴方面来了好几千骑着马的人。

　　[21] 见广：匈奴数千骑发现了李广他们。诱骑：诱敌的骑兵。上山陈：赶快跑上山去，摆开阵势。陈：同"阵"。

　　[22] 皆大恐：都吓坏了。欲驰还走：想要策马赶快往回跑。

　　[23] 去：离。大军：指李广的本部。今如此：目前在这种敌众我寡的情况下。走：逃跑。

　　[24] 必以为大军诱之：必定会以为我们是替大部队来引诱他们的。

　　[25] 这几句是说：李广命令部下"前进！"向前走，一直到离匈奴阵地二里路左右才停止。

　　[26] 虏多且近：敌人数目这样多，又离得这样近。即有急，奈何：万一出了危险，怎么办？

　　[27] 用坚其意：用来坚定他们认为我们是诱敌的想法。

　　[28] 这句是说：有一个骑白马的胡将出阵来监护他们的士兵。

　　[29] 李广骑上马，带着十几个骑兵，一边跑着一边放箭，把那个骑白马的胡将射死了。

　　[30] 令士皆纵马卧：命令士兵都放开战马，随随便便躺在地上。

　　[31] 是时会暮：此时恰巧天刚黑。会：恰巧，适逢。

　　[32] 这几句说：胡兵总以为汉军埋伏在近旁，要乘夜间袭击他们，于是就连夜带兵撤走了。

　　[33] 平旦：第二天一早。大军不知广所之，故弗从：大军本部不知道李广所去的地方，所以没有跟着去接应。

　　[34] 居久之：过了很长时间。之：语尾助词。武帝：即汉武帝刘彻，在位五十四年（前140—前87）。

　　[35] 左右：皇帝跟前的亲信。这两句是说：汉武帝跟前的近臣认为李广是著名的将领，应该重用，因此汉武帝把李广从上郡太守任上召回，任未央宫卫尉之职。未央卫尉：未央宫（皇帝所居）禁卫军的长官。

　　[36] 这句是说：另外，任命程不识为长乐宫（太后所居）禁卫军的长官。

　　[37] 故：过去。俱：都。边太守：国家边郡上的太守。将：带领。屯：驻防。

　　[38] 广行：李广行军，没有严格的部队编制和一定的行列阵势。部伍：即下文的"部曲行伍"。《史记正义》说："部伍：领也，五五相次也。"

　　[39] 就善水草屯：选择水源足、牧草多的地方驻扎。就：靠近。舍止：停留住宿。自便：自己找合适的地方。

　　[40] 这句意为：李广的军队夜里根本不用巡更放哨。刁斗：铜制的军用饭锅。白天用来烧饭，夜晚用作敲击巡更的器具。

　　[41] 莫府：即"幕府"，将帅驻扎的大帐幕，引申为将帅的办事处。省约：简化。文书籍事：办理公文表册一类的事项。此言李广在幕府中对于公文簿册的事项一律采取简化的办法。

　　[42] 远：远置，作动词用。斥候：侦探敌军的哨兵。斥：作"度"解，犹言"侦察""估量"。候：候望，窥伺。这两句是说：然而也在离前敌很近的地方布置哨兵侦探，因此未曾碰到危险而受害。

　　[43] 正：正规，要求严格。部曲行伍：指军队的编制。古时军队编制有部，部下分曲，曲下分屯。营陈：军队休息时所驻扎的营位和进军时所排列的阵势。此言程不识对军队的编制和行军驻扎时的纪律都要求得十分严格。

[44]"士吏"句：军队中的管事人员办理文书簿册等极为明白,丝毫不苟。

[45]军极简易：军中的规章制度十分简单省事。卒：同"猝",仓促,突然。

[46]佚乐：同"逸乐",安逸快乐。咸：全,都。乐：乐于,情愿。此言士兵们非常安逸快乐,都情愿为李广出生入死。

[47]我军虽烦扰,然虏亦不得犯我：我的军队虽然事务纷繁,(但由于治军严整),敌人也不敢来侵犯我。

[48]略：计谋,战略。苦：意动用法,认为……严厉。

[49]其后四岁：指汉武帝元光六年(前129)。以卫尉为将军：靠着担任卫尉而封为将军。雁门：关名,在今山西省代县西北。

[50]破败广军：击溃打败了李广军队。生得广：活捉了李广。

[51]生致之：把活的送来。

[52]络而盛卧广：(在两马之间)用绳子结成网兜,让李广躺卧在里面。

[53]睨(nì)：眼睛斜视。胡儿：年少的匈奴人。

[54]暂腾：突然跃起。因推堕儿：顺势把胡儿推下马云,堕在地上。取：夺。

[55]因引而入塞：于是带着他们进入塞内。塞：边关,这里指雁门山的关口。

[56]行取胡儿弓：一边骑马跑,一边拿起胡儿的弓来射箭。以故得脱：因为这个缘故,所以得以逃脱。

[57]至汉：回到汉都长安。汉下广吏：汉朝廷把李广交给执法官审问。

[58]当：判决。所失亡多：所损失、所伤亡的军队太多。

[59]赎为庶人：言李广出钱纳粟赎罪,得免于死刑,降为平民。

[60]中石没镞：射中石头,箭头都陷了进去。镞：箭端的锋镞。

[61]这句是说：李广从前在各郡为太守时,听说有虎,就常常亲自去射死它。

[62]及居右北平：等到在右北平上任。竟：最终。

[63]辄：就。麾下：部下。两句意为：李广只要得到朝廷赏赐,就随即分给他的部下,吃喝同士兵在一起。

[64]终广之身：李广这一辈子。为二千石：指担任二千石级的长官,如太守、骁骑都尉等。此连下文言：虽然长期有较多的年俸收入,但家中一直没有多余的资财,而李广也始终不提及家产的事。

[65]为人长：身材高大。猿臂：胳膊像猿猴,比喻两臂长而灵活。天性：天赋。

[66]这句意为：即使李广的子孙或是外姓人向他学习射箭的技术,都比不上他。

[67]讷口少言：口才笨拙,很少说话。"画地"两句：在地上画出许多宽阔或狭窄的行列,从高处向行列放箭,箭能直立在窄的行列中为胜,如果箭射到宽的行列中或根本没有直立起来,就算输。输的应该罚酒。

[68]这句意为：李广一生专门以射箭为消遣,直到死都是如此。

[69]"广之"句：李广统率军队,遇到水源断绝、粮食缺乏的地方,士兵如不能全部喝到水,吃过饭,李广便不到水边去,也不吃饭。将兵：统率士兵。

[70]宽缓不苛：对士兵的要求很宽松,不苛刻。爱乐为用：爱戴李广而乐于为他所用。

[71]这几句意为：李广射箭的惯例,即使看见敌人已经逼近自己,但只要不在几十步之内,估计射不中的话,李广还是不发箭的,然而,他只要一发箭,敌人就应弦而倒。

[72]此句意为：因此,李广带兵出征,屡次受到敌人的围困和窘辱,他在射猛兽时,也往往被猛

兽所扑伤。意即,李广为了百发百中,不肯提早放箭,因而多次吃亏。

[73] 大将军:指卫青。骠骑将军:高级军衔,地位仅次于大将军。此指霍去病。他是卫青姐姐的儿子。

[74] 数自请行:屡次主动请求从军随行。

[75] 良久:过了很久。以为:任命他为某职位。前将军:率领先锋部队的将领。

[76] 是岁:这一年。元狩四年:公元前 119 年。

[77] "青捕"句:卫青捉到俘虏得知单于所在的地方。乃自以精兵走之:于是亲自率领精锐部队去追赶单于。走:趋赶,追逐。按,此写卫青贪功。

[78] 这句是说:命令李广所率领的部队合并到右将军赵食其的军队之中,并从东路出兵。按,李广为前将军,自然应由他带兵追逐单于,卫青既准备亲往,只得把李广改调它职。

[79] 少回远:稍稍迂回绕远。大军:指卫青所带的军队。行:指大将军所走的路线。屯行:驻扎下来,停止前进。此言李广所走的路线迂回遥远,自然较费时间;而卫青等所走的路线又因水草很少,势必加速前进,无法在中途留下来。这样李广就很容易落在后面,不能按预定的日期会师。

[80] 结发:指束发的年轻时候。古时男子 20 岁始束发,表示已经成人。今乃一得当单于:直到今天才碰上一次与单于对阵交战的机会。当:遇到,引申为交战。

[81] 这句意为:我愿意自居前锋,先同单于决一死战。

[82] 阴受上诫:私下受过武帝的告诫。

[83] 数奇:运气不好。数:命运的定数。奇:不偶、不好。古人迷信,认为偶数代表幸运,单数代表不幸。

[84] 这两句意为:不要让李广同单于对阵交战,恐怕达不到预想的目的。所欲:所想要的,指捉住单于。

[85] 公孙敖:汉武帝时的武将,卫青的友人。在卫青未贵时曾救过卫青的性命,后从卫青击匈奴,有功,封侯。又因行军失约,当斩,赎为庶人。故此云"新失侯"。新:最近。中将军:官名,与前、后、左、右将军地位相同。

[86] 广时知之:李广当时知道这个内情。固自辞于大将军:坚决地向大将军要求拒绝调动。

[87] 长史:大将军手下的秘书。封书:写好公文并加盖印章封好。这句是说:大将军卫青命令长史封好文书,发给李广的幕府。

[88] 急诣部,如书:赶快到右将军军部去,照公文所命令的那样执行!按,这是送公文的人所说的话。诣:到。部:指右将军的军部。

[89] 不谢:不辞谢、不告别。意甚愠怒而就部:内心十分怨怒而勉强到指定的军部去了。愠:含怒、怨恨。

[90] 引兵与右将军食其合军出东道:这句说李广还是带着军队同赵食其合兵一处由东路出发。

[91] 亡:同"无"。或失道:迷失了道路。或:同"惑"。后大将军:落在大将军的后面。即耽误了同卫青等会师的约期。

[92] 遁走:逃跑。弗能得而还:言卫青等也没有什么战果,只好回来了。

[93] 南绝幕:向南返回走过了沙漠地带。绝:穿过。幕:同"漠"。此言大军南归,穿过沙漠,遇到了李广、赵食其。

[94] 李广见过卫青之后,回到自己的军中。见:谒见。

[95] 这两句意为:卫青派遣手下的文官拿着干粮和酒送给李广,顺便问一下李、赵二人迷路的

经过情况。糒(bèi)：干粮。醪(láo)：浊酒。遗(wèi)：送给。因：接着，顺便。状：情况。

　　[96] 曲折：详情。这句是说：卫青想要上书给皇帝报告军队作战的详细情形。

　　[97] 这两句大意是：卫青的长史见李广对他所问的问题没有回答，于是就急迫地催促李广手下的幕府人员赶快到卫青那儿去听审受质。广之幕府：指李广手下的主要办事人员。清王峻《汉书正误》说："盖当时青与广各有幕府，主文书往来。大将军幕府，长史主之；广之幕府，校尉主之。"对簿：就文书对质，即受审讯。

　　[98] 此句意为：李广见长史来势汹汹，便说道："我手下的校尉们没有罪，是我自己不小心，走迷了路。我现在亲自到大将军的幕府去听候审讯。"上簿：谒见上级，亲自对簿。

　　[99] 幸从：很幸运地随从。出接：出发、接战。

　　[100] 这几句是说：没想到大将军又把我的队伍调开，让我走那条迂回遥远的道路，偏偏又迷失了途径，这岂不是天意吗？

　　[101] 此句意为：况且我已经60多了，毕竟不能再同那些舞文弄墨的官吏去打交道了。按，即不能再受他们的侮辱。刀笔之吏：指管理文书法令的官吏。"刀"是削木改错的工具，"笔"是写字的工具，治文书的官吏经常用此二物，故称"刀笔吏"。

　　[102] 遂：于是。引刀：抽刀，拔刀。自刭：割颈自杀。

　　[103] 士大夫：指将军。一军：军中一切人。

　　[104] 知与不知：认识的或不认识的。无老壮皆为垂涕：无论是年老或年轻的，都为此事而流泪。

　　[105] 独下吏：单独被交给执法官吏。此言李广死后，只有赵食其一人被交到执法机关审讯，被判处死刑；赵食其自己出钱入粟赎罪，结果免于死刑，削职为民。

　　[106] 太史公曰：太史公评论说。司马迁当时是太史令，他用"太史公曰"的形式，直接表达自己对历史事实、历史人物的看法和评论。

　　[107] 传：阐述经义的文字。此处指《论语》。以下几句话，出自《论语·子路》。按，汉人言"传"，是与"经"相对的。《博物志》云："圣人制作曰'经'，贤者著述曰'传'。"故《诗》《书》《礼》《乐》《易》《春秋》是"经"，而后儒解经之作则为"传"。《论语》为孔门再传弟子所记，故亦可称"传"。

　　[108] 其：指在上位者。身：指本身的行为。令：指对待人民发布的命令。行：指人民遵从奉行。这几句说：在上位的人本身行为正当，不发命令事情也行得通；如果在上位者本身行为不正，即使下命令也没有人听从他。

　　[109] 其李将军之谓也：这不正是说的李将军吗？

　　[110] 睹：看。悛(quān)悛如鄙人：忠厚老实，很像个乡下人。口不能道辞：嘴巴不善于说话。

　　[111] 皆为尽哀：都因为李广之死而表示哀痛。

　　[112] 彼其：他那个。忠实心：忠诚笃实的品质。诚信：诚然取信。士大夫：指将士。

　　[113] 这句谚语的大意是：桃树李树并不会替自己吹嘘，可是因为它们的花好看，果实好吃，所以人们就自然到它们这儿来了，结果树下就被人们踩出一条路来。蹊：小路。

　　[114] 此句意为：这话所说的事情虽小，但却可用来阐明大道理。

【鉴赏导引】

　　这篇人物传记记叙了汉朝著名爱国将领李广的生平事迹，描写了李广英勇善战、胆略超人、有智有谋的英雄传奇故事，以及他抚爱士卒、廉洁奉公的为人风范。李广虽然才气无双，屡建战功，但政治遭遇却非常不幸，始终得不到统治阶级的重视，最后竟被迫"引刀自刭"。作者对李广的不幸命运寄寓了深厚同情,对统治者赏罚不公表示了愤慨和不平。

文章对材料的选择和安排颇具匠心。"上郡遭遇战"等典型战例作为传记的主要构成部分,情节惊心动魄,描述鲜明生动,表现出作者善于通过各具特色的战争场面描写,多侧面地刻画人物英雄本色和悲剧命运的才能。而在典型战例之间,作者又插叙一些关于李广生平、治军、爱好的奇闻逸事,不仅使人物形象多姿多彩,而且使文章行文张弛交错,富有情致。特别是其中对于"中石没镞""画地为军阵,射阔狭以饮""无部伍行阵""士卒不尽饮,广不近水"等典型细节的点染,更使李广的种种个性特点跃然纸上,如散落珍珠,闪闪发光。

此外,文中多处运用了对比手法:与匈奴射雕者的对比,突出了李广善射的特长;与程不识的对比,彰明了李广治军的特点;与李蔡的对比,显示了李广遭遇的不公。这些对比烘托,对强化人物性格特征、展现李广形象的独特风采起到了很大的作用。

【广阅津梁】

1. 西汉司马迁《太史公自序》:

勇于当敌,仁爱士卒,号令不烦,师徒向之。作《李将军列传》第四十九。

2. 明代茅坤《史记钞》:

李将军于汉为最名将,而卒无功,故太史公极意摹写淋漓,悲咽可涕。

3. 清代牛运震《史记评注·李将军列传》:

传目不曰李广,而曰李将军,以广为汉名将,匈奴号之曰飞将军,所谓不愧将军之名者也。只一标题,有无限景仰爱重。

【研讨练习】

1. 这篇传记表现了李广怎样的性格特点? 为了突出他的性格特点,采用了哪些艺术手法?
2. 作者用"桃李不言,下自成蹊"的谚语,说明了什么?

(冷淑敏)

行行重行行

无名氏

【诗文集略解】

《古诗十九首》,最早见于《昭明文选》。梁萧统编《昭明文选》时,收录了无名氏诗作十九篇,题为《古诗》。虽非一人一时之作,但因其风格韵味相近,内容多写夫妇朋友间的离愁别绪及士子们的彷徨失意,后人遂将其视为一个整体,用"古诗十九首"的名目来加以鉴赏、研究。后徐陵编《玉台新咏》时也载录了其中的十二首。这些诗歌作于两汉时期,既有东汉之作,也有西汉的诗篇。《行行重行行》大约作于西汉时期。

行行重行行[1],与君生别离[2]。
相去万余里,各在天一涯[3]。
道路阻且长[4],会面安可知[5]?
胡马依北风,越鸟巢南枝[6]。
相去日已远[7],衣带日已缓[8]。
浮云蔽白日[9],游子不顾反[10]。
思君令人老,岁月忽已晚[11]。
弃捐勿复道[12],努力加餐饭[13]!

【注释】

[1] 行行:不停地行走。重:又、再。这里指"君"。

[2] 生别离:活生生地分离。《楚辞·九歌·少司命》有"悲莫悲兮生别离",此句暗含了"悲莫悲"之意。

[3] 天一涯:天一方。

[4] 阻且长:艰险而漫长。阻:阻隔,艰险。且:又。长:遥远。

[5] 会面安可知:不知道何日能够再相会。

[6] "胡马"两句托物喻义,说胡马、越鸟尚且恋乡,难道游子就不思恋故土?胡马:北方所产之马。依:依恋。越鸟:南方的鸟。越:古代指浙江、福建、两广一带,这里泛指南方。巢:筑巢。

[7] 日已远:一天比一天更远了。已:同"以",作"比"讲。

[8] 缓:宽松。衣带日缓:意谓因相思而使人日渐消瘦,所以衣带也就更觉宽松。

[9] 浮云蔽白日:这句是比喻游子在外别有所遇,另有新欢。这是女子的怀疑之辞。一说,浮云蔽白日是指当时社会黑暗,游子因故不能返回。

[10] 顾:念、想。反:同"返",回来。

[11] 忽：倏忽，急促。

[12] 弃捐：丢开，抛开。道：谈话。

[13] 努力加餐饭：意思是多多保重身体。

【鉴赏导引】

这是一首妻子怀念远行丈夫的相思之歌，感情深厚而内敛，使人悲感无端，反复低回，为女主人公真挚痛苦的爱情呼唤所感动。诗中淳朴清新的民歌风格，内在节奏上重叠反复的形式，同一相思别离用或显、或寓、或直、或曲、或托物比兴的方法层层深入，"若秀才对朋友说家常话"式单纯优美的语言，正是这首诗具有永恒艺术魅力的所在。首叙初别之情；次叙路远会难；再叙相思之苦，担心自己被抛弃，在思念和孤独中老去的悲伤；末以宽慰期待作结，被抛弃的事就别再提了，还是努力保重自己的身体吧。离合奇正，现转换变化之妙。不迫不露、句意平远的艺术风格，表现出东方女性热恋相思的心理特点。诗中以"胡马依北风，越鸟巢南枝"来比喻对故土的眷恋之情，十分形象贴切。

【广阅津梁】

1. 清代朱筠《古诗十九首说》：

只"行行重行行"五字，便觉缠绵真挚，情流言外矣。次句点醒"与君""相去"二句，从别后说起，"各"字妙，与次句"与"字相应，是从两边说。"道路阻且长"是从中间说。"会面安可知"足一句，正见别离之苦。此下本可接"相去日已远"二句，然无所托兴，未免直头布袋矣。就胡马思北，越鸟思南衬一笔，所谓"物犹如此，人何以堪"也；然两地之情，已可想见。"相去日已远"二句，与"思君令人瘦"一般用意。"浮云"二句，忠厚之极。"不顾返"者，本是游子薄幸，不肯直言，却托诸浮云蔽日，言我思子而子不思归，定有谗人间之，不然，胡不返耶？"思君令人老"，又不止于"衣带缓"矣。"岁月忽已晚"，老期将至，可堪多少别离耶？日月易迈而甘心别离，是君之弃捐我也。"勿复道"，是决词，是狠语，犹言"提不起"也。下却转一语曰："努力加餐饭"，思爱之至，有加无已，真得三百篇遗意。

2. 清代陈祚明《采菽堂古诗选》：

人情于所爱，莫不欲终身相守，然谁不有别离？以我之怀思，猜彼之见异，亦其情也。

【研讨练习】

1. 为什么说这首诗读之有"四顾踌躇、百端交集"之感？

2. "胡马依北风，越鸟巢南枝"是历来传诵的名句，有着丰富的内涵，试加以分析。

（冷淑敏）

第三单元
中世文学·拓展期
——东汉建安以后至唐代天宝末期

短歌行／曹　操

兰亭集序／王羲之

饮酒二十首(其五)／陶渊明

别　赋／江　淹

滕王阁序／王　勃

鸟鸣涧／王　维

行路难／李　白

短歌行

曹　操

【作者传略】

曹操(155—220)，字孟德，沛国谯县(今安徽亳州)人。20 岁举孝廉，被任为议郎。献帝初年，起兵讨董卓。建安元年(196)迎献帝迁都许昌，受封大将军及丞相。从此挟天子以令诸侯，成为北方的实际统治者。曹丕称帝后，追封他为武帝。他的旧题乐府，或反映社会的动乱，或直抒个人胸臆，风格沉郁质朴，苍凉悲壮。

对酒当歌，人生几何？

譬如朝露，去日苦多[1]。

慨当以慷，忧思难忘[2]。

何以解忧？唯有杜康。

青青子衿，悠悠我心[3]。

但为君故，沉吟至今。

呦呦鹿鸣，食野之苹[4]。

我有嘉宾，鼓瑟吹笙。

明明如月，何时可掇[5]？

忧从中来，不可断绝。

越陌度阡，枉用相存[6]。

契阔谈讌，心念旧恩[7]。

月明星稀，乌鹊南飞。

绕树三匝，何枝可依[8]？

山不厌高，海不厌深[9]。

周公吐哺，天下归心[10]。

【注释】

[1] 去日：过去的岁月。

[2] 慨当以慷：即慷慨之意。

[3] 衿(jīn)：衣领。青衿，青色的衣领，周代学子的服装。两句借用《诗经·郑风·子衿》中的成句。原诗写一女子对情人的思念，作者借以表达自己对贤才的思慕。

[4] 呦(yōu)呦：鹿叫声。苹：艾蒿。鹿找到艾蒿就相互鸣叫召唤。

［5］掇（duō）：拾取，取得。两句以月的不可捉取比喻贤才之不可得。

［6］陌、阡：田间小路，东西叫"陌"，南北叫"阡"。枉：屈就，枉驾。用：以。存：问。这句是说，劳你屈尊光临我处。

［7］契阔：聚散。这里偏指久别。讌：同"宴"。

［8］匝（zā）：周，圈。依：依托。以上四句，以乌鹊喻贤才。

［9］厌：嫌弃。

［10］周公：代贤臣。哺：咀嚼着的食物。这里曹操以周公自比，表示自己也要像周公那样礼贤下士，让天下都衷心拥戴自己。

【鉴赏导引】

三国时代，魏国力量最强。但是孙权据有江南，"国险而民附，贤能为之用"，颇有大展宏图之势；刘备以"攘除国贼，匡复汉室"为号召，积蓄力量，等待时机，对魏国也是不可小视的威胁。曹操纵观天下大势，深知消灭孙、刘力量的艰难。他多方招揽人才，手下有谋士荀彧、郭嘉、荀攸等，征伐乌桓，统一了北方。他十分明白众多贤士辅佐他东征西讨所发挥的巨大作用，在建安十二年（207）发布的《封功臣令》中说："吾起义兵，诛暴乱，于今十九年，所征必克，岂吾功哉？乃贤士大夫之力也。天下虽未悉定，吾当要与贤士大夫共定之。"建安十三年（208），曹操 53 岁，已近迟暮之年，有感于时光的流逝、统一大业尚未完成，渴求能得到贤者的帮助以建功立业。

《短歌行》是汉乐府的曲调名，属《相和歌·平调曲》。这里是曹操按旧题写作的新词。原作共两首，本篇为第一首，诗中表达了作者思贤若渴的心情和对人才的尊重。作品立意深远，音调铿锵有力，颇能代表建安时期的诗风，是脍炙人口的名篇。

【广阅津梁】

1. 清代陈祚明《采菽堂古诗选》：

　　跌宕悠扬，极悲凉之致。

2. 清代吴淇《六朝选诗定论》：

　　曲曲折折，絮絮叨叨，若连贯，若不连贯，纯是一片怜才意思。

3. 明代谭元春《古诗归》：

　　热肠余情，含吐纸上。

【研讨练习】

1. 曹操在《短歌行》中抒写了自己怎样的情志？

2. 本诗是如何将现实与想象交错地加以描写的？这样写有什么好处？

3. 本诗用典贴切自然，请举例说明之。

（胡　蓉）

兰亭集序[1]

王羲之

【作者传略】

王羲之(303—361),字逸少,东晋琅琊临沂(今山东临沂)人,后南迁会稽山阴(今浙江绍兴)。出身贵族,少有美誉,为人任性率真,胸怀豁达,为时人所重。曾任右军将军、会稽内史等职,世称"王右军"。王羲之一生喜好游山玩水和结识朋友,是我国历史上著名的书法家,有"书圣"之称。

永和九年,岁在癸丑[2],暮春之初,会于会稽山阴之兰亭[3],修禊事也[4]。群贤毕至[5],少长咸集[6]。此地有崇山峻岭,茂林修竹;又有清流激湍[7],映带左右[8],引以为流觞曲水[9],列坐其次[10]。虽无丝竹管弦之盛,一觞一咏,亦足以畅叙幽情。

是日也,天朗气清,惠风和畅[11],仰观宇宙之大,俯察品类之盛[12],所以游目骋怀[13],足以极视听之娱[14],信可乐也。

夫人之相与[15],俯仰一世[16],或取诸怀抱,悟言一室之内[17];或因寄所托,放浪形骸之外[18]。虽趣舍万殊[19],静躁不同,当其欣于所遇,暂得于己,快然自足,曾不知老之将至[20];及其所之既倦[21],情随事迁[22],感慨系之矣。向之所欣,俯仰之间[23],已为陈迹,犹不能不以之兴怀[24],况修短随化[25],终期于尽[26]。古人云:"死生亦大矣[27]。"岂不痛哉!

每览昔人兴感之由,若合一契[28],未尝不临文嗟悼[29],不能喻之于怀[30]。固知"一死生"为虚诞[31],"齐彭殇"为妄作[32]。后之视今,亦犹今之视昔[33],悲夫!故列叙时人,录其所述。虽世殊事异,所以兴怀,其致一也[34]。后之览者,亦将有感于斯文。

【注释】

[1] 兰亭:在今浙江绍兴西南,地名兰渚,有亭曰兰亭。

[2] 永和:东晋皇帝司马聃(晋穆帝)的年号,从公元 345—357 年,共 12 年。永和九年(353)农历三月三日,王羲之与谢安、孙绰等 41 人在兰亭聚会,举行禊礼,饮酒赋诗,事后将作品编为《兰亭集》,王羲之"自为之序以申其志",写了这篇序总述其事。癸(guǐ)丑:永和九年的干支纪年。

[3] 会稽(kuài jī):郡名,今浙江绍兴。山阴:县名,今绍兴越城区。

[4] 修禊(xì):古人风俗,于农历三月上巳,临水祭祀,发祓(fú)除不祥,称为修禊。

[5] 毕:全部。

[6] 咸:都。

[7] 激湍:流势很急的水。

[8] 映带:景物相互映衬。

[9] 流觞(shāng)曲(qū)水：用漆制的酒杯盛酒，放入弯曲的水道中任其漂流，杯停在某人面前，某人就引杯饮酒。这是古人一种劝酒取乐的方式。流：使动用法。曲水：引水环曲为渠，以流动酒杯。

[10] 列坐其次：列坐在曲水之旁。列坐：排列而坐。次：旁边，水边。

[11] 惠风：和风，春风。

[12] 品类之盛：万物的繁多。品类：指自然界的万物。

[13] 游目：四下纵目观望。骋怀：舒展胸怀。

[14] 极：穷尽。

[15] 相与：相处，相交往。

[16] 俯仰一世：指度过一生。

[17] 悟言：面对面的交谈。悟：通"晤"，指心领神会的妙悟之言。

[18] 因寄所托，放浪形骸之外：就着自己所爱好的事物，寄托自己的情怀，不受约束，放纵无羁的生活。因：依、随着。寄：寄托。所托：所爱好的事物。放浪：放纵、无拘束。形骸：身体、形体。

[19] 趋(qǔ)舍：同"取舍"。殊：不同。

[20] 不知老之将至：(竟)不知道衰老将要到来。语出《论语·述而》："发愤忘食，乐以忘忧，不知老之将至云尔。"

[21] 所之：指所向往爱好。

[22] 情随事迁：感情随着事物的变化而变化。迁：变化。

[23] 俛(fǔ)仰之间：指短暂的时间内。俛：同"俯"。

[24] 以之兴怀：因它而引起心中的感触。以：因。之：指"向之所欣……以为陈迹"。兴：发生、引起。

修短随化：寿命长短听凭造化。化：自然。

[26] 终期于尽：最终都要归于尽。

[27] 死生亦大矣：死生是一件大事啊。语出《庄子·内篇·德充符》："仲尼曰：'死生亦大矣，而不得不与之变。'"

[28] 契：符契，古代的一种信物。古人用木或竹刻的契券，分成两半，以合一为凭验。

[29] 临文嗟悼：读古人文章时叹息哀伤。临：面对。

[30] 喻：解、释。

[31] 一死生：把死与生同样看待。一：用作动词，看作一样。

[32] 齐彭殇：把短寿和长寿看作一样。齐：用作动词，同等看待。彭：彭祖，传说中长寿的人。殇：短命早死的人。

[33] 犹：如同。

[34] 致：情致。

【鉴赏导引】

　　文章记叙了兰亭集会的盛况，表现了对个体生命的珍惜和人生短暂的感伤，并进而引发对人生意义的探索，最后希望对现实人生进行超越。本文主要分为两部分，第一部分记叙了兰亭周围山水之美、集会的盛况和乐趣。首先记述了集会的时间、地点及集会的活动内容，言简意赅。接着描绘兰亭所处的自然环境和周围景物，语言简洁而层次井然。描写景物，从大处落笔，由远及近，转而由近及远，推向无限。先写崇山峻岭，渐写清流激湍，再顺流而下转写人物活动及其情态，动静结合。然后再补写自然物色，由晴朗的碧空和轻扬的春风，自然地推向宇宙及大千世界中的万物。意境清丽淡雅，情调欢快畅达。兰亭宴集，真可谓"四美俱，二难并"。

第二部分抒发了好景不长，生死无常的感慨，"感性命之不永，惧凋落之无期"，蕴含对人生价值与意义的追求。东晋时期，战争频繁，儒家的"仁义""杀身成仁"的社会理想趋于破灭，个人的人生理想也就失去了依托。人们发现人生的价值和意义不在普遍的道德原则和社会理想，而在于人本身。人们开始关注个人，意识到个人相对宇宙之时间和空间而言，是极其短暂和渺小的，人们的个人意识和宇宙意识开始觉醒。东晋之初，从"士之群体自觉"进入到"士之个体自觉"。作者意识到人的生命短暂乃是古今士人共同的最深的心灵隐痛，因而断然否定了"一死生、齐彭殇"的说法，对眼前的美景和快乐表现出加倍的留恋，因此他要将此情此景此事记录下来，让这一刻化作永恒，表现出对主体生命意识的尊重。本文立意深远，融叙事、写景、抒情、议论于一体，文笔腾挪跌宕，极尽波澜起伏、抑扬顿挫之美。又一反当时流行的骈骊之风，多用散句，语言洒脱流畅、朴素自然，不愧为千古名篇。

【广阅津梁】

1. 清代金圣叹《天下才子必读书》卷九：

此文一意反复生死之事甚疾，现前好景可念，更不许顺口说有妙理妙语，真古今第一情种也。

2. 明代袁宏道《兰亭记》：

古今文士爱念光景，未尝不感叹于死生之际。故或登高临水，悲陵谷之不长；花晨月夕，嗟露电之易逝。虽当快心适志之时，常若有一段隐忧埋伏胸中，世间功名富贵，举不足以消其牢骚不平之气。于是卑者纵情曲蘖，极意声伎；高者或托为文章声歌，以求不朽；或究心仙佛与夫飞升坐化之术。其事不同，其贪生畏死之心一也。独庸夫俗子，耽心势利，不信眼前有死。而一种腐儒，为道理所锢，亦云：死即死耳，何畏之有？此其人皆庸下之极，无足言者。夫蒙庄达士，寄喻于藏山；尼父圣人，兴叹于逝水。死如不可畏，圣贤亦何贵于闻道哉？

羲之《兰亭记》，于死生之际，感叹尤深。晋人文字，如此者不可多得，昭明《文选》独遗此篇，而后世学语之流，遂致疑于丝竹管弦、天朗气清之语，此等俱无关文理，不知于文何病？昭明，文人之腐者，观其以《闲情赋》为白璧微瑕，其陋可知。夫世果有不好色之人哉？若果有不好色之人，尼父亦不必借之以明不欺矣。

3. 清代余诚《重订古文释义新编》卷七：

因游宴之乐，写人生死之可悲，则兰亭一会，固未可等诸寻常小集。而排斥当日竟尚清谈、倾惑朝廷者之意亦寓言下。林西仲谓古人游览之文，亦不苟作如此，信非诬也。至其文情之高旷，文致之轻松，更难备述。

【研讨练习】

1. 有人说，此文对老之将至、人生无常慨叹不已，情调有些低沉，但作者的积极情绪又蕴含其中。你是如何看待这一问题的？

2. 作者说："后之览者，亦将有感于斯文。"作为后人，今天你阅读此文后有什么感想呢？

（冷淑敏）

饮酒二十首(其五)

陶渊明

【作者传略】

陶渊明(365—427),字元亮,一说名潜,字渊明。浔阳柴桑(今江西九江)人。早年曾做过江州祭酒、彭泽县令,后因厌恶官场污浊,辞官归隐,卒后友人私谥"靖节"。他以田园生活为题材进行诗歌创作,是田园诗派的开创人。他的诗风质朴自然而形象鲜明,极受后人推崇,影响深远。

结庐[1]在人境[2],而无车马喧。
问君[3]何能尔[4],心远地自偏。
采菊东篱下,悠然见南山[5]。
山气[6]日夕佳[7],飞鸟相与[8]还。
此中[9]有真意[10],欲辨[11]已忘言。

【注释】

[1]结庐:构筑屋子。

[2]人境:人间,人类居住的地方。

[3]君:指作者自己。

[4]尔:如此、这样。这句和下句设为问答之辞,说明心远离尘世,虽处喧嚣之境也如同居住在偏僻之地。

[5]南山:泛指山峰。一说指庐山。

[6]山气:山间的云气。

[7]日夕:傍晚。

[8]相与:相交、结伴。

[9]此中:即此时此地的情和境,也即隐居生活。

[10]真意:人生的真正意义,即"迷途知返"。这句和下句是说此中含有人生的真义,想辨别出来,却忘了如何用语言表达。意思是既已领会到此中的真意,不屑于说,也不必说。

[11]辨:辨识。

【鉴赏导引】

本诗为陶渊明《饮酒》组诗中的第五首,作于诗人辞去彭泽县令而归隐田园之后。陶渊明早年有"大济苍生"的宏伟政治抱负,出仕后目睹官场的黑暗,深感无所作为的苦闷。

他无力改变腐败的政治,但不愿意向权贵低头,耻于跟世俗同流合污。在《归去来兮辞》的序中,陶渊明自称"质性自然,非矫励所得;饥冻虽切,违己交病"。他不愿意违反自己的本心,在官场中混日子,以"不能为五斗米折腰"的精神,毅然辞官归田,表现出封建时代正直士人高尚纯洁的品德。回乡后,陶渊明躬耕自资,不求富贵,不慕成仙,以"乐乎天命复奚疑"的态度对待生活,创作了大量描写田园风光和农业劳动、抒发自己淡泊情怀的诗歌。朱熹说:"晋宋人物,虽曰尚清高,然个个要官职,这边一面清淡,那边一面招权纳货。陶潜真个能不要,所以高于晋宋人物。"

本篇自叙安贫乐道、悠然自得的心境。诗歌情景交融,富于理趣,韵味悠长。特别是"采菊东篱下,悠然见南山"两句最妙,作者心不滞物,随所行止,东篱采菊之余,眼光偶与南山相遇,境中妙意立会于心。王国维称赞这种境界为"无我之境"。

【广阅津梁】

1. 清代吴淇《六朝选诗定论》:

"心远"为一篇之骨,"真意"为一篇之髓。

2. 清代王国维《人间词话》:

言外之味,弦外之响。

3. 宋代苏轼《东坡题跋》:

因采菊而见山,境与意会,此处最有妙处。近岁俗本皆作"望南山",则此一篇神气都索然矣。

【研讨练习】

1. "此中有真意,欲辨已忘言"的无穷韵味在哪里?

2. 本诗是怎样将情、景、理三者融为一体的?

3. "采菊东篱下,悠然见南山"的描写妙在何处? 如用"望"字代替"见"字,好不好? 为什么?

（胡 蓉）

别 赋

江 淹

【作者传略】

江淹(444—505),字文通,济阳考城(今河南兰考县)人。南朝著名文学家。出身寒庶,后任中书侍郎,天监元年(502)为散骑常侍、左卫将军,封临沮县伯,后迁金紫光禄大夫,封醴陵伯,历仕宋、齐、梁三代。少年时以文章著名,晚年官运亨通,创作激情衰退,成语"江郎才尽"即出自于此。钟嵘在《诗品》中称其"诗体总杂,善于模拟",小赋遣词精工,尤以《别赋》《恨赋》脍炙人口。有《江文通集》传世。

黯然销魂者[1],唯别而已矣!况秦吴兮绝国,复燕宋兮千里[2]。或春苔兮始生,乍秋风兮暂[3]起。是以行子肠断,百感凄恻。风萧萧而异响,云漫漫而奇色。舟凝滞于水滨,车逶迟于山侧[4]。棹容与而讵前[5],马寒鸣而不息。掩金觞而谁御[6]?横玉柱而沾轼[7]。居人愁卧,怳若有亡[8]。日下壁而沉彩[9],月上轩而飞光。见红兰之受露,望青楸之离霜[10]。巡曾楹而空掩[11],抚锦幕而虚凉。知离梦之踯躅[12],意别魂之飞扬。

故别虽一绪,事乃万族[13]。

至若龙马银鞍,朱轩绣轴[14],帐饮东都[15],送客金谷[16]。琴羽张兮箫鼓陈,燕赵歌兮伤美人。珠与玉兮艳暮秋,罗与绮兮娇上春。惊驷马之仰秣,耸渊鱼之赤鳞[17]。造分手而衔涕[18],感寂漠而伤神。

乃有剑客惭恩[19],少年报士[20],韩国赵厕[21],吴宫燕市[22]。割慈忍爱,离邦去里[23],沥泣共诀,抆血相视[24]。驱征马而不顾,见行尘之时起。方衔感于一剑,非买价于泉里[25]。金石震而色变[26],骨肉悲而心死[27]。

或乃边郡未和,负羽从军[28]。辽水无极,雁山参云[29]。闺中风暖,陌上草薰[30]。日出天而耀景[31],露下地而腾文[32]。镜朱尘之照烂[33],袭青气之烟煴[34]。攀桃李兮不忍别,送爱子兮沾罗裙[35]。

至如一赴绝国,讵相见期[36]!视乔木兮故里,决北梁兮永辞[37]。左右兮魂动,亲宾兮泪滋[38]。可班荆兮憎恨[39],惟樽酒兮叙悲。值秋雁兮飞日,当白露兮下时。怨复怨兮远山曲[40],去复去兮长河湄[41]。

又若君居淄右[42],妾家河阳[43],同琼珮之晨照,共金炉之夕香。君结绶兮千里[44],惜瑶草之徒芳[45],惭幽闺之琴瑟,晦高台之流黄[45]。春宫閟此青苔色[47],秋帐含此明月光。夏簟清兮昼不暮[48],冬釭凝兮夜何长[49]!织锦曲兮泣已尽,回文诗兮影独伤[50]。

傥有华阴上士[51],服食还山[52]。术既妙而犹学,道已寂而未传[53]。守丹灶而不顾[54]，炼金鼎而方坚。驾鹤上汉[55]，骖鸾腾天[56]。暂游万里，少别千年。惟世间兮重别，谢主人兮依然。

下有芍药之诗[57]，佳人之歌[58]，桑中卫女，上宫陈娥[59]。春草碧色，春水渌波，送君南浦，伤如之何！至乃秋露如珠，秋月如珪，明月白露，光阴往来。与子之别，思心徘徊。

是以别方不定[60]，别理千名，有别必怨，有怨必盈[61]，使人意夺神骇，心折骨惊[62]。虽渊云之墨妙[63]，严乐之笔精[64]，金闺之诸彦[65]，兰台之群英[66]，赋有凌云之称[67]，辩有雕龙之声[68]，谁能摹暂离之状，写永诀之情者乎？

【注释】

［1］黯然：心神沮丧，形容惨戚之状。销魂，即丧魂落魄。

［2］秦：今陕西一带。吴：今江苏、浙江一带。绝国：相隔极远的邦国。燕：今河北北部一带。宋：今河南一带。

［3］暂（zàn）：同"暂"。

［4］逶迟：缓慢而行之状。

［5］棹（zhào）：船桨，这里指代船。容与：缓慢荡漾不前的样子。讵前：滞留不前。此处化用屈原《九章·涉江》中"船容与而不进兮，淹回水而疑滞"句意。

［6］掩：覆盖。觞（shāng）：酒杯。御：饮用。

［7］玉柱：琴瑟上的系弦之木，这里指琴。沾：泪湿。轼：车前的横木，泛指车。上述两句是说：行人终于弃杯舍琴、挥泪登车而去。

［8］怳（huǎng）：同"恍"，恍惚。亡：失。

［9］沉彩：日光西沉。

［10］楸（qiū）：落叶乔木。枝干端直，高达30米，古人多植于道旁。离：即"罹"，遭受。

［11］曾楹（yíng）：高高的楼房。曾：同"层"。楹：屋前的柱子，此指房屋。

［12］踯躅（zhí zhú）：徘徊不前的样子。

［13］万族：不同的种类。族：类。

［14］朱轩：贵者所乘之车。绣轴：绘有彩饰的车轴。此指车驾之华贵。

［15］帐饮：古人设帷帐于郊外以饯行。东都：指东都门，长安城门名。据《汉书·疏广传》，疏广告老还乡时，士大夫设帐东都门外，为之饯行。

［16］金谷：晋代石崇在洛阳西北金谷所造金谷园。石崇曾在金谷园中设宴送王诩还长安，见其《金谷诗序》。

［17］驷马：古时四匹马拉的车驾称驷，马称"驷马"。仰秣（mò）：抬起头吃草。语出《淮南子·说山训》："伯牙鼓琴，驷马仰秣。"意谓音乐美妙动听，连马与鱼儿也倾听感动。

［18］造：至。衔涕：含泪。寂漠：即"寂寞"。

［19］惭恩：自惭于未报主人知遇之恩。

［20］报士：报答主上以国士相待之恩。

［21］韩国：指战国时侠士聂政为韩国严仲子报仇，刺杀韩相侠累于韩国都城一事。赵厕：指战国初期，豫让因自己的主人智氏为赵襄子所灭，乃变姓名为刑人，入宫潜伏于厕中，挟匕首欲刺死赵襄子一事。

［22］吴宫：指春秋时吴国公子光与吴王僚争权，公子光派刺客专诸刺杀吴王僚一事。燕市：指

荆轲与好友高渐离在燕国街上饮酒高歌,谋刺秦王政之事。

[23] 离邦去里:离别了故国故乡。

[24] 沥泣:洒泪哭泣。抆(wěn):擦拭。抆血,指眼泪流尽后又继续流血。

[25] 买价:指以生命换取金钱。泉里:黄泉。

[26] 金石震:钟、磬等乐器齐鸣。原本出自《燕丹太子》:"荆轲与武阳入秦,秦王陛戟而见燕使,鼓钟并发,群臣皆呼万岁,武阳大恐,面如死灰色。"

[27]"骨肉"句:语出《史记·刺客列传》,聂政刺杀韩相侠累后,剖腹毁容自杀,以免牵连他人。韩国当政者将他暴尸于市,悬赏千金。他的姐姐聂嫈说:"妾其奈何畏殁身之诛,终灭贤弟之名!"于是宣扬弟弟的义举,伏尸而哭,最后在尸身旁边自杀。骨肉,指死者亲人。

[28] 负羽:挟带弓箭。

[29] 辽水:辽河。在今辽宁省西部,流经营口入海。雁山:雁门山。在今山西原平市西北。

[30] 熏:香。

[31] 耀景:闪闪发光。

[32] 腾文:指露水在阳光下反射出绚烂的色彩。

[33] 镜:照耀。朱尘:红色的尘霭。照:日光。烂:光彩明亮而绚丽。

[34] 烟煴(yīn yūn):同"氤氲"。云气笼罩弥漫的样子。

[35] 爱子:爱人,指征夫。

[36] 讵相见期:岂有相见的日期。讵:岂有。

[37] 决:通"诀",诀别。

[38] 泪滋:泪多。

[39] 班:铺设。荆:树枝条。憎恨:倾诉离忧别恨。据《左传·襄公二十六年》记载,楚国伍举与声子相善。伍举将奔晋国,在郑国郊外遇到声子,"班荆相与食,而言复故"。后来人们就以"班荆道故"来比喻亲旧惜别的悲痛。

[40] 山曲:山坳。

[41] 湄:水边。

[42] 淄右:淄水西面,在今山东境内。古人以西为右方。

[43] 河阳:黄河北岸。古人以河北为阳。

[44] 绶:系官印的丝带。结绶,指出仕做官。

[45] 瑶草:仙山中的芳草。这里比喻闺中少妇。徒芳:比喻虚度青春。

[46] 晦:昏暗不明。流黄:黄色丝绢,这里指黄绢做成的帷幕。这一句指为免伤情,不敢卷起帷幕远望。

[47] 春宫:指闺房。閟(bì):遮蔽。

[48] 簟(diàn):竹席。

[49] 釭(gāng):灯。

[50]"织锦"二句:据武则天《璇玑图序》载:"前秦苻坚时,窦韬镇襄阳,携宠姬赵阳台之任,断妻苏蕙音问。蕙因织锦为回文,五彩相宣,纵横八寸,题诗二百余首,计八百余言,纵横反复,皆成章句,名曰《璇玑图》以寄滔。"一说窦韬身处沙漠,妻子苏蕙就织锦为回文诗寄赠给他(《晋书·列女传》)。

[51] 儻(tǎng):同"倘"。华阴:即华山,在今陕西华阴市。上士:道士,求仙的人。

[52] 服食:道家以为服食丹药可以长生不老。还山:即成仙,一作"还仙"。

〔53〕道已寂：指超越世俗而入于不生不灭之境，亦称寂灭。寂：进入微妙之境。

〔54〕不顾：指不过问尘俗之事。丹灶：炼丹炉。

〔55〕上汉：直上银河。

〔56〕骖(cān)：三匹马驾车称"骖"。鸾：古代神话传说中凤凰一类的鸟。

〔57〕芍药之诗：语出《诗经·郑风·溱洧》："维士与女，伊其相谑，赠以芍药。"抒写男女爱情。

〔58〕佳人之歌：指李延年的歌："北方有佳人，绝世而独立。"

〔59〕桑中卫女二句：青年男女幽会于桑中、上宫之地。桑中：卫国地名。上宫：陈国地名。卫女、陈娥：均指恋爱中的少女。《诗经·鄘风·桑中》："云谁之思？美孟姜矣。期我乎桑中，要我乎上宫。"

〔60〕方：情况，方式。

〔61〕盈：满。

〔62〕心折骨惊："心惊骨折"的修辞倒装。折、惊：均言创痛之深。

〔63〕渊：即王褒，字子渊。云：即扬雄，字子云。二人都是汉代著名的辞赋家。

〔64〕严：严安。乐：徐乐。二人为汉代著名文学家，曾上书武帝言时务。

〔65〕金闺：原指汉代长安金马门。后来为汉代官署名，是聚集才识之士以备汉武帝诏询的地方。彦：有学识才干的人。

〔66〕兰台：汉代朝廷中藏书和讨论学术的地方。汉设兰台令史，掌典校理图籍文书之事。

〔67〕凌云：据《史记·司马相如列传》载，司马相如作《大人赋》，汉武帝赞誉为"飘飘有凌云之气，似游天地之间"。

〔68〕雕龙：形容文章华美，如雕镂龙文一样。据《史记·孟子荀卿列传》载，驺奭写文章，善于闳辩。所以齐人称颂为"雕龙奭"。

【鉴赏导引】

离别是人生难免遭遇的痛苦经历，是人生的一大缺憾和悲哀。江淹的《别赋》用分类的形式择取离别的 7 种类型摹写离愁别绪，情致深切，辞文回转，旨远意长，曲折地映射出南北朝时战乱频繁、聚散不定的社会状况，具有极为感人的艺术魅力，在六朝抒情小赋中堪称新颖别致。

文章结构精妙，词句整饬。首段总起，泛写人生离别之悲，"黯然销魂者，唯别而已矣"为全文抒情定下基调，成为千古名句。中间 7 段分别描摹了 7 种典型的离别之情状：名士之别、剑客之别、从军之别、绝国之别、夫妻之别、方外之别、情侣之别，从不同的角度抒写离别之痛苦、凄绝。末段则以"别方不定，别理千名，有别必怨，有怨必盈"进行概括总结，指出"别"尽管情况各不相同，但使人"意夺神骇，心折骨惊"的结局是相同的，"别"的多种情状也说明人生的这种缺憾是无所不在、无可避免的，因而也就具有一种悲哀的力量，悲伤的情绪也正是美感产生的基础之一。

《别赋》借环境、景物描写和气氛渲染刻画人的心理感受，择取不同的场所、时序、景物来烘托情感，文辞清丽，格调高古，骈俪整饬，富于节奏感，充满诗情画意，读来如珠落玉盘，令人齿颊生香。尤其是"春草碧色，春水渌波，送君南浦，伤如之何"等句，已成为后世离别的代名词。

【广阅津梁】

1. 明代杨慎《升庵诗话》卷三：

江淹《别赋》"春草碧色,春水渌波,送君南浦,伤如之何",取诸目前,不雕琢而自工,可谓天然之句。

2. 明代谢榛《四溟诗话》：

诵之如行云流水,听之如金声玉振,观之如明霞散绮,讲之如独茧抽丝。

3. 清代何焯《义门读书记》：

赋家至齐梁,变态已尽,至文通已几几乎唐人之律赋矣。特其秀色,非后人之所及也。

【研讨练习】

1.《别赋》所写都是不同类型人物的共同心理,为什么读者却仍能感到生动、具体而形象呢?

2. 本文描摹了哪 7 种离别的情状?

（田秀娟）

滕王阁序[1]

王 勃

【作者传略】

　　王勃(649或650—676),字子安,绛州龙门(今山西河津)人,系隋代著名学者王通之孙。14岁时,被授为朝散郎,为沛王府修撰。曾漫游蜀中。补虢州参军,因擅杀官奴曹达,犯死罪,遇赦,革职。其父王福畤官雍州司功参军,因受牵连,被贬交趾令。王勃渡海省亲,溺水,惊悸而死。王勃与杨炯、卢照邻、骆宾王齐名,世称"初唐四杰"。"四杰"当中,王勃最富才气,成就最大。其诗歌题材较广,语言清新流畅。五言律诗是王勃最擅长的体裁,骈文创作也极富才情。有《王子安集》20卷传世。

　　豫章故郡[2],洪都新府[3];星分翼轸[4],地接衡庐[5];襟三江而带五湖[6],控蛮荆而引瓯越[7]。物华天宝[8],龙光射牛斗之墟[9];人杰地灵[10],徐孺下陈蕃之榻[11]。雄州雾列[12],俊采星驰[13]。台隍枕夷夏之交[14],宾主尽东南之美。都督阎公之雅望[15],棨戟遥临[16];宇文新州之懿范[17],襜帷暂驻[18]。十旬休假[19],胜友如云[20];千里逢迎,高朋满座。腾蛟起凤[21],孟学士之词宗[22];紫电清霜[23],王将军之武库[24]。家君作宰[25],路出名区;童子何知[26],躬逢胜饯。

　　时维九月,序属三秋[27];潦水尽而寒潭清[28],烟光凝而暮山紫。俨骖騑于上路[29],访风景于崇阿[30];临帝子之长洲[31],得仙人之旧馆[32]。层台耸翠,上出重霄;飞阁流丹[33],下临无地[34]。鹤汀凫渚[35],穷岛屿之萦回;桂殿兰宫[36],列冈峦之体势[37]。

　　披绣闼[38],俯雕甍[39],山原旷其盈视[40],川泽纡其骇瞩[41]。闾阎扑地[42],钟鸣鼎食之家[43];舸舰迷津[44],青雀黄龙之舳[45]。虹销雨霁[46],彩彻区明[47]。落霞与孤鹜齐飞[48],秋水共长天一色。渔舟唱晚,响穷彭蠡之滨[49];雁阵惊寒,声断衡阳之浦[50]。

　　遥襟甫畅[51],逸兴遄飞[52]。爽籁发而清风生[53],纤歌凝而白云遏[54]。睢园绿竹[55],气凌彭泽之樽[56];邺水朱华[57],光照临川之笔[58]。四美具[59],二难并[60]。穷睇眄于中天[61],极娱游于暇日。天高地迥[62],觉宇宙之无穷;兴尽悲来,识盈虚之有数[63]。望长安于日下[64],目吴会于云间[65]。地势极而南溟深[66],天柱高而北辰远[67]。关山难越,谁悲失路之人[68]?萍水相逢[69],尽是他乡之客。怀帝阍而不见[70],奉宣室以何年[71]?

　　嗟乎!时运不齐[72],命途多舛[73]。冯唐易老[74],李广难封[75]。屈贾谊于长沙[76],非无圣主;窜梁鸿于海曲[77],岂乏明时?所赖君子见机[78],达人知命[79]。老当益壮,宁移白首之心[80];穷且益坚[81],不坠青云之志[82]。酌贪泉而觉爽[83],处涸辙以犹欢[84]。北海虽赊[85],扶摇可接[86];东隅已逝[87],桑榆非晚[88]。孟尝高洁[89],空怀报国之心;阮籍猖狂^[90]，岂效穷途之哭！

勃，三尺微命^[91]，一介书生^[92]。无路请缨^[93]，等终军之弱冠^[94]；有怀投笔^[95]，慕宗悫之长风^[96]。舍簪笏于百龄^[97]，奉晨昏于万里^[98]。非谢家之宝树^[99]，接孟氏之芳邻^[100]。他日趋庭^[101]，叨陪鲤对^[102]；今兹捧袂^[103]，喜托龙门^[104]。杨意不逢^[105]，抚凌云而自惜^[106]；钟期既遇^[107]，奏流水以何惭^[108]？

呜呼！胜地不常，盛筵难再^[109]；兰亭已矣^[110]，梓泽丘墟^[111]。临别赠言^[112]，幸承恩于伟饯^[113]；登高作赋^[114]，是所望于群公。敢竭鄙怀，恭疏短引^[115]；一言均赋^[116]，四韵俱成^[117]。请洒潘江^[118]，各倾陆海云尔^[119]。

> 滕王高阁临江渚，佩玉鸣鸾罢歌舞。
> 画栋朝飞南浦云，珠帘暮卷西山雨。
> 闲云潭影日悠悠，物换星移几度秋。
> 阁中帝子今何在？槛外长江空自流。

【注释】

[1]《滕王阁序》全称《秋日登洪府滕王阁饯别序》。秋日：指唐高宗上元三年(676)九月。当时，洪州都督阎公为饯别新州宇文刺史，在滕王阁中大宴宾客。王勃在前往南海省亲途中路经此地，参与宴会，并即席写成此文。洪府：洪州，治所在今江西省南昌市。滕王阁：唐高祖李渊之子李元婴任洪州都督时所建，是著名的游览胜地。由于李元婴曾受封为滕王，故名"滕王阁"。

[2]豫章：汉郡名。治所在南昌。

[3]洪都：唐时改豫章郡为洪州，设大都督府，故称"新府"。

[4]翼、轸(zhěn)：星宿名，二十八宿中的两颗。古代天文学家把星空的划分与地面的区域联系在一起，即地面的每一区域都划在某一星空范围之内，称为分野。据《越绝书》记载，豫章郡古属楚地，当翼、轸二星之分野。

[5]衡：衡山，此代指衡州(治所在今湖南省衡阳市)。庐：庐山，此代指江州(治所在今江西省九江市)。

[6]三江：泛指长江中下游的江河。五湖：南方大湖的总称。此句是说，以三江为襟，以五湖为带，意谓洪州周围江湖环绕，水道纵横。

[7]控：控制。蛮荆：古楚地，今湖北、湖南一带。引：牵挽。瓯越：古越地，即今浙江南部地区。古东越王建都于东瓯(今浙江省南部)。

[8]物华天宝：物有光华，天有珍宝。

[9]龙光：宝剑的光辉。牛、斗：星宿名，二十八宿中的两颗。墟：区域。据《晋书·张华传》记载，晋初，牛、斗二星之间常有紫气照射。张华请教精通天象的雷焕，雷焕称这是宝剑之精，上彻于天。张华命雷焕为丰城令寻剑，果然在丰城(今江西省丰城市，古属豫章郡)牢狱的地下，掘地四丈，得一石匣，内有龙泉、太阿二剑。后这对宝剑入水化为双龙。

[10]人杰地灵：人为俊杰之才，地有灵秀之气。

[11]徐孺：即徐孺子，名稚，东汉豫章郡的高士。陈蕃：东汉豫章太守。榻：古代一种狭长而低矮的坐卧用具。据《后汉书·徐稚传》记载，陈蕃素不接待客人，专为徐稚设置一榻，平时挂起，只有徐稚来访才放下。

[12]雄州雾列：指雄伟的洪州城像雾一样涌起。这是形容洪州繁盛。

［13］俊采星驰：俊美的人才像流星一样飞驰。这是形容洪州人才之多。

［14］台隍(huáng)：城楼和没有水的护城河,文中代指南昌城。枕：倚、据。夷：蛮夷,指荆楚地区。夏：华夏,指中原地区。

［15］阎公：洪州都督,生平不详。雅望：美好的声望。

［16］棨戟(qǐ jǐ)：有衣套的戟,古时大官出行时的一种仪仗。遥临：从远处来到。

［17］宇文：复姓,名不详,时任新州(今广东新兴)刺史。宇文新州和下文的孟学士、王将军都是当时的座中宾客。懿范：美好的风范。

［18］襜(chān)帷：车的帷幔,文中指宇文新州的车马。暂驻：指路过洪州,参加了滕王阁中的宴会。

［19］十旬休假：指滕王阁中的宴会恰好赶上十天一次旬休的日子。唐制,官员每工作十天休息一天,叫作"旬休"。

［20］胜友：才华出众的友人。

［21］腾蛟起凤：形容文章的辞采有如蛟龙腾空、凤凰展翅一样灿烂夺目。

［22］孟学士：生平不详。词宗：文辞的宗主。

［23］紫电、清霜：古代两把著名的宝剑。据《古今注》和《西京杂记》记载,前者为孙权所有,后者为刘邦所有。

［24］王将军：生平不详。武库：武器仓库,文中指军事韬略。语出《晋书·杜预传》。

［25］家君：家父。宰：县令。当时王勃的父亲任交趾县令。

［26］童子何知：指年轻学识浅薄。语出《左传》成公十六年。

［27］序：时序,季节。三秋：秋季,文中指秋季的第三个月,即农历九月。

［28］潦(lǎo)水：雨后的积水。

［29］俨(yǎn)：通"严",整治。骖騑(cān fēi)：驾车的马。古代四马驾一车,中间两匹马叫服马,边上两匹马叫骖马,又叫騑马。上路：高路。

［30］崇阿：高丘。

［31］帝子：皇子,指滕王李元婴。长洲：江边沙洲,指滕王阁所在地。

［32］仙人：犹"帝子"。旧馆：指滕王阁。

［33］飞阁：架空建筑的阁道。流：形容彩画册鲜艳欲滴。丹：丹漆,文中指彩色。

［34］下临无地：从高处往下看,大地好像消失了似的。语出自梁朝王巾《头陀寺碑文》。

［35］汀：水边平地。凫：野鸭。渚：水中小洲。

［36］桂殿兰宫：用桂、兰等名贵树木修建的宫殿,文中是形容宫殿华丽。

［37］列：排列。体势：样子。

［38］披绣闼(tà)：打开雕刻得精美细致的阁门。

［39］甍(méng)：屋脊。雕甍：雕刻华丽的屋脊。

［40］旷：远。盈视：充满视野。

［41］纡：弯曲。骇瞩：所见的景物使人感到吃惊。以上两句是说,极目远望,辽阔的山岭、平原充满人的视野;弯曲的河流、湖泊使人看了吃惊。

［42］闾阎：里门,文中代指房屋。扑地：遍地。

［43］钟鸣鼎食：鸣钟列鼎而食,形容富贵人家生活豪华。

［44］舸(gě)舰：大船。迷津：船只很多,使渡口迷乱。迷,一作"弥",塞满。

［45］轴：通"舳"(zhú),船后把舵处,文中代指船。青雀黄龙之轴：指船头做成鸟头形、龙头形。

[46] 销：同"消"，消失。霁：雨停。

[47] 彩：指日光。彻：遍布。区：天空。

[48] 鹜：野鸭。此二句由庾信《马射赋》中的"落花与芝盖齐飞，杨柳共春旗一色"变化而来。

[49] 彭蠡(lǐ)：即鄱阳湖。

[50] 断：止。衡阳：今湖南省衡阳县。浦：水边。相传衡阳境内的衡山有回雁峰，雁飞至此，不再南飞，待春而回。

[51] 遥襟：旷远的胸怀。甫：刚刚。畅：舒展。

[52] 逸兴：飘逸的兴致。遄(chuán)：迅速飞动。

[53] 爽籁：参差不齐的排箫。

[54] 纤歌：细柔悠扬的歌声。白云遏：白云止而不行。此句由《列子·汤问》中的"响遏行云"变化而来。以上两句是说，排箫声起，仿佛清风徐来；纤歌缭绕，白云好像止而不行。

[55] 睢园：西汉梁孝王刘武在睢阳(今河南商丘)的菟园，刘武经常在此与文士饮酒赋诗。文中代指滕王阁。

[56] 凌：超过。彭泽：指东晋诗人陶渊明，他曾担任过彭泽令。樽：酒杯。此句是说，在座的诗人文士豪爽善饮的气概已经超过了陶渊明。

[57] 邺(yè)水：指邺郡，今河南省临漳县，曹魏政权的兴起之地。朱华：荷花，文中代指曹植的文采。曹植曾在邺地作过《公宴诗》，诗中有"朱华冒绿池"的诗句。

[58] 临川：指谢灵运，他曾做过临川内使。以上两句是借曹植和谢灵运来比拟与宴者文采出众。

[59] 四美：指良辰、美景、赏心、乐事。

[60] 二难：指贤主与嘉宾。难：难得。

[61] 穷睇眄(miǎn)：极目而视。中天：天的中心，指天的最高处。

[62] 迥：远。

[63] 盈虚：月圆月缺，借指盛衰。数：定数，命运。

[64] 日下：指京师长安。古时帝王称日，京师乃帝王所在之处，故称日下。此句作者用《世说新语·夙愿》篇中晋明帝幼时典故，慨叹自己贬谪南行，远离朝廷。

[65] 目：看。吴会：吴郡与会稽郡，治所在今江苏苏州和浙江绍兴。云间：吴地的古称。此句化用《世说新语·排调》中陆士龙的典故，感叹自己不能像陆士龙当年那样少年得志。

[66] 南溟：南海。此句是说，地势尽于南(指由高向低倾斜)，而南海最低。

[67] 天柱：古代神话，昆仑山上有铜柱，耸入云天，故称天柱。事见《神异经》。北辰：北极星。语出《论语·为政》。文中的"天注""北辰"，都是暗指君主，意谓自己远离君主，心中惆怅，以引出下文的感慨。

[68] 失路：比喻不得志。

[69] 萍水相逢：比喻偶然际会，聚而又散。

[70] 帝阍(hūn)：天帝的守门人，代指宫门。语出《离骚》。

[71] 奉：侍奉。宣室：汉未央宫正殿，为帝王召见大臣的议事之处。贾谊贬谪长沙，四年后，汉文帝把他召回长安，于宣室中问以鬼神之事。此句是说，自己何时才能重新侍奉国君呢？

[72] 不齐：不平，曲折坎坷。

[73] 命途：命运。舛(chuǎn)：不顺。

[74] 冯唐：西汉人，文帝时为车骑都尉，景帝时出为楚相，不久免官。武帝求贤良之士，有人推

荐冯唐,但此时他已90多岁,无法再做官。事见《史记·冯唐列传》。此句是用冯唐的典故自叹年华易逝。

[75] 李广:汉武帝时的名将,屡立战功,即始终未能封侯。事见《史记·李将军列传》。此句是用李广的典故自叹功业难成。

[76] 屈:委屈。贾谊:汉文帝时任太中大夫,年少才高,后受排挤,贬为长沙王太傅。

[77] 窜:逐。梁鸿:东汉人,因得罪汉章帝,不得不避居到齐鲁之间的海滨地区。海曲:海隅,滨海之地。

[78] 所赖:可以依赖的是。机:通"几",预兆。见机:看到细微的预兆。

[79] 达人:通达事理的人。知命:认识天命。

[80] 宁:岂。此句是说,岂能在白发暮年改变心志。

[81] 穷:困厄,处境艰难。

[82] 青云之志:比喻远大崇高的志向。语出《续逸民传》:"嵇康早有青云之志。"

[83] 酌:饮。贪泉:传说广州城外的石门有贪泉,人饮此泉之水,必起贪心。此句是说,廉洁的人即使处于污浊的环境之中,也能保持内心的纯洁。典出《晋书·吴隐之传》。

[84] 涸辙:积水已干涸的车辙,比喻困厄的处境。此句是说,身处困境,仍能自得其乐。典出《庄子·外物》。

[85] 赊:遥远。

[86] 扶摇:旋风。语出《庄子·逍遥游》。以上两句是说,世间极遥远的目标,终有实现的可能。

[87] 东隅:日出处,文中指早年的时光。

[88] 桑榆:日落处,文中指晚年。以上两句是说,早年的时光已经逝云,晚年的岁月还可望成功。语出《后汉书·冯异传》:"失之东隅,收之桑榆。"

[89] 孟尝:字伯周,东汉人。曾任合浦太守,以廉洁奉公著称,后因病隐居。

[90] 阮籍:字嗣宗,晋代名士。猖狂:放任而不拘礼法。以上四句是说,自己要像孟尝那样,即使不为世用,仍要保持高尚的节操,而不能像阮籍那样放任不拘礼法。

[91] 三尺微命:指地位低下。

[92] 一介:一个,表微小的谦辞。

[93] 请缨:请求皇帝赐给长缨(缚敌用的长绳)。

[94] 等:相同于。终军:西汉人,武帝时为谏议大夫,出使南越(今两广一带),他请求赐给长缨,要把南越王缚到长安。事见《汉书·终军传》。弱冠:古人20岁行冠礼,表示成年,此时身体尚弱,故称"弱冠"。以上两句是说,自己年龄与终军相同,却没有请缨报国的机会。

[95] 有怀投笔:有投笔从戎的意愿。

[96] 宗悫(què):南朝刘宋时代人,年少时曾向叔父自述志向,云"愿乘长风破万里浪"。事见《宋书·宗悫传》。

[97] 簪笏(zān hù):古代官员用的冠簪和手版,文中代指官职。百龄:一生。

[98] 奉晨昏:早晚侍奉父母。以上两句是说,宁愿舍弃一生的富贵前途,到万里之处去侍奉父亲。

[99] 宝树:指玉树,比喻优秀子弟。谢家之宝树:指谢玄。典出《世说新语·言语》

[100] 接:结交。孟氏:孟轲,传说其母为教育儿子曾多次择邻而居。事见《列女传·母仪篇》。芳邻:好邻居。以上两句是说,自己虽然不是谢玄那样的好子弟,但却荣幸地参加了这次盛会,得以

结交许多嘉宾。

　　[101] 趋庭：在庭中快步走过，表示对长辈的尊敬。

　　[102] 叨(tāo)：叨光，谦辞。叨陪：犹言幸同，幸从。鲤：孔鲤，孔子的儿子。对：庭对，指接受教诲。典出《论语·季氏》。以上两句是说，自己将前往南海接受父亲的教诲。

　　[103] 捧袂(mèi)：举起双手，古人作揖的动作，文中指拜见阎公。

　　[104] 龙门：即河津，在今山西稷山，相传鱼跳过龙门，就可变化为龙。托龙门：即登龙门，比喻由于谒见名人而提高了自己的身份。典出《后汉书·李膺传》。以上两句是说，自己能参加阎公的宴会，好比登龙门一样。

　　[105] 杨意：汉武帝的太监杨得意，他曾把自己的同乡，著名的辞赋家司马相如推荐给汉武帝。杨意不逢：即"不逢杨意"的倒文。

　　[106] 抚：抚弄。凌云：原指司马相如所作的《大人赋》，文中代指司马相如所作的文章。典出《史记·司马相如列传》。以上两句是说，未遇到杨得意那样的举荐者，只能抚凌云之赋而自惜。

　　[107] 钟期：即钟子期，古代著名琴师俞伯牙的知音。

　　[108] 奏流水：原指俞伯牙演奏琴曲，文中指写作《滕王阁序》。典出《列子·汤问》："伯牙善鼓琴，钟子期善听。伯牙鼓琴……志在流水，钟子期曰：'善哉！洋洋兮若江河。'伯牙所念，钟子期必得之。"以上两句是说，既遇知音，在宴会上赋诗作文，又有什么可惭愧的呢？

　　[109] 难再：难第二次遇到。

　　[110] 兰亭：在今浙江绍兴附近，东晋王羲之等人曾在此宴集，并定下了著名的《兰亭集序》。已矣：已成为陈迹。

　　[111] 梓泽：西晋贵族石崇金谷园的别称，故址在今河南省洛阳市西北。丘墟：废墟。以上两句是说，兰亭已经成为陈迹，金谷园也变成废墟。

　　[112] 赠言：赠送这篇序文。

　　[113] 承恩：指得到阎公的恩顾。伟饯：盛宴。

　　[114] 登高作赋：指登滕王阁赋诗作文。

　　[115] 疏：陈述，叙写。短引：短序。

　　[116] 一言：一字，指以一字为韵。赋：分。此句是说，每人分一韵作诗。

　　[117] 四韵：律诗一般两句一韵，四韵八句为一首，文中指王勃所作《滕王阁诗》。

　　[118] 潘：指晋朝著名文人潘岳。

　　[119] 陆：指陆机。潘江、陆海：比喻潘岳、陆机文才出众。语出钟嵘《诗品》："陆(机)才如海，潘(岳)才如江。"文中是用来形容座中宾客的文才。云尔：语气助词，用在句尾，表示全文结束。

【鉴赏导引】

　　这是一篇用骈体文写成的赠序。文中描绘了滕王阁四周的景物和宴会盛况，意境开阔。作者借参加滕王阁宴会、登高望远之际，感怀时事，抒写怀抱，寓有怀才不遇、报国无门的深沉慨叹。全文紧密围绕滕王阁宴会这一中心渐次展开。首段历叙洪州的地势形胜、人杰地灵；第二、三、四段写登临时的所见之景，由近及远，由实转虚；第五段由宴会之盛引发出人生感慨；第六、七段叙述自身的遭遇及去向，交代作序辞别之意。文章写景生动，文辞瑰丽，笔法多变，典故运用，娴熟自如，给人以宛转曲达、无施不宜之感。通篇采用四六句式，且以对偶贯穿始终，形式严整精美，堪称骈文典范。

【广阅津梁】

1. 唐代韩愈《新修滕王阁记》：

愈少时则闻江南多临观之美，而滕王阁独为第一，有瑰玮绝特之称。及得三王所为序、赋、记等，壮其文辞，益亦欲往一观而读之。

2. 清代李扶九《古文笔法百篇》卷十八：

以文论，此四六体也，平仄要合，对仗要工，段落要明，次序要清，多用古典，词要藻丽，方有足观。以法论，首叙天文地理，次叙贤主嘉宾，次叙时令，次叙阁内阁外，似尽矣；乃忽拓开笔势，将古之失志者感慨一番，又将今之失志者规勉一番，方叙到自己又自负一番，波澜壮阔，不是徒了题目者。

3. 近代高步瀛《唐宋文举要》乙编卷一：

王益吾曰："文兴到落笔，不无机调过熟之病。而英思壮采，如泉源之涌，流离迁谪，哀感骈集，固是名作，不能抹杀。"

【研讨练习】

1. 概括说明本文抒发的情感内容。
2. 鉴赏名句"落霞与孤鹜齐飞，秋水共长天一色"。

（冷淑敏）

鸟鸣涧

王 维

【作者传略】

王维(约 701—761),字摩诘,原籍太原祁州(今山西祁县),父辈开始迁居蒲州(今山西永济市)。开元进士,官至给事中、尚书右丞,世称王右丞。晚年居住在蓝田辋川,过着亦官亦隐的闲适生活。诗歌作品以山水诗为主,通过山水田园的描绘,表现隐士生活和佛教禅理。有"诗佛"之称,与孟浩然合称"王孟"。前期以边塞为题材的部分诗篇,情调激昂,风格爽朗。王维具有多种艺术才能,擅长音乐与绘画,且能将其融入诗歌创作当中。因此后人往往用"诗中有画""诗中有禅"来概括王维诗歌的特点。今存诗 400 余首,重要诗作有《相思》《山居秋暝》《渭川田家》等。有《王右丞集》。

人闲桂花落[1],夜静春山空。

月出惊山鸟,时鸣春涧中[2]。

【注释】

[1] 闲:寂静。一作"间"。人闲:指寂无人声之处。桂花:指春桂。

[2] 时鸣:不时地啼叫。涧:山沟。

【鉴赏导引】

此诗系《皇甫岳云溪杂题》五首之一,主要描写山中春夜的月景。诗人采用以动写静的手法,着力营造一种静谧的意境。这种意境既是一种审美的境界,也是诗人内心体悟到的禅意的感性显现。

"月出惊山鸟,时鸣春涧中",便是以动写静,一"惊"一"鸣",看似打破了夜的静谧,实则用声音的描述衬托山里的幽静与闲适,与王籍"蝉噪林逾静,鸟鸣山更幽"(《入若耶溪》)有异曲同工之妙,表现了极为空灵的艺术境界。这种不动声色、超然物外的表述方式,乃是其宗教情怀的艺术显现,与佛教典籍的表述方式是一致的。

【广阅津梁】

1. 清代徐增《而庵说唐诗》:

右丞精于禅理,其诗皆合圣教。

2. 清代黄叔灿《唐诗笺注》：

　　闲事闲情，妙以闲人领此闲趣。

3. 清代李锳《诗法易简录》：

　　鸟鸣，动机也；涧，狭境也。而先着夜静春山空五字于其前，然后点出鸟鸣涧来，便觉有一种空旷寂静景象，因鸟鸣而愈显者，流露于笔墨之外。一片化机，非复人力可到。

【研讨练习】

1. 结合本诗，谈谈王维诗歌"诗中有画"的特点。
2. "人闲桂花落"中的"闲"字很有表现力，历来为人称道，你认为好在哪里？

（冷淑敏）

行路难

李 白

【作者传略】

李白(701—762),唐代伟大的浪漫主义诗人,被后人誉为"诗仙",字太白,号青莲居士。李白生活在盛唐时期,25岁时只身出蜀,开始了漫游生活。后世将李白和杜甫并称"李杜"。他的诗歌总体风格清新俊逸,既反映了时代的繁荣景象,也揭露了统治阶级的荒淫和腐败,表现出蔑视权贵,反抗传统束缚,追求自由和理想的积极精神。

金樽清酒斗十千,玉盘珍羞值万钱。

停杯投箸不能食[1],拔剑四顾心茫然。

欲渡黄河冰塞川,将登太行雪满山。

闲来垂钓碧溪上,忽复乘舟梦日边[2]。

行路难,行路难,多歧路,今安在?

长风破浪会有时[3],直挂云帆济沧海[4]。

【注释】

[1] 投箸:丢下筷子。箸(zhù):筷子。不能食:咽不下。茫然:无所适从。

[2] 闲来垂钓碧溪上,忽复乘舟梦日边:这两句暗用典故。姜太公曾在渭水的磻溪上钓鱼,得遇周文王,助周灭商;伊尹曾梦见自己乘船从日月旁边经过,后被商汤聘请,助商灭夏。姜太公和伊尹都曾辅佐帝王建立不朽功业,诗人借此表明自己对从政仍有所期待。碧:一作"坐"。闲来:空闲的时候。来:语助词。忽复:忽然又。乘舟梦日边:应是"梦乘舟日边",诗词中常有韵律句式而颠倒词语。

[3] 长风:一直顺利的风。会:副词,"一定、必然"的意思。

[4] 直:径直,直截了当。济:渡。

【鉴赏导引】

唐玄宗天宝元年(742),李白因道士吴筠的举荐,被唐玄宗召入长安。李白以为实现夙愿的机会已到,怀着无比欣喜之情奔赴京城。然而,唐玄宗并不让他参与政事,只是让他供奉翰林,做一个文学侍臣,以诗赋为朝廷点缀升平,这使李白大为失望。李白生性兀傲,不愿屈己于人,更不愿"摧眉折腰事权贵",因此遭到权臣贵戚的嫉恨。他们在玄宗面前屡进谗言,诋毁李白,致使唐玄宗将李白"赐金放还",令他离开京城。李白满怀建功立业的雄心热望入京,结果带着失望与悲愤离开。长安生活虽然前后不满两年,但却使李白认识到了朝廷的腐朽黑暗,认识到了实现自己理想的艰难。离开长安以后,他写了不少诗篇反映英雄失路的悲愤之情,这首诗即其中之一。

《行路难》是乐府旧题,原多表达世路艰难及离别伤悲之意,属于《杂曲歌辞》。李白于天宝三年(744)离开长安时,以《行路难》为题写了3首诗。这是其中第一首。诗歌以雕塑般的动作宣泄内心的苦闷,然后以冰塞黄河、雪满太行的意中之象,以及碧溪垂钓、日边乘舟的典故,表现理想与现实之间的矛盾。篇末突开异境,以豪迈之情表现对未来的无限憧憬。诗歌以长短变化的语句,错落有致的音节表达壮志难酬的苦闷,以多方面的对比手法来刻画忧愤满怀的抒情主人公形象,因而形象完满、富有立体感。

【广阅津梁】

1. 宋代刘辰翁《唐诗品汇》卷二十六:

　　结得不至鼠尾,甚善,甚善!

2. 明代朱谏《李诗选注》卷二:

　　赋也。世路难行如此,惟当乘长风挂云帆以济沧海,将悠然而远去,永与世相违,不蹈难行之路,庶无行路之忧耳。

3. 清代应时《李杜诗纬·李集》卷一:

　　太白纵作失意之声,亦必气概轩昂;若杜子则不然。

4. 清代爱新觉罗·弘历《唐宋诗醇》卷二:

　　"冰塞""雪满",道路之难甚矣。而日边有梦,破浪济海,尚未决志于去也。后之二篇,则畏难而决去矣。此盖被放之初,述怀如此,真写得"难"字意出。

【研讨练习】

1. 这首诗主题思想是什么?有何认识意义和借鉴意义?

2. "欲渡黄河冰塞川,将登太行雪满山"两句用的是哪种表现手法?它们的言外之意是什么?

3. 作者在本诗中的情感活动有何特点?它对本诗的结构有何影响?

(胡　蓉)

第四单元
中世文学·分化期

—— 中唐至宋末

登 高

杜 甫

【作者传略】

杜甫(712—770),字子美,有过3次历时10年的南北漫游、裘马轻狂的美好日子,又有10年长安的屈辱、辛酸的求仕经历。安史之乱中,陷落于长安,潜出后,奔赴凤翔——唐肃宗当时的驻在地,被授予左拾遗,但因疏救房琯,被贬为华州司功参军。此后,长期漂泊西南。曾于成都郊外草堂闲居,又避乱于梓州、阆中,还曾一度在严武幕下做过幕职。后迁居夔州,再出峡,漂泊江湘,最后病逝于湘江小舟中。其诗今存1400余首,有诗集《杜工部集》(《四部备要》本较多地保留了早期刻本面貌)。杜诗内容广博,手法精严,风格沉郁顿挫,融众家之长,备诸体之妙,对中国古代诗歌有极为深刻的影响,向来被推崇为"诗圣"。

风急天高猿啸哀,渚清沙白鸟飞回。

无边落木萧萧下,不尽长江滚滚来。

万里悲秋常作客,百年多病独登台。

艰难苦恨繁霜鬓,潦倒新亭浊酒杯[1]。

【注释】

[1]"潦倒"句:时杜甫因患肺病而停酒。潦倒:颓废不振。亭:通"停"。

【鉴赏导引】

持续8年之久的安史之乱,至广德元年(763)虽告结束,但边患并未平息,吐蕃、回纥纷纷乘虚而入,藩镇拥兵割据,战乱时期,百姓涂炭,唐王朝再也无力挽回颓势。杜甫原依好友严武居于蜀中,孰料严武于永泰元年(765)去世,四川军阀混乱,杜甫难以存身,于是决计离开成都沿江东下,于大历元年(766)到达夔州,滞留于此,时年已50岁。诗人长期漂泊,备尝艰辛,晚年多病,故交零落,壮志难酬,感慨人生。大历二年(767)秋,登高有感,遂作此诗。

诗歌前4句写空阔无边、悲壮苍凉的秋声秋色,后4句写登高悲秋、百感交集的情怀。个人身世之叹,与时世政局之悲,都浓缩于其间,既博大雄浑,又苍凉悲慨。全诗格律严整,通篇对仗,意境浑成,自然流转,毫无拘滞之迹,其驾驭格律的自如,为历代少见。

【广阅津梁】

1. 宋代罗大经《鹤林玉露》：

万里，地之远也；悲秋，时之惨凄也；作客，羁旅也；常作客，久旅也；百年，暮齿也；多病，衰疾也；台，高迥处也；独登台，无亲朋也。十四字之间含有八意，而对偶又精确。

2. 明代胡应麟《诗薮》：

杜"风急天高"一章五十六字，如海底珊瑚，瘦劲难名，沉深莫测，而精光万丈，力量万钧，通章章法、句法、字法，前无昔人，后无来学，微有说者，是杜诗，非唐诗耳。然此诗自当为古今七言律第一，不必为唐人七言律第一也。

3. 清代李瑛《诗法易简录》：

前四句凭空写景，突然而起，层叠而下，势如黄河之水天上来，澎湃潆回，不可端倪。而以五、六句承明作客，登高情事，是何等神力！末二句对结，"苦恨"与"新停"对，"苦"字活用。

【研讨练习】

1. 诗中第三句的"悲秋"二字，在结构上有何作用？

2. 诗人是如何用写景来烘托自己的悲愁情怀的？

3. "万里悲秋常作客，百年多病独登台"，其中包含了哪些感情内容？试做具体分析。

（胡　蓉）

无　题

李商隐

【作者传略】

李商隐(813—858),字义山,号玉溪生,又号樊南生。少年以古文知名,后受知于令狐楚(牛党),学骈文,卓然成家。开成二年(837)中进士。令狐楚死后,入王茂元(李党)幕,卷入党争的漩涡,沉沦下僚,频繁地迁徙于各地幕府,潦倒至死。李商隐善于锤炼诗意,表现人的幽微难明的心境。他的诗带有浓重的感伤情调,意境深情绵邈,婉曲细密,特色鲜明,有很强的艺术感染力。

相见时难别亦难,东风无力百花残[1]。

春蚕到死丝方尽[2],蜡炬成灰泪始干[3]。

晓镜但愁云鬓改[4],夜吟应觉月光寒[5]。

蓬山此去无多路[6],青鸟殷勤为探看[7]。

【注释】

[1] 东风无力百花残:这里指百花凋谢的暮春时节。东风:春风。残:凋零。

[2] 丝方尽:丝,与"思"谐音,以"丝"喻"思",含相思之意。

[3] 蜡炬:蜡烛。泪始干:泪,指燃烧时的蜡烛油,这里取双关义,指相思的眼泪。

[4] 晓镜:早晨梳妆照镜子。镜,用作动词,照镜子的意思。云鬓:女子多而美的头发,这里比喻青春年华。

[5] 应觉:设想之词。月光寒:指夜渐深。

[6] 蓬山:蓬莱山,传说中海上仙山,指仙境。

[7] 青鸟:神话中为西王母传递音讯的信使。殷勤:情谊恳切深厚。探看(kān):探望。

【鉴赏导引】

李商隐有意以"无题"作为诗歌的题目,这是他的一大创造。推测起来,他是出于两方面的考虑:一是因为诗中所写的男女情爱,在那个时代不便向人明言;二是因李商隐一生在牛李党争的夹缝中求生存,对朋党倾轧深怀忧惧,故凡有政治感触,多托以男女情事,为避嫌疑,干脆题为"无题"。这首《无题》诗,写作年代已不可考,有关本事也不得而知。过去旧注家多说有政治寓意,有的认为是因宰相李德裕被贬崖州(今海南),作者写诗对他表示敬慕和同情。但这些猜测均依据不足,于诗意亦有不通之处。现在一般都认为这是一首纯粹写男女爱情的作品。诗歌一开头就用两个"难"字来突出离别的痛苦,又以浸透着主观情感的残春景况加以烘托,造成了凄艳、悲哀的境界;颔联是坚贞不屈的爱情表白与宣誓;颈联为细腻的体贴和关注;尾联点出阻隔之深和决不放弃的心志。诗歌以真挚、缠绵而纯净的情感,成为古代爱情诗的典范。

【广阅津梁】

1. 宋代蔡启《蔡宽夫诗话》引王安石语:

虽老杜无以过也。

2. 金性尧《唐诗三百首新注》:

此诗也可能有人事关系上的隐托,但这里还是就诗论诗,只作为爱情诗看。

3. 刘大杰《中国文学发展史》:

读了李商隐的爱情诗,便知道李商隐写爱情诗手腕的高妙。他的长处,是严肃而不轻薄,清丽而不浮浅。有真实的情感,也有真实的体验。抒情深而厚,造意细而深。

【研讨练习】

1. "相见时难别亦难"一句中的两个"难"字,各有什么不同的含义? 这一句连用两个"难"字,表达了怎样的感情?

2. "春蚕到死丝方尽,蜡炬成灰泪始干"两句,运用了什么修辞手法? 表达了怎样的感情?

3. 第三联转换笔锋,设身处地去悬想对方的心境意绪。这对表现诗人自己的相思之苦有什么好处? 此诗第二联中的"方"和"始",第三联中的"晓"和"夜",对加强诗歌的感情深度有什么作用?

(胡　蓉)

八声甘州

柳　永

【作者传略】

柳永,其生卒年现已无法确考,一般认为柳永生年约为雍熙四年(987),卒年约为皇祐五年(1053)。原名三变,字景庄,后改名永,字耆卿。排行第七,人称"柳七",崇安(今福建武夷山)人。宋仁宗景祐元年(1034)进士,官至屯田员外郎。由于仕途坎坷、生活潦倒,他由追求功名转而厌倦官场,耽溺于旖旎繁华的都市生活,在"倚红偎翠""浅斟低唱"中寻找寄托。作为北宋第一个专力作词的词人,他不仅开拓了词的题材内容,而且制作了大量的慢词,发展了铺叙手法,促进了词的通俗化、口语化。《避暑录话》卷三记西夏归朝官语:"凡有井水饮处,即能歌柳词。"可见柳词影响之大。有《乐章集》。

　　对潇潇[1]暮雨洒江天,一番洗清秋[2]。渐霜风凄紧,关河冷落,残照当楼。是处红衰翠减[3],苒苒物华休[4]。惟有长江水,无语东流。

　　不忍登高临远,望故乡渺邈[5],归思难收。叹年来踪迹,何事苦淹留[6]?想佳人妆楼颙望[7],误几回、天际识归舟。争知我,倚栏杆处,正恁凝愁[8]!

【注释】

[1] 潇潇:雨势急剧貌。

[2] 一番洗清秋:经过一场暴雨的洗涤,成为凄清的秋天。

[3] 红衰翠减:花木凋零。

[4] 苒(rǎn)苒物华休:景物逐渐凋残。

[5] 渺邈(miǎo):遥远。

[6] 淹留:久留他乡。

[7] 颙(yóng)望:抬头呆望。

[8] 凝愁:愁结不解。

【鉴赏导引】

　　柳永曾四处漂泊,足迹遍布大半个中国,饱尝羁旅况味,所以在词中往往将山水风物、恋情相思与身世之叹交织表现。这首《八声甘州》,就属于这一类羁旅行役之作。

　　这是柳词中的名篇,是一首望乡词,通篇贯串一个"望"字。上阕是登楼凝望中所见,笼罩着悲凉的秋意,触动着抒情主人公的归思。"霜风凄紧"3句,以深秋萧瑟寥廓的景象表现客中情怀,连苏轼也以为"不减唐人高处"(宋赵令畤《侯鲭录》引《能改斋漫录》晁补之语)。

下阕是望中所思,从自己的望乡想到意中人的望归,如此着笔,便把独望变成了双方关山远隔的千里相望,见出两地同心,俱为情苦。另外,此词多用双声叠韵词,以声为情,声情并茂。双声如"清秋""冷落""渺邈"等,叠韵如"长江""无语""阑干"等,间见错出,相互配合,时而嘹亮,时而幽咽,有助于增强声调的亢坠抑扬,更好地表现心潮的起伏不平。

【广阅津梁】

1. 唐圭璋《唐宋词简释》:

此首亦柳词名著。起写雨后之江天,澄澈如洗。"渐霜风"三句,更写风紧日斜之境,凄寂可伤。以东坡之鄙柳词,亦谓此三句"唐人佳处,不过如此"。"是处"四句,复叹眼前景物凋残,惟有江水东流,自起首至此,皆写景。"叹年"两句,自问自叹,为恨极之语。"想"字贯至"收"处,皆是从对面着想,与少陵之"香雾云鬟湿"作法相同。

2. 俞陛云《唐五代两宋词选释》:

结句言知君忆我,我亦忆君。前半首之"霜风""残照",皆在凝眸怅望中也。

3. 刘逸生《宋词小札》:

《八声甘州》是柳永名作之一,属于游子思乡的一段题材,不一定是作者本人在外地思念故乡妻子而写。据我看,为了伶工演唱而写的可能性还大些。然而,对景物的描写,情感的抒述,不仅十分精当,而且笔力很高,实可称名作而无愧。

【研讨练习】

1. 这首词的上阕是如何层层铺叙、描绘秋意的?

2. "想佳人妆楼颙望,误几回、天际识归舟"从作者抒发自己思乡之情的角度看,这几句运用了什么表现手法?好在哪里?

(胡 蓉)

前赤壁赋

苏 轼

【作者传略】

　　苏轼(1037—1101)，字子瞻，号东坡居士。眉山(今四川眉山)人。宋仁宗嘉祐二年(1057)考取进士，曾知密州、徐州、湖州、颖州、杭州等地，官至礼部尚书。一生历尽仕途坎坷。神宗年间，以作诗"讪谤朝廷"罪贬置黄州；哲宗年间，又以"为文讥斥朝廷"罪远谪惠州、儋州。卒谥文忠。苏轼政治上几经挫折，始终对人生和美好事物有着执著的追求。他的思想主体是儒家思想，又吸收佛老思想中与儒家相通的部分，保持达观的处世态度。文学主张与欧阳修相近。要求有意而言，文以致用，重视文学的艺术价值。他是宋代最为著名的作家，诗、词、文皆独步一时。其文纵横恣肆，为唐宋八大家之一。其诗题材广阔，清新豪健，善用夸张、比喻，独具风格。词开豪放一派，突破了相思离别、男欢女爱的藩篱，反映社会现实生活，抒写报国爱民的情怀。"无意不可入，无事不可言"。词风大多雄健激昂，顿挫排宕。与辛弃疾并称"苏辛"。有《苏东坡集》。

　　壬戌[1]之秋，七月既望[2]，苏子与客泛舟游于赤壁之下。清风徐[3]来，水波不兴[4]。举酒属[5]客，诵《明月》之诗[6]，歌《窈窕》之章[7]。少焉[8]，月出于东山之上，徘徊于斗、牛[9]之间。白露横江[10]，水光接天。纵一苇[11]之所如，凌万顷之茫然[12]。浩浩乎如冯虚御风[13]，而不知其所止；飘飘乎如遗世独立[14]，羽化[15]而登仙[16]。

　　于是饮酒乐甚，扣舷[17]而歌之。歌曰："桂棹[18]兮兰桨，击空明[19]兮溯[20]流光[21]。渺渺[22]兮予怀，望美人[23]兮天一方。"客有吹洞箫者，倚歌[24]而和[25]之。其声呜呜然，如怨如慕[26]，如泣如诉；余音袅袅[27]，不绝如缕[28]。舞幽壑之潜蛟[29]，泣孤舟之嫠妇[30]。

　　苏子愀然[31]，正襟危坐[32]而问客曰："何为其然也[33]?"客曰："'月明星稀，乌鹊南飞。'此非曹孟德之诗乎? 西望夏口，东望武昌[34]，山川相缪[35]，郁[36]乎苍苍，此非孟德之困于周郎[37]者乎? 方[38]其破荆州，下江陵，顺流而东也，舳舻[39]千里，旌旗蔽空，酾酒[40]临江，横槊[41]赋诗，固一世之雄也，而今安在哉? 况吾与子渔樵于江渚之上，侣[42]鱼虾而友麋[43]鹿，驾一叶之扁舟[44]，举匏樽[45]以相属。寄[46]蜉蝣[47]于天地，渺[48]沧海之一粟。哀吾生之须臾[49]，羡长江之无穷。挟飞仙以遨游，抱明月而长终[50]。知不可乎骤得，托遗响于悲风[51]。"

　　苏子曰："客亦知夫水与月乎? 逝者如斯[52]，而未尝往也；盈虚者如彼[53]，而卒[54]莫消长[55]也。盖将自其变者而观之，则天地曾不能[56]以一瞬；自其不变者而观之，则物与我皆无尽也，而又何羡乎? 且夫[57]天地之间，物各有主，苟非吾之所有，虽一毫而莫取。惟江上之清风,与山间之明月,耳得之而为声,目遇之而成色,取之无禁,用之不竭[58]。是造物者之无尽藏也[59],而吾与子之所共适。"

客喜而笑,洗盏更酌。肴核[60]既尽,杯盘狼籍[61]。相与枕藉乎舟中,不知东方之既白。

【注释】

[1] 壬戌(rén xū):宋神宗元丰五年(1082),岁次壬戌。古代以干支纪年,该年为壬戌年。

[2] 既望:农历每月十六。农历每月十五日为"望日",十六日为"既望"。

[3] 徐:缓缓地。

[4] 兴:起。

[5] 属(zhǔ):通"嘱",致意,引申为劝酒。

[6] 《明月》之诗:指《诗经·陈风·月出》。

[7] 《窈窕》(yǎo tiǎo)之章:《月出》诗首章为:"月出皎兮,佼人僚兮,舒窈纠兮,劳心悄兮。""窈纠"同"窈窕"。

[8] 少焉:一会儿。

[9] 斗牛:星宿名,即斗宿(南斗)、牛宿。

[10] 白露:白茫茫的水气。横江:笼罩江面。

[11] 一苇:比喻极小的船,出自《诗经·卫风·河广》。

[12] 凌:越过。万顷:极为宽阔的江面。茫然:旷远的样子。

[13] 冯(píng)虚御风:乘风腾空而遨游。冯虚:凭空,凌空。冯:通"凭",乘。虚:太空。御:驾驭。

[14] 遗世独立:抛开人世,了无牵挂。

[15] 羽化:道家用语,谓成仙。

[16] 登仙:飞入仙境。

[17] 扣舷(xián):敲打着船边,指打节拍。

[18] 桂棹(zhào)兮兰桨:划船用的工具,桂树做的棹,兰木做的桨。

[19] 空明:月亮倒映水中的澄明之色。

[20] 溯:逆流而上。

[21] 流光:在水波上闪动的月光。

[22] 渺渺:形容深远。

[23] 美人:古人笔下常作为美好理想的象征。

[24] 倚歌:按照歌曲的声调节拍。

[25] 和:同声相应,唱和。

[26] 怨:哀怨。慕:眷恋。

[27] 余音:尾声。袅(niǎo)袅:形容声音婉转悠长。

[28] 缕:细丝。

[29] 幽壑:深谷,这里指深渊。此句意谓:潜藏在深渊里的蛟龙为之起舞。

[30] 嫠(lí)妇:寡妇。

[31] 愀(qiǎo)然:容色改变的样子。

[32] 正襟危坐:整理衣襟,端坐着。

[33] 何为其然也:箫声为什么会这样悲凉呢?

[34] 夏口:故城在今湖北武汉市。武昌:今湖北鄂州市。

[35] 缪(liáo)：通"缭"，盘绕。

[36] 郁：茂盛的样子。

[37] 孟德之困于周郎：指汉献帝建安十三年(208)，吴将周瑜在赤壁之战中击溃曹操号称八十万大军。周郎：周瑜 24 岁为中郎将，吴中皆呼为周郎。

[38] 方：当。荆州：辖南阳、江夏、长沙等八郡，今湖南、湖北一带。

[39] 舳舻(zhú lú)：战船前后相接，这里指战船。

[40] 酾(shī)酒：滤酒，这里指斟酒。

[41] 横槊(shuò)：横执长矛。槊：长矛。

[42] 侣：以……为伴侣，这里为意动用法。

[43] 麋(mí)：鹿的一种。

[44] 扁(piān)舟：小舟。

[45] 匏樽(páo zūn)：用葫芦做成的酒器。匏：葫芦。

[46] 寄：寓托。

[47] 蜉蝣(fú yóu)：一种朝生暮死的昆虫。此句比喻人生之短暂。

[48] 渺：小。沧海：大海。此句比喻人类在天地之间极为渺小。

[49] 须臾：片刻，形容生命之短。

[50] 长终：至于永远。

[51] 骤：多。遗响：余音，指箫声。悲风：秋风。

[52] 逝者如斯：流逝得像这江水。语出《论语·子罕》："子在川上曰：'逝者如斯夫，不舍昼夜。'"逝：往。斯：指水。

[53] 盈虚者如彼：指月亮的圆缺。

[54] 卒：最终。

[55] 消长：增减。

[56] 曾不能：固定词组，连……都不够。曾：连……都。一瞬：一眨眼的工夫。

[57] 且夫：发语词，况且。

[58] 声、色：佛学概念，听觉表象和视觉表象。

[59] 造物者：大自然。无尽藏：用不完的宝藏。

[60] 肴核：菜肴和果品。既尽：已经吃完了。

[61] 狼籍："籍"通"藉"，杂乱的样子。

【鉴赏导引】

宋神宗熙宁年间(1068—1077)，王安石推行新法，苏轼与之政见不合，被迫自请离京外放。神宗元丰二年(1079)七月，朝廷中属于新党的几方御史，抓住苏轼几年来所写的诗中讽刺新法的一些诗句，弹劾他愚弄朝廷，妄自尊大，神宗下令将苏轼拘捕入京，下狱严加审问，一时亲友惊散，家人震恐，苏轼几乎被逼自杀。这就是北宋历史上著名的"乌台诗案"。

后来，苏轼因他弟弟和许多大臣的多方营救，方免于死罪，结案出狱。这年十二月，苏轼被贬谪到黄州，担任团练副使之职。他名为朝廷命官，实际是个囚犯，生活艰难，行动亦受到监视。面对如此重大的打击，他锐气渐失，苦闷难遣，便一面从佛老思想中寻求解脱，一面到自然山水中寻求安慰。元丰五年(1082)的七月和十月，他先后两次泛游黄州赤壁，写了两篇以赤壁为题的赋,借题发挥,以抒怀抱。为示区别,一般称第一篇为《前赤壁赋》。

本篇采用传统辞赋主客问答的形式,"客"代表他思想中消极痛苦的一面,"主"则反映他通过理性寻求解脱的努力。开头叙述缘起,描写景色。开阔的江面、空明的月色,让人顿生飘飘欲仙之感,但在礼赞和享受大自然的美好之时,源自政治挫折的人生失意之感,悄然从洞箫声中透出。接着,吹箫客申述道:遥想当年赤壁的战争风云、英雄业绩及这一切最终的虚无,"长江之无穷"与"吾生之须臾"的对比,便显得格外苍凉悲慨。后面,苏轼借眼前的水月阐述哲理,认为正确的人生态度应是:不执著于瞬息万变、难以把握的功名与事业,而好好享受人人可得的清风明月。文中,旷达的情怀、明澈的哲理融于山水与箫声中,与灵活多变、行云流水般的语句一起,构筑出一个含蕴深刻、韵味悠远的境界,使本文成为苏轼最为人喜爱的篇章之一。

【广阅津梁】

1. 宋代唐庚《唐子西文录》:

余(唐庚)作《南征赋》,或者称之,然仅与曹大家辈争衡耳。惟东坡《赤壁》二赋,一洗万古,欲仿佛其一语,毕世不可得也。

2. 清代金圣叹《天下才子必读书》:

游赤壁,受用现今无边风月,乃是此老一生本领,却因平平写不出来,故特借洞箫呜咽,忽然从曹公发议,然后接口一句喝倒,痛陈其胸前一片空阔了悟,妙甚。

3. 贺培新《文编》卷下:

东坡天仙化人,其于文章驱使惟心,无不如志,最为流俗所慕爱。学者纷纷慕似,徒滋流弊,不知公文天马行空,绝支羁绊,固无轨辙之可寻也。即如此篇,初何尝为古今赋家体格所拘,而纵意所如,自抒怀抱,空旷高邈,复不可攀,岂复敢有学步者哉!

【研讨练习】

1. 苏轼说:"且夫天地之间,物各有主,苟非吾之所有,虽一毫而莫取",这种认识是否可取?为什么?

2. 本文中主客感情由乐而悲,由悲而喜,这一变化对表达文章主题有什么意义?

3. 阅读下面一段文章,翻译画线的部分。

于是携酒与鱼,复游于赤壁之下。江流有声,断岸千尺,山高月小,水落石出。曾日月之几何,而江山不可复识矣!予乃摄衣而上,履巉岩,披蒙茸,踞虎豹,登虬龙,攀栖鹘之危巢,俯冯夷之幽宫。盖二客不能从焉。划然长啸,草木震动,山鸣谷应,风起水涌。予亦悄然而悲,肃然而恐,凛乎其不可留也。反而登舟,放乎中流,听其所止而休焉。时夜将半,四顾寂寥。适有孤鹤,横江东来。翅如车轮,玄裳缟衣,戛然长鸣,掠予舟而西也。

(苏轼《后赤壁赋》)

(胡　蓉)

永遇乐·京口北固亭怀古[1]

辛弃疾

【作者传略】

辛弃疾(1140—1207),字幼安,号稼轩,历城(今山东济南)人。有将相之才,平生以气节自负,功业自许。出生时,山东已为金兵所占。青年时组织义兵2000余人,参加耿京的抗金义军,不久归南宋,历任湖北、江西、湖南、福建、浙东安抚使等职。屡受主和派排挤,长期落职闲居江西上饶、铅山一带。晚年韩侂胄当政,一度起用,不久病卒。诗词文兼擅。诗存120余首,颇有佳作。散文以《美芹十论》和《九议》最著名,议论纵横,可见其治国方略。存词600多首,多抒爱国壮志、叹英雄不遇,慷慨悲壮,充满英雄主义色彩。他是词史上的豪放派词人,与苏轼并称为"苏辛"。有《稼轩长短句》。

千古江山,英雄无觅,孙仲谋处[2]。舞榭歌台,风流总被,雨打风吹去[3]。斜阳草树,寻常巷陌,人道寄奴曾住[4]。想当年,金戈铁马,气吞万里如虎[5]。

元嘉草草,封狼居胥,赢得仓皇北顾[6]。四十三年,望中犹记,烽火扬州路[7]。可堪回首,佛狸祠下,一片神鸦社鼓[8]。凭谁问,廉颇老矣,尚能饭否[9]?

【注释】

[1] 京口:即今江苏镇江市。北固亭:在镇江城北北固山上,下临长江,形势险要。

[2] 孙仲谋:三国时吴国国主孙权,字仲谋。其承父兄基业,曾建都于京口,后迁都建康,仍以京口为重镇。孙权称霸江东,北拒曹操,为一代风流人物。

[3] 舞榭歌台:供歌舞用的楼台。堆土上平的为台,台上建的房屋为榭。风流:流风余韵,此处指孙权创业时的雄健风采。

[4] "斜阳"3句:谓斜阳照处,荒草丛生之地,普普通通的街巷,当年刘裕曾经住过。寄奴:南朝宋武帝刘裕小字寄奴。自其高祖随晋渡江,世居京口。刘裕即于京口起事,率兵北伐,一度收复中原大片国土,又削平内战,取晋而称帝,成就一代霸业。

[5] "想当年"3句:谓刘裕当年北伐南燕和后秦时,有气吞万里之势。

[6] "元嘉"3句:谓刘裕之子宋文帝刘义隆未能继承乃父的宏业,好大喜功,草率北伐而遭到惨败。此处借古喻今,含警告主战权臣韩侂胄切莫仓促出兵之意。但韩未纳辛言,结果导致开禧二年(1206)的北伐败绩和开禧三年(1207)的宋金和议。元嘉:南朝宋文帝刘义隆的年号。当时北方已由拓跋氏统一,建立了北魏王朝。元嘉二十七年(450),文帝命王玄谟北伐,然准备不足,又冒险贪功,大败而归。草草:草率从事。封狼居胥:汉将霍去病追击匈奴,至狼居胥(今蒙古国境内肯特山,一说在今内蒙古克什克腾旗西北至阿巴嘎旗一带)封山而还。封:筑台祭天。此即指文帝北伐

之事。据《宋书·王玄谟传》，文帝曾语"闻王玄谟陈说(指陈说北伐之策)，使人有封狼居胥意"。赢得：只落得。仓皇北顾：南朝宋文帝北伐失败后，北魏太武帝拓跋焘乘胜追至长江边，扬言欲渡江。

[7] 四十三年：辛弃疾于绍兴三十二年(1162)率众南归，至开禧元年(1205)京口任上，正是四十三年。烽火扬州路：自绍兴三十一年(1161)金主完颜亮大举南侵以来，扬州一带烽火不断。路：宋时行政区域名，扬州属淮南东路，并为其首府。

[8] "可堪"三句：谓四十三年来往事不堪回首，而今对岸佛狸祠下，竟然响起一片祭祀的鼓声。佛狸祠：北魏太武帝拓跋焘小字佛狸。元嘉二十七年(450)，太武帝追击南朝宋军至长江北岸瓜步山(今江苏南京市六合区东南)，并建行宫，后来成为神祠，即佛狸祠。神鸦：《岳阳风土记》载巴陵鸦多，土人谓之神鸦，不敢弋猎。社鼓：社日祭神的鼓声。每年立春或立秋后的第五个戊日为社日，民间多有祭祀活动。此句意谓人们早忘了少数民族政权南入之恨，苟安太平，抗金意志衰退。

[9] "凭谁问"三句：此处以廉颇自况，谓老去雄心犹在，却不知能否得到朝廷重用。廉颇：赵国名将，晚年遭人谗害而出奔魏国。据《史记·廉颇蔺相如列传》载，后赵王欲起用廉颇，先遣使者探询其健壮否。廉颇当面一饭斗米、肉十斤，并披甲上马，以示尚能作战。但使臣受贿，于还报时谎称："与臣坐，顷之，三遗矢(大便三次)矣。"赵王以为廉颇已老，遂罢。

【鉴赏导引】

此词作于宋宁宗开禧元年(1205)。当时宰相韩侂胄正准备北伐，赋闲已久的辛弃疾于前一年被起用为浙东安抚使，这年春初，又受命知镇江府。从表面看，朝廷对他似乎很重视，实是利用他那主战派元老的招牌作号召。辛弃疾当然想借此机会实现抗金夙愿，但也意识到韩侂胄轻率北伐，很难有所作为。满怀忧时爱国的悲愤，他写下此词，借古讽今，风格沉郁激越，后人推为压卷之作。

词上阕缅怀古代英雄业绩，借孙权、刘裕的事迹表达对英雄人物的向往和建功立业的雄心壮志，叹如今时过境迁，英雄无觅，表达个人的理想抱负难以施展的痛苦。下阕以刘义隆北伐与上阕刘裕北伐相比，二者一败一成，引出教训，暗寓今人应充分备战。再举43年来抗金形势之变化，比照出今日抗金意志衰退之可悲。结尾以廉颇自比，饱含雄心犹在却不得重用的悲哀之情。通篇用典，将历史人物与相关场景围绕特定的地点——京口北固亭，连缀成一幅幅富有历史纵深感的画面，使古今融为一体，加深了情感的厚度和深度，贴切自然，豪放刚健，又具有沉抑厚重之风格，极大地拓宽了词的境界。

【广阅津梁】

1. 宋代刘辰翁《辛稼轩词序》：

　　自辛稼轩前，用一语如此者，必且掩口。及稼轩，横竖烂熳，乃如禅宗棒喝，头头皆是；又如悲笳万鼓，平生不平事并厄酒，但觉宾主醻畅，谈不暇顾。词至此亦足矣。

2. 明代杨慎《词品》：

　　辛词当以京口北固亭怀古《永遇乐》为第一。

3. 清代吴衡照《莲子居词话》卷一：

　　辛稼轩别开天地，横绝古今，《论》《孟》《诗》小序，《左氏春秋》《南华》《离骚》《史》《汉》《世说》《选学》，李、杜诗，拉杂运用，弥见其笔力之峭。

【研讨练习】

1. 简要分析本文中的典故及作用。

2. 人们通常认为，词中的廉颇是词人自身的写照。你同意这种看法吗？说说你的理由。

（冷淑敏）

正气歌

文天祥

【作者传略】

文天祥(1236—1283),字履善,又字宋瑞,号文山,吉州庐陵(今江西吉安)人。南宋大臣,文学家。宋理宗宝祐四年(1256)考取进士第一名,曾任湖南提刑,知赣州(现江西赣州市)。德祐元年(1275),元军进迫宋都临安(今浙江杭州),文天祥应勤王诏,捐家产作军费,率义军万余人起兵抗元。不久元军大举南下,驻军于皋亭山,文天祥以资政殿学士身份出使元军议和,被扣,后在北解途中逃脱,经海路转至福州,拥立端宗,志在恢复,转战东南,终兵败被俘。次年送至大都(今北京),被囚禁两年,屡遭迫害及诱降,但文天祥宁死不屈,1283年于柴市(今北京)从容就义。文天祥与陆秀夫、张世杰并称为"宋末三杰"。

文天祥创作的诗、词和散文记录了抗元的经历,反映了南宋末年广大军民誓死不屈的英雄气概和大无畏精神,风格悲壮,感人至深,对当时和后世产生了深刻的影响。著有《文山先生全集》《指南录》《指南后录》等作品。

予[1]囚北庭,坐一土室。室广八尺,深可四寻[2]。单扉[3]低小,白间[4]短窄,污下[5]而幽暗。当此夏日,诸气萃然[6]:雨潦[7]四集,浮动床几,时则为水气;涂泥半朝[8],蒸沤历澜[9],时则为土气;乍晴暴热,风道四塞[10],时则为日气;檐阴薪爨[11],助长炎虐[12],时则为火气;仓腐寄顿[13],陈陈逼人[14],时则为米气;骈肩杂遝[15],腥臊[16]汗垢,时则为人气;或圊溷[17]、或毁尸[18]、或腐鼠,恶气杂出,时则为秽气。叠是数气[19],当侵沴[20],鲜不为厉[21]。而予以羸弱,俯仰其间,於兹二年矣,幸而无恙,是殆有养致然尔[22]。然亦安知所养何哉[23]?孟子曰:"吾善养吾浩然之气。"[24]彼气有七,吾气有一,以一敌七,吾何患焉!况浩然者,乃天地之正气也,作《正气歌》一首。

天地有正气,杂然赋流形。

下则为河岳,上则为日星。

于人曰浩然,沛乎塞苍冥。

皇路当清夷[25],含和吐明庭。

时穷节乃见[26],一一垂丹青[27]。

在齐太史简[28],在晋董狐笔。

在秦张良椎[29],在汉苏武节[30]。

为严将军头[31],为嵇侍中血[32]。

为张睢阳[33]齿,为颜常山舌[34]。

或为辽东帽[35]，清操厉冰雪[36]。

或为出师表[37]，鬼神泣壮烈。

或为渡江楫[38]，慷慨吞胡羯[39]。

或为击贼笏[40]，逆竖头破裂。

是气所磅礴，凛烈万古存。

当其贯日月，生死安足论[41]。

地维赖以立，天柱赖以尊[42]。

三纲实系命[43]，道义为之根。

嗟予遘阳九[44]，隶也实不力[45]。

楚囚缨其冠[46]，传车[47]送穷北。

鼎镬甘如饴[48]，求之不可得。

阴房阒鬼火[49]，春院閟天黑[50]。

牛骥[51]同一皂[52]，鸡栖凤凰食。

一朝蒙雾露，分作沟中瘠。

如此再寒暑[53]，百沴自辟易[54]。

嗟哉沮洳场[55]，为我安乐国。

岂有他缪巧[56]，阴阳不能贼[57]。

顾此耿耿在[58]，仰视浮云白[59]。

悠悠我心悲，苍天曷有极。

哲人日已远[60]，典刑[61]在夙昔[62]。

风檐展书读[63]，古道照颜色[64]。

【注释】

[1] 予：我，一作"余"。北庭：指元朝首都大都(今北京)。

[2] 寻：古时八尺为一寻。

[3] 单扉：单扇门。

[4] 白间：窗户。

[5] 污下：低下。

[6] 萃然：聚集的样子。

[7] 雨潦：下雨形成的地上积水。

[8] 涂泥半朝："朝"当作"潮"，意思是狱房墙上涂的泥有一半是潮湿的。

[9] 蒸沤历澜：热气蒸，枳水沤，到处都杂乱不堪。澜：澜漫，杂乱。

[10] 风道四塞：四面的风道都堵塞了。

[11] 薪爨(cuàn)：烧柴做饭。

[12] 炎虐：炎热的暴虐。

[13] 仓腐寄顿：仓库里储存的米谷腐烂了。

[14] 陈陈逼人：陈旧的粮食年年相加，霉烂的气味使人难以忍受。陈陈：陈陈相因，《史记·平准书》："太仓之粟，陈陈相因。"

［15］骈肩杂遝(tà)：肩挨肩，拥挤杂乱的样子。

［16］腥臊：鱼肉发臭的气味，此指因徒身上发出的酸臭气味。

［17］圊溷(qīng hùn)：厕所。

［18］毁尸：毁坏的尸体。

［19］叠是数气：这些气加在一起。

［20］侵沴：恶气侵入。沴(lì)：恶气。

［21］鲜不为厉：很少有不生病的。厉：病。

［22］是殆有养致然尔：这大概是因为会保养正气才达到这样的吧。殆：大概。有养：保有正气。《孟子·公孙丑》："我善养吾浩然之气。"致然：使然，造成这样子。

［23］然亦安知所养何哉：然而又怎么知道所保养的内容是什么呢？

［24］浩然之气：纯正博大而又刚强之气。见《孟子·公孙丑》。

［25］皇路当清夷：当国运清明太平的时候。皇路：国运，国家的局势。清夷：清平，太平。

［26］见：同"现"，表现，显露。

［27］垂丹青：见于画册，传之后世。垂：留存，流传。丹青：图画。

［28］太史：史官。简：古代用以写字的竹片。

［29］张良椎：《史记·留侯传》载，张良祖上五代人都做韩国的丞相，韩国被秦始皇灭掉后，他一心要替韩国报仇，找到一个大力士，持 120 斤的大椎，在博浪沙（今河南原阳东南）伏击出巡的秦始皇，未击中。后来张良辅佐刘邦建立汉朝，封留侯。

［30］苏武节：《汉书·李广苏建传》载，汉武帝时，苏武出使匈奴，匈奴人要他投降，他坚决拒绝，被流放到北海（今西伯利亚贝加尔湖）边牧羊。为了表示对祖国的忠诚，他一天到晚拿着从汉朝带去的符节，牧羊 19 年，始终坚贞不屈，后来终于回到汉朝。

［31］严将军：《三国志·蜀书·张飞传》载，严颜在刘璋手下做将军，镇守巴郡，被张飞捉住，要他投降，他回答说："我州但有断头将军，无降将军！"张飞见其威武不屈，把他释放了。

［32］嵇侍中：嵇绍，嵇康之子，晋惠帝时做侍中（官名）。《晋书·嵇绍传》载，晋惠帝永兴元年（304），皇室内乱，惠帝的侍卫都被打垮了，嵇绍用自己的身体遮住惠帝，被杀死，血溅到惠帝的衣服上。战争结束后，有人要洗去惠帝衣服上的血，惠帝说："此嵇侍中血，勿去！"

［33］张睢阳：即唐朝的张巡。《旧唐书·张巡传》载，安禄山叛乱，张巡固守睢阳（今河南商丘），每次上阵督战，大声呼喊，牙齿都咬碎了。城破被俘，拒不投降，敌将问他："闻君每战，皆目裂，嚼齿皆碎，何至此耶？"张巡回答说："吾欲气吞逆贼，但力不遂耳。"敌将视其齿，存者不过三数。

［34］颜常山：即唐朝的颜杲卿，任常山太守。《新唐书·颜杲卿传》载，安禄山叛乱时，他起兵讨伐，后城破被俘，当面大骂安禄山，被钩断舌头，仍不屈，被杀死。

［35］辽东帽：东汉末年的管宁有高节，是在野的名士，避乱居辽东（今辽宁辽阳），一再拒绝朝廷的征召，他常戴一顶白色帽子，安贫讲学，闻名于世。

［36］清操厉冰雪：是说管宁严格奉守清廉的节操，凛如冰雪。厉：严肃，严厉。

［37］出师表：诸葛亮出师伐魏之前，上表给蜀汉后主刘禅，表明自己为统一事业奋斗到底的决心。

［38］渡江楫：东晋爱国志士祖逖率兵北伐，渡长江时，敲着船桨发誓北定中原，后来终于收复黄河以南失地。楫：船桨。

［39］胡羯：古代对北方少数民族的称呼。过去史书上曾称匈奴、鲜卑、羯、氐、羌为五胡。这句是形容祖逖的豪壮气概。

［40］击贼笏（hù）：唐德宗时，朱泚谋反，召段秀实议事，段秀实不肯同流合污，以笏猛击朱泚的头，大骂："狂贼，吾恨不斩汝万段，岂从汝反耶？"笏：古代大臣朝见皇帝时所持的手板。

［41］当其贯日月，生死安足论：当正气激昂起来直冲日月的时候，个人的生死还有什么值得计较的。

［42］地维赖以立，天柱赖以尊：是说地和天都依靠正气支撑着。地维：古代人认为地是方的，四角有四根支柱撑着。天柱：古代传说，昆仑山有铜柱，高入云天，称为天柱。

［43］三纲实系命：是说三纲实际系命于正气，即靠正气支撑着。

［44］遘（gòu）：遭逢，遇到。阳九：即"百六阳九"，古人用以指灾难年头，此指国势的危亡。

［45］隶也实不力：我实在无力改变这种危亡的国势。隶：地位低的官吏，此为作者谦称。

［46］楚囚缨其冠：《左传·成公九年》载，春秋时被俘往晋国的楚国俘虏钟仪戴着一种楚国帽子，表示不忘祖国，被拘囚着，晋侯问是什么人，旁边人回答说是"楚囚"。这里作者是说，自己被拘囚着，把从江南戴来的帽子的带系紧，表示虽为囚徒仍不忘宋朝。

［47］传车：官办交通站的车辆。穷北：极远的北方。

［48］鼎镬甘如饴：身受鼎镬那样的酷刑，也感到像吃糖一样甜，表示不怕牺牲。鼎镬：大锅。古代一种酷刑，把人放在鼎镬里活活煮死。

［49］阴房阒鬼火：囚室阴暗寂静，只有鬼火出没。阴房：见不到阳光的居处，此指囚房。阒（tián）：幽暗、寂静。

［50］春院閟天黑：虽在春天里，院门关得紧紧的，照样是一片漆黑。閟（bì）：关闭。

［51］骥：良马。

［52］皂：马槽。

［53］如此再寒暑：在这种环境里过了两年了。

［54］百沴自辟易：各种致病的恶气都自行退避了。这是说没有生病。

［55］沮洳（rù）场：低下阴湿的地方。

［56］缪（miù）巧：智谋，机巧。

［57］贼：害。

［58］顾此耿耿在：只因心中充满正气。顾：但，表示意思有转折的连接词。此：指正气。耿耿：光明貌。

［59］仰视浮云白：对富贵不屑一顾，视若浮云。

［60］哲人日已远：古代的圣贤一天比一天远了。哲人：贤明杰出的人物，指上面列举的古人。

［61］典刑：刑通"型"，榜样，模范。

［62］夙昔：从前，过去。

［63］风檐展书读：在临风的廊檐下展开史册阅读。

［64］古道照颜色：古代传统的美德，闪耀在面前。

【鉴赏导引】

宋末帝赵昺祥兴元年（1278），文天祥在广东海丰兵败被俘。次年被押解至元大都。文天祥在狱中受尽各种威逼利诱，但始终坚贞不屈。1281 年夏，在湿热、腐臭的牢房中，挥毫写就了这首彪炳千古的英雄自叙诗。

诗前序文，作者先以排句铺陈，以骈散穿插描写了牢狱之中的"七气"，极力渲染出监牢环境的恶浊之至。然后笔锋一转，说明虽身体孱弱，所处环境艰难，但依然抵御了一切邪恶之气,从而热烈歌颂支持他顽强斗争、慷慨献身的浩然正气。正文共 60 句,可分为 3 层。前 10 句指出正气之所在。正气在天地之间,万事万物之中,它赋予人的时候,为浩然之气,充塞于宇宙之内,为全诗的总纲;次 20 句为第二层,列举了 12 位先哲杀身报国、舍生取义的崇高行为,意在言明正气的作用,表达自己的景仰之情;末 30 句为第三层,诗人阐述正气之宏大作用,自叙不幸遭遇却坚贞不屈,抒发了自己发扬先哲正气,决心殉国的悲壮之情。

这是一首用生命谱写的战歌。诗歌用古诗体的语调酣畅淋漓地表现了作者的忠肝义胆和铮铮铁骨,塑造了一位大义凛然、不屈抗争的英雄形象。叙事中有议论,议论中有抒情,字字句句凝聚着英雄的血和泪,用事典型、贴切,使用排偶句式整齐而富于变化,增强了语言表现力。诗中歌颂了历代忠臣义士的崇高气节,表现了视死如归、忠贞不渝的大无畏精神,是诗人崇高的人格美的艺术再现。其诗气壮山河,激昂奋发,苍凉悲壮,深沉雄健,具有刚性美的艺术魅力。

【广阅津梁】

清代过珙《详订古文评注全集》卷六:

> 宋祚将尽,先生以致仕起兵,后元灭宋,执先生,历万苦而不屈,屹然如山,卒遇害而死,真能全其正气矣。试读此歌,言言若神鬼之泪,诚足沮金石而薄云天。

【研讨练习】

1. 分析"正气"的含义并体会诗歌中蕴含的气节和精神。

2. 诗中列举了许多历史人物为正义而斗争的事迹,这对表达诗的思想内容起了什么作用?

(田秀娟)

第五单元
近世文学·萌生期
——金末、元

【越调】天净沙　秋思

马致远

【作者传略】

马致远(约 1251—1321 以后),元代著名剧作家。号东篱,汉族,大都(今北京)人。少年时曾参加元贞书会,被誉为"曲状元"。曾任"江浙行省务官",名列"前辈已死名公才人"之六,不久退出官场,隐居杭州附近。与关汉卿、郑光祖、白朴并称"元曲四大家"。一生创作杂剧 15 种,今存《汉宫秋》等 6 种,另有《黄粱梦》一种,为与他人合写,存散曲 100 多首。其作品多写神仙道化,抒写隐逸情怀,风格典雅清丽,意境优美。

枯藤老树昏鸦[1],小桥流水人家,古道西风瘦马。夕阳西下,断肠人在天涯[2]。

【注释】

[1] 昏鸦:黄昏中的乌鸦。
[2] 断肠人:心情感伤的异乡游子。

【鉴赏导引】

这曲小令句法别致,前 3 句叠用 9 个意象,言简而义丰,勾勒出一幅宁静的秋日黄昏羁旅图,让天涯游子骑一匹瘦马出现在一派凄凉的背景上,从中透出令人哀愁的情调,抒发了一个飘零天涯的游子在秋天思念故乡、倦于漂泊的凄苦愁楚之情。全曲仅 5 句 28 字,语言极为凝练却容量巨大,意蕴深远,结构精巧,顿挫有致。末句夕阳下的"断肠人"的出现,使得曲子情感愈发孤独、苍凉,意境趋向深远,不愧"曲中雅语"也。

【广阅津梁】

1. 元代周德清《中原音韵·小令定格》:

　　秋思之祖。

2. 王国维《人间词话》:

　　廖廖数语,深得唐人绝句妙境。有元一代词家,皆不能办此也。

3. 王国维《宋元戏曲考·元剧之文章》:

　　《天净沙》小令,纯是天籁,仿佛唐人绝句。

【研讨练习】

1. 本曲中前 3 句叠用了 9 个意象,有人认为是"并列式意象组合",你认同吗? 为什么?

2. 整体感知这首元曲,说说曲中之人为何"断肠"?

（冷淑敏）

三国演义（节选）：煮酒论英雄

罗贯中

【作者传略】

　　罗贯中（约1330—约1400），元末明初伟大的小说家、戏曲家。生平无考，其籍贯也有分歧。据《录鬼簿续编》记载："罗贯中，太原人，号湖海散人。与人寡合，乐府隐语，极为清新。与余为忘年交。遭时多故，天各一方。至正甲辰复会，别来又六十余年，竟不知其所终。"据此可知，他在元末至正二十四年（1364）还在世。一般认为，他是长篇演义小说《三国志通俗演义》（后世简称为《三国演义》）的作者和《水浒传》的作者之一。另有《隋唐志传》《残唐五代史演义》《三遂平妖传》等也署罗氏作，恐怕为书坊的伪托。此外，他还是一位杂剧作家，剧作存目3种，存《赵太祖龙虎风云会》一种。

　　却说董承等问马腾曰："公欲用何人？"马腾曰："见有豫州牧刘玄德在此，何不求之？"承曰："此人虽系皇叔，今正依附曹操，安肯行此事耶？"腾曰："吾观前日围场之中，曹操迎受众贺之时，云长在玄德背后，挺刀欲杀操，玄德以目视之而止。玄德非不欲图操，恨操牙爪多，恐力不及耳。公试求之，当必应允。"吴硕曰："此事不宜太速，当从容商议。"众皆散去。

　　次日，黑夜里，董承怀诏，径往玄德公馆中来。门吏入报，玄德出迎，请入小阁坐定。关、张侍立于侧。玄德曰："国舅夤夜[1]至此，必有事故。"承曰："白日乘马相访，恐操见疑，故黑夜相见。"玄德命取酒相待。承曰："前日围场之中，云长欲杀曹操，将军动目摇头而退之，何也？"玄德失惊曰："公何以知之？"承曰："人皆不见，某独见之。"玄德不能隐讳，遂曰："舍弟见操僭越，故不觉发怒耳。"承掩面而哭曰："朝廷臣子若尽如云长，何忧不太平哉！"玄德恐是曹操使他来试探，乃佯言曰："曹丞相治国，为何忧不太平？"承变色而起曰："公乃汉朝皇叔，故剖肝沥胆以相告，公何诈也？"玄德曰："恐国舅有诈，故相试耳。"于是董承取衣带诏令观之，玄德不胜悲愤[2]。又将义状出示，上止有六位：一车骑将军董承，二工部侍郎王子服，三长水校尉种辑，四议郎吴硕，五昭信将军吴子兰，六西凉太守马腾。玄德曰："公既奉诏讨贼，备敢不效犬马之劳。"承拜谢，便请书名。玄德亦书"左将军刘备"，押了字，付承收讫。承曰："尚容再请三人，共聚十义，以图国贼。"玄德曰："切宜缓缓施行，不可轻泄。"共议到五更，相别去了。玄德也防曹操谋害，就下处后园种菜，亲自浇灌，以为韬晦[3]之计。关、张二人曰："兄不留心天下大事，而学小人之事，何也？"玄德曰："此非二弟所知也。"二人乃不复言。

　　一日，关、张不在，玄德正在后园浇菜，许褚、张辽引数十人入园中曰："丞相有命，请使君便行。"玄德惊问曰："有甚紧事？"许褚曰："不知。只教我来相请。"玄德只得随二人入府见操。操笑曰："在家做得好大事！"唬得玄德面如土色。操执玄德手，直至后园曰："玄德学圃不易！"玄德方才放心，答曰："无事消遣耳。"操曰："适见枝头梅子青青，忽感去年征张绣时道上缺水，将士皆渴，吾心生一计，以鞭虚指曰：'前面有梅林。'军士闻之，口皆生唾，由是不渴。今见此梅，不可不赏。又值煮酒正熟，故邀使君小亭一会。"玄德心神方定。随至小亭，已设樽俎[4]：盘置青梅，一樽煮酒。二人对坐，开怀畅饮。

酒至半酣，忽阴云漠漠，骤雨将至。从人遥指天外龙挂，操与玄德凭栏观之。操曰："使君知龙之变化否？"玄德曰："未知其详。"操曰："龙能大能小，能升能隐；大则兴云吐雾，小则隐介藏形；升则飞腾于宇宙之间，隐则潜伏于波涛之内。方今春深，龙乘时变化，犹人得志而纵横四海。龙之为物，可比世之英雄。玄德久历四方，必知当世英雄。请试指言之。"玄德曰："备肉眼安识英雄？"操曰："休得过谦。"玄德曰："备叨恩庇，得仕于朝。天下英雄，实有未知。"操曰："既不识其面，亦闻其名。"玄德曰："淮南袁术，兵粮足备，可为英雄？"操笑曰："冢中枯骨，吾早晚必擒之！"玄德曰："河北袁绍，四世三公，门多故吏；今虎踞冀州之地，部下能事者极多，可为英雄？"操笑曰："袁绍色厉胆薄，好谋无断；干大事而惜身，见小利而忘命，非英雄也。"玄德曰："有一人，名称八俊，威镇九州，刘景升可为英雄？"操曰："刘表虚名无实，非英雄也。"玄德曰："有一人血气方刚，江东领袖，孙伯符乃英雄也？"操曰："孙策借父之名，非英雄也。"玄德曰："益州刘季玉，可为英雄乎？"操曰："刘璋虽系宗室，乃守户之犬耳，何足为英雄！"玄德曰："如张绣、张鲁、韩遂等辈皆何如？"操鼓掌大笑曰："此等碌碌小人，何足挂齿！"玄德曰："舍此之外，备实不知。"操曰："夫英雄者，胸怀大志，腹有良谋，有包藏宇宙之机，吞吐天地之志者也。"玄德曰："谁能当之？"操以手指玄德，后自指，曰："今天下英雄，惟使君与操耳！"玄德闻言，吃了一惊，手中所执匙箸，不觉落于地下。时正值天雨将至，雷声大作。玄德乃从容俯首拾箸曰："一震之威，乃至于此。"操笑曰："丈夫亦畏雷乎？"玄德曰："圣人迅雷风烈必变，安得不畏？"将闻言失箸缘故，轻轻掩饰过了。操遂不疑玄德。后人有诗赞曰：

> 勉从虎穴暂趋身，说破英雄惊杀人。
> 巧借闻雷来掩饰，随机应变信如神。

天雨方住，见两个人撞入后园，手提宝剑，突至亭前，左右拦挡不住。操视之，乃关、张二人也。原来二人从城外射箭方回，听得玄德被许褚、张辽请将去了，慌忙来相府打听；闻说在后园，只恐有失，故冲突而入。却见玄德与操对坐饮酒。二人按剑而立。操问："二人何来。"云长曰："听知丞相和兄饮酒，特来舞剑，以助一笑。"操笑曰："此非'鸿门会'，安用项庄、项伯乎？"玄德亦笑。操命："取酒与二'樊哙'压惊。"关、张拜谢。须臾席散，玄德辞操而归。云长曰："险些惊杀我两个！"玄德以落箸事说与关、张。关、张问是何意。玄德曰："吾之学圃，正欲使操知我无大志；不意操竟指我为英雄，我故失惊落箸。又恐操生疑，故借惧雷以掩饰之耳。"关、张曰："兄真高见！"

【注释】

[1] 黉（yín）夜：深夜。

[2] 衣带诏令：汉献帝的血诏，为避曹操耳目，将讨曹诏书缝于衣带内。

[3] 韬晦：隐藏，隐蔽，多指才能。

[4]樽：古代的盛酒器具。俎（zǔ）：古代祭祀时放祭品的器物。

【鉴赏导引】

《三国演义》是我国第一部长篇章回体小说，同时也是我国历史演义小说的开山之作。它是在元代评话、杂剧和长期的口头传说的基础上，大量吸收《三国志》和裴松之注的材料编写而成。书中从东汉末年灵帝失政、黄巾起义开始，真实而具体地描写了董卓弄权、军阀混战、曹操当政、三国鼎立、司马代魏、西晋统一期间的一系列重大历史事件，成功地塑造了许多家喻户晓的形象。

本文选自《三国演义》第二十一回，题目为编者所加。曹操和刘备是全书中两个极其重要的人物，也是本文中着意刻画的典型形象。刘备仁义天下皆知，身边有良将相助，又被献帝封为皇叔，无疑是曹操心腹大患。白门楼勒杀吕布之后，刘、关、张三人暂时依附曹操，此时刘备羽翼未丰，当下的局面无疑是身临险境。曹操谋士劝曹操杀掉刘备，曹操为了笼络民心，嘴上虽说："实在吾掌握之内，吾何惧哉？"心里着实放心不下，于是备酒相待以探虚实。从国舅夜访一节可知，刘备依附曹操的真实目的是为求栖身之所以图后计。为了打消曹操的戒心，刘备实施韬晦之计——种菜。不料，曹操趁关、张二人不在时以品梅子酒为名设"鸿门宴"试探刘备。初见面时一句"在家做得好大事"吓得刘备以为衣带诏一事败露而面如土色，论英雄时一句"今天下英雄，惟使君与操耳！"吓得刘备手中匙箸落于地下，好在天意相助，刘备借雷声将失态之举巧妙地掩饰过去，也彻底地打消了曹操的顾虑。最后，借关、张闯宴，道出了刘备失态的真实原因。文中曹操的多疑、自负和霸气，刘备的谨慎、机敏和善于韬晦都给人留下了深刻的印象，同时也从曹操对局势分析之准和刘备的深谋远虑中体现了二人的雄才大略。

本文构思精彩，结构完整，矛盾突出，悬念迭起，善于运用精彩的语言、动作和场景描写刻画人物。"煮酒论英雄"是《三国演义》中不可多得的精彩片段之一。

【广阅津梁】

1. 清代毛宗岗《三国志演义》第四回回批：

一人有一人的性格，各各不同，写来真是好看。

2. 鲁迅《中国小说史略》：

至于写人，亦颇有失，以致欲显刘备之长厚而似伪，状诸葛之多智而近妖；惟于关羽，特多好语，义勇之概，时时如见矣。

【研讨练习】

1. 刘备依附曹操之时为何要在所住之处学圃？
2. 试分析曹操请刘备喝酒的真正用意。
3. 请结合课文分析曹操、刘备二人的性格特点。

（徐彩云）

第六单元
近世文学·复兴期
——明代中叶至万历三十年

桃花庵歌[1]

唐 寅

【作者传略】

　　唐寅(1470—1524),字伯虎,又字子畏,以字行,号六如居士、桃花庵主、鲁国唐生、逃禅仙吏等,苏州吴县(今江苏苏州)人,明朝著名的画家、诗人。据说生于明宪宗成化六年(1470)庚寅年寅月寅日寅时,故取名为寅。自幼聪明伶俐,29 岁参加应天府试,中解元。30 岁赴京会试,受考场舞弊案牵连而入狱,被革去了举人。此后遂绝意仕进,以卖画为生。晚年生活困顿,54 岁病逝。与祝允明、文徵明、徐祯卿并称"吴中四才子",画与沈周、文徵明、仇英并称"吴门四家",又称为"明四家"。

　　　　　　桃花坞[2]里桃花庵,桃花庵下桃花仙。
　　　　　　桃花仙人种桃树,又摘桃花换酒钱。
　　　　　　酒醒只来花下坐,酒醉还来花下眠。
　　　　　　半醒半醉日复日,花落花开年复年。
　　　　　　但愿老死花酒间,不愿鞠躬车马前。
　　　　　　车尘马足富者趣,酒盏花枝贫者缘。
　　　　　　若将富贵比贫贱,一在平地一在天。
　　　　　　若将花酒比车马,他得驱驰我得闲。
　　　　　　别人笑我忒疯癫,我笑他人看不穿。
　　　　　　不见五陵[3]豪杰墓,无花无酒锄做田。

【注释】

　　[1] 桃花庵:唐寅极为喜爱桃花,自号"桃花庵主人",曾以锦囊盛落花葬于药栏东畔,并作《落花诗》30 首,据考《红楼梦》中黛玉葬花即以此为蓝本。

　　[2] 桃花坞:今苏州市桃花坞大街及其周边地区,位于苏州阊门内北城下,明清时期以木刻年画而著称,桃花坞年画与天津杨柳青年画、山东潍坊杨家埠的年画并称"中国三大木刻年画"。唐寅晚年隐居于桃花坞地区。

　　[3] 五陵:五陵是汉代长安城外五个汉代皇帝陵墓所在地,分别是高祖的长陵、惠帝的安陵、景帝的阳陵、武帝的茂陵、昭帝的平陵。

【鉴赏导引】

　　《桃花庵歌》作于明弘治乙丑(1505)三月,表达了诗人乐于归隐、淡泊功名、不愿与世俗交接、追求闲适的生活态度。桃花因与"逃"同音而具隐者之意,唐寅曾中过解元,后来受到科场舞弊案牵连,功名被革,在长期的生活磨炼中,看穿了功名富贵的虚幻,认为以牺牲自由为代价换取的功名富贵不能长久,遂绝意仕进,卖画度日,过着以花为朋、以酒为友的闲适生活,体现出追求自由、珍视个体生命价值的可贵精神。

诗歌前 4 句是叙事,说自己是隐居于苏州桃花坞地区桃花庵中的桃花仙人,种桃树、卖桃花沽酒是其生活的写照,这四句通过顶针的手法,有意突出"桃花"意象,借桃花隐喻隐士,鲜明地刻画了一位优游林下、洒脱风流、热爱人生、快活似神仙的隐者形象。

次 4 句描述了诗人与花为邻、以酒为友的生活,无论酒醒酒醉,始终不离开桃花,日复一日,年复一年,任时光流转、花开花落而初衷不改,这种对花与酒的执著正是对生命极度珍视的表现。

下面四句直接点出自己的生活愿望:不愿低三下四追随富贵之门、宁愿老死花间,尽管富者有车尘马足的乐趣,贫者自可与酒盏和花枝结缘。通过对比,写出了贫者与富者两种不同的人生乐趣。

接下去 4 句是议论,通过比较富贵和贫穷的优缺点,深刻地揭示贫与富的辩证关系:表面上看富贵和贫穷比,一个在天,一个在地,但实际上富者车马劳顿,不如贫者悠闲自得,如果以车马劳顿的富贵来换取贫者的闲适自在,作者认为是不可取的,这种蔑视功名富贵的价值观在人人追求富贵的年代无异于石破天惊,体现了作者对人生的深刻洞察和超脱豁达的人生境界,是对人生的睿智选择,与富贵相连的必然是劳顿,钱可以买来享受,却买不来闲适、诗意的人生,尽管贫穷却不失人生的乐趣、精神上的富足正是古代失意文人的人生写照。

最后 4 句表明自己已经看穿人生:富贵终究不能长久,富贵极致者如汉代的帝王,其陵墓如今已经成为普通老百姓耕作的农田,何来花与酒的美好呢?帝王尚且如此,何况普通百姓呢?所以别人笑他太疯癫,他却认为是世人看不穿的缘故,通过两种人生观的对比,诗人鲜明地表现了自己的人生理想,凸显了生命本身比富贵金钱更具有价值的观念,揭示了人生的真谛所在。

整首诗歌叙事、描写、议论结合,语言直白、通俗,通过顶针、对比、双关等艺术手段,表现了对以花与酒所代表的闲适、诗意的人生态度的肯定,对车尘马足所代表的富贵功名但劳顿的人生的否定,境界高妙,迥然超出于尘世之外,具有鲜明的浪漫主义特色。

【广阅津梁】

1. 明代王世贞《唐伯虎外编》卷五附录《唐伯虎画》:

　　语肤而意隽,似怨似适,真令人情醉。

2. 明代唐寅《和沈石田落花诗三十首》之一:

　　春来吓吓去匆匆,刺眼繁华转眼空,

　　杏子单衫初脱暖,梨花深院恨多风。

　　烧灯坐尽千金夜,对酒空思一点红。

　　倘是东君问鱼雁,心情说在雨声中。

3. 日本画家东山魁夷：

　　花用自己的凋落闪现出生的光辉,花是美的;人类的心灵的深处珍惜自己的生命,也热爱自然的生命。人和花的生存,在世界上都是短暂的,可他们萍水相逢了,不知不觉中我们会感到一种欣喜。

【研讨练习】

1. 请分析诗歌中"桃花"意象的象征意蕴。
2. 诗歌是如何通过对比来表现自己的人生理想的?

（文革红）

西游记（节选）：第七十五回
心猿钻透阴阳窍　魔王还归大道真

无名氏

【作者传略】

　　《西游记》是明代神魔小说的代表作，以其丰富的想象和浪漫的色彩，在中国文学史上独树一帜，开启了后世神魔小说的先河。关于《西游记》的作者，学术界大多以为为吴承恩所作，复旦大学章培恒先生提出不同看法，见其《百回本〈西游记〉是否吴承恩所作》（《社会科学战线》1983 年第 4 期）和《再谈百回本〈西游记〉是否吴承恩所作》［《复旦学报》（社会科学版）1986 年 01 期］两文。吴承恩确实著有《西游记》一书，见载于天启《淮安府志》，但《淮安府志》并没有说明此《西游记》是小说，而清初黄虞稷的《千顷堂书目》则把吴承恩《西游记》列入地理类，为游记性质的著作，换言之，吴承恩所作《西游记》非小说《西游记》，因此，未有充分证据说明吴承恩是小说《西游记》的作者。据章培恒、骆玉明《中国文学史新著》，《西游记》的作者可能为明代鲁王的门客。

　　……

　　却说三藏在那山坡下，正与沙僧盼望，只见八戒喘呵呵地跑来。三藏大惊道：

　　"八戒，你怎么这等狼狈？悟空如何不见？"呆子哭哭啼啼道："师兄被妖精一口吞下肚去了！"三藏听言，唬倒在地。半晌间跌脚捶胸道："徒弟呀！只说你善会降妖，领我西天见佛，怎知今日死于此怪之手！苦哉，苦哉！我弟子同众的功劳，如今都化作尘土矣！"那师父十分苦痛。你看那呆子，他也不来劝解师父，却叫："沙和尚，你拿将行李来，我两个分了罢。"沙僧道："二哥，分怎的？"八戒道："分开了，各人散伙：你往流沙河，还去吃人；我往高老庄，看看我浑家。将白马卖了，与师父买个寿器送终。"长老气呼呼的，闻得此言，叫皇天放声大哭。且不题。

　　却说那老魔吞了行者，以为得计，径回本洞。众妖迎问出战之功。老魔道："拿了一个来了。"二魔喜道："哥哥拿的是谁？"老魔道："是孙行者。"二魔道："拿在何处？"老魔道："被我一口吞在腹中哩。"第三个魔头大惊道："大哥啊，我就不曾吩咐你。孙行者不中吃！"那大圣肚里道："忒中吃！又禁饥，再不得饿。"慌得那小妖道："大王，不好了！孙行者在你肚里说话哩！"老魔道："怕他说话！有本事吃了他，没本事摆布他不成？你们快去烧些盐白汤，等我灌下肚去，把他哕[1]出来，慢慢地煎了吃酒。"小妖真个冲了半盆盐汤。老怪一饮而干，洼着口，着实一呕，那大圣在肚里生了根，动也不动；却又拦着喉咙，往外又吐，吐得头晕眼花，黄胆都破了，行者越发不动。老魔喘息了，叫声："孙行者，你不出来？"行者道："早哩！正好不出来哩！"老魔道："你怎么不出？"行者道："你这妖精，甚不通变。我自做和尚，十分淡薄,如今秋凉,我还穿个单直裰。这肚里倒暖,又不透风,等我住过冬才好出来。"

众妖听说,都道:"大王,孙行者要在你肚里过冬哩!"老魔道:"你要过冬,我就打起禅来,使个搬运法,一冬不吃饭,就饿杀那弼马温!"大圣道:"我儿子,你不知事!老孙保唐僧取经,从广里[2]过,带了个折叠锅儿,进来煮杂碎吃。将你这里边的肝、肠、肚、肺,细细儿受用,还够盘缠到清明哩!"那二魔大惊道:"哥啊,这猴子他干得出来!"三魔道:"哥啊,吃了杂碎也罢,不知在那里支锅。"行者道:"三叉骨上好支锅。"三魔道:"不好了!假若支起锅,烧动火烟,炒到鼻孔里,打嚏喷么?"行者笑道:"没事!等老孙把金箍棒往顶门里一搠,搠个窟窿,一则当天窗,二来当烟洞。"

老魔听说,虽说不怕,却也心惊。只得硬着胆叫:"兄弟们,莫怕!把我那药酒拿来,等我吃几盅下去,把猴儿药杀了罢!"行者暗笑道:"老孙五百年前大闹天宫时,吃老君丹,玉皇酒,王母桃,及凤髓龙肝,——那样东西我不曾吃过?是甚么药酒,敢来药我?"那小妖真个将药酒筛了两壶,满满斟了一盅,递与老魔。老魔接在手中,大圣在肚里就闻得酒香,道:"不要与他吃!"好大圣,把头一扭,变做个喇叭口子,张在他喉咙之下。那怪咽地咽下,被行者咽地接吃了。第二盅咽下,被行者咽地又接吃了。一连咽了七八盅,都是他接吃了。老魔放下盅道:"不吃了。这酒常时吃两盅,腹中如火;却才吃了七八盅,脸上红也不红!"原来这大圣吃不多酒,接了他七八盅吃了,在肚里撒起酒风来,不住的支架子,跌四平[3],踢飞脚[4];抓住肝花打秋千,竖蜻蜓,翻跟头乱舞。那怪物疼痛难禁,倒在地下。毕竟不知死活如何,且听下回分解。

【注释】

[1] 哕(yuě):呕吐,气逆。

[2] 广里:广州。

[3] 跌四平:武术练功的一种动作。纵身跃起,四肢挺直,仰身跌下。

[4] 踢飞脚:武术动作之一。两脚相继踢起,高与头齐。

【鉴赏导引】

本文选自《西游记》第七十五回后半回,描写孙悟空被妖怪吞下肚后如何折腾妖魔,迫使妖魔由狂妄、不可一世到屈服求饶,以达到让妖魔送师傅过山的目的,充分显示了悟空的机智、幽默、勇敢的个性和妖魔愚蠢、蛮横、贪狠的丑恶面貌。

这段描写妙趣横生,令人捧腹。妖魔把悟空吞下肚后,自以为得计,以为摆布悟空是件轻而易举的事,哪想到是厄运的开始,他根本就拿悟空无可奈何:妖魔先是想把悟空呕出来,结果呕的黄胆都破了,悟空在他肚子里像生了根似的,不出来。然后悟空扬言:肚子里暖和,要在肚子里过冬,妖魔说要饿死他,悟空就说要在他肚子里架起锅来,把他的内脏慢慢煮着吃,还可以熬到清明。这样的奇思妙想既出人意料又在情理之中,读来令人喷饭,比起任何一部科幻小说都不逊色。

接着写妖怪想要用药酒药死悟空,哪知悟空运用法术,把妖怪的药酒接来吃下肚,然后就在肚子里撒起酒疯来,练武术,荡秋千,把个妖怪折腾得死去活来,迫使妖怪终于服软了。这个故事不仅具有强烈的喜剧效果,且说明了一个道理:要使敌人屈服,最好的办法是深入其内部,抓住要害,那么敌人即便有再强的力量也会无用武之地,难以施展。

小说用幽默调侃的笔调,讽刺了妖魔的愚蠢、不知厉害,把孙悟空的机智、聪明、神通广大而又不乏恶作剧的狡谲描写得淋漓尽致,令人拍案叫绝。

小说同时刻画了猪八戒自私、散漫的性格特点,孙悟空一被妖怪吞下,他不仅不努力去救,而是吵着要分行李散伙,继续回高老庄当他的女婿,猪八戒代表的是人身上世俗、懒散、贪图享乐、不图进取的一面,是普通人性的真实写照,也是这个形象受到人们喜爱的原因之一。

《西游记》与《三国演义》《水浒传》《金瓶梅》被誉为古代"四大奇书"。《西游记》以语言的幽默、对话的生动、出神入化的描写、特异的想象、人物性格刻画的出色独步一时,堪称浪漫主义的杰作。

【广阅津梁】

1. 鲁迅《中国小说的历史的变迁》第五讲《明小说之两大主潮》:

> 他讲妖怪的喜,怒,哀,乐,都近于人情,所以人都喜欢看!这是他的本领。而且叫人看了,无所容心,不像《三国演义》,见刘胜则喜,见曹胜则恨;因为《西游记》上所讲的都是妖怪,我们看了,但觉好玩,所谓忘怀得失,独存赏鉴了——这也是他的本领。至于说到这书的宗旨,则有人说是劝学;有人说是谈禅;有人说是讲道;议论很纷纷。但据我看来,实不过出于作者之游戏,只因为他受了三教同源的影响,所以释迦,老君,观音,真性,元神之类,无所不有,使无论什么教徒,皆可随宜附会而已。如果我们一定要问它的大旨,则我觉得明人谢肇淛所说的"《西游记》……以猿为心之神,以猪为意之驰,其始之放纵,上天下地,莫能禁制,而归于紧箍一咒,能使心猿驯伏,至死靡他,盖亦求放心之喻。"这几句话,已经很足以说尽了。后来有《后西游记》及《续西游记》等,都脱不了前书窠臼。至董说的《西游补》,则成了讽刺小说,与这类没有大关系了。

2. 《西游记》中孙悟空入妖魔腹中,并威胁要吃掉对方内脏的故事,在东晋僧伽提婆(Sanghadeva)译《中阿含经》(大正藏编号二六)卷三十《降魔经》第十五的《中阿含经》亦有类似记载:

> 我闻如是:大目犍连教授为佛而作禅屋,露地经行。彼时魔王化作细形入尊者大目犍连腹中。大目犍连知魔王在其腹中,即从定寤,语魔王曰:汝波旬出!汝波旬出,莫触娆如来,亦莫触娆如来弟子。莫于长夜无义无饶益,必生恶处受无量苦!于是魔波旬化作细形,从口中出,在尊者大目犍连前立。

【研讨练习】

1. 分析本文的描写表现了孙悟空的哪些性格特点?
2. 作者运用了哪些艺术手段使作品富于喜剧效果?

（文革红）

牡丹亭·惊梦(节选)

汤显祖

【作者传略】

汤显祖(1550—1616),字义仍,别号若士、清远道人,中国历史上伟大的戏曲家之一,被誉为"东方的莎士比亚"。江西临川人。出身书香门第,为人耿直,敢于直言,一生不肯依附权贵。哲学思想上,少年时师从罗汝芳,后又受达观(明代僧人)和李贽思想的影响,反对程朱理学,肯定人欲,追求个性自由,提出了与"理"相对立的"情",对统治阶级的官方哲学进行了挑战。汤显祖所说的情,把人与人权放到重要的地位,其实就是人道主义。他对情的颂扬,反映了争取个性解放的要求,是当时具有进步性的思想。在文学思想上,汤显祖与公安派反复古思潮相呼应,明确提出文学创作首先要"立意",强调心的力量在创作中的巨大作用。汤显祖创作了大量的传奇和诗文,代表作为"玉茗堂四梦"(或称"临川四梦"):《紫钗记》、《牡丹亭》(又名还魂记)、《邯郸记》、《南柯记》,今人辑有《汤显祖集》行世。

〔绕池游〕(旦上)梦回莺啭,乱煞年光遍[1]。人立小庭深院。(贴)炷尽沉烟[2],抛残绣线,恁今春关情似去年[3]?

〔乌夜啼〕(旦)"晓来望断梅关[4],宿妆残[5]。(贴)你侧着宜春髻子[6],恰凭阑。(旦)剪不断,理还乱,闷无端。(贴)已分付催花莺燕借春看。"(旦)春香,可曾叫人扫除花径?(贴)分付了。(旦)取镜台衣服来。(贴取镜台衣服上)"云髻罢梳还对镜,罗衣欲换更添香。"镜台衣服在此。(旦)好天气也!

〔步步娇〕(旦)袅晴丝吹来闲庭院[7],摇漾春如线。停半晌,整花钿[8]。没揣菱花[9],偷人半面,迤逗的彩云偏[10]。(行介)步香闺怎便把全身现!

(贴)今日穿插的好。

〔醉扶归〕(旦)你道翠生生出落的裙衫儿茜[11],艳晶晶花簪八宝填[12],可知我常一生儿爱好是天然[13]。恰三春好处无人见[14]。不隄防沉鱼落雁鸟惊喧,则怕的羞花闭月花愁颤。

(贴)早茶时了,请行。(行介)你看:"画廊金粉半零星,池馆苍苔一片青。踏草怕泥新绣袜[15],惜花疼煞小金铃[16]。"(旦)不到园林,怎知春色如许!

〔皂罗袍〕原来姹紫嫣红开遍,似这般都付与断井颓垣。良辰美景奈何天,赏心乐事谁家院[17]!恁般景致,我老爷和奶奶再不提起。(合)朝飞暮卷,云霞翠轩;雨丝风片,烟波画船——锦屏人忒看的这韶光贱[18]!

（贴）是花都放了[19]，那牡丹还早。

〔好姐姐〕（旦）遍青山啼红了杜鹃[20]，荼縻外烟丝醉软。春香呵，牡丹虽好，他春归怎占的先！（贴）成对儿莺燕呵。（合）闲凝眄[21]，生生燕语明如剪[22]，呖呖莺歌溜的圆。

（旦）去罢。（贴）这园子委是观之不足也。（旦）提他怎的！（行介）

〔隔尾〕观之不足由他缱[23]，便赏遍了十二亭台是枉然。到不如兴尽回家闲过遣。

（作到介）（贴）"开我西阁门，展我东阁床。瓶插映山紫[24]，炉添沉水香。"小姐，你歇息片时，俺瞧老夫人去也。（下）（旦叹介）"默地游春转，小试宜春面。"春呵，得和你两留连，春去如何遣？咳！恁般天气，好困人也。春香那里？（作左右瞧介）（又低首沉吟介）天呵，春色恼人，信有之乎！常观诗词乐府，古之女子，因春感情，遇秋成恨，诚不谬矣。吾今年已二八，未逢折桂之夫；忽慕春情，怎得蟾宫之客？昔日韩夫人得遇于郎，张生偶逢崔氏，曾有《题红记》《崔徽传》二书。此佳人才子，前以密约偷期，后皆得成秦晋。（长叹介）吾生于宦族，长在名门。年已及笄[25]，不得早成佳配，诚为虚度青春，光阴如过隙耳。（泪介）可惜妾身颜色如花，岂料命如一叶乎！

〔山坡羊〕没乱里春情难遣，蓦地里怀人幽怨。则为俺生小婵娟[26]，拣名门、一例里神仙眷。甚良缘，把青春抛的远！俺的睡情谁见？则索因循腼腆。想幽梦谁边，和春光暗流传？迁延，这衷怀那处言！淹煎[27]，泼残生，除问天！

身子困乏了，且自隐几而眠。（睡介）

【注释】

［1］乱煞年光遍：到处都是撩乱人心的春天景象。

［2］炷（zhù）：点燃，燃烧。沉烟：熏用的香料，这里指沉香。

［3］恁（nèn）："怎么"的省文，即为什么。

［4］望断：望尽，望到看不见。

［5］宿妆残：隔夜的梳妆已呈现残乱的样子。

［6］宜春髻子：饰有宜春彩燕的发髻。相传立春那天，妇女剪彩绸作燕子状，戴在发髻上，上贴"宜春"两字。

［7］袅晴丝：晴空中的游丝随风飘曳。

［8］花钿（diàn）：古代妇女首饰，即花钗。

［9］没揣：不料，蓦然地，无意间。

［10］迤（yǐ）逗：挑逗，挑动，惹引。

［11］翠生生：形容光洁鲜艳。出落的：衬托得。茜：红色，红艳艳。

［12］填：镶嵌。

［13］爱好：爱美。天然：天性。

［14］三春好处：喻自己的美貌和情思。

［15］泥：玷污。

［16］惜花疼煞小金铃：形容极端珍惜花草。《开元天宝遗事》载：天宝初，宁王于后园中纫红丝为绳，密缀金铃，系于花梢之上，每有鸟雀翔集，则令园吏掣铃索以惊之，盖惜花之故也。

［17］谁家：哪一家。

［18］锦屏人：深闺中的女子。忒（tuī）：太。韶光：春光。

[19] 是：凡是,所有的。

[20] 啼：这里是"开放"的意思。

[21] 凝眄(miǎn)：注视。

[22] 生生：燕子清脆的叫声。

[23] 缱(qiǎn)：缠绵,留恋。

[24] 映山紫：又名映山红,杜鹃花的一种。

[25] 笄(jī)：女子成年之礼。指女子15岁。

[26] 婵娟：形态美好。

[27] 淹煎：忧烦。

【鉴赏导引】

《牡丹亭》是汤显祖的得力之作,该剧一问世,轰动剧坛,家传户诵,使许多痴男信女感动得死去活来。史赞曰："为官不济,为文不朽。"《牡丹亭》之所以激动人心,是因为它塑造了杜丽娘这个不朽的女性形象。她不像《西厢记》中的崔莺莺那样不满门当户对,要求有才有貌的结合;也不像《红楼梦》中的林黛玉那样,要求男女双方思想、道德、感情一致的婚姻。杜丽娘对爱情的理解就是要求女人应当得到自己的权利。所以,这是一个个性解放阶段的女性形象,是中国古代爱情文学发展史上的一个重要人物。汤显祖通过杜丽娘生而死、死而生的执着追求,表现了《牡丹亭》的题旨：人欲必然战胜天理。

《牡丹亭》在艺术上也有创新之处。第一,浪漫主义色彩。由于杜丽娘追求的"情"在汤显祖生活的年代是无法实现的,而汤显祖"情"必胜"理"的坚定信念促使他不愿接受既成事实,他的信念和理想只能通过幻想来实现。在作品中,"情"具有神力,杜丽娘梦梅而死,得梅而生,生生死死都为"情",体现了高度的浪漫主义激情。第二,诗意美的抒情风格。《牡丹亭》具有悲中喜、喜中悲的特点,把悲、喜、正剧的因素都表现出来了,这是一种特殊的风格,是汤显祖对古典戏曲的一个贡献。第三,汤显祖擅长以写诗的手法来写曲,许多曲辞都是出色的抒情诗,因此,整部作品具有浓厚的抒情色彩,与整部作品的浪漫主义基调和谐一致。

这一出主要刻画杜丽娘的形象,在有情的人与无情世界的矛盾中,即在环境对人的压迫中,写出人的心境。杜丽娘的父母和老师爱护她,只要求把她塑造成合乎礼教的典范,而没有把她当成一个活人,因此她苦闷,在苦闷之中,她偷偷游了后花园,看见了盛开的百花,成对的莺燕,于是,她青春觉醒,要求得到一个年轻女子应当得到的异性爱恋。但是她的"情"在现实中不能实现。汤显祖在感情与思想的矛盾中,即在身与心的冲突中,表现了杜丽娘对人性的追求。

【广阅津梁】

1. 明代汤显祖《牡丹亭》"题词"：

如杜丽娘者,乃可谓之有情人耳。情不知所起,一往而深。生者可以死,死可以生。生而不可与死,死而不可复生者,皆非情之至也。

2. 明代沈德符《顾曲杂言》：

《牡丹亭》一出,家传户诵,几令《西厢》减价。

3. 明代张岱《答袁箨庵》:

灵奇高妙,已到极处。

【研讨练习】

1. 杜丽娘形象的主要特点是什么?
2. 分析该出〔皂罗袍〕一曲情景交融的特点,对表现人物的心理活动有何作用。

(冷淑敏)

叙陈正甫《会心集》

袁宏道

【作者传略】

袁宏道(1568—1610),字中郎,号石公,公安(今湖北省公安县)人。万历十九年(1591)进士,曾任吴县(今江苏省苏州市)知县,官至吏部郎中。与其兄袁宗道、弟袁中道为晚明"公安派"的代表人物,时称"三袁"。他们反对"贵古贱今",提出了"性灵说"。主张文学作品要"独抒性灵,不拘格套"。其作品语言清新明快,但内容多描写封建士大夫的闲适生活,部分文章反映了民间疾苦,对当时政治现实有所批判。有《袁中郎全集》。

世人所难得者唯趣[1]。趣如山上之色,水中之味,花中之光,女中之态,虽善说者不能下一语,唯会心者知之。今之人慕趣之名,求趣之似,于是有辨说[2]书画,涉猎古董以为清;寄意玄虚[3]、脱迹尘纷以为远[4];又其下则有如苏州之烧香煮茶者[5]。此等皆趣之皮毛,何关神情[6]。

夫趣得之自然者深,得之学问者浅。当其为童子也,不知有趣,然无往而非趣也。面无端容,目无定睛,口喃喃而欲语,足跳跃而不定,人生之至乐,真无逾于此时者。孟子所谓不失赤子[7],老子所谓能婴儿[8],盖指此也,趣之正等正觉[9]最上乘也。山林之人,无拘无缚,得自在度日,故虽不求趣而趣近之。愚不肖之近趣也,以无品[10]也。品愈卑故所求愈下,或为酒肉,或然声伎,率心而行,无所忌惮,自以为绝望于世,故举世非笑之不顾也,此又一趣也。迨[11]夫年渐长,官渐高,品渐大,有身如梏,有心如棘,毛孔骨节俱为闻见知识所缚,入理愈深,然其去趣愈远矣。

余友陈正甫,深于趣者也,故所述《会心集》若干卷,趣居其多,不然,虽介若伯夷[12],高若严光[13],不录也。噫,孰谓有品如君、官如君、年之壮如君,而趣如此者哉!

【注释】

[1] 趣:此指见风致、韵味。

[2] 辨说:鉴别论说。

[3] 寄意:寄托心意。玄虚:玄远虚无。

[4] 脱迹:指脱略形迹。尘纷:尘土飞扬。亦指纷乱的尘世。

[5] "又其下"句:明代以"烧香煮茶者"为清雅之事。

[6] 何关神情:语出《世说新语·言语》:"孙(兴公)曰:'此子神情都不关山水,而能作文。'"神情,此指"趣"的实质。

[7] "孟子"句:此句为省略说法。语出《孟子·离娄下》:"大人者,不失其赤子之心者也。"意谓

这就是孟子所说的"品德高尚、超拔于尘俗之外的人都能保持童心"。

[8]"老子"句:此句也是省略说法。语出老子《道德经》第十章:"专气致柔,能如婴儿乎?"指这就是老子所说的"聚结精气以致柔和温顺,用虚淡的态度对待外在世界的人,从而达到婴儿的无欲状态"。

[9]正等正觉:三藐三菩提的新译,意思是宇宙间至高无上真正平等普遍的觉悟,亦即究竟圆满的佛果。

[10]无品:意思是没有审美品位。

[11]迨(dài):及,到。

[12]伯夷:商朝孤竹君的长子。武王灭纣,伯夷与弟弟叔齐不食周粟,饿死在首阳山,被后人作为节操高洁的典型。

[13]严光:东汉隐士。他是后汉光武帝刘秀的同学,光武即位后,他变更名姓,隐身不见。光武纡尊屈驾,仍不肯出仕,耕钓于桐庐富春一带。见《后汉书·逸民列传》。

【鉴赏导引】

本文写于万历二十五年(1597)游歙县时,是为陈正甫《会心集》所作的序文。从序文中可以看出,《会心集》大旨谈趣。会心与趣,都是抽象难说的命题。袁宏道在序文中借"会心"之题,发难言之"趣"。用多种表现手法表达了作者对于"趣"的深刻体会和对于人间真挚自然之情的无限向往。

文章内容共3段。第一段首句即提出"世人所难得者唯趣",然后通过一串比喻形容趣的形态,指出趣只有会心的人能体会。第二段首句提出"夫趣得之自然者深,得之学问者浅",并围绕"自然"和"学问"两个方面分别举例论述,指出"童子"和"愚不肖"者随心所欲而近趣,"年长""官高""品大"之人被闻见知识所束缚,离趣愈远。第三段写自己写这篇序文的3个缘由,一是因为朋友陈正甫是一个"深于趣者";二是因为这本《会心集》所选述的人主要以趣为主;三是作者很赞赏像陈正甫这样身居高位,年不甚长,而能有趣如此的人。

本文艺术创作手法纯熟。一是通过每段的首句体现的:"世人所难得者唯趣"、"夫趣得之自然者深,得之学问者浅"和"深于趣者",将主线——"趣"字贯穿全文,使整篇文章脉络清晰,语言流畅。二是运用了大量的比喻。来说明"趣"这个抽象的概念,启发着读者对于"趣"的全面感受和生动想象,从而使人形象地体会到了真"趣"之韵。三是生动细致的刻画。尤其是童子之趣的那一段刻画,使文章趣味横生。

【广阅津梁】

1. 陈正甫善谈性理之学,袁宏道给袁宗道的书札《伯修》中曾记此事:

　　又欲赴山中之约,因便道之新安,为陈正甫所留,纵谈三日,几令斗山(地名,在休宁县南六十里)诸儒逃遁无地。

2. 文中倡言"趣",重在"自然"二字。清人陆云龙评曰:

　　"自然"二字,趣之根荄,不尔癣耳累耳。又曰:"取赤子,次及愚不肖,石公真是具眼。"

3. 公安派三袁继承李贽反形式主义、反拟古主义的思想,尤以袁宏道为最。他在《答李元善》中说:

> 弟才虽绵薄,至于扫时诗之陋习,为末季之先驱,辨欧、韩之极冤,捣钝贼之巢穴,自我而前,未见有先发者,亦弟得意事也。

【研讨练习】

1. 谈谈你对文中"趣"的认识。

2. 文中提到"童子"和"愚不肖"者随心所欲而近趣,而"年长""官高""品大"之人却去趣愈远,这表达了作者怎样的思想情感?

（徐彩云）

第七单元
近世文学·徘徊期
——万历三十年前后至乾隆十四年

吴行舟中漫兴

王彦泓

【作者简介】

王彦泓(1593—1642),字次回,江苏金坛人。明末诗人,出身于仕宦之家,43 岁成为岁贡生,官华亭训导。著有《疑雨集》。

睡足空船夕照黄,水程三日酒为粮。

招谗宋玉因词貌[1],助懒嵇康[2]是老庄。

好友仅能同笔砚,美人难以共杯觞[3]。

醉偕俗客无聊甚[3],聊当长歌哭几场。

【注释】

[1]宋玉:楚国辞赋作家,与唐勒、景差齐名。生平资料极少,相传所作辞赋甚多,今多亡佚,流传下来且可靠的作品只有《九辨》。宋玉又是中国历史上著名的美男子,风流倜傥,潇洒干练,反应敏捷,谈吐不凡。词貌:词写得很好,又有美好的面貌。

[2]嵇康:字叔夜,西晋著名思想家、音乐家、文学家。早年有俊才,豪迈任性,博学多闻,于老庄学说造诣极深。颇好采炼药物,服食求仙。通晓音乐,尤善鼓琴。有《嵇中散集》。

[3]觞(shāng):古代酒器。

[4]甚:很。

【鉴赏导引】

这首诗主要表达作者清高、孤独、寂寞的情怀。首联写诗人在去吴中的船上,寂寞的他在空荡荡的船中足足睡了一整天,直到夕阳西下的时候才醒过来。船何以空呢?是因为船上的人都上岸玩去了,只余自己孤身一人,百无聊赖,只好睡觉打发时间。何以不上岸和同伴去玩呢?是因为同伴皆为俗客,无可交谈,这就写出了深深的孤寂之感。接着写三天的水路竟然是以酒当饭,喝酒当然也是为了解闷,古人以酒当歌,此处以酒当饭,别出心裁,进一步点出了诗人无心茶饭、愁闷幽绝的情怀。

颔联解释自己何以孤寂的原因,是因为他词写得工整、才貌犹如宋玉那样卓立不群而招人嫉妒,他就像嵇康一样因信奉老庄思想而更加懒散,因而也就更加与世疏离。此联借典故表明自己才华高妙、与世不合、孤芳自赏、清淡疏狂的生活态度。

颈联进一步展示内心的孤寂,与社会的疏离感。连自己的好友也仅仅是笔墨、文字之交，发自内心的交流则是没有的。有美人作陪饮酒固然是好，但美人也难以共饮，如果说辛弃疾还渴望着"倩何人，唤取红巾翠袖，揾英雄泪"，希望有红颜知己陪伴给予心灵慰藉，而他连这样的愿望也放弃了，因为红颜知己未必理解他，且红颜知己也是难觅的，这就把自己逼到了知音难觅、形单影只的绝路，连"好友""美人"都无法产生心灵的沟通，更何况一般的人呢？

尾联点题，诗人喝得酩酊大醉，是希望借酒浇愁，倾诉内心的苦闷，而现在携带同行的伙伴皆俗不可耐，只让人感到更加无聊，何以能倾诉衷肠呢？ 只能借长歌，哭上几场，发泄一腔忧闷之情。

此诗借写旅途之寂寞，抒发无人可语的悲痛，表达与世寡合的情怀。以逼仄的船、落日来表现自己所处的环境狭窄、昏暗，船上人与上岸的人之间不相融合，仿佛隔着巨大的鸿沟，表示心灵之不能沟通。以宋玉和嵇康自况，表示自己才高被妒，不得已借老庄来伪装自己，因而极其疏懒。懒得起床，懒得吃饭，这些反常的举动都代表了内心的愤懑和不满。最后借朋友和美女都不能安慰自己，表明与社会的疏离程度，不仅仅是与陌生人的疏离，连最亲近的人也无法避免，其程度之深，令人感觉到切肤之痛和绝望至极，因而诗人只能是长歌当哭，借酒浇愁了。

诗歌借环境描写和动作描写来写意抒怀，两个典故含蓄地表明自己的处境和人生态度，通过隐喻、象征的手法表达知音难觅的苦闷，多种手法的运用使得其情感的强度逐步加深，并达到难以排解的地步，因而具有极为强大的感染力。

【广阅津梁】

1. 章培恒、骆玉明《中国文学史新著》：

在这之前的中国诗歌里，有过许多对志士、豪侠的歌颂，也出现过像阮籍诗那样的对孤独寂寞的咏叹，像高启诗所抒写那样的对被加上"笼靮"的恐惧，但像王彦泓这样从普通到几乎随处可遇的经历中感受到如此深沉的痛苦的，却还没有过。也正因此，这是个性鲜明的、具有独创性的诗。

2. 明代王彦泓《感旧》：

> 收拾残书剩几篇，轻狂踪迹廿年前。
> 笑倾犀首花间盏，醉扶蛾眉月下船。
> 黄祖怒时偏自喜，红儿痴处绝堪怜。
> 如今兴味消磨尽，剩爱铜炉一炷烟。

【思考练习】

1. 这首诗表达了作者怎样的思想情感？
2. 谈谈这首诗与现代文学相通的地方。

（文革红）

圆圆曲

吴伟业

【作者简介】

吴伟业(1609—1672),字骏公,号梅村,江苏太仓人,明末清初著名诗人。明崇祯四年(1631)进士,为会试第一名,殿试一甲第二名,授编修,后官左庶子。弘光朝,任少詹事。顺治时,官国子监祭酒,以母丧告假归里。诗与钱谦益、龚鼎孳并称"江左三大家",又为娄东诗派开创者,各体皆工,尤长于七言歌行,纪事之作学长庆体而自具面目,后人称之为"梅村体"。又工词曲书画。诗文集收辑最完整者为《梅村家藏稿》。

鼎湖当日弃人间[1],破敌收京下玉关[2]。
恸哭六军俱缟素[3],冲冠一怒为红颜[4]。
红颜流落非吾恋,逆贼天亡自荒宴[5]。
电扫黄巾定黑山[6],哭罢君亲再相见[7]。
相见初经田窦家[8],侯门歌舞出如花。
许将戚里箜篌伎[9],等取将军油壁车[10]。
家本姑苏浣花里[11],圆圆小字娇罗绮[12]。
梦向夫差苑里游[13],宫娥拥入君王起。
前身合是采莲人,门前一片横塘水[14]。
横塘双桨去如飞,何处豪家强载归[15]。
此际岂知非薄命,此时只有泪沾衣。
熏天意气连宫掖[16],明眸皓齿无人惜。
夺归永巷闭良家[17],教就新声倾坐客。
坐客飞觞红日暮[18],一曲哀弦向谁诉。
白晰通侯最少年[19],拣取花枝屡回顾。
早携娇鸟出樊笼,待得银河几时渡。
恨杀军书抵死催,苦留后约将人误。
相约恩深相见难,一朝蚁贼满长安[20]。
可怜思妇楼头柳,认作天边粉絮看。
遍索绿珠围内第[21],强呼绛树出雕栏[22]。
若非壮士全师胜,争得蛾眉匹马还[23]?
蛾眉马上传呼进,云鬟不整惊魂定。

蜡炬迎来在战场[24]，啼妆满面残红印。

专征箫鼓向秦川[25]，金牛道上车千乘[26]。

斜谷云深起画楼[27]，散关月落开妆镜[28]。

传来消息满江乡，乌桕红经十度霜。

教曲伎师怜尚在，浣纱女伴忆同行。

旧巢共是衔泥燕，飞上枝头变凤凰。

长向尊前悲老大，有人夫婿擅侯王。

当时祇受声名累，贵戚名豪竞延致。

一斛明珠万斛愁[29]，关山漂泊腰肢细。

错怨狂风扬落花，无边春色来天地。

尝闻倾国与倾城，翻使周郎受重名[30]。

妻子岂应关大计，英雄无奈是多情。

全家白骨成灰土，一代红妆照汗青。

君不见，馆娃初起鸳鸯宿[31]，越女如花看不足。

香径尘生鸟自啼，屧廊人去苔空绿[32]。

换羽移宫万里愁，珠歌翠舞古梁州[33]。

为君别唱吴宫曲[34]，汉水东南日夜流。

【注释】

[1] 鼎湖：典出《史记·封禅书》。传说黄帝铸鼎于荆山下，鼎成，有龙垂胡须下迎黄帝，黄帝即乘龙而去，后世因称此处为"鼎湖"。此指崇祯帝自缢于煤山（今北京景山）。

[2] 敌：指李自成起义军。玉关：即玉门关，借指山海关。

[3] 六军：指明朝的军队。缟素：丧服。此指为吴三桂的父亲穿上丧服。

[4] 红颜：美女，此指陈圆圆，明末苏州名妓，"秦淮八艳"之一。

[5] 荒宴：荒淫享乐。

[6] 黄巾、黑山：均为汉末农民起义军，借指李自成。

[7] 君：崇祯帝。亲：吴三桂的亲属。

[8] 田窦：西汉著名外戚武安侯田蚡和魏其侯窦婴，这里代指崇祯外戚，田贵妃之父田宏遇。

[9] 戚里：皇帝亲戚的住所，指田府。箜篌伎：弹箜篌的艺妓，指圆圆。箜篌：泛指乐器。

[10] 油壁车：妇女乘坐的以油漆饰车壁的车子。

[11] 浣花里：唐代名妓薛涛居住在成都浣花溪，借指圆圆在苏州的住处。

[12] "圆圆"句：陈圆圆，名沅，字畹芬，圆圆是其小名，姑苏名妓，长得娇艳美丽。

[13] "梦向"句：以西施喻陈圆圆之美，暗讽三桂如夫差之好色。

[14] 采莲人：指西施，西施曾与吴王采莲，传说陈圆圆是西施后身。横塘：在苏州市西南。

[15] "何处"句：没料到陈圆圆被抢，命运突然转折，红颜薄命。

[16] 熏天：《吕氏春秋·离谓》有"毁誉成党，众口熏天"，形容恶势力极大。宫掖：皇帝后宫。

[17] 永巷：指汉朝幽禁失势或失宠妃嫔的地方。明清时是未得分配到各宫去的宫女集中居住的地方。

[18] 飞觞：一杯接一杯不停地喝酒，形容喝酒作乐。

〔19〕通侯：本汉代爵位名，后用作武官美称，此处指吴三桂。

〔20〕蚁贼：对李自成起义军的诬称。长安：借指北京。

〔21〕绿珠：晋石崇爱姬，权臣孙秀仗势劫夺，不从，坠楼而亡。

〔22〕绛树：魏文帝曹丕宠妃，汉末著名歌女，此处借指圆圆。

〔23〕争得：怎得。

〔24〕"蜡炬"句：《太平广记》记载，魏文帝迎娶薛灵芸，燃蜡烛数十里，排场极大。

〔25〕专征：自定征伐。箫鼓：高级官员的仪仗乐队，借指吴的军队。秦川：兼指陕西和四川。

〔26〕金牛道：古蜀道的主干线，从陕西沔县（后改为勉县）进入四川的古栈道。又名石牛道，相传秦惠王将粪金的石牛赠送给蜀王，蜀遣五丁引金牛成道，名为金牛道。

〔27〕斜谷：陕西郿县（现为眉县）西褒斜谷东口。

〔28〕散关：在陕西宝鸡西南大散岭上。

〔29〕"一斛"句：指唐玄宗送梅妃一斛西域珍珠故事。珍珠与忧愁相连，祸福相依。

〔30〕"尝闻"二句："倾国与倾城"典出《汉书·孝武李夫人传》："北方有佳人，绝世而独立。一顾倾人城，再顾倾人国。"倾国倾城的小乔使周瑜增色不少。此指吴三桂为了夺回圆圆，宁可背负千载罪名。

〔31〕馆娃：馆娃宫，在苏州附近的灵岩山，吴王夫差为西施而筑。

〔32〕屧（xiè）廊：即响屧廊，屧是空心木底鞋。响屧廊：以梓板铺地，西施着屧行于上，步步皆音。

〔33〕"换羽"二句：羽和宫都是古代五音之一，借指音乐。这是用音调变化比喻人事变迁，改朝换代。古梁州：陕西汉中，吴三桂于顺治五年（1648）从锦州移镇汉中，至顺治八年（1651）一直驻扎此地。

〔34〕别唱：另唱。吴宫曲：为吴王夫差盛衰所唱之曲，此指《圆圆曲》。

【鉴赏导引】

吴伟业的《圆圆曲》主要叙述吴三桂与陈圆圆之间悲欢离合的爱情故事，表现了个人的命运难以摆脱环境的压迫、逼挟，以及人在环境压迫、逼挟下的痛苦。这是一曲前所未有的爱情赞歌，同时也是一曲人生的悲歌。

本诗一开始就把基本矛盾揭示出来，即家国之仇，亡国之恨。"冲冠一怒为红颜""恸哭六军俱缟素""哭罢君亲再相见"都表明吴三桂为了爱情而放弃了父亲和家族多人的性命，揭示了爱情与孝道之不能两全，因而吴三桂也就留下了历史的骂名。"妻子岂应关大计，英雄无奈是多情"即表明了作者的态度，爱情不应该凌驾于"大计"即家国之上，为红颜而置家国于不顾，引清军入关，不仅牺牲了父亲性命，且丧失了民族大义，最终不会有好的下场。这就揭示了个人的命之不能由自己主宰的痛苦和矛盾。

接着回忆两人相见过程，用"相见"二字实现意义上的自然转换和巧妙衔接，叙述陈圆圆悲惨的出身，被抢成为歌妓的经过，表明了个人命运的不能把握。

回忆陈圆圆出身时用了很多典故，渲染陈圆圆的冷艳和娇柔，极富迷离恍惚之致，给读者以丰富的想象空间，增加了诗歌的美感。诗歌进一步采用对比和衬托的手法，以鲜明的反差点明她所受的艰困和惨酷，"采莲人""横塘水"都是美好的，但"横塘双桨去如飞"则表现了柔美被摧残、个人命运犹如飞蓬的哀伤情感，表现了环境的残酷和黑暗，两者相互杂糅，相反相成。

接着写两人之间悲欢离合的爱情经历，本来期盼的迎娶却因为一场战争而被迫分离，此刻陈圆圆的命运从豪强手中落入农民起义军手里。"若非壮士全师胜，争得蛾眉匹马还。"无论吴三桂还是陈圆圆都在环境下苦苦挣扎，为爱情与幸福付出了家国覆亡的惨重代价。"秦川""斜谷""散关"表明了战争的环境，爱情与战争相纠结，表明环境之险恶与对美好事物不懈追求之间的巨大矛盾。最后两人终于回到了姑苏家乡，陈圆圆也"飞上枝头变凤凰"，然而两人付出的代价也是惨痛的，陈圆圆是"万斛愁""关山漂泊""腰肢细"，吴三桂则"全家白骨成灰土"。最后以隐喻和象征的手法，将陈圆圆作为西施的后身，暗示吴三桂的功名富贵像吴王夫差一样不能长久，等待他的将是可怕的灭亡，陈圆圆的结局当然也不会美好，曲折地表达了作者的故国之思和兴亡之感。

本诗以哀艳为基调，具迷离恍惚之致，注重炼字造句，尤其注重用典，继承唐诗中优秀技巧加以发展，这也正是明代后七子所提倡的。

【广阅津梁】

1. 章培恒《元明清诗鉴赏辞典·序》：

这首诗最动人的所在，并不在于批判了吴三桂的罔顾君亲大义，而在于讴歌了陈圆圆的美丽，她那可怜的身世和在爱情上的悲欢；也在于讴歌了吴三桂对爱情的坚贞、捍卫爱情的勇敢，并倾诉了个人在群体缠绵下的悲哀与痛苦。

2. 清代陆次云《圆圆传》：

梅村效《琵琶》《长恨》体作《圆圆曲》，以刺三桂，曰：冲冠一怒为红颜，盖实录也。三桂重币求去此诗，吴勿许。当其盛时，祭酒能显斥其非，却其贿遗而不顾，于甲寅之乱似早有以见其微者。呜呼，梅村非诗史之董狐也哉！

【思考练习】

1. 这首诗是如何表现环境对个人命运的压迫，以及环境与爱情之间的巨大矛盾的？
2. 这首诗在艺术手法上有什么特色？

（文革红）

自为墓志铭[1]

张　岱

【作者传略】

　　张岱（1597—1689），明末清初文学家。又名维城，字宗子、石公，号陶庵、天孙，别号蝶庵居士，晚号六休居士，浙江山阴（今绍兴）人，侨寓杭州。出身仕宦世家，少为富贵公子，精于茶艺鉴赏，爱繁华，好山水，晓音乐、戏曲，明亡后不仕，入山著书以终。晚年贫困不堪，而著书不辍。作品文笔清新，时杂诙谐，多写山水景物、日常琐事，不少作品表现明亡后的怀旧感伤情绪。所著有《琅嬛文集》《陶庵梦忆》《西湖寻梦》等。又有《石匮书》，现存《石匮书后集》，记载明朝末年崇祯年间及南明王朝的史事。

　　蜀人张岱，陶庵其号也。少为纨绔子弟，极爱繁华，好精舍，好美婢，好娈童，好鲜衣，好美食，好骏马，好华灯，好烟火，好梨园，好鼓吹，好古董，好花鸟，兼以茶淫橘虐[2]，书蠹诗魔，劳碌半生，皆成梦幻。年至五十，国破[3]家亡，避迹山居。所存者破床碎几，折鼎病琴，与残书数帙，缺砚一方而已。布衣蔬食，常至断炊。回首二十年前，真如隔世。

　　常自评之，有七不可解。向以韦布[4]而上拟公侯，今以世家而下同乞丐，如此则贵贱紊矣，不可解一；产不及中人，而欲齐驱金谷[5]，世颇多捷径，而独株守於陵[6]，如此则贫富舛矣，不可解二；以书生而践戎马之场，以将军而翻文章之府，如此则文武错矣，不可解三；上陪玉皇大帝而不诌，下陪悲田院[7]乞儿而不骄，如此则尊卑溷[8]矣，不可解四；弱则唾面而肯自干，强则单骑而能赴敌，如此则宽猛背矣，不可解五；夺利争名，甘居人后，观场游戏，肯让人先，如此则缓急谬矣，不可解六；博弈摴蒱[9]，则不知胜负，啜茶尝水，则能辨渑淄[10]，如此则智愚杂矣，不可解七。有此七不可解，自且不解，安望人解？故称之以富贵人可，称之以贫贱人亦可；称之以智慧人可，称之以愚蠢人亦可；称之以强项人[11]可，称之以柔弱人亦可；称之以卞急人可，称之以懒散人亦可。学书不成，学剑不成，学节义不成，学文章不成，学仙学佛，学农学圃俱不成，任世人呼之为败子，为废物，为顽民，为钝秀才，为渴睡汉，为死老魅也已矣。

　　初字宗子，人称石公，即字石公。好著书，其所成者，有《石匮书》《张氏家谱》《义烈传》《琅嬛文集》《明易》《大易用》《史阙》《四书遇》《梦忆》《说铃》《昌谷解》《快园道古》《傒囊十集》《西湖梦寻》《一卷冰雪文》行世。生于万历丁酉[12]八月二十五日卯时，鲁国相大涤翁之树子也[13]，母曰陶宜人。幼多痰疾，养于外大母马太夫人者十年。外太祖云谷公[14]宦两广，藏生牛黄丸盈数簏，自余囡地以至十有六岁，食尽之而厥疾始瘳。六岁时，大父雨若翁携余之武林[15]，遇眉公先生[16]跨一角鹿，为钱塘[17]游客，对大父曰："闻文孙善属对，吾面试之。"指屏上李白骑鲸图[18]曰："太白骑鲸,采石江边捞夜月[19]。"余应曰："眉公跨鹿,钱塘县里打秋风。"眉公大笑,起跃曰："那得灵隽若此,吾小友也。"欲进余以千秋之业,岂料余之一事无成也哉?

甲申[20]以后,悠悠忽忽,既不能觅死,又不能聊生,白发婆娑,犹视息人世。恐一旦溘先朝露,与草木同腐,因思古人如王无功、陶靖节、徐文长皆自作墓铭[21],余亦效颦为之。甫构思,觉人与文俱不佳,辍笔者再。虽然,第言吾之癖错,则亦可传也已。曾营生圹于项王里之鸡头山[22],友人李研斋题其圹曰:"呜呼,有明著述鸿儒陶庵张长公之圹。"伯鸾高士,冢近要离[23],余故有取于项里也。明年,年跻七十,死与葬,其日月尚不知也,故不书。

铭曰:穷石崇,斗金谷[24]。盲卞和,献荆玉[25]。老廉颇,战涿鹿[26]。赝龙门,开史局[27]。馋东坡,饿孤竹[28]。五羖大夫,焉肯自鬻[29]?空学陶潜,枉希梅福[30]。必也寻三外野人[31],方晓我之衷曲。

【注释】

[1] 墓志铭一般是人死后,亲戚、朋友、同窗等别人根据此人情况所写,主要记载墓主的家世、生平、为人等,其作用主要表现在 4 个方面:概要人物生平、评价是非功过、臧否人物道德、寄托悼念哀情,多为叙事赞扬之词。而自为墓志铭是在生前由自己撰写墓志铭,以便死后使用,多为讥讽之言。最具代表性的是明代徐渭和张岱所作。

[2] 荼淫橘虐:意即喜爱品茶和吃橘子。淫、虐都是过分地、无节制地品尝和食用。

[3] 国破:指 1644 年明朝的覆灭。

[4] 韦布:韦带布衣。韦带为古代贫残之人所系的无饰皮带。布衣指平民所穿的粗陋衣服。这里指平民身份。

[5] 金谷:地名,在今河南省洛阳市东北。晋代的石崇非常富有而又奢侈,他在这里修建了一座非常富丽的别墅,世称金谷园。这里代指石崇。

[6] 於陵:战国时齐国的城邑,在今山东省邹平市东南。齐国的陈仲子曾经隐居此地。这里是作者用以比喻自己过着隐居的生活。

[7] 悲田院:也写作卑田院。佛教以施贫为悲田,所以称救济贫民的机构为悲田院,后来又用以指乞丐聚居的地方。

[8] 溷(hùn):混乱。

[9] 博弈:博弈,泛指下棋。博,六博,古代的一种棋戏。弈,围棋。摴蒱(chū pú):博戏名,以掷骰决胜负。后泛称赌博为摴蒱。

[10] 渑淄(shéng zī):两条河的名字。这两条河均在山东省,传说它们的水味不同,合到一起则难以辨别,唯春秋时齐国的易牙能分辨。

[11] 强项:不肯低头,形容刚强正直、不屈服。

[12] 万历丁酉:1597 年(明神宗万历二十五年)。

[13] 鲁国相:张岱的父亲曾任鲁献王的右长史,其职务相当于汉朝的国相,故说。鲁,明藩王所封国名。国相,汉代的藩国,有国相这一官职负责该国的行政事务。大涤翁:张岱的父亲,名张耀芳,字尔弢,号大涤。树子:妻所生的儿子,区别于妾所生的儿子。

[14] 外太祖:外曾祖父。云谷:张岱的外曾祖父陶某的字或别号。

[15] 雨若:张岱祖父张汝霖的字。武林:古代杭州的别称。

[16] 眉公：陈继儒(1558—1639)，字仲醇，号眉公，华亭(今上海松江)人，明代的文学家、书画家。

[17] 钱塘：即今杭州市。历史上曾在这里设置县一级行政机构。

[18] 李白骑鲸：传说李白曾骑着鲸鱼远游海外仙岛。

[19] 采石：即采石矶，在今安徽省马鞍山市长江东岸。相传李白在这里喝醉了酒，因喜爱江中的月影，便到江中捞月，以致溺水而死。

[20] 甲申：1644年(明思宗崇祯十七年)。这一年李自成领导的农民起义军攻进北京，明王朝覆灭。后清兵入关，夺取了政权。

[21] 王无功：王绩(约585—644)，字无功，隋唐之际的诗人，有《自作墓志文》。陶靖节：陶渊明(365—427)，名潜，字元亮，死后，人们私谥靖节，浔阳柴桑(今江西九江)人，东晋时期的大诗人，有《自祭文》。徐文长：徐渭(1521—1593)，字文长，山阴(今浙江绍兴)人，明代的文学家、书画家，有《自为墓志铭》。

[22] 生圹(kuàng)：生前预造的墓穴。项王里：即项里山，在绍兴西南15千米，传说项羽曾避仇于此，下有项羽祠。

[23] 伯鸾：东汉的梁鸿，字伯鸾，博学有气节，隐居不仕，所以称他为高士。他很崇敬春秋时的刺客要离，所以要在死后埋葬在要离的坟墓附近。

[24] "穷石崇"二句：晋代的巨富石崇，曾在金谷园和王恺、羊琇等人斗富。这里张岱以穷石崇自比。

[25] "盲卞和"二句：卞和，春秋时楚国人。他在荆山中得到一块璞，献给楚厉王，厉王让玉工辨识，说是石头，以欺君罪砍掉了卞和的左脚。后来楚武王即位，卞和再次献璞，又按欺君之罪砍了他的右脚。等到楚文王即位，卞和抱璞而哭，直哭到眼中流血。文王让玉工将璞剖开，果然得到了宝玉。

[26] "老廉颇"二句：廉颇是战国时赵国名将，后因赵王听信谗言，他被迫逃亡魏国。秦攻赵，赵王想重新起用廉颇，派人去魏国察看廉颇身体状况，使者受了廉颇仇人的贿赂，回来报告说：廉颇老了。赵王说不再召还廉颇。涿鹿是今河北涿鹿县，相传为当年黄帝消灭蚩尤的地方。

[27] "赝龙门"二句：指作者假托司马迁开设史局。赝，假。龙门，地名，在今山西省河津市。司马迁出生在这里，所以后人常以龙门代称司马迁。作者曾著一部纪传体的明史，名《石匮书》。

[28] "馋东坡"二句：苏东坡好吃，伯夷、叔齐饿死在首阳山。东坡，苏轼的号。相传苏轼好吃，所以称他为馋东坡。孤竹，指孤竹君的两个儿子伯夷、叔齐，他们不赞成周武王伐纣，因此在周王朝建立后，不食周粟，饿死在首阳山。

[29] 五羖(gǔ)大夫：即百里奚，春秋时虞国人，晋灭虞，被虏，后又被楚国边境老百姓抓走。秦穆公知道他很能干，用五张羖羊的皮把他买来，相秦七年，使秦成为诸侯的霸主。人称五羖大夫。羖，山羊。

[30] 梅福：字子真，西汉末寿春(今安徽寿县)人。王莽专权，他弃家出走，传说他后来成了仙人。

[31] 三外野人：南宋诗人郑思肖在宋亡后隐居吴下，自称三外野人。

【鉴赏导引】

张岱的《自为墓志铭》写作于明清易代之际，因朝代更迭和作者亡国遗民的特殊身份，在历代自题墓志铭中具有独特的风格和思想内容。此文不仅表现了作者的生活情趣、名士性情和张狂特异的文化人格，而且夹杂着人生感慨与家国之思。

作者开篇不谈显赫的家世，而是以"十二好"刻意展示自己的无用、颓废的一面。其所好之事大多和经世济国无关，甚而是严重的对立，感官的刺激和游戏的态度取代了正统的

"格物、致知、诚意、正心、修身、齐家、治国、平天下"的儒家价值取向。他即使写自己在诗文著述上的爱好,也故意用"书蠹诗魔"等贬义词语轻轻带过,列述包括《石匮书》在内的14部著述,也仅称为"好著书"而已。在此,作者将自己描述为一个独立的有个性的个体,他大胆肯定了人的欲望,承认了自己对物质生活和精神生活追求的必然性和合理性,具有朦胧的人本主义色彩。接着,作者今昔对比,残破简陋的陈设,使作者对社会人生与炎凉世态有着特别的理解和领悟。他感叹劳碌半生,皆成梦幻,却在静静地回味着半世的荣华,咀嚼着国破家亡的苦涩。但是,张岱毕竟是名士,虽然落拓,却不是一味伤感、激愤甚至抗争,他以名士的洒脱和超迈来观照历史,以名士特有的嬉笑人生的性情来自我调适。于是,就有了"七不解"及由此引申的自画像。刻写自己矛盾的人格表现,嬉笑自身"一事无成"的自嘲,洋溢着作者爱世、恋世、适世、娱世的积极生活态度,体现了他拒绝现实、尊情适性、尊人贵生的性格。作品用语近乎颓废,却曲折地展现了他卓异的个性。透过语言表层,读者感受到张岱一生不懈追求却难以达其志的苦恼、无奈、苦闷和悲凉,触摸到他的心念故国而未能以死殉节的复杂矛盾心理,感受到他在豁达之下掩藏着的无尽的苦闷和凄清。

张岱出身名门,才华横溢,这从他儿时与眉公先生的属对中清晰可见,但世事沧桑,他晚年竟至于"既不能觅死,又不能聊生"。张岱这位亦箫亦剑之士,在轰轰烈烈的反清复明运动失败后,痛定思痛,以自为墓志铭形式张扬了自己的文化人格。"曾营生圹于项王里之鸡头山",是求精神之不朽,像项羽不肯过江东般保持完美的人格。其铭孤冷怪异,表面上是自嘲与自我否定,实际上是在自我肯定和自我宣扬。一个与主流价值观相左的"异端"个性的狂诞文化人格跃然纸上。作品语言风格既有明利的一面,也有冷峭的一面,这是基于作者对世事的感触。他写自己潦倒至极、颓唐至极,因而与周围人物的个性反差就更为强烈。

【广阅津梁】

1. 明代徐渭《自为墓志铭》:

　　山阴徐渭者,少知慕古文词,及长益力。既而有慕于道,往从长沙公究王氏宗。谓道类禅,又去扣于禅,久之,人稍许之,然文与道,终两无得也。贱而懒且直,故惮贵交似傲,与众处不浼祖裼似玩,人多病之,然傲与玩,亦终两不得其情也。

　　生九岁,已能习为干禄文字,旷弃者十余年。及悔学,又志迂阔,务博综,取经史诸家,虽琐至稗小,妄意穷及,每一思废寝食,览则图谱满席间。故今齿垂四十矣,籍于学官者二十有六年,食于二十人中者十有三年,举于乡者八而不一售。人且争笑之,而己不为动,洋洋居穷巷,微数椽、储瓶粟者十年。一旦为少保胡公罗致幕府,典文章,数赴而数辞,投笔出门,使折简以招,卧不起,人争愚而危之,而己深以为安。其后公愈折节,等布衣,留者盖两期,赠金以数百计,食鱼而居庐,人争荣而安之,而己深以为危。至是忽自觅死。人谓渭文士,且操洁,可无死。不知古文士以入幕操洁而死者众矣。乃渭则自死,孰与人死之?

　　渭为人,度于义无所关时,辄疏纵不为儒缚;一涉义所否,干耻诟,介秽廉,虽断头不可夺。故其死也,亲莫制,友莫解焉。尤不善治生,死之日,至无以葬,独余书数千卷,浮磬二,研,剑,图画数,其所著诗文若干篇而已。剑画先托市于乡人某,遗命促之以资葬,著稿先为友人某持去。谓尝曰:余读旁书,自谓别有得于《首楞严》、庄周、列御寇若黄帝《素问》诸编,倘假以岁月,更用绎绅,当尽斥诸注者缪戾,标其旨以示后人。而于《素问》一书,尤自信而深奇。将以比岁婚子妇,遂以母养付之,得尽游名山,起僵仆,逃外物。而今已矣!渭有过,不肯掩;有不知,耻以为知。斯言盖不妄者。

初字文清,改文长。生正德辛巳二月四日,夔州府同知讳镀庶子也。生百日而公卒,养于嫡母苗宜人者十有四年。而夫人卒,依于伯兄讳淮者六年。为嘉靖庚子,始籍于学。试于乡,蹶。赘于潘,妇翁薄也,地属广阳江,随之客岭外者二年。归又二年,夏,伯兄死。冬,讼,失其死业。又一年冬,潘死。明年秋,出僦居,始立学。又十年冬,客于幕,凡五年罢。又四年而死,为嘉靖乙丑某月日。男子二:潘出,曰枚;继出,曰杜,才四岁。其祖系散见先公大人志中,不书。葬之所为山阴木栅,其日月不知也,亦不书。

铭曰:

杙全婴,疾完亮,可以无死,死伤谅。兢系固,允收邕,可以无生,生何凭?畏溺而投早,嗤渭;既髡而刺迟,怜融。孔微服,箕佯狂。三复《烝民》,愧彼既明。

2. 尚继武《自为墓志写心曲——张岱的特异文化人格探窥》:

(张岱)六十八岁时(1664),在精神郁闷和备受折磨的艰难困顿生活里,为自己撰写了这篇"以生悼死、生而念死"的墓志铭文,将自己的生活情趣、人生感慨、家国之思融入其中。其文文笔跳宕峭快,时而沉着郁愤,时而轻灵明快,时而貌庄令人沉思,时而诙谐催人反省,在历代自题墓志铭文中具有独特的风格和思想内容,折射出张岱曲折多难的人生经历和卓然特异的文化人格。

3. 张丽杰《忏悔焉在——张岱〈自为墓志铭〉情感底蕴的再思考》:

张岱《自为墓志铭》的情感底蕴是对自我由衷的赏悦、热烈的肯定和深深的佩服,是以自得的昂扬之气贯穿全文的,进而隐隐地流露出对晚明具有启蒙主义光辉、人文气息的时代由衷的赏悦、热烈的颂赞和深深的追求,以及对清初社会变迁带来的灾难、不幸的谴责和愤怒,而非"自责"和"忏悔"。

【研讨练习】

1. 对比徐渭的《自为墓志铭》,两者在思想情趣和艺术手法方面有哪些相同点和相异点。

2. 张岱的《自为墓志铭》,是自责忏悔,是孤芳自赏,还者是其独特人格的写照?请结合作者的身世认真探讨。

(张庆胜)

蝶恋花·出塞

纳兰性德

【作者传略】

纳兰性德(1655—1685)，叶赫那拉氏，原名成德，因避皇太子保成名讳，改名性德。皇太子改名胤礽，才得恢复。字容若，号饮水、楞伽山人，室名通志堂、渌水亭、珊瑚阁、鸳鸯馆、绣佛斋。满洲正黄旗人。清朝著名词人。词风与李煜相似。纳兰出身显赫，父亲是康熙时期武英殿大学士纳兰明珠。纳兰性德自幼修文习武，康熙十五年(1676)高中进士。初授三等侍卫，后晋为一等，长年追随康熙左右。

纳兰性德生性淡泊名利，最擅写词。他的词以"真"取胜：写情真挚浓烈，写景逼真传神。纳兰性德在清初词坛独树一帜，词风"清丽婉约，哀感顽艳，格高韵远，独具特色，直指本心"。著有《通志堂集》《侧帽集》《饮水词》等，康熙二十四年(1685)亡于寒疾，年仅30岁。被王国维称为"以自然之眼观物，以自然之舌言情"的词人。

今古河山无定据[1]。画角[2]声中，牧马[3]频来去。满目[4]荒凉谁可语？西风吹老丹枫树[5]。

从前幽怨应无数[6]。铁马金戈[7]，青冢黄昏路[8]。一往情深深几许[9]？深山夕照深秋雨。

【注释】

[1]定据：一定的准则。指自古以来，权力纷争不止，江山变化无定。一作"无定数"。

[2]画角：军队中的号角。

[3]牧马：战马，此指铁骑、征骑。

[4]满目：满眼所见。

[5]西风：秋风。丹枫：深秋树叶变红后的枫树。

[6]从前幽怨应无数：一作"幽怨从前何处诉"。从前：往昔，先前。幽怨：郁结于心的愁绪恨意。

[7]铁马金戈：谓战争。《旧五代史·李袭吉传》李克用与朱温书云："岂谓运由奇特，谤起奸邪，毒手尊拳，交相于莽夜；金戈铁马，蹂践于明时。"辛弃疾《永遇乐·京口北固亭怀古》："想当年，金戈铁马，气吞万里如虎。"

[8]青冢：用汉代王昭君出塞之典事。《汉书·匈奴传下》："元帝以后宫良家子王绮，字昭君赐单于。"昭君死后葬于南匈奴之地(即今内蒙古呼和浩特)，人称"青冢"。

[9]几许：多么，何等。

【鉴赏导引】

纳兰性德到关外巡察,触景生情,写下《出塞》。作为一个贵族侍卫,纳兰性德没有沉醉于塞外风光,而是在西风丹枫情境中,扫视现今,视通千古,哲思时代变迁,感悟朝代更替社会变化之无常,表达出作者英气逼人和才华出众的独特之处。词的首句破空而来,气势深沉雄浑,奠定了全词的凭吊古代、思索今日的深沉基调。上阕将威武严整、慷慨豪放与荒凉凄清、苍劲萧瑟的景象加以对比,在收放之间,抑扬之际,将作者思古之愁绪,感慨之幽怨隐隐地从字里行间渗透出来。边塞特有的雄壮、紧张、激昂的场景与作者难以言说的人生无常的荒诞感相融于词作,增强了词的表达张力,强化了作品忧伤的意绪。

下阕词人首先由边塞展开联想,追想边疆发生过的恩怨情恨,曲折地传达出了他内心的孤独寂寞。接着,以点代面,通过铁马金戈与昭君的边塞"幽怨"的对比,暗含了词人的慨叹:纵然有着一腔铁马金戈、气吞万里的报国之志,可结果不也是徒劳吗? 最后,一问一答,看似漫不经心的写景,实为沉痛至极的抒情。"深山夕照"使人有悲凉之感,而"深秋暮雨"则程度更重。意象递进叠加,深化了昭君式的"幽怨",表达了作者不堪悲凉之苦。以景结情,含蓄隽永。整体上看,本词景象博大磅礴,情感凄婉幽怨,抒写自然流畅。作者以景写情,以情带景,使情与景、形与意融为一体,手法娴熟而高超。

【广阅津梁】

1. 清代纳兰性德《菩萨蛮》:

朔风吹散三更雪,倩魂犹恋桃花月。梦好莫相催,由他好处行。无端听画角,枕畔红冰薄,塞马一声嘶,残星照大旗。

2. 李晓明《论纳兰性德诗词的自然意象》:

词人如此钟情于落日与黄昏景物的采撷,与他长年扈从皇帝巡游并曾两次觇索伦于塞上奔波的心态有关。他对扈从生活极端的不满与排斥,他对生命消逝速度之快,对生命意识的体验,似乎都产生在落日黄昏这个时段,与落日这一意象所发散的传统的生命感受是一致的。从某种意义上说,不是词人在写落日,而是落日在"写"词人,写他生命中的缺憾和痛苦。他苦苦地寻找着生命的价值和意义,但生活却不提供给他建功立业的机会,面对落日黄昏,他陷入深沉痛苦的思索之中,落日黄昏意象其实是他矛盾痛苦心理的一种表现。

3. 宋公然《苍凉悲慨写边声——评纳兰容若的塞上词》:

词人(纳兰性德)描绘的是一幅苍凉雄放而又凄婉幽咽的塞外风情图,是词人留给我们的一幅深情远致而又迷惘哀伤的塞上心路历程图。

【研讨练习】

1. 请谈谈你对纳兰性德诗词中意象的理解。

2. "铁马金戈,青冢黄昏路"蕴含着作者怎样的思想情感,请分析其写作手法。
3. 请谈谈本诗虚与实的对比手法。

（张庆胜）

聊斋志异·娇娜

蒲松龄

【作者传略】

蒲松龄(1640—1715),清代文学家。字留仙,一字剑臣,别号柳泉居士。山东淄川(今属山东淄博市)人,清代著名文学家。他出身于一个没落地主家庭,一生刻苦好学,19岁应童子试一举成名,但一直未考取举人,到71岁才援例成为贡生。在家乡任塾师数十年。著作除《聊斋志异》外,还有诗文、俗曲集《蒲松龄集》。

【小说集略解】

《聊斋志异》是一部文言短篇小说集,共有短篇小说490余篇。大概于康熙十一年或十二年开始写作,历经30余年的时间。作者的创作目的主要是抒忧愤、寓劝惩、寄闲情、写谐趣和记见闻等。作品长期以抄本流传,现存最早的刊本为乾隆三十一年(1766)青柯亭本。《聊斋志异》不仅是明清短篇志怪小说的杰出代表,也是古代文言小说的历史总结。

孔生雪笠,圣裔也[1]。为人蕴藉[2],工诗。有执友令天台[3],寄函招之。生往,令适卒。落拓不得归,寓菩陀寺,佣为寺僧抄录。寺西百余步有单先生第。先生故公子,以大讼萧条[4],眷口寡,移而乡居,宅遂旷焉。

一日大雪崩腾,寂无行旅。偶过其门,一少年出,丰采甚都。见生,趋与为礼,略致慰问,即屈降临。生爱悦之,慨然从入。屋宇都不甚广,处处悉悬锦幕,壁上多古人书画。案头书一册,签云《琅嬛琐记》[5]。翻阅一过,皆目所未睹。生以居单第,以为第主,即亦不审官阀[6]。少年细诘行踪,意怜之,劝设帐授徒。生叹曰:"羁旅之人,谁作曹丘者?[7]"少年曰:"倘不以驽骀见斥[8],愿拜门墙[9]。"生喜,不敢当师,请为友。便问:"宅何久锢?"答曰:"此为单府,曩以公子乡居,是以旷。仆,皇甫氏,祖居陕。以家宅焚于野火,暂借安顿。"生始知非单。当晚谈笑甚欢,即留共榻。

昧爽[10],即有僮子炽炭于室。少年先起入内,生尚拥被坐。僮入白:"太翁来。"[11]生惊起。一叟入,鬓发皤然[12],向生殷谢曰:"先生不弃顽儿,遂肯赐教。小子初学涂鸦[13],勿以友故,行辈视之也[14]。"已,乃进锦衣一袭,貂帽、袜、履各一事。视生盥栉已[15],乃呼酒荐馔[16]。几、榻、裙、衣,不知何名,光彩射目。酒数行,叟兴辞[17]曳杖而去。餐讫,公子呈课业,类皆古文词,并无时艺[18]。问之,笑云:"仆不求进取也。"抵暮,更酌曰:"今夕尽欢,明日便不许矣。"呼僮曰:"视太公寝未?已寝,可暗唤香奴来。"僮去,先以绣囊将琵琶至。少顷一婢入,红妆艳绝。公子命弹《湘妃》[19]。婢以牙拨勾动[20],激扬哀烈,节拍不类凤闻。又命以巨觥行酒，三更始罢。次日早起共读。公子最惠[21]，过目成咏，二三月后，命笔警绝。相约五日一饮，每饮必招香奴。一夕酒酣气热，目注之。公子已会其意，曰："此婢乃为老父所豢养。兄旷邈无家[22]，我凤夜代筹久矣。行当为君谋一佳偶。"生曰："如果惠好[23]，必如香奴者。"公子笑曰："君诚'少所见而多所怪'者矣。以此为佳，君愿亦易足也。"居半载，生欲翱翔郊郭[24]，至门，则双扉外扃[25]，问之，公子曰："家君恐交游纷意念，故谢客耳。"生亦安之。

时盛暑溽热，移斋园亭[26]。生胸间肿起如桃，一夜如碗，痛楚呻吟。公子朝夕省视，眠食俱废。又数日创剧，益绝食饮。太翁亦至，相对太息。公子曰："儿前夜思先生清恙[27]，娇娜妹子能疗之。遣人于外祖母处呼令归，何久不至？"俄僮入曰："娜姑至，姨与松姑同来。"父子疾趋入内。少间，引妹来视生。年约十三四，娇波流慧[28]，细柳生姿。生望见艳色，嚬呻顿忘，精神为之一爽。公子便言："此兄良友，不啻同胞也，妹子好医之。"女乃敛羞容，揄长袖[29]，就榻诊视。把握之间，觉芳气胜兰。女笑曰："宜有是疾，心脉动矣[30]。然症虽危，可治；但肤块已凝[31]，非伐皮削肉不可。"乃脱臂上金钏安患处，徐徐按下之。创突起寸许，高出钏外，而根际余肿，尽束在内，不似前如碗阔矣。乃一手启罗衿[32]，解佩刀，刀薄于纸，把钏握刀，轻轻附根而割。紫血流溢，沾染床席。生贪近娇姿，不惟不觉其苦，且恐速竣割事，偎傍不久。未几，割断腐肉，团团然如树上削下之瘿[33]。又呼水来，为洗割处。口吐红丸如弹大，着肉上按令旋转：才一周，觉热火蒸腾；再一周，习习作痒；三周已，遍体清凉，沁入骨髓。女收丸入咽，曰："愈矣！"趋走出。

生跃起走谢，沉疴若失[34]。而悬想容辉，苦不自已。自是废卷痴坐[35]，无复聊赖。公子已窥之，曰："弟为兄物色得一佳偶。"问："何人？"曰："亦弟眷属。"生凝思良久，但云："勿须也。"面壁吟曰："曾经沧海难为水，除却巫山不是云[36]。"公子会其旨[37]，曰："家君仰慕鸿才，常欲附为婚姻。但止一少妹，齿太稚[38]。有姨女阿松，年十八矣，颇不粗陋。如不见信，松姊日涉园亭[39]，伺前厢可望见之。"生如其教。果见娇娜偕丽人来，画黛弯蛾[40]，莲钩蹴凤[41]，与娇娜相伯仲也。生大悦，求公子作伐[42]。公子翼日自内出，贺曰："谐矣。"乃除别院，为生成礼。是夕，鼓吹阗咽[43]，尘落漫飞，以望中仙人，忽同衾帏，遂疑广寒宫殿，未必在云霄矣。合卺之后[44]，甚惬心怀。

一夕公子谓生曰："切磋之惠[45]，无日可以忘之。近单公子解讼归，索宅甚急，意将弃此而西。势难复聚，因而离绪萦怀。"生愿从之而去。公子劝还乡闾，生难之。公子曰："勿虑，可即送君行。"无何，太公引松娘至，以黄金百两赠生。公子以左右手与生夫妇相把握，嘱闭眸勿视。飘然履空，但觉耳际风鸣。久之曰："至矣。"启目，果见故里。始知公子非人。喜叩家门。母出非望，又睹美妇，方共忻慰。及回顾，则公子逝矣。松娘事姑孝，艳色贤名，声闻遐迩。

后生举进士[46]，授延安司李[47]，携家之任。母以道远不行。松娘举一男，名小宦。生以忤直指[48]，罢官，罣碍不得归[49]。偶猎郊野，逢一美少年，跨骊驹，频频瞻顾。细视，则皇甫公子也。揽辔停骖[50]，悲喜交至。邀生去至一村，树木浓昏，荫翳天日。入其家，则金沤浮钉[51]，宛然世族。问妹子则嫁，岳母已亡，深相感悼。经宿别去，偕妻同返。娇娜亦至，抱生子掇提而弄曰[52]："姊姊乱吾种矣。"生拜谢曩德。笑曰："姊夫贵矣。创口已合，未忘痛耶？"妹夫吴郎，亦来谒拜。信宿乃去[53]。

一日公子有忧色,谓生曰:"天降凶殃,能相救否?"生不知何事,但锐自任[54]。公子趋出,招一家俱入,罗拜堂上。生大骇,亟问。公子曰:"余非人类,狐也。今有雷霆之劫。君肯以身赴难,一门可望生全;不然,请抱子而行,无相累。"生矢共生死。乃使仗剑于门。嘱曰:"雷霆轰击,勿动也!"生如所教。果见阴云昼暝,昏黑如磐[55]。回视旧居,无复闬闳[56],惟见高冢岿然,巨穴无底。方错愕间,霹雳一声,摆簸山岳;急雨狂风,老树为拔。生目眩耳聋,屹不少动。忽于繁烟黑絮之中,见一鬼物,利喙长爪,自穴攫一人出,随烟直上。瞥睹衣履,念似娇娜。乃急跃离地,以剑击之,随手堕落。忽而崩雷暴裂,生仆,遂毙。

少间晴霁,娇娜已能自苏。见生死于旁,大哭曰:"孔郎为我而死,我何生矣!"松娘亦出,共舁生归。娇娜使松娘捧其首;兄以金簪拨其齿;自乃撮其颐,以舌度红丸入,又接吻而呵之。红丸随气入喉,格格作响。移时,醒然而苏。见眷口满前,恍如梦寤。于是一门团圞[57],惊定而喜。生以幽圹不可久居[58],议同旋里。满堂交赞,惟娇娜不乐。生请与吴郎俱,又虑翁媪不肯离幼子,终日议不果。忽吴家一小奴,汗流气促而至。惊致研诘[59],则吴郎家亦同日遭劫,一门俱没。娇娜顿足悲伤,涕不可止。共慰劝之。而同归之计遂决。

生入城,勾当数日,遂连夜趣装[60]。既归,以闲园寓公子,恒反关之;生及松娘至,始发扃。生与公子兄妹,棋酒谈宴若一家然。小宦长成,貌韶秀,有狐意。出游都市,共知为狐儿也。

异史氏曰:余于孔生,不羡其得艳妻,而羡其得腻友也[61]。观其容可以疗饥,听其声可以解颐[62]。得此良友,时一谈宴,则"色授魂与"[63],尤胜于"颠倒衣裳"[64]矣。

【注释】

[1] 圣裔:孔子的后代。

[2] 蕴藉:宽厚有涵养。

[3] 执友:志趣相投的朋友。《礼记·曲礼上》:"执友称其人也。"注:"执友,志同者。"令天台:任天台县县令。天台,今浙江省所属县,在天台山下。

[4] 以大讼萧条:因为一场干系重大的官司,家道破落下来。讼,诉讼。萧条,本为形容秋日万物凋零,这里借指家境衰落。

[5] 琅嬛琐记:虚拟的书名。这里代指奇书秘籍。

[6] 官阀:官位和门第。

[7] 曹丘:指汉初的曹丘生。《史记·季布栾布列传》载,曹丘生赞赏季布,大力为之宣扬,使季布因而享有盛名。后因以"曹丘"或"曹丘生",代指推荐人。

[8] 驽骀(tái):能力低下的马,喻平庸无才。《楚辞·九辩》:"却骐骥而不乘兮,策驽骀而取路。"

[9] 拜门墙:拜为老师。门墙,《论语·子张》:子贡称颂孔子学识博大精深,曾说:"譬之宫墙,赐(子贡名)之墙也及肩,窥见室家之好。夫子之墙数仞,不得其门而入,不见宗庙之美,百官之富。"后因以门墙指师门。

[10] 昧爽:拂晓。

[11] 太翁:古时对祖父辈老人的尊称。这里是仆人对老一辈主人的尊称。

[12] 鬈发皤(pó)然:鬈发皆白。皤,白。

〔13〕初学涂鸦：刚刚开始学习作文。涂鸦，喻书法幼稚或胡乱写作。唐卢仝《示添丁》："忽来案上翻墨汁，涂抹诗书如老鸦。"这里是太公的谦辞。

〔14〕行辈视之：当作同辈人来看待。

〔15〕盥栉（guàn zhì）：洗脸、梳头。

〔16〕荐馔：上菜。荐，进献，陈列。馔，食物，这里指菜肴。

〔17〕兴辞：起身告辞。

〔18〕时艺：明、清时，称科举应试的八股文为"时艺"或"时文"。时，当时，对"古"而言。艺，文。

〔19〕湘妃：湘水女神。传说舜有二妃娥皇、女英。舜南巡死于苍梧，二妃闻讯，投湘水而死，成为湘水之神，称湘妃。这里指根据这个故事谱写的乐曲。《琴操》有《湘妃怨》，又有《湘夫人》曲。见《乐府诗集·琴曲歌辞一·湘妃》解题。

〔20〕牙拨：象牙拨子。用来拨弹乐器丝弦。

〔21〕惠：通"慧"，聪明。

〔22〕旷邈无家：独居无妻。旷，男子壮而无妻。邈，闷。家，结婚成家，这里指妻室。《楚辞·离骚》："浞又贪夫厥家。"注："妇谓之家。"

〔23〕惠好：见爱加恩。惠，恩惠。

〔24〕翱翔：遨游。《诗经·国风·齐风·载驱》："鲁道有荡，齐子翱翔。""鲁道有荡，齐子游遨。"朱熹注："游遨，犹翱翔。"

〔25〕扃（jiōng）：从外面关门的闩或钩。

〔26〕斋：书房。

〔27〕清恙：称人疾病的敬辞。恙，病。

〔28〕娇波：娇美的眼波。

〔29〕揄长袖：手挥长袖。揄，挥。

〔30〕心脉：指心脏的经脉。旧称心为思维的器官。心脉动，指思想波动。中医有心在地为火之说，故娇娜说宜有热毒痈肿。

〔31〕肤块已凝：指热毒凝于皮下，成为肿块。

〔32〕罗衿（jīn）：丝罗衣襟。此指罗衣的下摆。

〔33〕瘿（yǐng）：树瘤。树因虫害或创伤，部分组织畸形发育而成的隆起物。

〔34〕沉痼：积久难愈的病，重病。

〔35〕废卷：丢下书卷，指无心读书。

〔36〕"曾经"二句：这是唐诗人元稹《离思五首》中悼念亡妻的诗句。诗人把亡妻比作沧海之水、巫山之云，他处的云、水都不能与之比肩，借以表明再也找不到像亡妻那样值得钟爱的女子。孔生吟咏这两句诗，意在暗示：除却娇娜，他人都不中意。

〔37〕会其指：领会了他的意思。指，通"旨"。

〔38〕齿太稚：年纪太小。齿，年龄。稚，通"稚"。

〔39〕日涉园亭：每天到园亭里游玩。涉，到，游历。陶渊明《归去来辞》："园日涉以成趣。"

〔40〕画黛弯蛾：描画的双眉，像蚕蛾的一对触须那样弯曲细长。黛，古时妇女描眉用的青黑色颜料。蛾，蚕蛾，其触须细长弯曲，所以旧时常喻女子细眉为"蛾眉"。

〔41〕莲钩蹴凤：纤瘦的小脚穿着凤头鞋。莲，金莲，喻女子的小脚。《南齐书·东昏侯本纪》："凿金为莲花以帖地，令潘妃行其上，曰：'此步步生莲花也。'"莲钩，这里指女子所着的弓鞋。蹴，踏。凤，鞋头上的绣凤。

[42] 作伐：做媒。《诗经·国风·豳风·伐柯》："伐柯如何？匪斧不克。取妻如何？匪媒不得。"

[43] 鼓吹阗(tián)咽：鼓吹之声并作。吹，指唢呐、喇叭之类管乐器。阗，众声并作。咽，有节奏的鼓声。

[44] 合卺(jǐn)：举行婚礼。一瓠剖为两瓢，叫"卺"，新婚夫妇各执其一对饮，叫"合卺"，为古时结婚礼仪之一。《礼记·昏义》："共牢而食，合卺而酳(yìn)胤，用酒漱口。"

[45] 切磋：工匠切剖骨角，磋磨平滑，制成器物。这里喻研讨学问。《诗经·国风·卫风·淇奥》："如切如磋，如琢如磨。"

[46] 举进士：考中进士。

[47] 延安司李：延安府的推官。延安，府名。辖境在今陕西省北部，治所为延安。司李，也称"司理"，宋代各州掌狱讼的官员。

[48] 直指：直指使。汉代派侍御史为"直指"使，巡视地方，审理重大案件。见《汉书·百官公卿表上》。这里指明、清时巡按御史一类的官员。

[49] 罣(guà)碍：官吏因公事获咎而罢官，留在任所听候处理，不能自由行动叫"罣碍"。

[50] 揽辔停骖：收缰勒马。骖，泛指马。

[51] 金沤(ōu)浮钉：装饰在大门上的形似浮沤(水泡)的涂金圆钉，为古代贵族世家的门饰。宋程大昌《演繁露》卷六："今门上排立而突起者，公输般所饰之蠢也。《义训》：'门饰，金谓之铺，铺谓之，音欧，今俗谓之浮沤钉也。'"

[52] 掇提而弄：弯腰抱起逗弄。

[53] 信宿：再宿，住了两天。《诗经·周颂·有客》："有客宿宿，有客信信。"朱熹注："一宿曰宿，再宿曰信。"

[54] 但锐自任：却立即表示自己愿意承担。锐，迅疾。

[55] 磬(yī)：黑石。

[56] 闬闳(hàn hóng)：里巷门。这里指皇甫公子宅舍。

[57] 团圞(luán)：团聚。圞，也作"栾"。

[58] 幽圹(kuàng)：墓穴。幽，地下。

[59] 惊致研诘：惊讶地仔细询问。研，穷究。诘，问。

[60] 趣(cù)装：急忙整理行装。趣，促。

[61] 腻友：美丽而亲昵的女友。《说文解字》："腻，上肥也。"段玉裁注引《诗经·国风·卫风·硕人》"肤如凝脂"，说"凝脂"意即"上肥"。

[62] 解颐：开口笑的样子。

[63] 色授魂与：司马相如《上林赋》："色授魂与，心愉于侧。"《史记索隐》引张揖说："彼色来授我，我魂往与接也。"这里指男女精神上的爱恋。色，容貌。魂，精神，内心。

[64] 颠倒衣裳：《诗经·国风·齐风·东方未明》："东方未明，颠倒衣裳。"朱熹认为是"刺其君兴居无节，号令不时"。这里隐指男女两性关系。

【鉴赏导引】

《聊斋志异》谈鬼说狐，却最贴近社会人生。在大部分篇章里，与狐鬼花妖发生交往的是书生、文人，借助这样的幻想，交往可以不受封建社会"男女之大防"的约束。因此，《聊斋志异》中描写了很多与书生自由自在相爱的女性形象。

《娇娜》描写了孔生与皇甫一家人狐交往、历经生死大难、悲欢离合的故事,歌颂了真正美好的友情。同时,作者抛开了传统文学作品中人狐相处的模式,孔生和娇娜之间的感情没有掺杂任何杂质,这种在对方心中代表美好的情感令人动容。

《聊斋志异・娇娜》故事情节离奇曲折,颇具浪漫情调。小说擅长通过人物环境、行动状况、心理表现等方式展现人物形象,人物性格鲜明。如割肉疗病一节,很好地展现了孔生对爱情的坚强态度和不畏艰难的决心,孔生救娇娜的舍生忘死、娇娜报恩的义无反顾也给读者留下了深刻的印象。

【广阅津梁】

1. 鲁迅《中国小说史略》:

  《聊斋志异》虽如当时同类之书,不外记神仙狐鬼精魅故事,然描写委曲,叙次井然,用传奇法,而以志怪,变幻之状,如在目前。又或易调改弦,别叙畸人异行,出于幻域,顿入人间;偶述琐闻,亦多简洁,故读者耳目,为之一新。

2. 冯镇峦《读聊斋杂说》:

  《聊斋》以传记体叙小说之事,仿《史》《汉》遗法。

【研讨练习】

1. 谈谈作品是如何表现孔生和娇娜之间的感情的?
2. 请分析《聊斋志异・娇娜》的主要人物性格特点。

(徐彩云)

第八单元
近世文学·嬗变期
——乾隆十四年前后至光绪二十六年

儒林外史（节选）：第五十五回
添四客述往思来　弹一曲高山流水

吴敬梓

【作者传略】

吴敬梓（1701—1754），字敏轩，号粒民，安徽全椒人，移家南京后自号秦淮寓客，因其书斋署"文木山房"，晚年又自号文木老人。清代小说家。曾祖父是顺治年间的探花，祖上有过较长的家门鼎盛时期，后家道中落。吴敬梓幼即颖异，很早就成了秀才，却一直没有考上举人。由于不满于以八股文取士的科举制度，又看清了封建家族伦常道德的虚伪，渐表现出慷慨任气、放荡不羁的人生态度。至33岁时移家金陵，开始了卖文生涯，晚年生活贫困。家贫使其备尝世情冷暖，对社会有了更清醒的认识，因此，他进一步突破了"名教"束缚，性格更趋狂放。乾隆十九年（1754）卒于扬州客中。他的著作除《儒林外史》外，存世者尚有《文木山房集》四卷和《诗说》。

【作品略解】

《儒林外史》成书于乾隆十四年（1749）之前，是我国文学史上一部杰出的现实主义的章回体长篇讽刺小说，对八股取士制度进行了批判，描写了一个可怕的时代及在这时代里人的堕落和反拨，显示出写实主义成分在我国小说史上的进一步发展，以及章回小说与现代小说形式的进一步接近。全书原为五十回，现存最早的版本是嘉庆八年（1803）卧闲草堂本，共五十六回，后人窜入的部分为第五十六回及第四十三回之前写萧云仙、汤镇台父子的故事。本文节选自《儒林外史》第五十五回。

话说万历二十三年，那南京的名士都已渐渐销磨尽了。此时虞博士那一辈人，也有老了的，也有死了的，也有四散去了的，也有闭门不问世事的。花坛酒社，都没有那些才俊之人；礼乐文章，也不见那些贤人讲究。论出处，不过得手的就是才能，失意的就是愚拙；论豪侠，不过有余的就会奢华，不足的就是萧索。凭你有李、杜的文章，颜、曾的品行[1]，却是也没有一个人来问你。所以那些大户人家，冠、昏、丧、祭，乡绅堂里，坐着几个席头，无非讲的是些升、迁、调、降的官场；就是那贫贱儒生，又不过做的是些揣合逢迎的考校[2]。那知市井中间，又出了几个奇人。

一个是会写字的。这人姓季，名遐年，自小儿无家无业，总在这些寺院里安身。见和尚传板上堂吃斋，他便也捧着一个钵，站在那里，随堂吃饭。和尚也不厌他。他的字写的最好，却又不肯学古人的法帖，只是自己创出来的格调，由着笔性写了去。但凡人要请他写字时，他三日前，就要斋戒一日，第二日磨一天的墨，却又不许别人替磨。就是写个十四字的对联，也要用墨半碗。用的笔，都是那人家用坏了不要的，他才用。到写字的时候，要三四个人替他拂着纸，他才写。一些拂的不好，他就要骂、要打。却是要等他情愿，他才高兴。他若不情愿时，任你王侯将相，大捧的银子送他，他正眼儿也不看。他又不修边幅，穿着一件稀烂的直裰，靸着一双破不过的蒲鞋。每日写了字，得了人家的笔资，自家吃了饭，剩下的钱就不要了，随便不相识的穷人，就送了他。

那日大雪里，走到一个朋友家，他那一双稀烂的蒲鞋，踹了他一书房的滋泥。主人晓得他的性子不好，心里嫌他，不好说出，只得问道："季先生的尊履坏了，可好买双换换？"季遐年道："我没有钱。"那主人道："你肯写一副字送我，我买鞋送你了。"季遐年道："我难道没有鞋，要你的？"主人厌他腌臜，自己走了进去，拿出一双鞋来，道："你先生且请略换换，恐怕脚底下冷。"季遐年恼了，并不作别，就走出大门，嚷道："你家甚么要紧的地方？我这双鞋就不可以坐在你家？我坐在你家，还要算抬举你！我都希罕你的鞋穿？"一直走回天界寺，气哺哺的又随堂吃了一顿饭。

吃完，看见和尚房里摆着一匣子上好的香墨，季遐年问道："你这墨可要写字？"和尚道："这是昨日施御史的令孙老爷送我的。我还要留着转送别位施主老爷，不要写字。"季遐年道："写一副好哩。"不由分说，走到自己房里，拿出一个大墨荡子来，拣出一锭墨，舀些水，坐在禅床上替他磨将起来。和尚分明晓得他的性子，故意的激他写。他在那里磨墨，正磨得兴头，侍者进来向老和尚说道："下浮桥的施老爷来了。"和尚迎了出去。那施御史的孙子已走进禅堂来，看见季遐年，彼此也不为礼，自同和尚到那边叙寒温。季遐年磨完了墨，拿出一张纸来，铺在桌上，叫四个小和尚替他按着。他取了一管败笔，蘸饱了墨，把纸相了一会，一气就写了一行。那右手后边小和尚动了一下，他就一凿，把小和尚凿矮了半截，凿得杀喳的叫。老和尚听见，慌忙来看，他还在那里急的嚷成一片。老和尚劝他不要恼，替小和尚按着纸，让他写完了。施御史的孙子也来看了一会，向和尚作别去了。

次日，施家一个小厮走到天界寺来，看见季遐年问道："有个写字的姓季的可在这里？"季遐年道："问他怎的？"小厮道："我家老爷叫他明日去写字。"季遐年听了，也不回他，说道："罢了。他今日不在家，我明日叫他来就是了。"次日，走到下浮桥施家门口，要进去。门上人拦住道："你是甚么人？混往里边跑！"季遐年道："我是来写字的。"那小厮从门房里走出来看见，道："原来就是你！你也会写字？"带他走到敞厅上，小厮进去回了。施御史的孙子刚刚走出屏风，季遐年迎着脸大骂道："你是何等之人？敢来叫我写字！我又不贪你的钱，又不慕你的势，又不借你的光，你敢叫我写起字来！"一顿大嚷大叫，把施乡绅骂的闭口无言，低着头进去了。那季遐年又骂了一会，依旧回到天界寺里去了。

又一个是卖火纸筒子的。这人姓王，名太，他祖代是三牌楼卖菜的，到他父亲手里穷了，把菜园都卖掉了。他自小儿最喜下围棋。后来，父亲死了，他无以为生，每日到虎踞关一带卖火纸筒过活。

那一日，妙意庵做会。那庵临着乌龙潭。正是初夏的天气，一潭簇新的荷叶，亭亭浮在水上。这庵里曲曲折折，也有许多亭榭，那些游人都进来顽耍。王太走将进来，各处转了一会，走到柳阴树下，一个石台，两边四条石凳，三四个大老官簇拥着两个人在那里下棋。一个穿宝蓝的道："我们这位马先生前日在扬州盐台那里，下的是一百一十两的彩，他前后共赢了二千多银子。"一个穿玉色的少年道："我们这马先生是天下的大国手，只有这卞先生受两子还可以敌得来。只是我们要学到卞先生的地步，也就着实费力了。"王太就挨着身子上前去偷看。小厮们看见他穿的褴褛，推推搡搡，不许他上前。底下坐的主人道："你这样一个人，也晓得看棋？"王太道："我也略晓得些。"撑着看了一会，嘻嘻地笑。

那姓马的道："你这人会笑，难道下得过我们？"王太道："也勉强将就。"主人道："你是何等之人？好同马先生下棋！"姓卞的道："他既大胆，就叫他出个丑何妨？才晓得我们老爷们下棋不是他插得嘴的！"王太也不推辞，摆起子来，就请那姓马的动着。旁边人都觉得好笑。那姓马的同他下了几着，觉的他出手不同。下了半盘，站起身来道："我这棋输了半子了！"那些人都不晓得。姓卞的道："论这局面，却是马先生略负了些。"众人大惊，就要拉着王太吃酒。王太大笑道："天下那里还有个快活似杀矢棋的事！我杀过矢棋，心里快活极了，那里还吃得下酒！"说毕，哈哈大笑，头也不回，就去了。

一个是开茶馆的。这人姓盖，名宽，本来是个开当铺的人。他二十多岁的时候，家里有钱，开着当铺，又有田地，又有洲场。那亲戚本家都是些有钱的。他嫌这些人俗气，每日坐在书房里做诗看书，又喜欢画几笔画。后来画的画好，也就有许多做诗画的来同他往来。虽然诗也做得不如他好，画也画的不如他好，他却爱才如命。遇着这些人来，留着吃酒吃饭，说也有，笑也有。这些人家里有冠、婚、丧、祭的紧急事，没有银子，来向他说，他从不推辞，几百几十拿与人用。那些当铺里的小官，看见主人这般举动，都说他有些呆气，在当铺里尽着做弊，本钱渐渐消折了。田地又接连几年都被水淹，要赔种赔粮，就有那些混帐人来劝他变卖。买田的人嫌田地收成薄，分明值一千的只好出五六百两。他没奈何，只得卖了。卖来的银子，又不会生发，只得放在家里秤着用，能用得几时？又没有了，只靠着洲场利钱还人。不想伙计没良心，在柴院子里放火，命运不好，接连失了几回火，把院子里的几万担柴尽行烧了。那柴烧的一块一块的，结成就和太湖石一般，光怪陆离。那些伙计把这东西搬来给他看，他看见好顽，就留在家里。家里人说："这是倒运的东西，留不得。"他也不肯信，留在书房里顽。伙计见没有洲场，也辞出去了。

又过了半年，日食艰难，把大房子卖了，搬在一所小房子住。又过了半年，妻子死了，开丧出殡，把小房子又卖了。可怜这盖宽带着一个儿子、一个女儿，在一个僻净巷内，寻了两间房子开茶馆。把那房子里面一间与儿子、女儿住。外一间摆了几张茶桌子，后檐支了一个茶炉子，右边安了一副柜台，后面放了两口水缸，满贮了雨水。他老人家清早起来，自己生了火，扇着了，把水倒在炉子里放着，依旧坐在柜台里看诗画画。柜台上放着一个瓶，插着些时新花朵，瓶旁边放着许多古书。他家各样的东西都变卖尽了，只有这几本心爱的古书是不肯卖的。人来坐着吃茶，他丢了书就来拿茶壶、茶杯。茶馆的利钱有限，一壶茶只赚得一个钱。每日只卖得五六十壶茶，只赚得五六十个钱。除去柴米，还做得甚么事。

那日，正坐在柜台里，一个邻居老爹过来同他谈闲话。那老爹见他十月里还穿着夏布衣裳，问道："你老人家而今也算十分艰难了，从前有多少人受过你老人家的惠，而今都不到你这里来走走，你老人家这些亲戚本家，事体总还是好的，你何不去向他们商议商议，借个大大的本钱，做些大生意过日子？"盖宽道："老爹，'世情看冷暖，人面逐高低'。当初我有钱的时候，身上穿的也体面，跟的小厮也齐整，和这些亲戚本家在一块，还搭配的上。而今我这般光景，走到他们家去，他就不嫌我，我自己也觉得可厌。至于老爹说有受过我的惠的，那都是穷人，那里还有得还出来！他而今又到有钱的地方去了，那里还肯到我这里来！我若去寻他，空惹他们的气，有何趣味！"邻居见他说的苦恼，因说道："老爹，你这个茶馆里冷清清的，料想今日也没甚人来了，趁着好天气，和你到南门外顽顽去。"盖宽道："顽顽最好，只是没有东道，怎处！"邻居道："我带个几分银子的小东，吃个素饭罢。"盖宽道："又扰你老人家。"

说着，叫他的小儿子出来看着店。他便同那老爹一路步出南门来。教门店里，两个人吃了五分银子的素饭。那老爹会了账，打发小菜钱，一径踱进报恩寺里。大殿南廊、三藏禅林、大锅，都看了一回。又到门口买了一包糖，到宝塔背后一个茶馆里吃茶。邻居老爹道："而今时世不同，报恩寺的游人也少了，连这糖也不如二十年前买的多。"盖宽道："你老人家七十多岁年纪，不知见过多少事，而今不比当年了！像我也会画两笔画，要在当时虞博士那一班名士在，那里愁没碗饭吃？不想而今就艰难到这步田地。"那邻居道："你不说我也忘了。这雨花台左近有个泰伯祠，是当年句容一个迟先生盖造的。那年请了虞老爷来上祭，好不热闹！我才二十多岁，挤了来看，把帽子都被人挤掉了。而今可怜那祠也没人照顾，房子都倒掉了。我们吃完了茶，同你到那里看看。"

说着，又吃了一卖牛首豆腐干，交了茶钱走出来，从冈子上踱到雨花台左首，望见泰伯祠的大殿，屋山头倒了半边。来到门前，五六个小孩子在那里踢球，两扇大门倒了一扇，睡在地下。两人走进去，三四个乡间的老妇人在那丹墀[3]里挑荠菜，大殿上隔子都没了。又到后边，五间楼直桶桶的，楼板都没有一片。两个人前后走了一交，盖宽叹息道："这样名胜的所在，而今破败至此，就没有一个人来修理。多少有钱的，拿着整千的银子去起盖僧房道院，那一个肯来修理圣贤的祠宇！"邻居老爹道："当年迟先生买了多少的家伙，都是古老样范的，收在这楼底下几张大柜里。而今连柜也不见了。"盖宽道："这些古事，提起来令人伤感，我们不如回去罢！"两人慢慢走了出来。

邻居老爹道："我们顺便上雨花台绝顶。"望着隔江的山色，岚翠鲜明，那江中来往的船只、帆樯历历可数。那一轮红日，沉沉地傍着山头下去了。两个人缓缓地下了山，进城回去。盖宽依旧卖了半年的茶。次年三月间，有个人家出了八两银子束修，请他到家里教馆去了。

一个是做裁缝的。这人姓荆，名元，五十多岁，在三山街开着一个裁缝铺。每日替人家做了生活，余下来工夫就弹琴写字，也极喜欢做诗。朋友们和他相与的问他道："你既要做雅人，为甚么还要做你这贵行？何不同些学校里人相与相与？"他道："我也不是要做雅人，也只为性情相近，故此时常学学。至于我们这个贱行，是祖、父遗留下来的，难道读书识字，做了裁缝就玷污了不成？况且那些学校中的朋友，他们另有一番见识，怎肯和我们相与！而今每日寻得六七分银子，吃饱了饭，要弹琴，要写字，诸事都由得我。又不贪图人的富贵，又不伺候人的颜色，天不收，地不管，倒不快活？"朋友们听了他这一番话，也就不和他亲热。

一日，荆元吃过了饭，思量没事，一径踱到清凉山来。这清凉山是城西极幽静的所在。他有一个老朋友，姓于，住在山背后。那于老者也不读书，也不做生意，养了五个儿子，最长的四十多岁，小儿子也有二十多岁。老者督率着他五个儿子灌园。那园却有二三百亩大，中间空隙之地，种了许多花卉，堆着几块石头。老者就在那旁边盖了几间茅草房，手植的几树梧桐，长三四十围大。老者看看儿子灌了园，也就到茅斋生起火来，煨好了茶，吃着，看那园中的新绿。这日，荆元步了进来，于老者迎着道："好些时不见老哥来，生意忙的紧？"荆元道："正是。今日才打发清楚些，特来看看老爹。"于老者道："恰好烹了一壶现成茶，请用杯！"斟了送过来。荆元接了，坐着吃，道："这茶，色、香、味都好，老爹却是那里取来的这样好水？"于老者道："我们城西不比你们城南，到处井泉都是吃得的。"荆元道："古人动说桃源避世，我想起来，那里要甚么桃源？只如老爹这样清闲自在，住在这样城市山林的所在，就是现在的活神仙了。"于老者道："只是我老拙一样事也不会做，怎的如老哥会弹一曲琴，也觉得消遣些。近来想是一发弹得好了，可好几时请教一回？"荆元道："这也容易。老爹不厌污耳，明日我把琴来请教。"说了一会，辞别回来。

次日，荆元自己抱了琴来到园里。于老者已焚下一炉好香在那里等候。彼此见了，又说了几句话。于老者替荆元把琴安放在石凳上。荆元席地坐下，于老者也坐在旁边。荆元慢慢地和了弦，弹了起来，铿铿锵锵，声振林木，那些鸟雀闻之，都栖息枝间窃听。弹了一会，忽作变徵之音，凄清宛转。于老者听到深微之处，不觉凄然泪下。自此他两人常常往来。当下也就别过了。

看官，难道自今以后，就没一个贤人君子可以入得《儒林外史》的么？但是他不曾在朝廷这一番旌扬之列，我也就不说了。毕竟怎的旌扬，且听下回分解。

【注释】

〔1〕李、杜：指李白、杜甫。颜、曾：指颜回、曾参。

〔2〕考校：考订、校对。

〔3〕丹墀（chí）：指官府或祠庙的台阶。

【鉴赏导引】

《儒林外史》刻画了一系列色彩斑斓的士林人物。其中，有腐蚀变质、忘恩负义、掠地霸产和专事欺诈哄骗的卑鄙小人；有深受科举制度迫害、精神失常的文人士子；也有挣脱名缰利锁，不问功名利禄的士子奇人。文中设计的"市井四奇人"和于老者，反映了作者对知识分子出路问题上的思考方向。季遐年不修边幅，傲岸狂狷，对请他写字的乡绅破口大骂；卖火纸筒的王太看下棋，杀败不可一世的"大国手"，他认为这是天下最大的"快活"；开茶馆的盖宽，由富转贫，以诗画自娱，不附庸风雅；做裁缝的荆元，每日做了衣服，余下来工夫就弹琴写字做诗；于老者清闲自在，在"城市山林"过着桃花源的日子。他们看来不是一般的老百姓，而是一群有文化修养的市民，虽然过得清贫，但不寄人篱下，能够自食其力，就像荆元认为自己做裁缝并不玷污读书写字一样，并没有自卑感。他们的生活情趣具有反封建束缚、反对权钱异化、要求个性自由发展的积极因素。在全书的末尾，在"虞博士那一辈人，也有老了的，也有死了的，也有四散去了的，也有闭门不问世事的"这样的情况下，作者塑造这样的别具气质的四位奇人，充分体现了作者的人文理想并未泯灭。故事情节在荆元的"凄清宛转"的"变徵之音"中结束，也写出了奇人在残酷的现实环境下只能争取到内心平静，实际上无路可走的悲凉心境。

本文运用了高度纯熟的白话文，写得简练、准确。人物的描写贴近真实面貌，人物形象刻画得生动而传神。另外,通过刻画不和谐的人和事进行婉曲锋利的讽刺,使文章具有了巨大的文化容量和社会意义。

【广阅津梁】

1. 鲁迅《中国小说史略》:

迨吴敬梓《儒林外史》出,乃秉持公心,指擿时弊,机锋所向,尤在士林;其文又戚而能谐,婉而多讽:于是说部中乃始有足称讽刺之书。

2. 胡适《吴敬梓传》:

不给你官做,便是专制君主困死人才的唯一的妙法。要想抵制这种恶毒的牢笼,只有一个法子:就是提倡一种新的社会心理,叫人知道举业的丑态,知道官的丑态;叫人觉得"人"比"官"格外可贵,人格比富贵格外可贵。社会上养成这种心理,就不怕皇帝"不给你官做"的毒手段了。而一部《儒林外史》的用意只是要想养成这种社会心理罢了。

【研讨练习】

1. 故事在荆元的"凄清宛转"的"变徵之音"中结束,有何寓意?
2. 请分析"四奇人"的性格特点。

（徐彩云）

红楼梦（节选）：黛玉葬花[1]

曹雪芹

【作者传略】

曹雪芹（约 1715 或 1724—约 1764），名霑，字梦阮，号雪芹。祖籍辽阳，先世汉族，后入满洲正白旗。其族盛于康熙，而衰于雍正，他也因此度过了"生于荣华，终于苓落"（鲁迅《中国小说史略》）的一生。曹雪芹的曾祖母做过康熙的保姆，其曾祖曹玺、祖父曹寅、伯父曹颙、父亲曹頫在康熙时期相继担任江宁织造达 60 年之久，康熙六下江南，其中四次住在曹家。因此，曹雪芹的少年时代是在富贵繁华中度过的。雍正登基，是曹家由盛而衰的转折点。作为康熙的旧势力之一，曹家自然成为新朝肃清的对象。于是其父曹頫以"行为不端""亏空"等罪名被革职，家产抄没。大约 13 岁时曹雪芹随全家搬到北京，晚年移居北京西郊的一个小山村，过着"举家食粥"的穷苦生活，《红楼梦》就是在这里写成的。乾隆二十八年（1763）除夕，曹雪芹"著书西郊，未就而没"（鲁迅），留下了八十回的未竟书稿。

书稿先是以《石头记》之名在读者中传抄。乾隆五十六年（1791），程伟元、高鹗第一次将它用木活字刊印，题名《新镌全部绣像红楼梦》（一百二十回），《红楼梦》由此得名。后四十回的作者一般认为是高鹗，他的续作"大故迭起，破败死亡相继"（鲁迅），基本完成了全书的悲剧结局，迅速扩大了《红楼梦》的流传和影响，但其总体水平与原著仍有很大距离。

话说贾元春自那日幸大观园回宫去后，便命将那日所有的题咏，命探春依次抄录妥协，自己编次，叙其优劣，又命在大观园勒石，为千古风流雅事。因此，贾政命人各处选拔精工名匠，在大观园磨石镌字，贾珍率领蓉、萍等监工，因贾蔷又管理着文官等十二个女戏并行头等事，不大得便，因此贾珍又将贾菖，贾菱唤来监工。一日，汤蜡钉朱，动起手来。这也不在话下。

……

那一日正当三月中浣，早饭后，宝玉携了一套《会真记》，走到沁芳闸桥边桃花底下一块石上坐着，展开《会真记》，从头细玩。正看到"落红成阵"，只见一阵风过，把树头上桃花吹下一大半来，落的满身满书满地皆是。宝玉要抖将下来，恐怕脚步践踏了，只得兜了那花瓣，来至池边，抖在池内。那花瓣浮在水面，飘飘荡荡，竟流出沁芳闸去了。

回来只见地下还有许多，宝玉正踟蹰间，只听背后有人说道："你在这里作什么？"宝玉一回头，却是林黛玉来了，肩上担着花锄，锄上挂着花囊，手内拿着花帚。宝玉笑道："好，好，来把这个花扫起来，撂在那水里。我才撂了好些在那里呢。"林黛玉道："撂在水里不好。你看这里的水干净，只一流出去，有人家的地方脏的臭的混倒，仍旧把花遭塌了。那畸角上我有一个花冢，如今把他扫了，装在这绢袋里，拿土埋上，日久不过随土化了，岂不干净。"

宝玉听了喜不自禁，笑道："待我放下书，帮你来收拾。"黛玉道："什么书？"宝玉见问，慌的藏之不迭，便说道："不过是《中庸》《大学》。"黛玉笑道："你又在我跟前弄鬼。趁早儿给我瞧，好多着呢。"宝玉道："好妹妹，若论你，我是不怕的。你看了，好歹别告诉别人去。真真这是好书！你要看了，连饭也不想吃呢。"一面说，一面递了过去，林黛玉把花具且都放下，接书来瞧，从头看去，越看越爱看，不到一顿饭工夫，将十六出俱已看完，自觉词藻警人，余香满口。虽看完了书，却只管出神，心内还默默记诵。

宝玉笑道："妹妹，你说好不好？"林黛玉笑道："果然有趣。"宝玉笑道："我就是个'多愁多病身'，你就是那'倾国倾城貌'。"林黛玉听了，不觉带腮连耳通红，登时直竖起两道似蹙非蹙的眉，瞪了两只似睁非睁的眼，微腮带怒，薄面含嗔，指宝玉道："你这该死的胡说！好好的把这淫词艳曲弄了来，还学了这些混话来欺负我。我告诉舅舅舅母去。"说到"欺负"两个字上，早又把眼睛圈儿红了，转身就走。宝玉着了急，向前拦住说道："好妹妹，千万饶我这一遭，原是我说错了。若有心欺负你，明儿我掉在池子里，教个癞头鼋吞了去，变个大忘八，等你明儿做了'一品夫人'病老归西的时候，我往你坟上替你驮一辈子的碑去。"说的林黛玉嗤的一声笑了，揉着眼睛，一面笑道："一般也唬的这个调儿，还只管胡说。呸，原来是苗而不秀，是个银样镴枪头。"宝玉听了，笑道："你这个呢？我也告诉去。"林黛玉笑道："你说你会过目成诵，难道我就不能一目十行么？"

宝玉一面收书，一面笑道："正经快把花埋了罢，别提那个了。"二人便收拾落花，正才掩埋妥协，只见袭人走来，说道："那里没找到，摸在这里来。那边大老爷身上不好，姑娘们都过去请安，老太太叫打发你去呢。快回去换衣裳去罢。"宝玉听了，忙拿了书，别了黛玉，同袭人回房换衣不提。

这里林黛玉见宝玉去了，又听见众姊妹也不在房，自己闷闷的。正欲回房，刚走到梨香院墙角上，只听墙内笛韵悠扬，歌声婉转。林黛玉便知是那十二个女孩子演习戏文呢，只是林黛玉素习不大喜看戏文，便不留心，只管往前走。偶然两句吹到耳内，明明白白，一字不落，唱道是："原来姹紫嫣红开遍，似这般都付与断井颓垣。"林黛玉听了，倒也十分感慨缠绵，便止住步侧耳细听，又听唱道："良辰美景奈何天，赏心乐事谁家院。"听了这两句，不觉点头自叹，心下自思道："原来戏上也有好文章。可惜世人只知看戏，未必能领略这其中的趣味。"想毕，又后悔不该胡想，耽误了听曲子。又侧耳时，只听唱道："则为你如花美眷，似水流年……"林黛玉听了这两句，不觉心动神摇。又听道："你在幽闺自怜"等句，亦发如醉如痴，站立不住，便一蹲身坐在一块山子石上，细嚼"如花美眷，似水流年"八个字的滋味。忽又想起前日见古人诗中有"水流花谢两无情"之句，再又有词中有"流水落花春去也，天上人间"之句，又兼方才所见《西厢记》中"花落水流红，闲愁万种"之句，都一时想起来，凑聚在一处。仔细忖度，不觉心痛神痴，眼中落泪。

······

宝玉因不见了林黛玉，便知他躲了别处去了，想了一想，索性迟两日，等他的气消一消再去也罢了。因低头看见许多凤仙石榴等各色落花，锦重重的落了一地，因叹道："这是他心里生了气，也不收拾这花儿来了。待我送了去，明儿再问着他。"说着，只见宝钗约着他们往外头去。宝玉道:"我就来。"说毕,等他二人去远了,便把那花兜了起来,登山渡水,过树穿花,一直奔了那日同林黛玉葬桃花的去处来。将已到了花冢,犹未转过山坡,只听山坡那边有呜咽之声,一行数落着,哭的好不伤感。宝玉心下想道:"这不知是那房里的丫头,受了委曲,跑到这个地方来哭。"一面想,一面煞住脚步,听他哭道是:

　　　　花谢花飞飞满天[2],红消香断有谁怜?

　　　　游丝软系飘春榭[3],落絮轻沾扑绣帘。

　　　　闺中女儿惜春暮,愁绪满怀无释处[4],

　　　　手把花锄出绣闺,忍踏落花来复去[5]。

　　　　柳丝榆荚自芳菲[6],不管桃飘与李飞。

　　　　桃李明年能再发,明年闺中知有谁?

　　　　三月香巢已垒成,梁间燕子太无情!

　　　　明年花发虽可啄,却不道人去梁空巢也倾。

　　　　一年三百六十日,风刀霜剑严相逼,

　　　　明媚鲜妍能几时,一朝飘泊难寻觅。

　　　　花开易见落难寻,阶前闷杀葬花人,

　　　　独倚花锄泪暗洒,洒上空枝见血痕[7]。

　　　　杜鹃无语正黄昏,荷锄归去掩重门,

　　　　青灯照壁人初睡,冷雨敲窗被未温。

　　　　怪奴底事倍伤神[8],半为怜春半恼春。

　　　　怜春忽至恼忽去,至又无言去不闻。

　　　　昨宵庭外悲歌发,知是花魂与鸟魂?

　　　　花魂鸟魂总难留,鸟自无言花自羞。

　　　　愿奴胁下生双翼,随花飞到天尽头。

　　　　天尽头,何处有香丘[9]?

　　　　未若锦囊收艳骨,一抔净土掩风流[10],

　　　　质本洁来还洁去,强于污淖陷渠沟[11]。

　　　　尔今死去侬收葬,未卜侬身何日丧?

　　　　侬今葬花人笑痴,他年葬侬知是谁?

　　　　试看春残花渐落,便是红颜老死时。

　　　　一朝春尽红颜老,花落人亡两不知!

　　宝玉听了不觉痴倒。要知端详,且听下回分解。

【注释】

　　[1] 本文选自《红楼梦》(人民文学出版社1985年版)第二十三回《西厢记妙词通戏语　牡丹亭艳曲警芳心》和第二十七回《滴翠亭杨妃戏彩蝶　埋香冢飞燕泣残红》,题目为编者所加。

　　[2] 飞满天:庚辰本作"花满天",但细看"花"字是后来的改笔,原抄有两小点,表示与上一"飞"字相同。故从甲戌、戚序本。这两句或受李贺诗《上云乐》"飞香走红满天春"的启发。

　　[3] 榭:筑在台上的房子。

[4] 无释处：没有排遣的地方。

[5] 忍：岂忍。

[6] 榆荚：榆树的种子。榆未生叶时先生荚，色白，像是成串的钱，俗称榆钱。芳菲：花草香茂。

[7] "洒上"句：与两个传说有关：一是湘妃哭舜，泣血染竹枝成斑。所以黛玉号"潇湘妃子"。二是蜀帝魂化杜鹃鸟，啼血染花枝，花即杜鹃花。所以下句接言"杜鹃"。

[8] 奴：我，女子的自称。底：何，什么。

[9] 香丘：香坟，指花冢。以花拟人，所以下句用"艳骨"。

[10] 一抔：一捧。因《汉书》中曾用"取长陵一抔土"来表示开掘陵墓，后人（如唐代骆宾王）就以"一抔之土"称坟墓，这里用以指花冢。

[11] 污淖：被污秽的泥水所弄脏。

【鉴赏导引】

《红楼梦》以爱情故事为中心，反映了具有一定觉醒意识的青年男女在封建体制和封建家族遏制下的历史宿命，其不同于一般才子佳人小说之处在于：首先，贾府的盛衰被佛教的"色空"观念所笼罩，加重、泛化并提升了《红楼梦》故事本身固有的人生无常的悲哀，具有哲学高度。其次，揭示出宝黛爱情悲剧的根源在于新的人生追求与传统价值观的冲突，这一新追求所处的无法兼容的历史环境注定了它的必然失败，具有历史深度。再次，精心地塑造了以女性为代表的精神世界，又痛心地描写了这个脆弱的精神世界在严酷现实世界中的毁灭，深情表达了对这一被毁灭的精神世界梦幻般的追恋与哀悼，具有情感强度。最后，把异性之间的情感升华为诗意的、纯净的美感，淡化了一般通俗小说情爱描写的肉欲成分，具有美学向度。

黛玉葬花是黛玉性情的描写，为读者刻画出一个美丽如花、清洁自爱自怜的形象。《葬花吟》是林黛玉感叹身世遭遇和悲剧命运的全部哀音的代表作，其内容的丰满、情感的丰富、语言的丰盈是林黛玉全部诗情的代表，是林黛玉用热血和生命写就的心曲，向人们真实地展露了一个充满痛苦而又独抱高洁、至死不渝的心灵世界，凸现了其独立人格的壮美与崇高。这首风格上仿效初唐体的歌行，在抒情上淋漓尽致，艺术上是很成功的。这首诗并非一味哀伤凄恻，其中仍然有着一种抑塞不平之气。"柳丝榆荚自芳菲，不管桃飘与李飞"，就寄有对世态炎凉、人情冷暖的愤懑；"一年三百六十日，风刀霜剑严相逼"岂不是对长期迫害着她的冷酷无情的现实的控诉？"愿奴胁下生双翼，随花飞到天尽头。天尽头，何处有香丘？未若锦囊收艳骨，一抔净土掩风流。质本洁来还洁去，强于污淖陷渠沟"则是在幻想自由幸福而不可得时，所表现出来的不愿受辱被污、不甘低头屈服的孤傲不阿的性格。

【广阅津梁】

1. 鲁迅《中国小说史略》：

《红楼梦》是中国许多人所知道，至少，是知道这名目的书。谁是作者和续者姑且勿论，单是命意，就因读者的眼光而有种种：经学家看见《易》，道学家看见淫，才子看见缠绵，革命家看见排满，流言家看见宫闱秘事……在我的眼下的宝玉,却看见他看见许多死亡;证成多所爱者,当大苦恼,因为世上,不幸人多。

2.王国维《红楼梦评论》:

男女之爱"自何时始""来自何处",这是"人人所有"而又"人人未解决"的人生大问题……从哲学上提出并解决这个问题的,是叔本华;从文学上提出并解决这个问题的,是《红楼梦》。《红楼梦》的价值,就在于描写人生之痛苦及其解脱之道……男女之欲强于饮食之欲,因为前者无尽,后者有限。人要从男女之欲中解脱出来,有两种途径:自杀或者出家。自杀是"求偿其欲而不得者",出家则是拒绝一切生活之欲。《红楼梦》的解脱之道不是自杀而是出家,所以《红楼梦》的解脱之道具有普遍的哲学价值。

【研讨练习】

1.《红楼梦》与一般才子佳人小说有何不同?

2.赏析《葬花吟》,分析林黛玉的性格特征。

（冷淑敏）

与薛寿鱼书[1]

袁 枚

【作者传略】

袁枚(1716—1798),字子才,号简斋,别号随园老人。钱塘人。乾隆三年(1738)中举,次年成进士。曾担任江浦、沭阳、江宁三县知县。乾隆二十(1755)年,弃官,居于金陵小仓山下的随园,游山玩水,名声大噪。嘉庆二年(1797)卒。有《随园诗话》《小仓山房集》《子不语》等多种著作。

谈[2]何容[3]易[4]!天生一不朽之人,而其子若[5]孙必欲推而纳之于必朽之处,此吾所为悁悁[6]而悲也。夫所谓不朽者,非必周、孔而后不朽也。羿之射[7],秋之弈[8],俞跗之医[9],皆可以不朽也。使必待周、孔而后可以不朽,则宇宙间安得有此纷纷之周、孔哉!

子之大父一瓢先生,医之不朽者也,高年不禄[10]。仆方思辑其梗概以永其人,而不意寄来墓志,无一字及医,反托于与陈文恭公[11]讲学云云。呜呼!自是而一瓢先生不传矣,朽矣!

夫学在躬行,不在讲也。圣学莫如仁,先生能以术仁其民,使无夭札[12],是即孔子"老安少怀"[13]之学也,素位[14]而行,学孰大于是!而何必舍之以他求?阳明勋业烂然,胡世宁笑其多一讲学[15]。文恭公亦复为之,于余心犹以为非。然而文恭,相公也;子之大父,布衣也。相公借布衣以自重,则名高;而布衣挟相公以自尊,则甚陋。今执途之人而问之曰:"一瓢先生非名医乎?"虽子之仇,无异词也。又问之曰:"一瓢先生其理学乎?"虽子之戚,有异词也。子不以人所共信者传先人,而以人所共疑者传先人,得毋以"艺成而下"之说为斤斤[16]乎?

不知艺即道之有形者也。精求之,何艺非道?貌袭之,道艺两失。燕哙、子之何尝不托尧、舜以鸣高,而卒为梓匠轮舆所笑[17]。医之为艺,尤非易言[18]。神农始之,黄帝昌之,周公使冢宰领之[19],其道通于神圣。今天下医绝矣,惟讲学一流转未绝者,何也?医之效立见,故名医百无一人;学之讲无稽[20],故村儒举目皆是。子不尊先人于百无一人之上,而反贱之于举目皆是之中,过矣!

即或衰年无俚,有此附会,则亦当牵连书之,而不可尽没其所由来[21]。仆昔疾病,性命危笃,尔时虽十周、程、张、朱[22]何益?而先生独能以一刀圭[23]活之。仆所以心折而信以为不朽之人也。虑此外必有异案良方,可以拯人,可以寿世者,辑而传焉,当高出语录陈言万万。而乃讳而不宣,甘舍神奇以就臭腐,在理学中未必增一伪[24]席,而方伎中转失一真人矣。岂不悖哉!岂不惜哉!

【注释】

[1] 薛寿鱼：薛雪之孙。薛雪，清代著名医学家。字生白，号一瓢，又号槐云道人，晚年自署牧牛老朽，以字行。清代吴县人，生于清康熙二十年(1681)，卒于清乾隆三十五年(1770)。

[2] 谈：指子孙对薛雪的评价。

[3] 何容：岂容。

[4] 易：改变。

[5] 若：和，同。

[6] 悁(yuān)悁：忧闷的样子。

[7] 羿：即后羿，古代传说中的射箭能手。

[8] 秋：即弈秋，古代高明的棋手。

[9] 俞跗(fù)：上古医家，相传擅长外科手术，是黄帝的臣子。

[10] 不禄：死的委婉说法。

[11] 托：托名。因人而取重。陈文恭公：即陈宏谋(1696—1771)，字汝咨，号榕门。原名弘谋，晚年因避乾隆讳，改为宏谋。临桂(今广西桂林)人。雍正元年(1723)考中乡试第一名，接着又考中会试第一百零八名，殿试三甲第八名，从此步入仕途，历任翰林院检讨、支部郎中、浙江道御史、扬州知府、江苏按察使、江苏江宁(今南京)布政司等职；后又历任甘肃、江西、陕西、湖北、河南、福建、湖南、江苏等省巡抚和陕甘、两广、两江、湖广等地总督。乾隆二十八年(1763)，奉调进京，历任吏部尚书、工部尚书、协办大学士、东阁大学士等职。乾隆三十六年(1771)，因病疏请回乡。同年六月，病逝于舟中，终年七十六岁，谥号文恭。

[12] 夭札：因病而早死。

[13] 老安少怀：语出《论语·公冶长》，指使老者安逸，使少者归附。形容使人民生活安定。

[14] 素位：安于平素所处的地位，不求名位。

[15] 阳明：即王阳明，王守仁，字伯安，明代哲学家、教育家，曾筑室于故乡余姚阳明洞，世称阳明先生。勋业：指学业上的成就。烂然：光明显赫，指功业卓著。胡世宁(1469—1530)：字永清，浙江仁和(今余杭)人，弘治年间(1488—1505)进士，官至南京兵部尚书。

[16] 艺成而下：语出《礼记·乐记》"德成而上，艺成而下"。意谓德行有成就居于上位，技艺有成就却居下位。斤斤：拘谨貌。意为"拘泥"，引申为信条。

[17] 燕哙(kuài)、子之何尝不托尧，舜以鸣高，而卒为梓匠轮舆所笑：战国时，燕王哙在位的第三年把君位让给相国子之，他们何尝不依托尧舜来抬高自己的名位，结果却被那些工匠们所嘲笑。

[18] 易言：轻率的言谈。

[19] 冢宰：周代官名，又称大宰，为六卿之首。

[20] 无稽：没有根据。

[21] 衰年无俚，有此附会，则亦当牵连书之，而不可尽没其所由来：即使当年年迈，百无聊赖，有这样牵强附会的事情，也应当连贯地写出来，不可以把他所经历的事情全部淹没。

[22] 周、程、张、朱：即周敦颐、程颢、程颐、张载、朱熹，均为理学家。

[23] 刀圭：用来量取药末的器具，代指药物。

[24] 伪：人为的，冒充的。

【鉴赏导引】

《与薛寿鱼书》是袁枚的一篇书信体散文。薛雪为吴中名医，与袁枚交厚。薛雪去世后,其孙薛寿鱼写就墓志铭寄给袁枚,文中无一字提及祖父行医之事,反而将他置于理学之流。袁枚读后非常愤慨,即作书回答,信中借如何评价薛雪,批评了当时重理学、轻技艺的社会风气。

此文注重表现个人感情,以动情的方式展开论说的主题,通过对比来进行说理。一方面抬高技艺的地位,认为技艺高超的人和周公、孔子一样可以不朽,技艺也是一种道,通过精求,可以达到神圣的境界。另一方面,认为理学是无根据的空谈,因而对人生社会不能有实际的作用,无非是陈言语录罢了,强调医学是一种实学,可以实现孔子的仁的理念。

文章以古喻今,纵横捭阖,列举古代有名的技艺高超的人,以增加说服力。同时,举王阳明的例子说明理学之无足轻重,从而指责薛寿鱼将祖父置身于理学家之列的荒谬,然后又假以众人的回答来说明其祖父为名医而非理学家的事实,进一步揭示薛氏不顾事实真相、歪曲薛雪一生事迹的错误行为。然后又尊医学为绝学,名医乃百无一人的上上之人,进一步凸显薛氏将其祖父置身于理学家之列乃是对其祖父的贬低。最后以自身的故事说明薛雪从事的是拯救世人性命的不朽事业,薛雪是医学中的真人,给予其极高的评价。

文章语气恳切,说理透彻。寓轻微的嘲讽于字里行间,表现出对理学的蔑视和对技艺的重视,对事与人的评价朝合乎人性的方向发展,是清代诗文力图摆脱理学控制、回复合乎人性的表现形态的重大转折,颇得袁氏所倡导的"性灵"神韵。

【广阅津梁】

1. 清代袁枚:

《小仓山房诗文集·偶然作》:"六经尽糟粕。"

《遣兴之二十二》:"郑、孔门前不掉头,程朱席上懒勾留。一帆直渡东沂水,文学班中访子游。"

《遣怀杂诗》之二十:"一切苛刻论,都从宋儒始。"

《子才子歌示庄念农》:"六经虽读不全信,堪断姬孔追微茫。"

2. 清代袁枚的性灵说:

《随园诗话》卷五:"诗者,人之性情也,性情之外无诗。""自三百篇至今日,凡诗之传者,都是性灵,不关堆垛。"

【思考练习】

1. 这篇文章主要批评了当时怎样的一种社会风气?
2. 分析这篇文章说理的基本手法。

(文革红)

浮生六记（节选）

沈　复

【作者传略】

沈复(1763—约1838)，字三白，号梅逸，江苏苏州人。早年游幕江南一带，有过短暂而失败的经商经历。后得故友帮助，以幕僚身份漫游川、鄂、鲁、陕等地，嘉庆间曾随使臣到琉球，《浮生六记》据考作于出使琉球间。

【作品集简介】

《浮生六记》，清代叙事性散文集，是沈复个人的自传性纪实之作，它独抒性灵，富于生活情趣，着重表现环境，特别是礼教对个人的迫害，与新时期要求人性解放有内在的联系，故受到林语堂、俞平伯等人的推崇。《浮生六记》共六卷，分别是卷一《闺房记乐》、卷二《闲情记趣》、卷三《坎坷记愁》、卷四《浪游记快》、卷五《中山记历》、卷六《养生记道》，其中后两卷已经佚失。此篇选自卷一《闺房记乐》。

余生乾隆癸未冬十一月二十有二日[1]，正值太平盛世，且在衣冠之家[2]，居苏州沧浪亭畔。天之厚我，可谓至矣。东坡云："事如春梦了无痕"，苟不记之笔墨，未免有辜彼苍之厚。

因思《关雎》冠《三百篇》之首[3]，故列夫妇于首卷，余以次递及焉。所愧少年失学，稍识之无[4]，不过记其实情实事而已。若必考订其文法，是责明于垢鉴矣[5]。

余幼聘金沙于氏，八龄而夭。娶陈氏。陈名芸，字淑珍，舅氏心余先生女也，生而颖慧。学语时，口授《琵琶行》，即能成诵。四龄失怙[6]，母金氏，弟克昌，家徒壁立。芸既长，娴女红[7]，三口仰其十指供给，克昌从师，修脯无缺[8]。一日，于书簏中得《琵琶行》，挨字而认，始识字。刺绣之暇，渐通吟咏，有"秋侵人影瘦，霜染菊花肥"之句。

余年十三，随母归宁[9]，两小无嫌，得见所作，虽叹其才思隽秀，窃恐其福泽不深，然心注[10]不能释，告母曰："若为儿择妇，非淑姊不娶。"母亦爱其柔和，即脱金约指缔姻焉[11]。此乾隆乙未七月十六日也。

是年冬，值其堂姊出阁[12]，余又随母往。芸与余同齿而长余十月，自幼姊弟相呼，故仍呼之曰淑姊。

时但见满室鲜衣，芸独通体素淡，仅新其鞋而已。见其绣制精巧，询为己作，始知其慧心不仅在笔墨也。

其形削肩长项，瘦不露骨，眉弯目秀，顾盼神飞，唯两齿微露，似非佳相。一种缠绵之态,令人之意也消。

索观诗稿,有仅一联,或三四句,多未成篇者。询其故,笑曰:"无师之作,愿得知己堪师者敲成之耳。"余戏题其签曰"锦囊佳句"[13]。不知夭寿之机[14],此已伏矣。

是夜送亲城外,返已漏三下[15],腹饥索饵[16],婢妪以枣脯进,余嫌其甜。芸暗牵余袖,随至其室,见藏有暖粥并小菜焉,余欣然举箸。忽闻芸堂兄玉衡呼曰:"淑妹速来!"芸急闭门曰:"已疲乏,将卧矣。"玉衡挤身而入,见余将吃粥,乃笑睨[17]芸曰:"顷[18]我索粥,汝曰'尽矣',乃藏此专待汝婿耶?"芸大窘避去,上下哗笑之。余亦负气,挈[19]老仆先归。

自吃粥被嘲,再往,芸即避匿,余知其恐贻人笑也。

【注释】

[1] 乾隆癸未:指 1763 年。

[2] 衣冠之家:指做官的富贵人家。

[3] 三百篇:指《诗经》,因其共存诗三百零五篇,故从《论语》中开始即有"诗三百"之称。其开首第一篇为《关雎》,《诗序》云其"所以风天下,而正夫妇也"。

[4] 稍识之无:据《新唐书·白居易传》:"其始生七月能展书,拇指之、无两字,虽试百数不差。"在此处兼指识字不多。

[5] 责明:指责不够明亮。垢鉴:沾满了尘垢的镜子。鉴,镜子。

[6] 失怙:失去了父亲。怙,依靠。《诗经·小雅·蓼莪》:"无父何怙?无母何恃?"

[7] 女红(gōng):亦作"女工""女功",指女子所从事的编织、刺绣等工作。

[8] 修脯:修、脯,皆指干肉。为古代的敬师之礼,后代指学费。

[9] 归宁:指女子出嫁后回娘家。

[10] 注:心思专注。此指全心关注。

[11] 金约指:金戒指。

[12] 出阁:指女子出嫁。

[13] 锦囊佳句:典出李商隐《李贺小传》。谓唐代诗人李贺每骑驴出门,总领一小童,背一破锦囊,遇有佳句,即书投囊中。因李贺卒时年仅 29 岁,故作者认为自己所题之签非佳兆。

[14] 夭寿:短寿。机:先兆。

[15] 漏:漏壶。古代的计时器。漏三下,表明夜已深。

[16] 饵:糕饼。

[17] 睨(nì):斜着眼看。

[18] 顷:刚才。

[19] 挈(qiè):带、领之意。

【鉴赏导引】

此为《浮生六记》的第一篇,主要交代作者的身世背景、写作缘由、作品次第安排及为什么将夫妇篇放在首位的原因。接下来就重点介绍他的妻子的具体情况,记叙他与妻子婚姻的起始经过。

作者的妻子陈芸是一位灵秀的苏州女子,才思隽秀,娴女工,擅诗词。两人原本为姻亲关系,以姐弟相称,青梅竹马,两小无猜。

作品接下来叙述两人之间相互注目、情定终身的趣事。作者对后来成为他妻子的表姐情有独钟，并表示非她不娶。他不仅喜欢她的灵慧，且怜其才思，一种怜爱注目关心之状溢于言表。末段用表姐为他藏下暖粥的细节，表达两人之间深深的情意，吃粥被嘲，则又妙趣横生，写出了少男少女之间情窦初开、怕人笑话的羞涩之态，实在是神来之笔，同时也为后来母子诀别时一家人"暖粥共啜之"埋下了伏笔，"昔一粥而聚，今一粥而散"，一聚一散，通过前后对照表达出世事的变迁，人生的无常。"锦囊佳句"则又表达出对妻子中年亡逝的深深惋惜。

文中处处表现出对妻子的爱慕，字里行间流露出一种缱绻缠绵之意，令人神思飞动。通过日常的琐事，表达出两人之间绵绵无尽的情谊。作者以追思的语气写两人之间缔结姻缘的经过，对妻子的亡逝流露出浓浓的伤感气息，古今以来写夫妇之情的极少，此为其中的佼佼者。

【广阅津梁】

1. 陈寅恪《元白诗笺证稿》：

　　吾国文学，自来以礼法顾忌之故，不敢多言男女间关系，而于正式男女关系如夫妇者，尤少涉及。盖闺房燕昵之情意，家庭迷盐之琐屑，大抵不列于篇章，惟以笼统之词，概括言之而已。此后来沈三白《浮生六记》之《闺房记乐》，所以为例外创作。

2. 这本反映伉俪情笃、缱绻的书1923年重印时，俞平伯在序中有一段很能用来做书的真灼介绍：

　　综括言之，中国大多数的家庭的机能，只是穿衣、吃饭、生孩子，以外便是你我相倾轧，明的为争夺，暗的为嫉妒。不肯做家庭奴隶的未必即是天才，但如有天才是决不甘心做家庭奴隶的。《浮生六记》一书，即是表现无数惊涛骇浪相冲击中的一个微波的印痕而已。但即算是轻婉的微波之痕，已足使我们的心灵震荡而怡。是呻吟？是怨诅？是歌唱？读者必能辨之，初不待我的哓哓了……是书未必即为自传文学中之杰构，但在中国旧文苑中，是很值得注意的一篇著作；即就文词之洁媚和趣味之隽永两点而论，亦大可以供我们欣赏。故我敢以此小书介绍于读者诸君。

【思考练习】

1. 这篇文章主要采用哪些手法塑造了陈芸的形象？
2. "吃粥被嘲"的细节对于表现两人之间的感情有何作用？

（文革红）

己亥六月重过扬州记[1]

龚自珍

【作者传略】

龚自珍(1792—1841),清代思想家、史学家、文学家。字尔玉,又字璱人;更名易简,字伯定;又更名巩祚,号定盦,又号羽琌山民。浙江仁和(今杭州)人。嘉庆二十三年(1818)考中举人。嘉庆二十五年(1820)开始入仕,为内阁中书。道光九年(1829)中进士,道光十五年(1835),任宗人府主事。后改任礼部主事。学务博览,重经世济民。主张从事政治和经济改革,以解决当时日益深入的社会危机,并热切要求抵抗资本主义国家的经济和军事侵略,维护国家主权。他支持林则徐查禁鸦片,并建议林则徐加强军事设施,做好抗击英国侵略者的准备。他一生追求"更法",虽至死未能实现,但在许多方面产生了有益的影响。他治经学,为嘉庆、道光年间提倡"通经致用"的今文经学派的重要人物。哲学上持"性无善无不善"之说,反对孟子的"性善"论和荀子的"性恶"论,并强调万事万物都处于变化之中。史学上发出"尊史"的呼吁,并潜心于西北历史、地理的探讨。文学上提出"尊情"之说,主张诗与人为一。其诗文揭露清统治者的腐朽,洋溢着爱国热情,被柳亚子誉为"三百年来第一流"。他留存文章300余篇,诗词近800首,后人辑为《龚自珍全集》。

居礼曹[2],客有过[3]者曰:"卿知今日之扬州乎? 读鲍照《芜城赋》[4],则遇之矣。"余悲其言。

明年,乞假南游,抵扬州,属有告籴谋[5],舍舟而馆[6]。

既宿[7],循馆之东墙,步游得小桥,俯溪,溪声灂[8]。过桥,遇女墙啮可登者[9],登之。扬州三十里,首尾屈折高下见。晓雨沐屋,瓦鳞鳞然,无零甃断甓[10],心已疑礼曹过客言不实矣。

入市,求熟肉,市声谳。得肉,馆人以酒一瓶、虾一筐馈。醉而歌,歌宋元长短言乐府[11],俯窗呜呜,惊对岸女夜起,乃止。

客有请吊蜀冈者[12],舟甚捷。帘幕皆文绣,疑舟窗蠡壳也[13],审视,玻璃五色具[13]。舟人时时指两岸曰:"某园故址也","某家酒肆故址也",约八九处。其实独倚虹园圮无存[14]。曩所信宿之西园[15],门在,题榜在,尚可识。其可登临者尚八九处,阜有桂,水有芙蕖菱芡[16],是居扬州城外西北隅,最高秀。南览江,北览淮,江淮数十州县治,无如此治华[17]也。忆京师言,知有极不然者。

归馆,郡之士皆知余至,则大讙。有以经义请质难[18]者,有发[19]史事见问者,有就询京师近事者,有呈所业若文、若诗、若笔[20]、若长短言、若杂著、若丛书乞为叙、为题辞者,有状其先世事行乞为铭者[21]，有求书册子、书扇者，填委[22]塞户牖，居然嘉庆中故态。谁得曰今非承平时耶？惟窗外船过，夜无笙琶声；即有之，声不能彻旦[23]。然而女子有以栀子华发为赘求书者[24]，爰以书画环瑱互通问[25]，凡三人。凄馨哀艳之气，缭绕于桥亭舰[26]舫间。虽澹定，是夕魂摇摇不自持[27]。

余既信信[28]，拏流风，捕余韵，乌睹所谓风嗥雨啸，髑狄悲、鬼神泣者[29]？嘉庆末，尝于此和友人宋翔凤侧艳[30]诗，闻宋君病，存亡弗可知。又问其所谓赋诗者[31]，不可见，引为恨。

卧而思之，余齿[32]垂五十矣。今昔之慨，自然之运[33]，古之美人名士富贵寿考[34]者几人哉？此岂关扬州之盛衰，而独置感慨于江介[35]也哉？抑予赋侧艳则老矣，甄综人物[36]，蒐辑文献，仍以自任，固未老也。天地有四时，莫病于酷暑[37]，而莫善于初秋。澄汰其繁缛淫蒸[38]，而与之为萧疏澹荡[39]，泠然瑟然[40]，而不遽使人有苍莽寥泬之悲者[41]，初秋也。今扬州，其初秋也欤？余之身世，虽乞粜，自信不遽死，其尚犹丁[42]初秋也欤？作《己亥六月重过扬州记》。

【注释】

[1] 道光十九年(1839)，作者辞官南归，道经扬州，抚今追昔，写下了这篇文章。重过，嘉庆二十五年(1820)作者由北京南还时曾路过扬州，故云。

[2] 居礼曹：在礼部任职。作者时任礼部主客司主事兼祠祭司行走。

[3] 过：访。

[4] 鲍照：南宋文学家，字明远，东海(今江苏连云港)人，曾任临海王前军参军等职。长于乐府、赋及骈文，所作《芜城赋》，写广陵故城(即扬州)昔日之盛及当日之衰，感慨系之。

[5] 属(zhǔ)：适逢。告粜(dí)：请求买谷，有请求资助饥困之意。

[6] 馆：旅舍。此作动词，住旅馆。

[7] 既宿：过夜之后。

[8] 讙(huān)：喧哗。

[9] 女墙：城墙上的矮墙。啮(niè)：咬。引申为坏缺。

[10] 零甃(zhòu)断甓(pì)：犹言残垣断壁。甃：井壁，这里泛指墙壁。甓：砖头。

[11] 长短言乐府：即词。词又称长短句，可入乐故称。

[12] 蜀冈：土岗名，在今扬州市西北，瘦西湖北，为唐代古城遗址。

[13] "疑舟窗"三句：看见舟窗晶莹透亮，五彩缤纷，疑为贝壳所饰；细看才知是五颜六色的玻璃。蠡瓠(luó què)：这里指贝壳。蠡，通"蠃"，螺类动物的统称。瓠(què)：卵，也指卵壳。

[14] 倚虹园：扬州名胜，因靠近大虹桥而得名。圮(pǐ)：毁坏。

[15] 信宿：连住两夜。西园：原名芳圃，在平山堂西，建于清乾隆十六年(1751)。

[16] 阜：土山。芙蕖：荷花。菱：菱角。芡(qiàn)：水草名，花紫色，实如刺球，可食。

[17] 冶华：美丽繁华。

[18] 经义：经书的解释。质难：质疑问难。

[19] 发：提出，揭示。

[20] 笔：散文。古时"笔"与"文"相对，有韵者为文，无韵者为笔。

[21] 状其先世事行：指拿着自己为先人撰写的行状。乞为铭：请求为他们撰写墓志铭。

〔22〕填委：纷集,堆满。

〔23〕彻旦：通宵达旦。

〔24〕栀子：花名。栀子花中有同心栀子,常被用作定情之物。华发：舞伎之花饰。贽：初次见面所执的礼物。

〔25〕爰：乃。环：玉镯之类的饰物。瑱(tiàn)：玉做的耳环。通问：通音讯。

〔26〕舣：有板屋的船。

〔27〕"虽澹定"句：自己即使态度恬淡镇定,当晚情绪仍然为其声色所动不能自持。

〔28〕信信：连住四夜。信：停留两宿。

〔29〕"乌睹"句：哪里能见到鲍照《芜城赋》所描述的那种飘摇悲凄的景象呢？鼯(wú)：鼯鼠,形似鼠,前后两肢间有膜,能飞树上。狖(yòu)：长尾猿。

〔30〕宋翔凤：1779—1860,字虞庭,一字于庭,长洲(今苏州)人。清代著名的学者、诗人。侧艳：文辞艳丽而流于轻佻。

〔31〕其所谓赋诗者：指当年与宋氏及自己和诗的妓女。

〔32〕齿：年龄。

〔33〕自然之运：自然界的运动、变化。

〔34〕寿考：年高。

〔35〕江介：江边,这里指扬州。

〔36〕甄综：综合分析,鉴定品评。

〔37〕病：难受。

〔38〕澄汰：澄清、淘汰。繁缛：景象繁杂。淫蒸：湿热。

〔39〕萧疏澹荡：淡远空寂。

〔40〕泠(líng)然瑟然：清凉爽洁的样子。

〔41〕苍莽寥泬(xuè)：空旷萧条。

〔42〕丁：当,值。

【鉴赏导引】

清道光十九年(1839)己亥四月二十三日,做了清王朝20年小京官的龚自珍,因一贯主张政治革新,抨击时政弊端,支持禁烟运动,遭到清廷内当权者的排挤,被逼辞官,南归故里。这年六月,途经扬州,创作出这篇名文。

本文通过作者扬州之行的所见所闻所为,抒写了人生五十似初秋的深切感受。开始,作者听客人说扬州和鲍照《芜城赋》中描写的一样衰败,发悲切之基调。接着,作者亲身踏上扬州的土地,耳闻目睹,风物依旧,城市繁华,深知客人之言错误。这个部分是全文的重点描述部分：先写所见,雨中扬州,依然房屋井然,一派平和安详;次写市井欢闹,作者醉酒当歌;再次写登舟远游,故园旧址尚在,"南览江,北览淮,江淮数十州县治,无如此冶华也";最后畅叙自己与扬州的文人墨客相聚,谈经论诗,题书求文,笙歌缭绕,与当年嘉庆年间社会风气一样。作者不禁感慨社会太平,并且因凄美的艺术氛围感染而情绪不能自持。作者连住四夜,"拿流风,捕余韵",对所谓扬州"风嗥雨啸,鼯狖悲,鬼神泣者"大不以为然,突然就想到了嘉庆末同作侧艳诗的友人宋翔凤等,笔调一转,失落之意绪萦绕于心。末段作者笔锋一转,谈及初秋之论。他从扬州今昔之感而到人生韶华易逝之慨。继而乐观地由酷暑联想到凉爽的初秋即将来临,联想到自己尚处于人生的初秋。此时,关系到作者个人前途命运之转换,他难舍京城,前景未卜,心思五味杂陈,下笔百感交集,个中滋味,读者应该慢慢品味。艺术手法运用上,先抑后扬,起落有致,恰到好处地表现了作者辞官之后面临人生转折的微妙幽曲的心理状态。意旨与手法相得益彰,显示出作者高度的文学造诣和艺术才能。

也有将本文的意旨解为通过对扬州这座历史名城表面繁华、骨里萧索,以及当地文人官僚醉生梦死精神状态的描绘,概括而曲折地反映了所谓"乾嘉盛世"的黑暗与腐朽,揭示清王朝日趋衰落的危局。这是从龚自珍一贯的创作思路来看的,"诗无达诂",亦未尝不可,但笔者认为抒写人生五十似初秋的感怀更为贴近文本意义。此外,本文用语古奥诡谲,会影响今人的阅读效果,算是遗憾之事。

【广阅津梁】

1. 清代龚自珍《己亥杂诗》:

第 5 首:

　　　　浩荡离愁白日斜,吟鞭东指即天涯。

　　　　落红不是无情物,化作春泥更护花。

第 220 首:

　　　　九州生气恃风雷,万马齐喑究可哀。

　　　　我劝天公重抖擞,不拘一格降人才。

2. 冯乾《清代扬州学派简论》:

此文犹如东京梦华、武林旧事之类,其意虽欲自作宽解,而一种悲凉,已中人脏腑。文中谓扬州士子从事文艺,"有以经义请质难者,有发史事见问者,有呈所业若文、若诗、若笔、若长短言、若杂著、若丛书,乞为序、为题辞者,有状其先世事行乞为铭者,有求书册子、书扇者,填委塞户牖,居然嘉庆中故态",不过是龚氏自慰之辞耳。

【研讨练习】

1. 把下面句子翻译成现代汉语。

(1) 卧而思之,余齿垂五十矣。今昔之慨,自然之运,古之美人名士富贵寿考者,几人哉?

(2) 余之身世,虽乞粜,自信不遽死,其尚犹丁初秋也欤?

2. 有人说龚自珍这篇文章,以一个"悲"字笼罩全篇文。你怎么看这种观点?

（张庆胜）

第九单元
现代文学

——光绪二十六年至1949年

人间词话(四则)

王国维

【作者传略】

王国维(1877—1927),字静安,号观堂,浙江海宁人。他4岁丧母,7岁入私塾,接受传统教育。曾学习新学和西学,受康德、叔本华、尼采等人的哲学和文艺思想影响较深。1903年出任南通、江苏师范学堂教员。1906年,随罗振玉入京,次年任学部图书馆编译。1923年奉诏任清帝溥仪的"南书房行走"。1925年任教清华国学院,为"四大导师"之一。1927年,北伐军逼近北京时,王国维留下"经此世变,义无再辱"的一纸遗书,自沉于颐和园昆明湖。王国维是我国近现代在文学、美学、史学、哲学、古文字学、考古学等各方面成就卓越的学术巨匠,国学大师。有《王国维遗书》《王国维全集》。

【作品集略解】

《人间词话》是一部以词为主要批评对象(兼及诗与小说戏曲),用传统的"词话"形式写成的文学批评著作,集中体现了王国维的文学、美学思想。它最初发表于1908年10月的《国粹学报》第47期至第50期。《人间词话》的理论核心是"境界"说。全书观点新颖,立论警辟,自成体系,是中国诗话、词话发展史上的一部划时代的作品。

一

词以境界[1]为最上。有境界则自成高格[2],自有名句。五代、北宋之词所以独绝[3]者在此。

(《人间词话》第一则)

【注释】

[1] 境界:是王国维自创的品评诗词优劣的词语。
[2] 高格:意为较高的艺术成就。
[3] 独绝:独步,即专有的特色。

二

有有我之境,有无我之境。"泪眼问花花不语,乱红飞过秋千去。"[1]"可堪孤馆闭春寒,杜鹃声里斜阳暮。"[2]有我之境也。"采菊东篱下,悠然见南山。"[3]"寒波澹澹起,白鸟悠悠下。"[4]无我之境也。有我之境,以我观物,故物皆著我之色彩。无我之境,以物观物,故不知何者为我，何者为物。古人为词，写有我之境者为多，然未始不能写无我之境，此在豪杰之士能自树立耳。

（《人间词话》第三则）

【注释】

[1] 出自冯延巳《鹊踏枝》："庭院深深深几许？杨柳堆烟，帘幕无重数。玉勒雕鞍游冶处，楼高不见章台路。雨横风狂三月暮，门掩黄昏，无计留春住。泪眼问花花不语，乱红飞过秋千去。"

[2] 出自秦观《踏莎行》："雾失楼台，月迷津度，桃源望断无寻处。可堪孤馆闭春寒，杜鹃声里斜阳暮。驿寄梅花，鱼传尺素，砌成此恨无重数。郴江幸自绕郴山，为谁流下潇湘去？"

[3] 出自陶潜《饮酒诗》第五首："结庐在人境，而无车马喧。问君何能尔，心远地自偏。采菊东篱下，悠然见南山。山气日夕佳，飞鸟相与还。此中有真意，欲辨已忘言。"

[4] 出自元好问《颖亭留别》："故人重分携，临流驻归驾。乾坤展清眺，万景若相借。北风三日雪，太素秉元化。九山郁峥嵘，了不受陵跨。寒波澹澹起，白鸟悠悠下。怀归人自急，物态本闲暇。壶觞负吟啸，尘土足悲咤。回首亭中人，平林澹如画。"

三

古今之成大事业、大学问者，必经过三种之境界："昨夜西风凋碧树。独上高楼，望尽天涯路。"[1] 此第一境也。"衣带渐宽终不悔，为伊消得人憔悴。"[2] 此第二境也。"众里寻他千百度。蓦然回首，那人却在灯火阑珊处。"[3] 此第三境也。此等语皆非大词人不能道。然遽以此意解释诸词，恐为晏、欧诸公所不许也。

（《人间词话》第二十六则）

【注释】

[1] 出自晏殊《蝶恋花》："槛菊愁烟兰泣露。罗幕轻寒，燕子双飞去。明月不谙离恨苦，斜光到晓穿朱户。昨夜西风凋碧树。独上高楼，望尽天涯路。欲寄彩笺兼尺素，山长水阔知何处。"

[2] 出自柳永《凤栖梧》："伫倚危楼风细细。望极春愁，黯黯生天际。草色烟光残照里。无言谁会凭栏意。拟把疏狂图一醉，对酒当歌，强乐还无味。衣带渐宽终不悔，为伊消得人憔悴。"

[3] 出自辛弃疾《青玉案》（元夕）："东风夜放花千树。更吹落、星如雨。宝马雕车香满路，凤箫声动，玉壶光转，一夜鱼龙舞。蛾儿雪柳黄金缕。笑语盈盈暗香去。众里寻它千百度。蓦然回首，那人却在，灯火阑珊处。"

四

问"隔"与"不隔"之别，曰：陶、谢之诗不隔，延年则稍隔矣[1]。东坡之诗不隔，山谷则稍隔矣[2]。"池塘生春草"[3]"空梁落燕泥"[4] 等二句，妙处唯在不隔。词亦如是。即以一人一词论，如欧阳公《少年游》咏春草上半阕云："阑干十二独凭春，晴碧远连云。千里万里，二月三月，行色苦愁人。"语语都在目前，便是不隔。至云："谢家池上，江淹浦畔。"[5] 则隔矣。白石《翠楼吟》："此地。宜有词仙，拥素云黄鹤，与君游戏。玉梯凝望久，叹芳草、萋萋千里。"便是不隔。至"酒祓清愁，花消英气"[6]，则隔矣。然南宋词虽不隔处，比之前人，

142

自有浅深厚薄之别。

（《人间词话》第四十则）

【注释】

[1] 陶、谢：陶渊明与谢灵运。

[2] 山谷：黄庭坚，字鲁直，号涪翁、山谷道人、黔安居士，江西修水县双井人，北宋著名文学家、书法家。

[3] 出自谢灵运《登池上楼》："潜虬媚幽姿，飞鸿响远音。薄霄愧云浮，栖川怍渊沈。进德智所拙，退耕力不任。徇禄反穷海，卧疴对空林。衾枕昧节候，褰开暂窥临。倾耳聆波澜，举目眺岖嵚。初景革绪风，新阳改故阴。池塘生春草，园柳变鸣禽。祁祁伤豳歌，萋萋感楚吟。索居易永久，离群难处心，持操岂独古，无闷征在今。"

[4] 出自薛道衡《昔昔盐》："垂柳覆金堤，蘼芜叶复齐。水溢芙蓉沼，花飞桃李蹊。采桑秦氏女，织锦窦家妻。关山别荡子，风月守空闺。恒敛千金笑，长垂双玉啼。盘龙随镜隐，彩凤逐帷低。飞魂同夜鹊，倦寝忆晨鸡。暗牖悬蛛网，空梁落燕泥。前年过代北，今岁往辽西。一去无消息，那能惜马蹄。"

[5] 出自欧阳修《少年游》："阑干十二独凭春，晴碧远连云。千里万里，二月三月，行色苦愁人。谢家池上，江淹浦畔，吟魄与离魂。那堪疏雨滴黄昏。更特地、忆王孙。"

[6] 出自姜夔《翠楼吟》："月冷龙沙，尘清虎落，今年汉酺初赐。新翻胡部曲，听毡幕、元戎歌吹。层楼高峙。看槛曲萦红，檐牙飞翠。人姝丽。粉香吹下，夜寒风细。此地。宜有词仙，拥素云黄鹤，与君游戏。玉梯凝望久，叹芳草、萋萋千里。天涯情味。仗酒祓清愁，花消英气。西山外。晚来还卷，一帘秋霁。"

【鉴赏导引】

本文分别选自《人间词话》第一则、第三则、第二十六则和第四十则。

第一则是王国维关于词，乃至关于整个文学的一个最核心的命题——"境界"说。在本则中，作者入手擒题，点明词之高绝在有境界，随即对五代、北宋之词极为推崇。此后的论述大都以北宋、五代之词为基础，因此，本则可视为王国维词论的总纲。第三则，从艺术境界的类型上将境界分为有我之境和无我之境，这是从创作作者的角度进行的分析，王国维认为，有我之境表达情感较为直接，而无我之境则较为曲隐，写无我之境更为上品。文中各举了两个例子论述有我和无我之境。如"泪眼问花花不语"之有我之境，诗中之我是"泪眼"，主体色彩浓厚，"问花"则将主观情感濡染于"花"。"花不语"似乎表现了主客体之间的抗争。"采菊东篱下，悠然见南山"两句广为后人传颂。作者从新的哲学角度，解释其为无我之境，即南山呈现于吾心，主体略不用意而沉浸于审美直观之中。第二十六则给读者以无限广阔的阐释空间，学界对它的阐释可说是见仁见智，众义歧出。但从文中第一句来分析，作者是将其作为论述成大事业、大学问的经验之谈的。三位词人的作品分别蕴涵了三个境界。有所追求、目标明确，仅为第一境；所谓"板凳甘坐十年冷"，坚持二字仅仅是第二境。有了丰富的知识基础和经验才能发现问题，才能到达第三境——顿悟。第四十则中，作者用了"隔"与"不隔"的概念阐释词的创作，这是偏重于从读者审美的角度分析问题。文中所举之例,无论写景写情,凡作者之情感能清晰呈现在读者眼前的就是"不隔",反之就是"隔"。所以,说到底,王国维所谓"隔"与"不隔"就是真不真的问题。即能否将"真感情、真景物"真切地呈现在读者的直观之中。

【广阅津梁】

1. 王国维《宋元戏曲史》序:

　　凡一代有一代之文学:楚之骚,汉之赋,六代之骈语,唐之诗,宋之词,元之曲,皆所谓一代之文学,而后世莫能继焉者也。

2. 俞平伯《索隐与自传说闲评》:

　　到了清朝末年、民国初年,王国维、蔡元培、胡适三位,以学者身份大谈起红楼梦,从此一向被看成是小道传阅的小说,便登上了大雅之堂。

3. 陈寅恪《王静安先生遗书》序:

　　自昔大师巨子,其关系于民族盛衰学术兴废者,不仅在能承续先哲将坠之业,为其托命之人,而尤在能开拓学术之区域,补前修所未逮。故其著作可以移一时之风气,而示来者以轨则也。先生之学博矣,精矣,几若无涯岸之可望,辙迹之可寻。

【研讨练习】

1. 谈谈你对王国维词话"境界"说的认识。
2. 试分析王国维"人生三境界"说。

（徐彩云）

少年中国说(节选)[1]

梁启超

【作者传略】

梁启超(1873—1929),字卓如,号任公,别号沧江,又号饮冰室主人。广东新会人。中国近代启蒙思想家、文学家、学者。

梁启超系清末举人出身,自1890年起追随康有为,由此接受维新变法思想。赴京参加会试时,随康有为发动"公车上书"。后又参与百日维新运动。戊戌变法失败后,流亡日本,先后创办《清议报》和《新民丛报》,大量介绍西方近代思想学说,批判封建专制主义。1913年归国,晚年任清华大学研究院教授。

梁启超学识渊博,著述宏富,涉及多种学科领域。他是晚清"诗界革命""文界革命""小说界革命"的倡导者。他提倡的"新文体"以"平易畅达""纵笔所至不检束""条理明晰、笔锋常带感情"等特点风靡天下,对中国近代散文的变革产生了重大影响。有《饮冰室合集》。

日本人之称我中国也,一则曰老大帝国,再则曰老大帝国。是语也,盖袭译欧西人之言也[2]。呜呼! 我中国其果老大矣乎[3]? 梁启超曰:恶[4]! 是何言[5]! 是何言! 吾心目中有一少年中国在。

欲言国之老少,请先言人之老少。老年人常思既往,少年人常思将来。惟思既往也,故生留恋心;惟思将来也,故生希望心。惟留恋也,故保守;惟希望也,故进取。惟保守也,故永旧;惟进取也,故日新。惟思既往也,事事皆其所已经者,故惟知照例;惟思将来也,事事皆其所未经者,故常敢破格。老年人常多忧虑,少年人常好行乐。惟多忧也,故灰心;惟行乐也,故盛气。惟灰心也,故怯懦;惟盛气也,故豪壮。惟怯懦也,故苟且;惟豪壮也,故冒险。惟苟且也,故能灭世界;惟冒险也,故能造世界。老年人常厌事,少年人常喜事。惟厌事也,故常觉一切事无可为者;惟好事也,故常觉一切事无不可为者。老年人如夕照,少年人如朝阳;老年人如瘠牛[6],少年人如乳虎;老年人如僧,少年人如侠;老年人如字典,少年人如戏文[7];老年人如鸦片烟,少年人如泼兰地酒[8];老年人如别行星之陨石,少年人如大洋海之珊瑚岛;老年人如埃及沙漠之金字塔[9],少年人如西比利亚之铁路[10];老年人如秋后之柳,少年人如春前之草;老年人如死海之潴为泽[11],少年人如长江之初发源。此老年人与少年人性格不同之大略也。梁启超曰:人固有之,国亦宜然[12]。

梁启超曰:伤哉,老大也! 浔阳江头琵琶妇,当明月绕船,枫叶瑟瑟,衾寒于铁,似梦非梦之时,追想洛阳尘中春花秋月之佳趣[13]。西宫南内,白发宫娥,一灯如穗,三五对坐,谈开元、天宝间遗事，谱《霓裳羽衣曲》[14]。青门种瓜人[15]，左对孺人[16]，顾弄孺子[17]，忆侯门似海、珠履杂遝之盛事[18]。拿破仑之流于厄蔑[19]，阿刺飞之幽于锡[20]，与三两监守吏，或过访之好事者，道当年短刀匹马驰骋中原，席卷欧洲，血战海楼[21]，一声叱咤，万国震恐之丰功伟烈，初而拍案，继而抚髀[22]，终而揽镜[23]。呜呼，面皱齿尽[24]，白发盈把，颓然老矣！若是者，舍幽郁之外无心事，舍悲惨之外无天地，舍颓唐之外无日月，舍叹息之外无音声，舍待死之外无事业，美人豪杰且然，而况于寻常碌碌者耶？生平亲友，皆在墟墓[25]；起居饮食，待命于人。今日且过，遑知他日[26]？今年且过，遑恤明年[27]？普天下灰心短气之事，未有甚于老大者。于此人也，而欲望以擎云之手段[28]，回天之事功，挟山超海之意气[29]，能乎不能？

呜呼！我中国其果老大乎？立乎今日以指畴昔，唐虞三代[30]，若何之郅治[31]；秦皇汉武，若何之雄杰；汉唐来之文学，若何之隆盛；康乾间之武功[32]，若何之烜赫[33]。历史家所铺叙，词章家所讴歌，何一非我国民少年时代良辰美景、赏心乐事之陈迹哉！而今颓然老矣，昨日割五城，明日割十城，处处雀鼠尽，夜夜鸡犬惊。十八省之土地财产[34]，已为人怀中之肉，四百兆之父兄子弟[35]，已为人注籍之奴[36]，岂所谓"老大嫁作商人妇"者耶[37]？呜呼！凭君莫话当年事，憔悴韶光不忍看[38]！楚囚相对[39]，岌岌顾影，人命危浅，朝不虑夕[40]。国为待死之国，一国之民为待死之民，万事付之奈何，一切凭人作弄，亦何足怪。

梁启超曰：我中国其果老大矣乎？是今日全地球之一大问题也。如其老大也，则是中国为过去之国，即地球上昔本有此国，而今渐渐灭[41]，他日之命运殆将尽也。如其非老大也，则是中国为未来之国，即地球上昔未现此国，而今渐发达，他日之前程且方长也。欲断今日之中国为老大耶？为少年耶？则不可不先明国家之意义。夫国也者，何物也？有土地，有人民，以居于其土地之人民，而治其所居土地之事，自制法律而自守之；有主权，有服从，人人皆主权者，人人皆服从者。夫如是，斯谓之完全成立之国，地球上之有完全成立之国也，自百年以来也。完全成立者，壮年之事也。未能完全成立而渐进于完全成立者，少年之事也。故吾得一言以断之曰：欧洲列邦在今日为壮年国，而我中国在今日为少年国。

……

龚自珍氏之集有诗一章[42]，题曰：《能令公少年行》[43]。吾尝爱读之，而有味乎其用意之所存[44]。我国民而自谓其国之老大也，斯果老大矣；我国民而自知其国之少年也，斯乃少年矣。西谚有之曰[45]："有三岁之翁，有百岁之童。"然则，国之老少，又无定形，而实随国民之心力以为消长者也。吾见乎玛志尼之能令国少年也[46]。吾又见乎我国之官吏士民能令国老大也。吾为此惧！夫以如此壮丽浓郁、翩翩绝世之少年中国，而使欧西日本人谓我为老大者，何也？则以握国权者，皆老朽之人也。非哦几十年八股[47]，非写几十年白摺[48]，非当几十年差，非捱几十年俸，非递几十年手本[49]，非唱几十年喏[50]，非磕几十年头，非请几十年安，则必不能得一官，进一职。其内任卿贰以上[51]，外任监司以上者[52]，百人之中，其五官不备者[53]，殆九十六七人也。非眼盲，则耳聋；非手颤，则足跛，否则半身不遂也。彼其一身，饮食步履视听言语，尚且不能自了，须三四人左右扶之捉之，乃能度日。于此而欲责之以国事，是何异立无数木偶而使之治天下也！且彼辈者，自其少壮之时，既已不知亚细欧罗巴为何处地方[54]，汉祖唐宗是那朝皇帝，犹嫌其顽钝腐败之未臻其极，又必搓磨之，陶冶之，待其脑髓已涸，血管已塞，气息奄奄，与鬼为邻之时，然后将我二万里山河，四万万人命，一举而界于其手[55]。呜呼！老大帝国，诚哉其老大也！而彼辈者，积其数十年之八股、白摺、当差、捱俸、手本、唱诺、磕头、请安，千辛万苦，千苦万辛，乃始得此红顶花翎之服色[56]，中堂大人之名号[57]，乃出其全副精神，竭其毕生力量，以保持之。如彼乞儿拾金一锭，虽轰雷盘旋其顶上，而两手犹紧抱其荷包，他事非所顾也，非所知也，非所闻也。于此而告之以亡国也，瓜分也，彼乌从而听之，乌从而信之。即使果亡矣，果分矣，而吾今年既七十矣，八十矣。但求其一两年内，洋人不来，强盗不起，我已快活过了一世矣。若不得已，则割三头两省之土地，奉申贺敬，以换我几个衙门，卖三几百万之人民作仆为奴，以赎我一条老命，有何不可？有何难办？呜呼！今以所谓老后、老臣、老将、老吏，其修身齐家治国平天下之手段[58]，皆具于是矣。西风一夜催人老，凋尽朱颜白尽头。使走无常当医生[59]，携催命符以祝寿，嗟乎痛哉！以此为国是安得不老且死？且吾恐其未及岁而殇也[60]。

梁启超曰：造成今日之老大中国者，则中国老朽之冤业也[61]；制出将来之少年中国者，则中国少年之责任也。彼老朽者何足道！彼与此世界作别之日不远矣；而我少年乃新来而与世界为缘。如僦屋者然[62]，彼明日将迁居他方，而我今日始入此室处。将迁居者，不爱护其窗棂，不洁治其庭庑[63]，俗人恒情，亦何足怪。若我少年者，前程浩浩，后顾茫茫。中国而为牛为马为奴为隶，则烹脔鞭笞之惨酷[64]，惟我少年当之；中国如称霸宇内，主盟地球，则指挥顾盼之尊荣，惟我少年享之。于彼气息奄奄，与鬼为邻者何与焉？彼而漠然置之，犹可言也。我而漠然置之，不可言也。使举国之少年而果为少年也，则吾中国为未来之国，其进步未可量也。使举国之少年而亦为老大也，则吾中国为过去之国，其渐亡可翘足而待也[65]。故今日之责任，不在他人，而全在我少年。少年智则国智，少年富则国富，少年强则国强，少年独立则国独立，少年自由则国自由，少年进步则国进步，少年胜于欧洲，则国胜于欧洲，少年雄于地球，则国雄于地球。红日初升，其道大光。河出伏流，一泻汪洋。潜龙腾渊，鳞爪飞扬。乳虎啸谷，百兽震惶。鹰隼试翼，风尘吸张。奇花初胎，矞矞皇皇[66]。干将发硎[67]，有作其芒。天戴其苍，地履其黄。纵有千古，横有八荒[68]。前途似海，来日方长。美哉我少年中国，与天不老！壮哉我中国少年，与国无疆！

【注释】

[1] 此文原载《清议报》第 35 册（1900 年 2 月 10 日），选自《饮冰室合集·文集之五》，略有删节。

[2] 盖：原来，原本。袭译：因袭翻译。

[3] 其：难道。果：果真。

[4] 恶：语气词，啊。

[5] 何言：什么话。

[6] 瘠（jí）：瘦弱。

[7] 戏文：泛指戏曲。

[8] 泼兰地：酒名，今译"白兰地"。

[9] 金字塔：古埃及历朝帝王的陵墓，方锥形，形似汉字"金"，故名。古埃及最古老的金字塔约建于公元前 37 世纪。

[10] 西比利亚之铁路：今译西伯利亚大铁路，在俄国，是连接东亚与欧洲的铁路干线，始建于1891年。

[11] 死海：亚洲西南的大咸水湖，因湖水含盐量很高，水生植物和鱼类均无法生存。潴（zhū）：积水处。

[12] 固：本来。宜然：应当如此。

[13] 浔阳江头六句：这里借用唐代诗人白居易《琵琶行》诗意，即年老色衰的歌女在嫁作商人妇后，追怀往事，不胜飘零之感。浔阳：今江西九江。衾：被褥。洛阳：按《琵琶行》诗意，应为长安。

[14] "西宫南内"六句：这里借用白居易《长恨歌》和元稹《行宫》诗意，即白发宫女只能在追怀往事中消磨时日。开元、天宝：唐玄宗的年号。《霓裳羽衣曲》：唐代宫廷舞曲名。

[15] 青门种瓜人：指秦末广陵的邵平。邵平曾任东陵侯，秦亡后为布衣，在青门之外种瓜。青门：长安城东最南头的霸城门，门色青，故名。

[16] 孺人：旧时命妇的封号，指妻子。

[17] 孺子：儿童，指子女。

[18] 侯门似海：唐崔郊《赠云婢》诗："侯门一入深如海。"侯门：显贵之家。珠履杂遝（tà）：形容宾客的豪华和众多。珠履，饰有珍珠之鞋。杂遝：纷乱地集聚。

[19] 厄蔑：今译厄尔巴，位于地中海的科西嘉岛与亚平宁半岛之间。拿破仑于1814年被放逐到这里。

[20] 阿剌飞：今译阿拉比帕夏，埃及政治家、军事家，在抗击英军时被俘，被囚禁在锡兰。锡兰：国名，今斯里兰卡。

[21] 海楼：今译开罗，埃及首都。上文所说的阿剌飞曾在此抗击英军。

[22] 髀（bì）：股部，大腿。据《九州春秋》，刘备与人言："吾常身不离鞍，髀肉皆消，今不复骑，髀里肉生。日月若驰，老将至矣。"

[23] 览镜：对镜照看面容。

[24] 皴（cūn）：皱。

[25] 墟墓：坟墓。

[26] 遑（huáng）：无暇。

[27] 恤：忧虑。

[28] 挐云：拿云。挐，拿。唐李贺《致酒行》："少年心事当挐云。"比喻志高，能上干云霄。

[29] 挟山超海：《孟子·梁惠王上》："挟泰山以超北海。"形容意气豪迈。挟：夹持。超：跃过。

[30] 唐虞三代：指唐尧、虞舜和夏、商、周三代。

[31] 郅（zhì）治：治理得极好。郅：极，大。

[32] 康乾：清代的康熙、乾隆两朝。

[33] 烜（xuǎn）赫：声威盛大。

[34] 十八省：清朝末年，全国行政区划为十八省。

[35] 四百兆：四亿。兆：一百万为一兆。

[36] 注籍之奴：编入名册的奴隶。

[37] 老大嫁作商人妇：白居易《琵琶行》中的诗句。

[38] "凭君"二句：化用唐曹松诗句"凭君莫话封侯事"和南唐李璟词句"还与韶光共憔悴，不堪看"。大意是：请不要再谈及过去的事，美好的青春岁月已经枯槁萎靡，不堪看。

[39] 楚囚相对：典出《世说新语》。王导听了周凯"风景不殊，正自有山河之异"的感叹后说：

"当共戮力王室,克复神州,何至作楚囚相对!"借指窘迫无计。楚囚:俘虏,亡国奴。

〔40〕"人命危浅"二句:语出李密《陈情表》。原说祖母生命垂危,此借指国势危殆。

〔41〕澌(sī)灭:消失灭亡。

〔42〕龚自珍:浙江仁和(今杭州)人,中国近代著名思想家。

〔43〕能令公少年行:龚自珍的诗,收入《龚定庵全集》。该诗大意是:人不应以年老而自馁。

〔44〕味:体味。

〔45〕西谚:西方国家的民谚。

〔46〕玛志尼:意大利资产阶级革命家,曾组织青年意大利党。

〔47〕哦:吟。八股:八股文,又称时文、制义、制艺,明清科举考试制度规定的文体,形式死板,严重束缚人的思想。

〔48〕白摺(zhé):清代官吏的考卷。按清制,凡翰林出身的低品级官吏,每十年左右奉旨考试,殿试用大卷,朝考用白摺。

〔49〕手本:明清两代,下属拜谒上司或门生拜访座师时使用的名帖。

〔50〕诺:当作"喏"。旧时男子向人行揖礼时唱颂词,称为"唱喏"。

〔51〕卿贰:卿之贰。旧时六部尚书为卿,侍郎为卿之贰。

〔52〕监司:清代督察府州县的高级官员。

〔53〕五官:人体的五种器官,中医指耳、目、唇、鼻、舌。备:完备,此指官能健全。

〔54〕亚细:亚细亚洲。欧罗巴:欧洲。

〔55〕畀(bì):给予,付予。

〔56〕红顶花翎:清代官司员的冠饰。红顶限一二品文武官员,花翎由孔雀翎制成,分一、二、三眼,按级别插戴。

〔57〕中堂:唐代宰相的办公处,故称宰相为中堂。清制,大学士和协办大学士也均称中堂。

〔58〕修身齐家治国平天下:儒家教义。语出《礼记·大学》:"古之欲明明德于天下者,先治其国;欲治其国者,先齐其家;欲齐其家者,先修其身。"

〔59〕走无常:迷信说法,阴司用活人为鬼役,名走无常。

〔60〕殇:未及成年而死。

〔61〕冤业:冤孽罪恶。

〔62〕僦(jiù):租赁。

〔63〕庑(wǔ):堂周的廊屋。

〔64〕烹脔(luán)鞭笞:古时酷刑。笞:"棰"的异体字。

〔65〕澌亡:河水解冻。此指消亡。翘足:举足,比喻容易和快速。

〔66〕奫(yù)奫皇皇:美丽明盛的样子。

〔67〕干将:古代人名,善铸剑,又转为剑名,泛指宝剑。发硎:离开磨刀石,意为刚刚磨出来。硎:磨刀石。

〔68〕八荒:八方荒远之地。

【鉴赏导引】

　　本文作者因气愤帝国主义者对积贫积弱的中国的污蔑性称呼而慨然命笔,明快地提出了自己的不同观点:"吾心目中有一少年中国在。"文章先以老年人和少年人的不同性格形象来比拟国家的强弱,进而雄辩地论述说:造成中国目前落后局面的罪责在于封建老朽,而中国的青年必将自觉担负起改造中国即创造少年中国的历史重任。整篇文章,一气呵成,气势磅礴,通过对黑暗现实的否定和对光明未来的憧憬,把否定现实的批判精神和憧憬未来的乐观态度有机结合,在尖锐揭露封建保守思想的同时,热烈鼓吹赞颂勇于进取改革的时代精神,表达了作者热切盼望祖国繁荣昌盛、"胜于欧洲、雄于地球"的爱国情感。

这篇文章作为"新文体"的典范之作,充分反映了"新文体"的基本特点。比较(对比)手法的反复运用并贯穿始终,排比句的大量采用,援譬设喻的新颖妥帖,以及语言抒情色彩的浓烈等,都引人注目。

【广阅津梁】

1. 复旦大学文科资深教授陈思和:

梁启超笔下的"少年中国"在历史的时间表中为"中国"确定了新生的起点、发展的方向和未来的形象,作为政治象喻的"少年"被赋予了无与伦比的文化能量。

2. 台湾大学中文系教授梅家玲:

梁启超在1900年这个世纪之交发表《少年中国说》,对5000年文化进行反省和革新,对过时的腐朽的东西扫荡干净,的确具有极深的历史意义。

他提出的对文化遗产的检讨的理念,对于青春、对于一个全新国家形态的憧憬和追求,感染并召唤了新一代的知识分子,直到现在,都有很大的影响力。

【研讨练习】

1. 分析本文中所说老年、少年及老年中国、少年中国的象征意义。
2. 举例说明本文所反映的"新文体"的艺术特点。

(冷淑敏)

伤 逝——涓生的手记

鲁 迅

【作者传略】

鲁迅(1881—1936),原名周树人,字豫才,浙江绍兴人,中国现代伟大的文学家、思想家、革命家。出身于败落封建家庭,青年时代受进化论、尼采超人哲学和托尔斯泰博爱思想的影响。作品包括杂文、短篇小说、评论、散文、翻译作品。

1918年5月,首次用"鲁迅"的笔名,发表中国现代文学史上第一篇白话小说《狂人日记》,奠定了新文学运动的基石。五四运动前后,参加《新青年》杂志工作,成为"五四"新文化运动的主将。1918—1926年间,陆续创作出版了小说集《呐喊》《彷徨》,论文集《坟》,散文诗集《野草》,散文集《朝花夕拾》,杂文集《热风》《华盖集》《华盖集续编》等专集。其中,1921年12月发表的中篇小说《阿Q正传》,是中国现代文学史上的不朽杰作。从1927—1936年,创作了历史小说集《故事新编》中的大部分作品,后被编入《鲁迅全集》。大量的杂文收录在《而已集》《三闲集》《二心集》《南腔北调集》《伪自由书》《准风月谈》《花边文学》《且介亭杂文》《且介亭杂文二集》《且介亭杂文末编》《集外集》《集外集拾遗》等专辑中。

如果我能够,我要写下我的悔恨和悲哀,为子君,为自己。

会馆里的被遗忘在偏僻里的破屋是这样地寂静和空虚。时光过得真快,我爱子君,仗着她逃出这寂静和空虚,已经满一年了。事情又这么不凑巧,我重来时,偏偏空着的又只有这一间屋。依然是这样的破窗,这样的窗外的半枯的槐树和老紫藤,这样的窗前的方桌,这样的败壁,这样的靠壁的板床。深夜中独自躺在床上,就如我未曾和子君同居以前一般,过去一年中的时光全被消灭,全未有过,我并没有曾经从这破屋子搬出,在吉兆胡同创立了满怀希望的小小的家庭。

不但如此。在一年之前,这寂静和空虚是并不这样的,常常含着期待:期待子君的到来。在久待的焦躁中,一听到皮鞋的高底尖触着砖路的清响,是怎样地使我骤然生动起来呵!于是就看见带着笑涡的苍白的圆脸,苍白的瘦的臂膊,布的有条纹的衫子,玄色的裙。她又带了窗外的半枯的槐树的新叶来,使我看见,还有挂在铁似的老干上的一房一房的紫白的藤花。

然而现在呢,只有寂静和空虚依旧,子君却决不再来了,而且永远,永远地!……

子君不在我这破屋里时,我什么也看不见。在百无聊赖中,顺手抓过一本书来,科学也好,文学也好,横竖什么都一样;看下去,看下去,忽而自己觉得,已经翻了十多页了,但是毫不记得书上所说的事。只是耳朵却分外地灵,仿佛听到大门外一切往来的履声,从中便有子君的,而且橐橐地逐渐临近,——但是,往往又逐渐渺茫,终于消失在别的步声的杂沓中了。我憎恶那不像子君鞋声的穿布底鞋的长班的儿子,我憎恶那太像子君鞋声的常常穿着新皮鞋的邻院的搽雪花膏的小东西!

莫非她翻了车么?莫非她被电车撞伤了么?……

我便要取了帽子去看她,然而她的胞叔就曾经当面骂过我。

蓦然,她的鞋声近来了,一步响于一步,迎出去时,却已经走过紫藤棚下,脸上带着微笑的酒窝。她在她叔子的家里大约并未受气;我的心宁帖了,默默地相视片时之后,破屋里便渐渐充满了我的语声,谈家庭专制,谈打破旧习惯,谈男女平等,谈伊孛生,谈泰戈尔,谈雪莱……她总是微笑点头,两眼里弥漫着稚气的好奇的光泽。壁上就钉着一张铜板的雪莱半身像,是从杂志上裁下来的,是他的最美的一张像。当我指给她看时,她却只草草一看,便低了头,似乎不好意思了。这些地方,子君就大概还未脱尽旧思想的束缚,——我后来也想,倒不如换一张雪莱淹死在海里的纪念像或是伊孛生的罢;但也终于没有换,现在是连这一张也不知那里去了。

“我是我自己的,他们谁也没有干涉我的权利!”

这是我们交际了半年,又谈起她在这里的胞叔和在家的父亲时,她默想了一会之后,分明地,坚决地,沉静地说了出来的话。其时是我已经说尽了我的意见,我的身世,我的缺点,很少隐瞒;她也完全了解的了。这几句话很震动了我的灵魂,此后许多天还在耳中发响,而且说不出的狂喜,知道中国女性,并不如厌世家所说那样的无法可施,在不远的将来,便要看见辉煌的曙色的。

送她出门,照例是相离十多步远;照例是那鲇鱼须的老东西的脸又紧帖在脏的窗玻璃上了,连鼻尖都挤成一个小平面;到外院,照例又是明晃晃的玻璃窗里的那小东西的脸,加厚的雪花膏。她目不邪视地骄傲地走了,没有看见;我骄傲地回来。

“我是我自己的,他们谁也没有干涉我的权利!”这彻底的思想就在她的脑里,比我还透澈,坚强得多。半瓶雪花膏和鼻尖的小平面,于她能算什么东西呢?

我已经记不清那时怎样地将我的纯真热烈的爱表示给她。岂但现在,那时的事后便已模糊,夜间回想,早只剩了一些断片了;同居以后一两月,便连这些断片也化作无可追踪的梦影。我只记得那时以前的十几天,曾经很仔细地研究过表示的态度,排列过措辞的先后,以及倘或遭了拒绝以后的情形。可是临时似乎都无用,在慌张中,身不由己地竟用了在电影上见过的方法了。后来一想到,就使我很愧恧,但在记忆上却偏只有这一点永远留遗,至今还如暗室的孤灯一般,照见我含泪握着她的手,一条腿跪了下去……

不但我自己的,便是子君的言语举动,我那时就没有看得分明;仅知道她已经允许我了。但也还仿佛记得她脸色变成青白,后来又渐渐转作绯红,——没有见过,也没有再见的绯红;孩子似的眼里射出悲喜,但是夹着惊疑的光,虽然力避我的视线,张皇地似乎要破窗飞去。然而我知道她已经允许我了,没有知道她怎样说或是没有说。

她却是什么都记得:我的言辞,竟至于读熟了的一般,能够滔滔背诵;我的举动,就如有一张我所看不见的影片挂在眼下,叙述得如生,很细微,自然连那使我不愿再想的浅薄的电影的一闪。夜阑人静,是相对温习的时候了,我常被质问,被考验,并且被命复述当时的言语,然而常须由她补足,由她纠正,像一个丁等的学生。

这温习后来也渐渐稀疏起来。但我只要看见她两眼注视空中,出神似的凝想着,于是神色越加柔和,笑窝也深下去,便知道她又在自修旧课了,只是我很怕她看到我那可笑的电影的一闪。但我又知道,她一定要看见,而且也非看不可的。

然而她并不觉得可笑。即使我自己以为可笑,甚而至于可鄙的,她也毫不以为可笑。这事我知道得很清楚,因为她爱我,是这样地热烈,这样地纯真。

去年的暮春是最为幸福,也是最为忙碌的时光。我的心平静下去了,但又别一部分和身体一同忙碌起来。我们这时才在路上同行,也到过几回公园,最多的是寻住所。我觉得在路上时时遇到探索,讥笑,猥亵和轻蔑的眼光,一不小心,便使我的全身有些瑟缩,只得即刻提起我的骄傲和反抗来支持。她却是大无畏的,对于这些全不关心,只是镇静地缓缓前行,坦然如入无人之境。

寻住所实在不是容易事,大半是被托辞拒绝,小半是我们以为不相宜。起先我们选择得很苛酷,——也非苛酷,因为看去大抵不像是我们的安身之所;后来,便只要他们能相容了。看了二十多处,这才得到可以暂且敷衍的处所,是吉兆胡同一所小屋里的两间南屋;主人是一个小官,然而倒是明白人,自住着正屋和厢房。他只有夫人和一个不到周岁的女孩子,雇一个乡下的女工,只要孩子不啼哭,是极其安闲幽静的。

我们的家具很简单,但已经用去了我的筹来的款子的大半;子君还卖掉了她唯一的金戒指和耳环。我拦阻她,还是定要卖,我也就不再坚持下去了;我知道不给她加入一点股分去,她是住不舒服的。

和她的叔子,她早经闹开,至于使他气愤到不再认她做侄女;我也陆续和几个自以为忠告,其实是替我胆怯,或者竟是嫉妒的朋友绝了交。然而这倒很清静。每日办公散后,虽然已近黄昏,车夫又一定走得这样慢,但究竟还有二人相对的时候。我们先是沉默的相视,接着是放怀而亲密的交谈,后来又是沉默。大家低头沉思着,却并未想着什么事。我也渐渐清醒地读遍了她的身体,她的灵魂,不过三星期,我似乎她已经更加了解,揭去许多先前以为了解而现在看来却是隔膜,即所谓真的隔膜了。

子君也逐日活泼起来。但她并不爱花,我在庙会时买来的两盆小草花,四天不浇,枯死在壁角了,我又没有照顾一切的闲暇。然而她爱动物,也许是从官太太那里传染的罢,不一月,我们的眷属便骤然加得很多,四只小油鸡,在小院子里和房主人的十多只在一同走。但她们却认识鸡的相貌,各知道那一只是自家的。还有一只花白的叭儿狗,从庙会买来,记得似乎原有名字,子君却给它另起了一个,叫作阿随。我就叫它阿随,但我不喜欢这名字。

这是真的,爱情必须时时更新,生长,创造。我和子君说起,她也领会地点点头。

唉唉,那是怎样的宁静而幸福的夜呵!

安宁和幸福是要凝固的,永久是这样的安宁和幸福。我们在会馆里时,还偶有议论的冲突和意思的误会,自从到吉兆胡同以来,连这一点也没有了;我们只在灯下对坐的怀旧谭中,回味那时冲突以后的和解的重生一般的乐趣。

子君竟胖了起来,脸色也红活了;可惜的是忙。管了家务便连谈天的工夫也没有,何况读书和散步。我们常说,我们总还得雇一个女工。

这就使我也一样地不快活,傍晚回来,常见她包藏着不快活的颜色,尤其使我不乐的是她要装作勉强的笑容。幸而探听出来了,也还是和那小官太太的暗斗,导火线便是两家的小油鸡。但又何必硬不告诉我呢?人总该有一个独立的家庭。这样的处所,是不能居住的。

我的路也铸定了,每星期中的六天,是由家到局,又由局到家。在局里便坐在办公桌前钞,钞,钞些公文和信件;在家里是和她相对或帮她生白炉子,煮饭,蒸馒头。我的学会了煮饭,就在这时候。

但我的食品却比在会馆里时好得多了。做菜虽不是子君的特长,然而她于此却倾注着全力;对于她的日夜的操心,使我也不能不一同操心,来算作分甘共苦。况且她又这样地终日汗流满面,短发都粘在脑额上;两只手又只是这样地粗糙起来。

况且还要饲阿随,饲油鸡,……都是非她不可的工作。

我曾经忠告她:我不吃,倒也罢了;却万不可这样地操劳。她只看了我一眼,不开口,神色却似乎有点凄然;我也只好不开口。然而她还是这样地操劳。

我所预期的打击果然到来。双十节的前一晚,我呆坐着,她在洗碗。听到打门声,我去开门时,是局里的信差,交给我一张油印的纸条。我就有些料到了,到灯下去一看,果然,印着的就是:

> 奉
> 局长谕史涓生着毋庸到局办事
> 　　　　秘书处启　十月九号

这在会馆里时,我就早已料到了;那雪花膏便是局长的儿子的赌友,一定要去添些谣言,设法报告的。到现在才发生效验,已经要算是很晚的了。其实这在我不能算是一个打击,因为我早就决定,可以给别人去钞写,或者教读,或者虽然费力,也还可以译点书,况且《自由之友》的总编辑便是见过几次的熟人,两月前还通过信。但我的心却跳跃着。那么一个无畏的子君也变了色,尤其使我痛心;她近来似乎也较为怯弱了。

"那算什么。哼,我们干新的。我们……"她说。

她的话没有说完;不知怎地,那声音在我听去却只是浮浮的;灯光也觉得格外黯淡。人们真是可笑的动物,一点极微末的小事情,便会受着很深的影响。我们先是默默地相视,逐渐商量起来,终于决定将现有的钱竭力节省,一面登"小广告"去寻求钞写和教读,一面写信给《自由之友》的总编辑,说明我目下的遭遇,请他收用我的译本,给我帮一点艰辛时候的忙。

"说做,就做罢!来开一条新的路!"

我立刻转身向了书案,推开盛香油的瓶子和醋碟,子君便送过那黯淡的灯来。我先拟广告;其次是选定可译的书,迁移以来未曾翻阅过,每本的头上都满漫着灰尘了;最后才写信。

我很费踌蹰,不知道怎样措辞好,当停笔凝思的时候,转眼去一瞥她的脸,在昏暗的灯光下,又很见得凄然。我真不料这样微细的小事情,竟会给坚决的,无畏的子君以这么显著的变化。她近来实在变得很怯弱了,但也并不是今夜才开始的。我的心因此更缭乱,忽然有安宁的生活的影像——会馆里的破屋的寂静，在眼前一闪，刚刚想定睛凝视，却又看见了昏暗的灯光。

许久之后，信也写成了，是一封颇长的信；很觉得疲劳，仿佛近来自己也较为怯弱了。于是我们决定，广告和发信，就在明日一同实行。大家不约而同地伸直了腰肢，在无言中，似乎又都感到彼此的坚忍倔强的精神，还看见从新萌芽起来的将来的希望。

外来的打击其实倒是振作了我们的新精神。局里的生活，原如鸟贩子手里的禽鸟一般，仅有一点小米维系残生，决不会肥胖；日子一久，只落得麻痹了翅子，即使放出笼外，早已不能奋飞。现在总算脱出这牢笼了，我从此要在新的开阔的天空中翱翔，趁我还未忘却了我的翅子的扇动。

小广告是一时自然不会发生效力的；但译书也不是容易事，先前看过，以为已经懂得的，一动手，却疑难百出了，进行得很慢。然而我决计努力地做，一本半新的字典，不到半月，边上便有了一大片乌黑的指痕，这就证明着我的工作的切实。《自由之友》的总编辑曾经说过，他的刊物是决不会埋没好稿子的。可惜的是我没有一间静室，子君又没有先前那么幽静，善于体帖了，屋子里总是散乱着碗碟，弥漫着煤烟，使人不能安心做事，但是这自然还只能怨我自己无力置一间书斋。然而又加以阿随，加以油鸡们。加以油鸡们又大起来了，更容易成为两家争吵的引线。

加以每日的"川流不息"的吃饭；子君的功业，仿佛就完全建立在这吃饭中。吃了筹钱，筹来吃饭，还要喂阿随，饲油鸡；她似乎将先前所知道的全都忘掉了，也不想到我的构思就常常为了这催促吃饭而打断。即使在坐中给看一点怒色，她总是不改变，仍然毫无感触似的大嚼起来。

使她明白了我的作工不能受规定的吃饭的束缚，就费去五星期。她明白之后，大约很不高兴罢，可是没有说。我的工作果然从此较为迅速地进行，不久就共译了五万言，只要润色一回，便可以和做好的两篇小品，一同寄给《自由之友》去。只是吃饭却依然给我苦恼。菜冷，是无妨的，然而竟不够；有时连饭也不够，虽然我因为终日坐在家里用脑，饭量已经比先前要减少得多。这是先去喂了阿随了，有时还并那近来连自己也轻易不吃的羊肉。她说，阿随实在瘦得太可怜，房东太太还因此嗤笑我们了，她受不住这样的奚落。

于是吃我残饭的便只有油鸡们。这是我积久才看出来的，但同时也如赫胥黎的论定"人类在宇宙间的位置"一般，自觉了我在这里的位置：不过是叭儿狗和油鸡之间。

后来，经多次的抗争和催逼，油鸡们也逐渐成为肴馔，我们和阿随都享用了十多日的鲜肥；可是其实都很瘦，因为它们早已每日只能得到几粒高粱了。从此便清静得多。只有子君很颓唐，似乎常觉得凄苦和无聊，至于不大愿意开口。我想，人是多么容易改变呵！

但是阿随也将留不住了。我们已经不能再希望从什么地方会有来信，子君也早没有一点食物可以引它打拱或直立起来。冬季又逼近得这么快，火炉就要成为很大的问题；它的食量，在我们其实早是一个极易觉得的很重的负担。于是连它也留不住了。

倘使插了草标到庙市去出卖，也许能得几文钱罢，然而我们都不能，也不愿这样做。终于是用包袱蒙着头，由我带到西郊去放掉了，还要追上来，便推在一个并不很深的土坑里。

我一回寓，觉得又清静得多多了；但子君的凄惨的神色，却使我很吃惊。那是没有见过的神色,自然是为阿随。但又何至于此呢?我还没有说起推在土坑里的事。

到夜间,在她的凄惨的神色中,加上冰冷的分子了。

"奇怪。——子君,你怎么今天这样儿了?"我忍不住问。

"什么?"她连看也不看我。

"你的脸色……"

"没有什么,——什么也没有。"

我终于从她言动上看出,她大概已经认定我是一个忍心的人。其实,我一个人,是容易生活的,虽然因为骄傲,向来不与世交来往,迁居以后,也疏远了所有旧识的人,然而只要能远走高飞,生路还宽广得很。现在忍受着这生活压迫的苦痛,大半倒是为她,便是放掉阿随,也何尝不如此。但子君的识见却似乎只是浅薄起来,竟至于连这一点也想不到了。

我拣了一个机会,将这些道理暗示她;她领会似的点头。然而看她后来的情形,她是没有懂,或者是并不相信的。

天气的冷和神情的冷,逼迫我不能在家庭中安身。但是,往那里去呢? 大道上,公园里,虽然没有冰冷的神情,冷风究竟也刺得人皮肤欲裂。我终于在通俗图书馆里觅得了我的天堂。

那里无须买票;阅书室里又装着两个铁火炉。纵使不过是烧着不死不活的煤的火炉,但单是看见装着它,精神上也就总觉得有些温暖。书却无可看:旧的陈腐,新的是几乎没有的。

好在我到那里去也并非为看书。另外时常还有几个人,多则十余人,都是单薄衣裳,正如我,各人看各人的书,作为取暖的口实。这于我尤为合式。道路上容易遇见熟人,得到轻蔑的一瞥,但此地却决无那样的横祸,因为他们是永远围在别的铁炉旁,或者靠在自家的白炉边的。

那里虽然没有书给我看,却还有安闲容得我想。待到孤身枯坐,回忆从前,这才觉得大半年来,只为了爱,——盲目的爱,——而将别的人生的要义全盘疏忽了。第一,便是生活。人必生活着,爱才有所附丽。世界上并非没有为了奋斗者而开的活路;我也还未忘却翅子的扇动,虽然比先前已经颓唐得多……

屋子和读者渐渐消失了,我看见怒涛中的渔夫,战壕中的兵士,摩托车中的贵人,洋场上的投机家,深山密林中的豪杰,讲台上的教授,昏夜的运动者和深夜的偷儿……子君,——不在近旁。她的勇气都失掉了,只为着阿随悲愤,为着做饭出神;然而奇怪的是倒也并不怎样瘦损……

冷了起来,火炉里的不死不活的几片硬煤,也终于烧尽了,已是闭馆的时候。又须回到吉兆胡同,领略冰冷的颜色去了。近来也间或遇到温暖的神情,但这却反而增加我的苦痛。记得有一夜,子君的眼里忽而又发出久已不见的稚气的光来,笑着和我谈到还在会馆时候的情形,时时又很带些恐怖的神色。我知道我近来的超过她的冷漠,已经引起她的忧疑来,只得也勉力谈笑,想给她一点慰藉。然而我的笑貌一上脸,我的话一出口,却即刻变为空虚,这空虚又即刻发生反响,回向我的耳目里,给我一个难堪的恶毒的冷嘲。

子君似乎也觉得的,从此便失掉了她往常的麻木似的镇静,虽然竭力掩饰,总还是时时露出忧疑的神色来，但对我却温和得多了。

我要明告她，但我还没有敢，当决心要说的时候，看见她孩子一般的眼色，就使我只得暂且改作勉强的欢容。但是这又即刻来冷嘲我，并使我失却那冷漠的镇静。

她从此又开始了往事的温习和新的考验，逼我做出许多虚伪的温存的答案来，将温存示给她，虚伪的草稿便写在自己的心上。我的心渐被这些草稿填满了，常觉得难于呼吸。我在苦恼中常常想，说真实自然须有极大的勇气的；假如没有这勇气，而苟安于虚伪，那也便是不能开辟新的生路的人。不独不是这个，连这人也未尝有！

子君有怨色，在早晨，极冷的早晨，这是从未见过的，但也许是从我看来的怨色。我那时冷冷地气愤和暗笑了；她所磨练的思想和豁达无畏的言论，到底也还是一个空虚，而对于这空虚却并未自觉。她早已什么书也不看，已不知道人的生活的第一着是求生，向着这求生的道路，是必须携手同行，或奋身孤往的了，倘使只知道捶着一个人的衣角，那便是虽战士也难于战斗，只得一同灭亡。

我觉得新的希望就只在我们的分离；她应该决然舍去，——我也突然想到她的死，然而立刻自责，忏悔了。幸而是早晨，时间正多，我可以说我的真实。我们的新的道路的开辟，便在这一遭。

我和她闲谈，故意地引起我们的往事，提到文艺，于是涉及外国的文人，文人的作品：《诺拉》《海的女人》。称扬诺拉的果决……也还是去年在会馆的破屋里讲过的那些话，但现在已经变成空虚，从我的嘴传入自己的耳中，时时疑心有一个隐形的坏孩子，在背后恶意地刻毒地学舌。

她还是点头答应着倾听，后来沉默了。我也就断续地说完了我的话，连余音都消失在虚空中了。

"是的。"她又沉默了一会，说，"但是，……涓生，我觉得你近来很两样了。可是的？你，——你老实告诉我。"

我觉得这似乎给了我当头一击，但也立即定了神，说出我的意见和主张来：新的路的开辟，新的生活的再造，为的是免得一同灭亡。

临末，我用了十分的决心，加上这几句话——

"……况且你已经可以无须顾虑，勇往直前了。你要我老实说；是的，人是不该虚伪的。我老实说罢：因为，因为我已经不爱你了！但这于你倒好得多，因为你更可以毫无挂念地做事……"

我同时预期着大的变故的到来，然而只有沉默。她脸色陡然变成灰黄，死了似的；瞬间便又苏生，眼里也发了稚气的闪闪的光泽。这眼光射向四处，正如孩子在饥渴中寻求着慈爱的母亲，但只在空中寻求，恐怖地回避着我的眼。

我不能看下去了，幸而是早晨，我冒着寒风径奔通俗图书馆。在那里看见《自由之友》，我的小品文都登出了。这使我一惊，仿佛得了一点生气。我想，生活的路还很多，——但是，现在这样也还是不行的。

我开始去访问久已不相闻问的熟人，但这也不过一两次；他们的屋子自然是暖和的，我在骨髓中却觉得寒冽。夜间，便蜷伏在比冰还冷的冷屋中。

冰的针刺着我的灵魂，使我永远苦于麻木的疼痛。生活的路还很多，我也还没有忘却翅子的扇动,我想。——我突然想到她的死,然而立刻自责,忏悔了。

在通俗图书馆里往往瞥见一闪的光明,新的生路横在前面。她勇猛地觉悟了,毅然走出这冰冷的家,而且,——毫无怨恨的神色。我便轻如行云,漂浮空际,上有蔚蓝的天,下是深山大海,广厦高楼,战场,摩托车,洋场,公馆,晴明的闹市,黑暗的夜……

而且,真的,我预感得这新生面便要来到了。

我们总算度过了极难忍受的冬天,这北京的冬天;就如蜻蜓落在恶作剧的坏孩子的手里一般,被系着细线,尽情玩弄,虐待,虽然幸而没有送掉性命,结果也还是躺在地上,只争着一个迟早之间。

写给《自由之友》的总编辑已经有三封信,这才得到回信,信封里只有两张书券:两角的和三角的。我却单是催,就用了九分的邮票,一天的饥饿,又都白挨给于己一无所得的空虚了。

然而觉得要来的事,却终于来到了。

这是冬春之交的事,风已没有这么冷,我也更久地在外面徘徊;待到回家,大概已经昏黑。就在这样一个昏黑的晚上,我照常没精打采地回来,一看见寓所的门,也照常更加丧气,使脚步放得更缓。但终于走进自己的屋子里了,没有灯火;摸火柴点起来时,是异样的寂寞和空虚!

正在错愕中,官太太便到窗外来叫我出去。

"今天子君的父亲来到这里,将她接回去了。"她很简单地说。

这似乎又不是意料中的事,我便如脑后受了一击,无言地站着。

"她去了么?"过了些时,我只问出这样一句话。

"她去了。"

"她,——她可说什么?"

"没说什么。单是托我见你回来时告诉你,说她去了。"

我不信;但是屋子里是异样的寂寞和空虚。我遍看各处,寻觅子君;只见几件破旧而黯淡的家具,都显得极其清疏,在证明着它们毫无隐匿一人一物的能力。我转念寻信或她留下的字迹,也没有;只是盐和干辣椒,面粉,半株白菜,却聚集在一处了,旁边还有几十枚铜元。这是我们两人生活材料的全副,现在她就郑重地将这留给我一个人,在不言中,教我借此去维持较久的生活。

我似乎被周围所排挤,奔到院子中间,有昏黑在我的周围;正屋的纸窗上映出明亮的灯光,他们正在逗着孩子玩笑。我的心也沉静下来,觉得在沉重的迫压中,渐渐隐约地现出脱走的路径:深山大泽,洋场,电灯下的盛筵;壕沟,最黑最黑的深夜,利刃的一击,毫无声响的脚步……

心地有些轻松,舒展了,想到旅费,并且嘘一口气。

躺着,在合着的眼前经过的预想的前途,不到半夜已经现尽;暗中忽然仿佛看见一堆食物,这之后,便浮出一个子君的灰黄的脸来,睁了孩子气的眼睛,恳托似的看着我。我一定神,什么也没有了。

但我的心却又觉得沉重。我为什么偏不忍耐几天,要这样急急地告诉她真话的呢?现在她知道,她以后所有的只是她父亲——儿女的债主——的烈日一般的严威和旁人的赛过冰霜的冷眼。此外便是虚空。负着虚空的重担，在严威和冷眼中走着所谓人生的路，这是怎么可怕的事呵！而况这路的尽头，又不过是——连墓碑也没有的坟墓。

我不应该将真实说给子君，我们相爱过，我应该永久奉献她我的说谎。如果真实可以宝贵，这在子君就不该是一个沉重的空虚。谎语当然也是一个空虚，然而临末，至多也不过这样地沉重。

我以为将真实说给子君，她便可以毫无顾虑，坚决地毅然前行，一如我们将要同居时那样。但这恐怕是我错误了。她当时的勇敢和无畏是因为爱。

我没有负着虚伪的重担的勇气，却将真实的重担卸给她了。她爱我之后，就要负了这重担，在严威和冷眼中走着所谓人生的路。

我想到她的死……我看见我是一个卑怯者，应该被摈于强有力的人们，无论是真实者，虚伪者。然而她却自始至终，还希望我维持较久的生活……

我要离开吉兆胡同，在这里是异样的空虚和寂寞。我想，只要离开这里，子君便如还在我的身边；至少，也如还在城中，有一天，将要出乎意表地访我，像住在会馆时候似的。

然而一切请托和书信，都是一无反响；我不得已，只好访问一个久不问候的世交去了。他是我伯父的幼年的同窗，以正经出名的拔贡，寓京很久，交游也广阔的。

大概因为衣服的破旧罢，一登门便很遭门房的白眼。好容易才相见，也还相识，但是很冷落。我们的往事，他全都知道了。

"自然，你也不能在这里了，"他听了我托他在别处觅事之后，冷冷地说，"但那里去呢？很难。——你那，什么呢，你的朋友罢，子君，你可知道，她死了。"

我惊得没有话。

"真的？"我终于不自觉地问。

"哈哈。自然真的。我家的王升的家，就和她家同村。"

"但是，——不知道是怎么死的？"

"谁知道呢。总之是死了就是了。"

我已经忘却了怎样辞别他，回到自己的寓所。我知道他是不说谎话的；子君总不会再来的了，像去年那样。她虽是想在严威和冷眼中负着虚空的重担来走所谓人生的路，也已经不能。她的命运，已经决定她在我所给与的真实——无爱的人间死灭了！

自然，我不能在这里了；但是，"那里去呢"？

四围是广大的空虚，还有死的寂静。死于无爱的人们的眼前的黑暗，我仿佛一一看见，还听得一切苦闷和绝望的挣扎的声音。

我还期待着新的东西到来，无名的，意外的。但一天一天，无非是死的寂静。

我比先前已经不大出门，只坐卧在广大的空虚里，一任这死的寂静侵蚀着我的灵魂。死的寂静有时也自己战栗，自己退藏，于是在这绝续之交，便闪出无名的，意外的，新的期待。

一天是阴沉的上午，太阳还不能从云里面挣扎出来；连空气都疲乏着。耳中听到细碎的步声和咻咻的鼻息，使我睁开眼。大致一看，屋子里还是空虚；但偶然看到地面，却盘旋着一匹小小的动物，瘦弱的，半死的，满身灰土的……

我一细看，我的心就一停，接着便直跳起来。

那是阿随。它回来了。

我的离开吉兆胡同，也不单是为了房主人们和他家女工的冷眼，大半就为着这阿随。但是，"那里去呢"？新的生路自然还很多，我约略知道，也间或依稀看见，觉得就在我面前，然而我还没有知道跨进那里去的第一步的方法。

经过许多回的思量和比较，也还只有会馆是还能相容的地方。依然是这样的破屋，这样的板床，这样的半枯的槐树和紫藤，但那时使我希望，欢欣，爱，生活的，却全都逝去了，只有一个虚空，我用真实去换来的虚空存在。

新的生路还很多，我必须跨进去，因为我还活着。但我还不知道怎样跨出那第一步。有时，仿佛看见那生路就像一条灰白的长蛇，自己蜿蜒地向我奔来，我等着，等着，看看临近，但忽然便消失在黑暗里了。

初春的夜，还是那么长。长久的枯坐中记起上午在街头所见的葬式，前面是纸人纸马，后面是唱歌一般的哭声。我现在已经知道他们的聪明了，这是多么轻松简截的事。

然而子君的葬式却又在我的眼前，是独自负着虚空的重担，在灰白的长路上前行，而又即刻消失在周围的严威和冷眼里了。

我愿意真有所谓鬼魂，真有所谓地狱，那么，即使在孽风怒吼之中，我也将寻觅子君，当面说出我的悔恨和悲哀，祈求她的饶恕；否则，地狱的毒焰将围绕我，猛烈地烧尽我的悔恨和悲哀。

我将在孽风和毒焰中拥抱子君，乞她宽容，或者使她快意……

但是，这却更虚空于新的生路；现在所有的只是初春的夜，竟还是那么长。我活着，我总得向着新的生路跨出去，那第一步，——却不过是写下我的悔恨和悲哀，为子君，为自己。

我仍然只有唱歌一般的哭声，给子君送葬，葬在遗忘中。

我要遗忘；我为自己，并且要不再想到这用了遗忘给子君送葬。

我要向着新的生路跨进第一步去，我要将真实深深地藏在心的创伤中，默默地前行，用遗忘和说谎做我的前导……

一九二五年十月二十一日毕

【鉴赏导引】

这是鲁迅唯一的以青年的恋爱和婚姻为题材的作品。小说写的是一曲回肠荡气而又耐人寻味的爱情悲歌。一对被五四新思潮唤醒的青年人，怀着个性解放的强烈意愿，勇敢地冲出家庭结合在一起，寻觅到了应得的爱情与幸福。然而，终究由于不明了个性解放离不开社会解放，追求到爱情自由以后还需要走更坚实的路，这对青年人在已获取的幸福面前却步不前了：眼光只局限于小家庭凝固的安宁与甜蜜，失去了社会解放的大目标，既无力抵御社会经济的压力，爱情也随之失去附丽，终于导致无可挽回的悲剧。相比之下，子君在生活面前退缩尤其，因而当打击到来以后，她只能让生命随着希望一同灭亡；涓生虽已依稀认识到"只为了爱"的盲目，想竭力"救出自己"，但易卜生式的个人奋斗思想也不可能使他迈出有力的步子，只能在子君死后沉浸在无限的悔恨和悲哀里。小说通过这出爱情悲剧,深刻地指出了小资产阶级知识分子在追求个性解放的道路上有着不可避免的软弱性和动摇性,也揭示了社会解放是个性解放的前提。

本篇的艺术表现在鲁迅小说中是别具一格的。小说采用"手记"的方式,以抒情为结构中轴,将情感渲染融于事实缕陈之中,用诗一样的语言抒写了主人公的心境,那如泣如诉的艺术笔致,哀怨感人的沉重笔调,都可直烙人心。抒情语言的诗化和哲理性,无疑也开掘和拓展了作品的思想底蕴。

【广阅津梁】

1. 朱栋霖等《中国现代文学史》(上):

　　眼光局限于小家庭凝固的安宁与幸福,缺乏更高远的社会理想来支撑他们的新生活,因而无力抵御社会经济压力。

2. 茅盾《鲁迅论》:

　　主人公的幻想的终于破灭,幸运的恶化,主要原因都是经济压迫。

3. 郁达夫《鲁迅的伟大》:

　　当我们见到局部时,他见到的却是全面。当我们热衷去掌握现实时,他已把握了古今与未来。

【研讨练习】

1. 涓生和子君爱情悲剧的原因和意义是什么?
2. 试分析子君的形象。

(冷淑敏)

论　趣

林语堂

【作者传略】

林语堂(1895—1976),福建龙溪人。原名和乐,后改玉堂,又改语堂。1912年考入上海圣约翰大学,毕业后在清华大学任教。1919年赴美国哈佛大学,1921年获文学硕士学位。同年转赴德国莱比锡大学专攻语言学,1923年获博士学位后回国,任北京大学教授。曾主编过《论语》半月刊,创办过多种杂志。提倡"以自我为中心,以闲适为格调"的小品文。曾居美国几十年,晚年定居台湾,1975年被推举为国际笔会副会长。代表作有《京华烟云》《风声鹤唳》《吾国与吾民》等。

记得哪里笔记有一段,说乾隆游江南,有一天登高观海,看见海上几百条船舶,张帆往来,或往北,或往南,颇形热闹,乾隆问左右:"那几百条船到哪里去?"有一位扈从[1]随口答道:"我看见只有两条船。""怎样说?"皇帝问。那位随行的说:"老天爷,实在只有两条船。一条叫名,一条叫利。"乾隆点首称善。

这话大体上是对的。以名利二字,包括人生一切活动的动机,是快人快语。但是我想有时也不尽然。大禹治水,手足胼胝[2],三过其门而不入,不见得是为名为利吧。墨子摩顶放踵[3],而利天下,就显然不为名利。他们是圣人贤人,且不说。我看至少有四条船叫作名、利、色、权。世上熙熙攘攘,就为这四事。色是指女人,权是指做事的权力,政权在内。不爱江山爱美人,可见有时美人比江山重要,不能不说是推动人世行为的大动机大魔力。有能力或权力做出大事业来,不为任何力量所阻挠,为事业成功,也可成为人生宗旨,鞠躬尽瘁做去。为名利死,为情死,为忠君爱国死,前例俱在。

只是有时一人只想做官,不想做事,这就跟一般商贾差不多了,只怕利禄熏心,就失了人的本性。能够通脱自喜,做到适可而止,便是贤人。但是排脱最不容易。以前有位得道的大和尚,面壁坐禅十年,享有盛名。一日有一位徒弟奉承他说:"大师,像你做到这样超凡入圣,一尘不染,全国中怕算你是第一人了。"那大师不禁微微一笑。这也可见名心之难除也。

但是还有一种知其然而不知其所以然的行为动机,叫作趣。袁中郎[4]叙陈正甫会心集,曾说到这一层。人生快事莫如趣,而且凡在学问上有成就的,都由趣字得来。巴士特(Pasteur)发明微菌,不见得是为名利色权吧。有人冒险探南极北极,或登喜马拉雅山,到过人迹未到之地,不是为慕名,若是只图个虚名,遇到冰天雪地,凉风刺骨一刮,早就想"不如回家"吧。这平常说是为一种好奇心所驱使。所有科学的进步,都在乎这好奇心。好奇心,就是趣。科学发明,就是靠这个趣字而已。哥伦布发见新大陆,科学家发现声光化电,都是穷理至尽求知趣味使然的。

我想这趣字最好。一面是关于启发心知的事。无论琴棋书画都是在乎妙发灵机的作用,由蒙昧无知,变为知趣的人,而且不大容易出毛病,不像上举的四端[5]。人有人趣,物有物趣,自然景物有天趣。顾凝远论画,就是以天趣、物趣、人趣包括一切。能够潇洒出群,静观宇宙人生,知趣了,可以画画。名、利、色、权,都可以把人弄得神魂不定。只这趣字,是有益身心的。就做到如米颠或黄大痴,也没有什么大害处。人生必有痴,必有偏好癖嗜[6]。没有癖嗜的人,大半靠不住。而且就变为索然无味的不知趣的一个人了。

青年人读书,最难是动了灵机,能够知趣。灵机一动,读书之趣就来了。无奈我们这种受考试取分数的机械教育,不容易启发一个人的灵机。我曾问志摩:"你在美国念什么书?"他说:"在克拉克(Clark)大学念心理学。就是按钟点,摇铃上课摇铃下课,念了什么书!后来到剑桥,书才念通了。"这就是导师制的作用。据李考克(Stephen Leacock)说,剑桥的教育是这样的。导师一礼拜请你一次到他家谈学问,就是靠一枝烟斗,一直向你冒烟,冒到把你的灵魂冒出火来。与君一夕话,胜读十年书,就是这个意思。灵犀一点通,真不容易,禅师有时只敲你的头一下,你深思一下,就顿然妙悟了。现代的机械教育,总不肯学思并重,不肯叫人举一反三,所以永远教不出什么来。

顾千里裸体读经,是真知读书之趣的。读书而论钟点,真是无可奈何的事。李考克论大学教育文中,说他问过第四年级某生今年选什么课。那位说,他选"掮客术"[7]及"宗教"两课,每周共六小时。因为他只欠这六小时,就可拿到文凭。"掮客术"及"宗教"同时选读,实在妙。但是这六小时添上去,这位就会变为学人了吗?所以读书而论钟点,计时治学,永远必不成器。今日国文好的人,都是于书无所不窥,或违背校规,被中偷看《水浒》、偷看《三国》而来的,何尝计时治学?必也废寝忘餐,而后有成。要废寝忘餐,就单靠这趣字。

【注释】

[1] 扈(hù)从:随从。

[2] 手足胼胝(pián zhī):胼胝,俗语中的"老茧",手掌或脚掌上因摩擦而生成的硬皮。《韩非子·外储说左上》:"手足胼胝,面目黧黑,劳有功者也。"手掌足底生满老茧。形容经常地辛勤劳动。

[3] 摩顶放踵:从头顶到脚跟都摩伤了。形容不辞劳苦,不顾身体。

[4] 袁中郎:袁宏道(1568—1610),明代文学家,字中郎。汉族,荆州公安(今属湖北省公安县)人。在文学上反对"文必秦汉,诗必盛唐"的风气,提出"独抒性灵,不拘格套"的性灵说。

[5] 四端:儒家称应有的四种德行,即:恻隐之心,仁之端也;羞恶之心,义之端也;辞让之心,礼之端也;是非之心,智之端也。

[6] 癖嗜:癖好,特别喜爱。清蒲松龄《聊斋志异·棋鬼》:"书生湖襄人,癖嗜弈,产荡尽。"

[7] 掮(qián)客术:替人介绍买卖,从中赚取佣金的技术。

【鉴赏导引】

本文是一篇很有趣味性的小品文,鲜明地体现了作者小品文所追求的"以自我为中心,以闲适为格调"的艺术风格。

作者首先从故事引出,写古今一般人和圣人贤人有目的的行为动机。文章开端是一段关于乾隆皇帝与其扈从的对话,点出熙熙攘攘众生,无不为名和利,借助故事形式,将世相概括得如此恰当,既叫人恍然大悟,又叫人拍案叫绝。接着他充分肯定了大禹治水、墨子摩顶放踵并不为名利而是为人民,这段话似信手拈来,但却有文化的厚重,让人获益匪浅。由此作者顺水推舟地将世上困扰人心的事实巧妙而诙谐地说了出来,"我看至少有四条船叫作名、利、色、权。世上熙熙攘攘,就为这四事"。接着从只想做官不想做事之人引出"能够通脱自喜,做到适可而止,便是贤人",由此作者想到另一种知其然而不知其所以然的行为动机"趣",具体到日常生活中,有三方面的表现:在求知上要有"趣"。"人生快事莫如趣,而且凡在学问上有成就的,都由趣字得来";在启发心知上要有"趣","人有人趣,物有物趣,自然景物有天趣"、"名、利、色、权,都可以把人弄得神魂不定。只这趣字,是有益身心的";在读书上要知趣,"灵犀一点通,真不容易,禅师有时只敲你的头一下,你深思一下,就顿然妙悟了"。作者对趣的阐释就像是智者喝茶品人生,淡定从容,让人顿悟;旁征博引,似信手拈来,却恰如其分,令人信服。

本文旁征博引,潇洒自如,冲淡平和,自然随意,娓娓道来,语言朴实生动,亲切闲适,兼有学术性、知识性和趣味性,可读性很强。

【广阅津梁】

1. 林语堂《幽默论》:

幽默只是一位冷静超远的旁观者,常于笑中带泪,泪中带笑。

世事看穿,心有所喜悦,用轻快笔调写出,无所挂碍,不作滥调,不忸怩作道学丑态,不求士大夫之喜誉,不博庸人之欢心,自然幽默。

2. 檀小舒《三十年代林语堂的性灵论》:

形成于三十年代的性灵论,在林语堂的思想发展中起着承上启下的作用——既是对二十年代激烈言行的反思和深化,又奠定了他海外四十年的思想行为模式。性灵论不仅是林语堂三十年以幽默、闲适所构成的小品文理论,也是他两脚踏东西文化,实行东西文化和糅合的出发点及评价标准及至一生思想发展的内容。

3. 鲁迅《鲁迅全集》:

生存的小品文,必须是匕首,是投枪,能和读者杀出一条生存的血路的东西;但自然,它也能给人愉快和休息,然而这并不是"小摆设",更不是抚慰和麻痹,它给人的愉快和休息是休养,是劳作和战斗之前的准备。

【研讨练习】

1. 作者列举大禹治水和墨子摩顶放踵的事例用来说明什么问题?由此可以看出作者持什么观点?

2. 请写出至今你所读过的最有趣味的一本书,并以一百字以内的篇幅简述个中况味。

（田秀娟）

清平乐[1]·六盘山[2]

毛泽东

【作者传略】

毛泽东(1893—1976),字润之(原作咏芝,后改润芝),笔名子任。湖南湘潭人。马克思主义者,中国无产阶级革命家、战略家、理论家、军事家,中国共产党、中国人民解放军和中华人民共和国的主要缔造者和领袖,毛泽东思想的主要创立者。毛泽东被《时代》杂志评为"20 世纪最具影响力的 100 个人物"之一,也被视为现代世界历史中最重要的人物之一。代表作品有《矛盾论》《实践论》《论持久战》《沁园春·雪》等。有《毛泽东选集》。

天高云淡,望断[3]南飞雁。不到长城[4]非好汉,屈指[5]行程二万。
六盘山上高峰,红旗[6]漫卷[7]西风。今日长缨[8]在手[9],何时缚住[10]苍龙[11]?

【注释】

[1] 清平乐:词牌名,原为唐教坊曲名,取用汉乐府"清乐""平乐"这两个乐调而命名。双调,46字。上阕押仄声韵,下阕换平声韵,也有全押仄声韵。

[2] 六盘山:位于宁夏回族自治区西南部,甘肃省东部,是陇山山脉的主峰,山势险峻,山路曲折险窄,要盘旋多重才能到达峰顶。六盘山是红军长征到达陕北前的最后一座高山。

[3] 望断:望着,直到看不见。

[4] 长城:借指长征的目的地。

[5] 屈指:弯着手指头计算。

[6] 红旗:1957 年在《诗刊》创刊号上发表时作"旄头"。1961 年 9 月为宁夏干部书写此词时改为"红旗",手迹发表在 1961 年 10 月 7 日的《光明日报》上。

[7] 漫卷:任意吹卷。

[8] 长缨:指捕缚敌人的长绳,出自"终军请缨"的典故,这里指革命武装。

[9] 在手:在共产党领导下。

[10] 缚住:擒住。

[11] 苍龙:《后汉书·张纯传》注:"苍龙,太岁也。"古代方士以太岁所在为凶方,因称太岁为凶神恶煞。苍龙,此处指反动派。

【鉴赏导引】

这是毛泽东于 1935 年创作的一首词,词回顾了万里长征的行程,表达了红军战士们勇往直前的钢铁意志和抗战必胜的坚定信念。这是一首在战斗中前进的胜利曲,是一篇振奋人心,激扬斗志的宣言书。

此词上阕从眺望远景起笔,写了登上六盘山所见到的北国清秋的景色,回顾了长征的胜利,表达了红军北上抗日的坚强意志;下阕则写近处,如火的红旗在高山之巅,迎着西风舒卷,烘托了红军将士胜利的英姿。上下两阕相对独立,却又紧密相连、一脉相承。全词大气磅礴,雄浑豪放,隽异挺拔,具有强烈的感染力量。在表现手法上,全词景中有情,情中有景,达到了情景交融、刚柔相济的妙境。

【广阅津梁】

1. 中国毛泽东诗词研究会副会长朱向前《诗史合一·另解文化巨人毛泽东》:

"全词造语朴实自然,意境高远,感情充沛而又生动形象。毛泽东用高妙的手法轻松写出了自己悠闲中又有些沉重、自信中又有些悲凉的复杂情绪。

2. 当代诗人李瑛《毛泽东诗词鉴赏大辞典》:

《清平乐·六盘山》生动地表现了毛泽东及其统率下的英雄红军胜利地登上六盘山后,远望云天,表达了彻底打垮一切反动派和日本帝国主义的坚强决心,同时也抒发了誓将革命进行到底的壮志豪情。

【研讨练习】

1. 分析本词景中有情、情中有景、情景交融的特点。
2. 谈谈这首词对当代大学生的启示。

(冷淑敏)

第十单元
当代文学
——1949 年至今

面朝大海，春暖花开

海 子

【作者传略】

海子(1964—1989)，原名查海生，安徽怀宁人，当代著名诗人。1979 年考入北京大学法律系，1983 年毕业后在中国政法大学任教。1982—1989 年间，海子创作了近 200 万字的作品，已出版作品有长诗《土地》和短诗选集《海子、骆一禾作品集》《海子的诗》《海子诗全编》等。

从明天起，做一个幸福的人
喂马，劈柴，周游世界
从明天起，关心粮食和蔬菜
我有一所房子，面朝大海，春暖花开

从明天起，和每一个亲人通信
告诉他们我的幸福
那幸福的闪电告诉我的
我将告诉每一个人

给每一条河每一座山取一个温暖的名字
陌生人，我也为你祝福
愿你有一个灿烂的前程
愿你有情人终成眷属
愿你在尘世获得幸福
我只愿面朝大海，春暖花开

【鉴赏导引】

此诗创作于 1989 年 1 月 13 日，离海子辞世只有 70 来天。他的辞世，使得这首诗历来解读不一，也许从这首诗中，我们可窥见诗人最后的生命思考。

本诗共 3 节。第一节作者首先为自己祝愿，并以两个"从明天起"对称引出幸福，明确点题。这里的"幸福"被限定在日常生活的意义范围内，满足日常欲望、享受世俗快乐，这种"幸福"更多是一种被体验的过程；第二节，作者要把自己对幸福的感觉告诉每一个亲人，让亲人分享自己的幸福。"从明天起"暗合第一节的幸福体验，并以写信来阐释幸福，"闪电"则表明幸福的突如其来及诗人对幸福的强烈的感受，似乎也表明了这种幸福会转瞬即逝，是那样的虚无缥缈。第三节，作者为"他者"祝愿，这"他者"包括每一条河、每一座山，甚至每一个陌生人。这节未以"从明天起"引文，但"取名"暗合新生，表示从明天起的新生式幸福和理想，且以陌生人与熟悉人对举，最后以"我只愿"落脚，一个傲岸的抒情主人公形象显得无比高大。

　　"春天""春暖花开"都是诗人对"幸福"生活的想象之境；"大海"是海子诗中的核心意象，是海子作为"海之子"的精神归宿，诗人想象自己有这样一个既可以喂马劈柴关心粮食蔬菜的房子，又有一个超离生活之外，眺望大海的姿态和空间，显然这是一种海市蜃楼，然而这是海子所能感受到的一种明丽的幸福感受。

　　诗歌语言质朴而富有意蕴，结构工整而富于变化，意像清新明快而富有农耕意味，营造了一个令人神往的世外桃源，表达了海子对人类处境和归宿的哲学思考，打动了众多读者，成为经典之作。

【广阅津梁】

1. 张新颖《海子的一首诗和一个决定》：

　　　　这首诗为人喜爱，是喜欢他的开阔和明净；喜爱它在这么一个面朝大海，春暖花开的境界里，散发着暖融融的、清新的幸福气息。

2. 海子《春天，十个海子》：

　　　　　　春天，十个海子全都复活

　　　　　　在光明的景色中

　　　　　　你这么长久地沉睡到底是为了什么？

　　　　　　春天，十个海子低低地怒吼

　　　　　　围着你和我跳舞、唱歌

　　　　　　扯乱你的黑头发，骑上你飞奔而去，尘土飞扬

　　　　　　你被劈开的疼痛在大地弥漫

　　　　　　在春天，野蛮而复仇的海子

　　　　　　就剩这一个，最后一个

　　　　　　这是黑夜的孩子，沉浸于冬天，倾心死亡

　　　　　　不能自拔，热爱空虚而寒冷的乡村

　　　　　　那里的谷物高高堆起，遮住了窗子

　　　　　　它们一半用于一家六口人的嘴，吃和胃

　　　　　　一半用于农业，他们自己的繁殖

　　　　　　大风从东吹到西，从北刮到南，不论黑夜和黎明

　　　　　　你所说的曙光究竟是什么意思

3. 臧棣《向神话致意》：

　　　　在海子看来，由于现代文明的畸形，人们无论是在他们所处的时代还是在他

们关乎历史的记忆的情境中,都日益丧失了对生命作为一种奇迹的感受能力……而他的长诗,则像是对正在丧失生命力的人类的境况所做的一种严厉的告诫;有些地方,读起来更像是报复。

【研讨练习】

1.《面朝大海,春暖花开》营造了怎样的诗学意境?

2. 如何看待"面朝大海,春暖花开"诗句成为房产开发商的广告语这一现象?

（田秀娟）

我的四个假想敌

余光中

【作者传略】

余光中(1928—2017),出生于江苏南京,祖籍福建永春。抗战时期在四川读中学,后来在金陵大学与厦门大学就学,1952年毕业于台湾大学外文系。1953年,与覃子豪、钟鼎文等共创"蓝星"诗社。1959年获美国爱荷华大学艺术硕士学位。任教台湾多所高校,后应邀赴美国多所大学任客座教授。

余光中涉猎广泛,诗歌、散文、评论、翻译均颇有建树。其文学生涯悠远、辽阔、深沉,为当代诗坛健将、散文大家、著名批评家、优秀翻译家。现已出版诗集21种,散文集11种,评论集5种,翻译集13种,共40余种。他的《乡愁》一诗传遍华人世界,其他如《乡愁四韵》与《民歌》等,亦颇流行。散文《听听那冷雨》《我的四个假想敌》等亦屡入选集。

二女幼珊在港参加侨生联考,以第一志愿分发台大外文系。听到这消息,我松了一口气,从此不必担心四个女儿通通嫁给广东男孩了。

我对广东男孩当然并无偏见,在港六年,我班上也有好些可爱的广东少年,颇讨老师的欢心,但是要我把四个女儿全都让那些"靓仔""叻仔"掳掠了去,却舍不得。不过,女儿要嫁谁,说得洒脱些,是她们的自由意志,说得玄妙些呢,是因缘,做父亲的又何必患得患失呢? 何况在这件事上,做母亲的往往位居要冲,自然而然成了女儿的亲密顾问,甚至亲密战友,作战的对象不是男友,却是父亲。等到做父亲的惊醒过来,早已腹背受敌,难挽大势了。

在父亲的眼里,女儿最可爱的时候是在十岁以前,因为那时她完全属于自己。在男友的眼里,她最可爱的时候却在十七岁以后,因为这时她正像毕业班的学生,已经一心向外了。父亲和男友,先天上就有矛盾。对父亲来说,世界上没有东西比稚龄的女儿更完美的了,唯一的缺点就是会长大,除非你用急冻术把她久藏,不过这恐怕是违法的,而且她的男友迟早会骑了骏马或摩托车来,把她吻醒。

我未用太空舱的冻眠术,一任时光催迫,日月轮转,再揉眼时,怎么四个女儿都已依次长大,昔日的童话之门砰地一关,再也回不去了。四个女儿,依次是珊珊、幼珊、佩珊、季珊。简直可以排成一条珊瑚礁。珊珊十二岁的那年,有一次,未满九岁的佩珊忽然对来访的客人说:"喂,告诉你,我姐姐是一个少女了!"在座的大人全笑了起来。

曾几何时,惹笑的佩珊自己,甚至最幼稚的季珊,也都在时光的魔杖下,点化成"少女"了。冥冥之中,有四个"少男"正偷偷袭来,虽然蹑手蹑足,屏声止息,我却感到背后有四双眼睛,像所有的坏男孩那样,目光灼灼,心存不轨,只等时机一到,便会站到亮处,装出伪善的笑容,叫我岳父。我当然不会应他。哪有这么容易的事!我像一棵果树,天长地久在这里立了多年,风霜雨露,样样有份,换来果实累累,不胜负荷。而你,偶尔过路的小子,竟然一伸手就来摘果子,活该满地的树根绊你一跤!

而最可恼的,却是树上的果子,竟有自动落入行人手中的样子。树怪行人不该擅自来摘果子,行人却说是果子刚好掉下来,给他接着罢了。这种事,总是里应外合才成功的。当初我自己结婚,不也是有一位少女开门揖盗吗?"堡垒最容易从内部攻破",说得真是不错。不过彼一时也,此一时也。同一个人,过街时讨厌汽车,开车时却讨厌行人。现在是轮到我来开车。

好多年来,我已经习于和五个女人为伍,浴室里弥漫着香皂和香水气味,沙发上散置皮包和发卷,餐桌上没有人和我争酒,都是天经地义的事。戏称吾庐为"女生宿舍",也已经很久了。做了"女生宿舍"的舍监,自然不欢迎陌生的男客,尤其是别有用心的一类。但自己辖下的女生,尤其是前面的三位,已有"不稳"的现象,却令我想起叶慈的一句诗:

一切已崩溃,失去重心。

我的四个假想敌,不论是高是矮,是胖是瘦,是学医还是学文,迟早会从我疑惧的迷雾里显出原形,一一走上前来,或迂回曲折,嗫嚅其词,或开门见山,大言不惭,总之要把他的情人,也就是我的女儿,对不起,从此领去。无形的敌人最可怕,何况我在亮处,他在暗里,又有我家的"内奸"接应,真是防不胜防。只怪当初没有把四个女儿及时冷藏,使时间不能拐骗,社会也无由污染。现在她们都已大了,回不了头。我那四个假想敌,那四个鬼鬼祟祟的地下工作者,也都已羽毛丰满,什么力量都阻止不了他们了。先下手为强,这件事,该乘那四个假想敌还在襁褓的时候,就予以解决的。至少美国诗人纳许(Ogden Nash, 1902—1971)劝我们如此。他在一首妙诗《由女婴之父来唱的歌》之中,说他生了女儿吉儿之后,惴惴不安,感到不知什么地方正有个男婴也在长大,现在虽然还浑浑噩噩,口吐白沫,却注定将来会抢走他的吉儿。于是做父亲的每次在公园里看见婴儿车中的男婴,都不由神色一变,暗暗想:"会不会是这家伙?"

想着想着,他"杀机陡萌"(My dreams, I fear, are infanticiddle),便要解开那男婴身上的别针,朝他的爽身粉里撒胡椒粉,把盐撒进他的奶瓶,把沙撒进他的菠菜汁,再扔头优游的鳄鱼到他的婴儿车里陪他游戏,逼他在水深火热之中挣扎而去,去娶别人的女儿。足见诗人以未来的女婿为假想敌,早已有了前例。

不过一切都太迟了。当初没有当机立断,采取非常措施,像纳许诗中所说的那样,真是一大失策。如今的局面,套一句史书上常见的话,已经是"寇入深矣"!女儿的墙上和书桌的玻璃垫下,以前的海报和剪报之类,还是披头,拜丝,大卫·凯西弟的形象,现在纷纷都换上男友了。至少,滩头阵地已经被入侵的军队占领了去,这一仗是必败的了。记得我们小时,这一类的照片仍被列为机密要件,不是藏在枕头套里,贴着梦境,便是夹在书堆深处,偶尔翻出来神往一番,哪有这么二十四小时眼前供奉的?

这一批形迹可疑的假想敌,究竟是哪年哪月开始入侵厦门街余宅的,已经不可考了。只记得六年前迁港之后,攻城的军事便换了一批口操粤语少年来接手。至于交战的细节,就得问名义上是守城的那几个女将,我这位"昏君"是再也搞不清的了。只知道敌方的炮火,起先是瞄准我家的信箱,那些歪歪斜斜的笔迹,久了也能猜个七分;继而是集中在我家的电话,"落弹点"就在我书桌的背后,我的文苑就是他们的沙场,一夜之间,总有十几次脑震荡。那些粤音平上去入,有九声之多,也令我难以研判敌情。现在我带幼珊回了厦门街,那头的广东部队轮到我太太去抵挡,我在这头,只要留意台湾健儿,任务就轻松多了。

信箱被袭,只如战争的默片,还不打紧。其实我宁可多情的少年勤写情书,那样至少可以练习作文,不致在视听教育的时代荒废了中文。可怕的还是电话中弹,那一串串警告的铃声,把战场从门外的信箱扩至书房的腹地,默片变成了身历声,假想敌在实弹射击了。更可怕的,却是假想敌真的闯进了城来,成了有血有肉的真敌人,不再是假想了好玩的了,就像军事演习到中途,忽然真的打起来了一样。真敌人是看得出来的。在某一女儿的接应之下,他占领了沙发的一角,从此两人呢喃细语,嗫嚅密谈,即使脉脉相对的时候,那气氛也浓得化不开,窒得全家人都透不过气来。这时几个姐妹早已回避得远远的了,任谁都看得出情况有异。万一敌人留下来吃饭,那空气就更为紧张,好像摆好姿势,面对照相机一般。平时鸭塘一般的餐桌,四姐妹这时像在演哑剧,连筷子和调羹都似乎得到了消息,忽然小心翼翼起来。明知这僭越的小子未必就是真命女婿,(谁晓得宝贝女儿现在是十八变中的第几变呢?)心里却不由自主升起一股淡淡的敌意。也明知女儿正如将熟之瓜,终有一天会蒂落而去,却希望不是随眼前这自负的小子。

当然,四个女儿也自有不乖的时候,在恼怒的心情下,我就恨不得四个假想敌赶快出现,把她们统统带走。但是那一天真要来到时,我一定又会懊悔不已。我能够想象,人生的两大寂寞,一是退休之日,一是最小的孩子终于也结婚之后。宋淇有一天对我说:"真羡慕你的女儿全在身边!"真的吗?至少目前我并不觉得,自己有什么可羡之处。也许真要等到最小的季珊也跟着假想敌度蜜月去了,才会和我存并坐在空空的长沙发上,翻阅她们小时相簿,追忆从前,六人一车长途壮游的盛况,或是晚餐桌上,热气蒸腾,大家共享的灿烂灯光。人生有许多事情,正如船后的波纹,总要过后才觉得美的。这么一想,又希望那四个假想敌,那四个生手笨脚的小伙子,还是多吃几口闭门羹,慢一点出现吧。

袁枚写诗,把生女儿说成"情疑中副车",这书袋掉得很有意思,却也流露了重男轻女的封建意识。照袁枚的说法,我是连中了四次副车,命中率够高的了。余宅的四个小女孩现在变成了四个小妇人,在假想敌环伺之下,若问我择婿有何条件,一时倒恐怕答不上来。沉吟半晌,我也许会说:"这件事情,上有月下老人的婚姻谱,谁也不能窜改,包括韦固;下有两个海誓山盟的情人,'二人同心,其利断金',我凭什么要逆天拂人,梗在中间?何况终身大事,神秘莫测,事先无法推理,事后不能悔棋,就算交给 21 世纪的电脑,恐怕也算不出什么或然率来。倒不如故示慷慨,伪作轻松,博一个开明父亲的美名,到时候带颗私章,去做主婚人就是了。"

问的人笑了起来,指着我说:"什么叫作'伪作轻松'?可见你心里并不轻松。"

我当然不很轻松,否则就不是她们的父亲了。例如人种的问题,就很令人烦恼。万一女儿发痴,爱上一个耸肩摊手口香糖嚼个不停的小怪人,该怎么办呢?在理性上,我愿意"有婿无类",做一个大大方方的世界公民。但是在感情上,还没有大方到让一个臂毛如猿的小伙子把我的女儿抱过门槛。

现在当然不再是"严夷夏之防"的时代,但是一任单纯的家庭扩充成一个小型的联合国,也大可不必。问的人又笑了,问我可曾听说混血儿的聪明超乎常人。我说:"听过,但是我不希罕抱一个天才的'混血孙'。我不要一个天才儿童叫我 Grandpa,我要他叫我外公。"问的人不肯罢休:"那么省籍呢?"

"省籍无所谓,"我说,"我就是苏闽联姻的结果,还不坏吧? 当初我母亲从福建写信回武进,说当地有人向她求婚。娘家大惊小怪,说'那么远! 怎么就嫁给南蛮!'后来娘家发现,除了言语不通之外,这位闽南姑爷并无可疑之处。这几年,广东男孩锲而不舍,对我家的压力很大,有一天闽粤结成了秦晋,我也不会感到意外。如果有个台湾少年特别巴结我,其志又不在跟我谈文论诗,我也不会怎么为难他的。至于其他各省份,从黑龙江直到云南,口操各种方言的少年,只要我女儿不嫌他,我自然也欢迎。"

"那么学识呢?"

"学什么都可以。也不一定要是学者,学者往往不是好女婿,更不是好丈夫。只有一点:中文必须精通。中文不通,将祸延吾孙!"

客又笑了。"相貌重不重要?"他再问。

"你真是迂阔之至!"这次轮到我发笑了,"这种事,我女儿自己会注意,怎么会要我来操心?"

笨客还想问下去,忽然门铃响起。我起身去开大门,发现长发乱处,又一个假想敌来掠余宅。

一九八○年九月于厦门街

【鉴赏导引】

本文集中记述、剖析一种人生现象:父亲喜爱女儿,舍不得女儿离己而去、嫁作人妇。这本是一种人之常情,难得作者现身说法,以自己的个人经历为题材,淋漓尽致地叙写了为女父者的微妙心态、矛盾复杂的心境及对人生况味的细致体察。文章可以分为 4 个部分:第一部分概括叙述"父亲与男友,先天就有矛盾";第二部分主要从父亲的想象中,叙述父亲与男友产生矛盾的过程;第三部分是全文的主体,具体描写"假想敌男友"步步争夺以致父亲难挽败势的经过;第四部分则改换角度,用父亲答客问的方式明示处于败势的父亲被迫提出妥协的 4 个条件,以此深化父亲在人生这一阶段遇到复杂、微妙的难题时的人生境景。

从写作艺术方面分析,本文的特点:一是巧用比喻,机智幽默。如把女儿的男友比喻为"假想敌",作者抓住题目中"敌"之一义,时时紧扣题旨,屡屡用军事上的术语与事物,暗喻父亲与候选女婿对女儿的争夺战,描写"敌"之情状与"我"之心态。二是文笔圆熟,雅致明快。本篇文章以叙述为主,夹叙夹议,文势起伏迂回,富于节奏,又转接自然,一气呵成,显出作者文笔的老到圆熟。同时作者以其深厚的学养,将一种普通的亲缘情感写得丰富雅致,有了一种书卷气,是将一种世俗的人之常情雅化了;而这种书卷气,不是靠"掉书袋"、靠引经据典来实现的,它表现于作者对这一人生难题的理性思考,表现于对个人心态和人情世态的明快的剖析和表达。

【广阅津梁】

1. 余光中《逍遥游》后记：

在《逍遥游》《鬼雨》一类的作品里，我倒真想在中国文字的风火炉中，炼出一颗丹来。在这一类作品里，我尝试把中国的文字压缩、捶扁、拉长、磨利，把它拆开又拼拢，折来且叠去，为了试验它的速度、密度和弹性。我的理想是要让中国的文字，在变化各殊的句法中，交响成一个大乐队，而作家的笔应该一挥百应，如交响乐的指挥杖。只要看看，像林语堂和其他作家的散文，如何仍在单调而僵硬的句法中，跳怪凄凉的八佾舞，中国的现代散文家，就应猛悟散文早该革命了。

2.《南方都市报》"2003 年度华语文学传媒大奖之年度散文家奖"授奖词：

余光中的散文雍容华贵。他的写作接续了散文的古老传统，也汲取了诸多现代元素。感性与知性，幽默与庄重，头脑与心肠交织在一起，构成了他独特的散文路径。他渊博的学识，总是掩饰不了天真性情的流露；他雄健的笔触，发现的常常是生命和智慧的秘密。他崇尚散文的自然、随意，注重散文的容量与弹性，他探索散文变革的丰富可能性，同时也追求汉语自身的精致、准确与神韵。他在 2003 年度出版的散文集《左手的掌纹》，虽然只是他散文篇章中的一小部分，但已充分展示出他的散文个性。他从容的气度、深厚的学养，作为散文的坚实根基，在他晚年的写作中更是成了质朴的真理。再联想起他那著名的文化乡愁，中国想象，在他身上，我们俨然看到了一个文化大家的风范和气象。

3. 潘先伟《论余光中与中国传统文化》：

传统的儒家人格与道家理想使他文学创作迅速摆脱了前卫实验的神秘趋向，回归到民族的、乡土的、传统的道路，而这种道路并不是一条"复古"之路，而是余光中将现代性与传统性作了最精当的契合后，达到十分完美的、创造性的、具有独特韵味的创作之路，为当代中华民族文学的发展树立了光辉的典范。

【研讨练习】

1. 分析本文中"我"的矛盾心理。
2. 举例说明本文中作者对人生况味的细致体察。

（冷淑敏）

许三观卖血记(节选)

余　华

【作者传略】

余华,出生于 1960 年,浙江杭州,后迁居浙江海盐,现定居杭州。先锋派的代表作家之一。主要作品有《十八岁出门远行》《在细雨中呼喊》《活着》《许三观卖血记》《兄弟》等。余华追求"零度状态写作",即"无我"的叙述方式,采用时间结构小说的写作方式,把物理时间转换为心理时间,几个时间交错叙述、分裂、错位,呈现出多重象征,其作品被翻译成 20 多种语言,获意大利格林扎纳·卡佛文学奖、澳大利亚悬念句子文学奖,并获法兰西文学与艺术骑士勋章。

【作品略解】

长篇小说《许三观卖血记》为余华的代表作,写作于 1995 年,曾入选"20 世纪 90 年代最具有影响力的 10 部作品"。

《许三观卖血记》叙述了一个中国家庭忍受贫穷、饥荒及政治波涛的苦难历史,充满了辛酸,却也不乏人性的温暖与闪光,充分展现了余华令人惊悚而滑稽的写作风格。故事发生在 20 世纪五六十年代,主人公许三观是一个孤儿,跟着四叔在乡下长大,后来进城当了一名丝厂的工人。当他知道卖血可以赚钱后,只要碰到过不去的坎,他就去卖血。他用第一次卖血的钱娶了他爱的女人许玉兰;儿子打坏方铁匠的小孩,眼看家中所有东西将被方铁匠搬走,他被迫卖血;家中没有食物,是他卖血给大家买面吃;儿子三乐要调回城里,是他卖血给儿子的领导买礼物;儿子一乐得了肝炎,他多次卖血救了他一命,尽管一乐不是他的亲生儿子。靠卖血,他护卫着他的家庭度过了人生的一个个难关,而他最大的盼望就是在卖血后能吃一盘炒猪肝,喝二两暖暖的黄酒。在他的身上体现了朴素的责任心、坚韧的意志力、顽强的生存力,更是充满了一个丈夫对妻子的爱、父亲对儿子的爱。作者以冷峻的叙述风格、幽默的笔调、大量的对话,为我们展示了那个特定时代中国家庭所遭受的苦难和悲剧,具有极为震撼人心的艺术魅力。许三观的家庭正是那个年代中国家庭的一个缩影。

本文节选自小说第十九章。

第十九章

许玉兰嫁给许三观已经有十年,这十年里许玉兰天天算计着过日子,她在床底下放着两口小缸,那是盛米的缸。在厨房里还有一口大一点的米缸,许玉兰每天做饭时,先是揭

开厨房里米缸的木盖,按照全家每个人的饭量,往锅里倒米;然后再抓出一把米放到床下的小米缸中。她对许三观说:

"每个人多吃一口饭,谁也不会觉得多;少吃一口饭,谁也不会觉得少。"

她每天都让许三观少吃两口饭,有了一乐、二乐、三乐以后,也让他们每天少吃两口饭,至于她自己,每天少吃的就不止是两口饭了。节省下来的米,被她放进床下的小米缸。原先只有一口小缸,放满了米以后,她又去弄来了一口小缸,没有半年又放满了,她还想再去弄一口小缸来,许三观没有同意,他说:

"我们家又不开米店,存了那么多米干什么? 到了夏天吃不完的话,米里面就会长虫子。"

许玉兰觉得许三观说的有道理,就满足于床下只有两口小缸,不再另想办法。

米放久了就要长出虫子来,虫子在米里面吃喝拉睡的,把一粒一粒的米都吃碎了,好像面粉似的。虫子拉出来的屎也像面粉似的,混在里面很难看清楚,只是稍稍有些发黄。所以床下两口小缸里的米放满以后,许玉兰就把它们倒进厨房的米缸里。然后,她坐在床上,估算着那两小缸的米有多少斤,值多少钱,她把算出来的钱叠好了放到箱子底下。这些钱她不花出去,她对许三观说:

"这些钱是我从你们嘴里一点一点抠出来的,你们一点都没觉察到吧?"

她又说:"这些钱平日里不能动,到了紧要关头才能拿出来。"

许三观对她的做法不以为然,他说:

"你这是脱裤子放屁,多此一举。"

许玉兰说:"话可不能这么说,人活一辈子,谁会没病没灾? 谁没有个三长两短? 遇到那些倒霉的事,有准备总比没有准备好。聪明人做事都给自己留着一条退路……"

"再说,我也给家里节省出了钱……"

许玉兰经常说:"灾荒年景会来的,人活一生总会遇到那么几次,想躲是躲不了的。"

当三乐八岁,二乐十岁,一乐十一岁的时候,整个城里都被水淹到了,最深的地方有一米多,最浅的地方也淹到了膝盖。在这一年六月里,许三观的家有七天成了池塘,水在他们家中流来流去,到了晚上睡觉的时候,还能听到波浪的声音。

水灾过去后,荒年就跟着来了。刚开始的时候,许三观和许玉兰还没有觉得荒年就在面前了,他们只是听说乡下的稻子大多数都烂在田里了,许三观就想到爷爷和四叔的村庄,他心想:好在爷爷和四叔都已经死了,要不他们的日子怎么过呢? 他另外三个叔叔还活着,可是另外三个叔叔以前对他不好,所以他也就不去想他们了。

到城里来要饭的人越来越多,许三观和许玉兰这才真正觉得荒年已经来了:每天早晨打开屋门,就会看到巷子里睡着要饭的人,而且每天看到的面孔都不一样,那些面孔也是越来越瘦。城里米店的大门有时候开着,有时候就关上了,每次关上后重新打开时,米价就往上涨了几倍。没过多久以前能买十斤米的钱,只能买两斤红薯了,丝厂停工了,因为没有蚕茧;许玉兰也用不着去炸油条,因为没有面粉,没有食油。学校也不上课了,城里很多店都关了门,以前有二十来家饭店,现在只有胜利饭店还在营业。

许三观对许玉兰说:"这荒年来得真不是时候,要是早几年来,我们还会好些,就是晚几年来,我们也能过得去。偏偏这时候来了,偏偏在我们家底空了的时候来了。"

"你想想,先是家里的锅和碗,米和油盐酱醋什么的被收去了,家里的灶也被他们砸了,原以为那几个大食堂能让我们吃上一辈子,没想到只吃了一年,一年以后又要吃自己了,重新起个灶要花钱,重新买锅碗瓢盆要花钱,重新买米和油盐酱醋也要花钱。这些年你一分、两分节省下来的钱就一下子花出去了。"

"钱花出去了倒也不怕,只要能安安稳稳过上几年,家底自然又能积起来一些。可是这两年安稳了吗?先是一乐的事,一乐不是我儿子,我是当头挨了一记闷棍,这些就不说了,这个一乐还给我们去闯了祸,让我赔给了方铁匠三十五元钱。这两年我过得一点都不顺心,紧接着这荒年又来了。"

"好在床底下还有两缸米……"

许玉兰说:"床底下的米现在不能动,厨房的米缸里还有米。从今天起,我们不能再吃干饭了,我估算过了,这灾荒还得有半年,要到明年开春以后,地里的庄稼都长出来以后,这灾荒才会过去。家里的米只够我们吃一个月,如果每天都喝稀粥的话,也只够吃四个月多几天。剩下还有一个多月的灾荒怎么过?总不能一个多月不吃不喝,要把这一个多月拆开了,插到那四个月里面去。趁着冬天还没有来,我们到城外去采一些野菜回来,厨房的米缸过不了几天就要空了,刚好把它腾出来放野菜,再往里面撒上盐,野菜撒上了盐就不会烂,起码四五个月不会烂掉。家里还有一些钱,我藏在褥子底下,这钱你不知道,是我这些年买菜时节省下来的,有十九元六角七分,拿出十三元去买玉米棒子,能买一百斤回来,把玉米剥下来,自己给磨成粉,估计也有三十来斤。玉米粉混在稀粥里一起煮了吃,稀粥就会很稠,喝到肚子里也能觉得饱……"

许三观对儿子们说:"我们喝了一个月的玉米稀粥了,你们脸上红润的颜色喝没了,你们身上的肉也越喝越少了,你们一天比一天无精打采,你们现在什么话都不会说了,只会说饿、饿、饿,好在你们的小命都还在。现在城里所有的人都在过苦日子,你们到邻居家去看看,再到你们的同学家里去看看,每天有玉米稀粥喝的已经是好人家了。这苦日子还得往下熬,米缸里的野菜你们都说吃腻了,吃腻了也得吃,你们想吃一顿干饭,吃一顿不放玉米粉的饭,我和你们妈商量了,以后会做给你们吃的,现在还不行,现在还得吃米缸里的野菜,喝玉米稀粥。你们说玉米稀粥也越来越稀了,这倒是真的,因为这苦日子还没有完,苦日子往下还很长,我和你们妈也没有别的办法,只好先把你们的小命保住,别的就顾不上了,俗话说得好,留得青山在,不怕没柴烧,只要把命保住了,熬过了这苦日子,往下就是很长很长的好日子了。现在你们还得喝玉米稀粥,稀粥越来越稀,你们说尿一泡尿,肚子里就没有稀粥了。这话是谁说的?是一乐说的,我就知道这话是他说的,你这小崽子。你们整天都在说饿、饿、饿,你们这么小的人,一天喝下去的稀粥也不比我少,可你们整天说饿、饿、饿,为什么?就是因为你们每天还出去玩,你们一喝完粥就溜出去,我叫都叫不住,三乐这小崽子今天还在外面喊叫,这时候还有谁会喊叫?这时候谁说话都是轻声细气的,谁的肚子里都在咕咚咕咚响着,本来就没吃饱,一喊叫,再一跑,喝下去的粥他妈的还会有吗?早他妈的消化干净了,从今天起,二乐、三乐,还有你,一乐,喝完粥以后都给我上床去躺着,不要动,一动就会饿,你们都给我静静地躺着,我和你们妈也上床躺着……我不能再说话了,我饿得一点力气都没有了,我刚才喝下去的稀粥一点都没有了。"

许三观一家人从这天起,每天只喝两次玉米稀粥了,早晨一次,晚上一次,别的时间全家都躺在床上,不说话也不动。一说话一动,肚子里就会咕咚咕咚响起来;就会饿。不说话也不动,静静地躺在床上,就会睡着了。于是许三观一家人从白天睡到晚上,又从晚上睡到白天,一睡睡到了这一年的十二月六日……这一天晚上,许玉兰煮玉米稀粥时比往常多煮了一碗,而且玉米粥也比往常稠了很多,她把许三观和三个儿子从床上叫起来,笑嘻嘻地告诉他们:

"今天有好吃的。"

许三观和一乐、二乐、三乐坐在桌前,伸长了脖子看着许玉兰端出来什么,结果许玉兰端出来的还是他们天天喝的玉米粥,先是一乐失望地说:

"还是玉米粥。"

二乐和三乐也跟着同样失望地说:

"还是玉米粥。"

许三观对他们说:"你们仔细看看,这玉米粥比昨天的,比前天的,比以前的可是稠了很多。"

许玉兰说:"你们喝一口就知道了。"

三个儿子每人喝了一口以后,都眨着眼睛一时间不知道是什么味道,许三观也喝了一口,许玉兰问他们:

"知道我在粥里放了什么吗?"

三个儿子都摇了摇头,然后端起碗呼呼地喝起来,许三观对他们说:

"你们真是越来越笨了,连甜味道都不知道了。"

这时一乐知道粥里放了什么了,他突然叫起来:

"是糖,粥里放了糖。"

二乐和三乐听到一乐的喊叫以后,使劲地点起了头,他们的嘴却没有离开碗,一边喝一边发出咯咯的笑声。许三观也哈哈笑着,把粥喝得和他们一样响亮。

许玉兰对许三观说:"今天我把留着过春节的糖拿出来了,今天的玉米粥煮得又稠又粘,还多煮了一碗给你喝,你知道是为什么? 今天是你的生日。"

许三观听到这里,刚好把碗里的粥喝完了,他一拍脑袋叫起来:

"今天就是我妈生我的那一天。"

然后他对许玉兰说:"所以你在粥里放了糖,这粥也比往常稠了很多,你还为我多煮了一碗,看在我自己生日的份上,我今天就多喝一碗了。"

当许三观把碗递过去的时候,他发现自己晚了。一乐、二乐、三乐的三只空碗已经抢在了他的前面,朝许玉兰的胸前塞过去,他就挥挥手说:

"给他们喝吧。"

许玉兰说:"不能给他们喝,这一碗是专门为你煮的。"许三观:"谁喝了都一样,都会变成屎,就让他们去多屙一些屎出来。给他们喝。"

然后许三观看着三个孩子重新端起碗来,把放了糖的玉米粥喝得哗啦哗啦响,他就对他们说:

"喝完以后,你们每人给我叩一个头,算是给我的寿礼。"

说完心里有些难受了,他说:

"这苦日子什么时候才能完？小崽子们苦得忘记什么是甜，吃了甜的都想不起来这就是糖。"

这天晚上，一家人躺在床上时，许三观对儿子们说：

"我知道你们心里最想的是什么？就是吃，你们想吃米饭，想吃用油炒出来的菜，想吃鱼啊肉啊的。今天我过生日，你们都跟着享福了，连糖都吃到了，可我知道你们心里还想吃，还想吃什么？看在我过生日的份上，今天我就辛苦一下，我用嘴给你们每人炒，你们就用耳朵听着吃了，你们别用嘴，用嘴连个屁都吃不到，都把耳朵竖起来，我马上就要炒菜了。想吃什么，你们自己点。一个一个来，先从三乐开始。三乐，你想吃什么？"

三乐轻声说："我不想再喝粥了，我想吃米饭。"

"米饭有的是，"许三观说，"米饭不限制，想吃多少就有多少，我问的是你想吃什么菜？"

三乐说："我想吃肉。"

"三乐想吃肉，"许三观说，"我就给三乐做一个红烧肉。肉，有肥有瘦，红烧肉的话，最好是肥瘦各一半，而且还要带上肉皮，我先把肉切成一片一片的。有手指那么粗，半个手掌那么大，我给三乐切三片……"

三乐说："爹，给我切四片肉。"

"我给三乐切四片肉……"

三乐又说："爹，给我切五片肉。"

许三观说："你最多只能吃四片，你这么小一个人，五片肉会把你撑死的。我先把四片肉放到水里煮一会，煮熟就行，不能煮老了，煮熟后拿起来晾干，晾干以后放到油锅里一炸，再放上酱油，放上一点五香，放上一点黄酒，再放上水，就用文火慢慢地炖，炖上两个小时，水差不多炖干时，红烧肉就做成了……"

许三观听到了吞口水的声音。"揭开锅盖，一股肉香是扑鼻而来，拿起筷子，夹一片放到嘴里一咬……"

许三观听到吞口水的声音越来越响。"是三乐一个人在吞口水吗？我听声音这么响，一乐和二乐也在吞口水吧？许玉兰你也吞上口水了，你们听着，这道菜是专给三乐做的，只准三乐一个人吞口水，你们要是吞上口水，就是说你们在抢三乐的红烧肉吃，你们的菜在后面，先让三乐吃得心里踏实了，我再给你们做。三乐，你把耳朵竖直了……夹一片放到嘴里一咬，味道是，肥的是肥而不腻，瘦的是丝丝饱满。我为什么要用文火炖肉？就是为了让味道全部炖进去。三乐的这四片红烧肉是……三乐，你可以慢慢品尝了。接下去是二乐，二乐想吃什么？"

二乐说："我也要红烧肉，我要吃五片。"

"好，我现在给二乐切上五片肉，肥瘦各一半，放到水里一煮，煮熟了拿出来晾干，再放到……"

二乐说："爹，一乐和三乐在吞口水。"

"一乐，"许三观训斥道，"还没轮到你吞口水，"

然后他继续说："二乐是五片肉，放到油锅里一炸，再放上酱油，放上五香……"

二乐说："爹，三乐还在吞口水。"

许三观说："三乐吞口水,吃的是他自己的肉,不是你的肉,你的肉还没有做成呢……"

许三观给二乐做完红烧肉以后,去问一乐:

"一乐想吃什么?"

一乐说:"红烧肉。"

许三观有点不高兴了,他说:

"三个小崽子都吃红烧肉,为什么不早说? 早说的话,我就一起给你们做了……我给一乐切了五片肉……"

一乐说:"我要六片肉。"

"我给一乐切了六片肉,肥瘦各一半……"

一乐说:"我不要瘦的,我全要肥肉。"

许三观说:"肥瘦各一半才好吃。"

一乐说:"我想吃肥肉,我想吃的肉里面要没有一点是瘦的。"

二乐和三乐这时也叫道:"我们也想吃肥肉。"

许三观给一乐做完了全肥的红烧肉以后,给许玉兰做了一条清炖鲫鱼。他在鱼肚子里面放上几片火腿,几片生姜,几片香菇,在鱼身上抹上一层盐,浇上一些黄酒,撒上一些葱花,然后炖了一个小时,从锅里取出来时是清香四溢……

许三观绘声绘色做出来的清炖鲫鱼,使屋子里响起一片吞口水的声音,许三观就训斥儿子们:

"这是给你们妈做的鱼,不是给你们做的,你们吞什么口水? 你们吃了那么多的肉,该给我睡觉了。"

最后,许三观给自己做一道菜,他做的是爆炒猪肝,他说:

"猪肝先是切成片,很小的片,然后放到一只碗里,放上一些盐,放上生粉,生粉让猪肝鲜嫩,再放上半盅黄酒,黄酒让猪肝有酒香,再放上切好的葱丝,等锅里的油一冒烟,把猪肝倒进油锅,炒一下,炒两下,炒三下……炒四下……炒五下……炒六下。"

一乐,二乐,三乐接着许三观的话,一人跟着炒了一下,许三观立刻制止他们:"不,只能炒三下,炒到第四下就老了,第五下就硬了,第六下那就咬不动了,三下以后赶紧把猪肝倒出来。这时候不忙吃,先给自己斟上二两黄酒,先喝一口黄酒,黄酒从喉咙里下去时热乎乎的,就像是用热毛巾洗脸一样,黄酒先把肠子洗干净了,然后再拿起一双筷子,夹一片猪肝放进嘴里……这可是神仙过的日子……"

屋子里吞口水的声音这时是又响成一片,许三观说:

"这爆炒猪肝是我的菜,一乐,二乐,三乐,还有你许玉兰,你们都在吞口水,你们都在抢我的菜吃。"

说着许三观高兴地哈哈大笑。

【鉴赏导引】

《许三观卖血记》第十九章描写了"大跃进"运动之后、灾荒来临,许三观一家在极度困苦中度过荒年的残酷情形,再现了灾荒时期人民无米无粮、几乎饿死的惨状,揭示了那个时期人们所处的一种荒谬的生存状态。

许三观一家人在"大跃进"时期先是靠吃大锅饭过了一年,哪里知道很快食堂就关闭了,全家人失去了生活来源。更为可怕的是,紧接着荒年来了,好在他的妻子许玉兰平时省吃俭用,节省下来两小缸米和十几块钱。靠着仅有的两小缸米和十几块钱换来的玉米磨成的玉米面,全家人每天就吃玉米面稀饭和一些可怜的野菜,度过了漫长的将近半年的时光,艰难地度过了荒年。

作者用近乎白描的写法刻画一家人在艰难中度日的情形:三个孩子唯一会说的话是"饿、饿、饿";为了减少热量的消耗,他们不敢活动,除了吃饭,全家人整天就躺在床上昏睡;为了满足孩子们的吃饱的愿望,三观只能用嘴巴说出的语言为他们做一顿丰盛的饭菜。为了突出他们生活的极度困苦,作者特意写许三观生日那天,许玉兰将稀稀的玉米粥煮得稠一些,并且在粥里放了糖,但许三观和儿子们竟然没有尝出甜味来。因为他们长期吃玉米粥,他们的味蕾早已经失去了对甜味的知觉,由甜及苦,作者从侧面表现了他们长期处在不正常状况中的困苦程度,读后令人心酸。作者通过大量貌似滑稽、表面令人喷饭的场景的描写,表现命运对这一家人的捉弄,让读者在会心微笑的同时又不免为这家人的遭遇感到心酸和同情。作者正是通过对小人物的命运的描写,表现了一个时代的特征及个人命运的叵测。许三观一生卖血救急,当他老了,准备为自己卖一次血时,却被告知他的血已经没有收买的价值了。因此,他的一生没有一次机会可以主宰自己的命运,显示了个人生存的荒谬性,而这荒谬正是时代的荒谬造成的。

【广阅津梁】

1. 余华《许三观卖血记·中文版自序》:

这本书其实是一首很长的民歌,它的节奏是回忆的速度,旋律温和地跳跃着,休止符被韵脚隐藏了起来。

2. 余华《我能否相信自己》:

许三观是我另外一个亲密的朋友,他是一个时时想出来与他命运作对的一个人,却总是以失败告终,但他却从来不知道失败,这又是他的优秀之处。

【思考练习】

1. 小说是怎样展现许三观一家人度过荒年的艰辛和困苦的?
2. 从本文中可以看出许三观和许玉兰各自的性格特点是什么?

(文革红)

祖国啊,我亲爱的祖国

舒 婷

【作者传略】

舒婷,中国女诗人,1952年出生于福建龙海石码镇。1969年下乡插队,1972年返城当工人,1979年开始发表诗歌作品,1980年至福建省文联工作,从事专业写作。舒婷崛起于20世纪70年代末的中国诗坛,她和同代人北岛、顾城、梁小斌等以迥异于前人的诗风,在中国诗坛上掀起了一股"朦胧诗"大潮,是朦胧诗派的代表人物。主要著作有诗集《双桅船》《会唱歌的鸢尾花》《始祖鸟》,散文集《心烟》等。

我是你河边上破旧的老水车,
数百年来纺着疲惫的歌;
我是你额上熏黑的矿灯,
照你在历史的隧洞里蜗行摸索;
我是干瘪的稻穗,是失修的路基;
是淤滩上的驳船
把纤绳深深
勒进你的肩膊,
——祖国啊!

我是贫困,
我是悲哀。
我是你祖祖辈辈
痛苦的希望啊,
是"飞天"袖间
千百年未落在地面的花朵,
——祖国啊!

我是你簇新的理想,
刚从神话的蛛网里挣脱;
我是你雪被下古莲的胚芽;
我是你挂着眼泪的笑涡;

我是新刷出的雪白的起跑线；
是绯红的黎明
正在喷薄；
——祖国啊！

我是你的十亿分之一
是你九百六十万平方的总和；
你以伤痕累累的乳房
喂养了
迷惘的我、深思的我、沸腾的我；
那就从我的血肉之躯上
去取得
你的富饶、你的荣光、你的自由；
——祖国啊，
我亲爱的祖国！

【鉴赏导引】

《祖国啊，我亲爱的祖国》是当代诗人舒婷于 1979 年创作的一首抒情现代诗。作者将个体的"我"熔铸在祖国的大形象里，并承担起为祖国取得"富饶""荣光""自由"的重任，表达了强烈的爱国之情和历史责任感。

全诗立意新颖，感情真挚。精选了一组组意象，描述了中国过去的贫穷和人民千百年来的梦想与苦难，亦展现了中国让人振奋的崛起和新生，深情地抒发了诗人对祖国的无比热爱、无限期盼和献身决心。前两节沉郁、凝重，充满对祖国灾难历史、严峻现实的哀痛；后两节清新、明快，流露出祖国摆脱苦难、正欲奋飞的欢悦。既如泣如诉、似哀似怨，又热烈奔放、一往无前。全诗运用了主体与客体交错换用、相互交融的手法，表达了诗人对祖国的交融感与献身感。这首诗获得了中国作协"1979—1980 年全国中青年优秀诗作奖"。

【广阅津梁】

1. 当代作家李朝全《诗歌百年经典·1917—2015》：

在诗人笔下，祖国或许贫穷、落后、伤痕累累，但不失希望和美好。诗人愿意同全国十亿人民一起，用自己的血肉之躯，去为祖国争取富饶、荣光和自由。这是一首情感浓郁的政治抒情诗，诗人激情汹涌地表达了彻骨的爱国之情与报国之志，引起了人们广泛的共鸣。

2. 当代诗人干天全《写作概论》：

这首诗中的本体意象是"我"，借着众多的喻体使纷呈的意象并列组合成意象群，强化了"我"与祖国患难与共，甘愿为祖国奉献的诗意。这首诗，也正由于作者运用了博喻的方式，使本体意象得以丰富地表现。

【研讨练习】

1. 结合诗中意象,分析诗人的情感脉络。
2. 诗中的"我"仅指诗人自己吗? "我"与祖国是一种什么关系?

（冷淑敏）

谁是最可爱的人

魏 巍

【作者传略】

魏巍(1920—2008),原名魏鸿杰,中国当代作家、诗人。毕业于延安抗日军政大学。曾任《解放军文艺》副总编、聂荣臻元帅传记组组长。1959—1978年,历时20年创作了著名长篇小说《东方》,表现了壮烈的抗美援朝战争生活,荣获1982年中国首届茅盾文学奖长篇小说创作奖。《东方》与《地球的红飘带》《火凤凰》一起,构成了"革命战争"三部曲。

在朝鲜的每一天,我都被一些东西感动着;我的思想感情的潮水,在放纵奔流着;它使得我想把一切东西,都告诉给我祖国的朋友们。但我最急于告诉你们的,是我思想感情的一段重要经历,这就是:我越来越深刻地感觉到谁是我们最可爱的人!

谁是我们最可爱的人呢? 我们的战士,我感到他们是最可爱的人。

也许还有人心里隐隐约约地说:你说的就是那些"兵"吗? 他们看来是很平凡、很简单的哩,既看不出他们有什么高明的知识,又看不出他们有丰盛细致的感情。可是,我要说,这是由于他跟我们的战士接触太少,还没有了解到我们的战士:他们的品质是那样的纯洁和高尚,他们的意志是那样的坚韧和刚强,他们的气质是那样的淳朴和谦逊,他们的胸怀是那样的美丽和宽广!

让我还是来说一段故事吧。

还是在二次战役的时候,有一支志愿军的部队向敌后猛插,去切断军隅里敌人的逃路。当他们赶到书堂站时,逃敌也恰恰赶到那里,眼看就要从汽车路上开过去。这支部队的先头连就匆匆占领了汽车路边一个很低的光光的小山冈,阻住敌人。一场壮烈的搏斗就开始了。敌人为了逃命,用了三十二架飞机、十多辆坦克发起集团冲锋,向这个连的阵地汹涌卷来,整个山顶的土都被打翻了,汽油弹的火焰把这个阵地烧红了。但勇士们在这烟与火的山冈上,高喊着口号,一次又一次地把敌人打死在阵地前面。敌人的死尸像谷个子似的在山前堆满了,血也把这山冈流红了。可是敌人还是要拼死争夺,好使自己的主力不致覆灭。这场激战整整持续了八个小时。最后,勇士们的了弹打光了。蜂拥上来的敌人占领了山头,把他们压到山脚。飞机掷下的汽油弹把他们的身上烧着了。这时候,勇士们是仍然不会后退的呀,他们把枪一摔,向敌人扑去,身上帽子上呼呼地冒着火苗,把敌人抱住,让身上的火,也把占领阵地的敌人烧死……据这个营的营长告诉我,战后,这个连的阵地上,枪支完全摔碎了,机枪零件扔得满山都是。烈士们的遗体,保留着各种各样的姿势。有抱住敌人腰的,有抱住敌人头的,有掐住敌人脖子把敌人摁倒在地上的,和敌人倒在一起，烧在一起。还有一个战士，他手里还紧握着一个手榴弹，弹体上沾满脑浆；和他死在一起的美国鬼子，脑浆迸裂，涂了一地。另一个战士，嘴里还衔着敌人的半块耳朵。在掩埋烈士遗体的时候，由于他们两手扣着，把敌人抱得那样紧，分都分不开，以致把有些人的手指都掰断了……这个连虽然伤亡很大，他们却打死了三百多敌人，更重要的，他们使得我们部队的主力赶上来，聚歼了敌人。

这就是朝鲜战场上一次最壮烈的战头——松骨峰战斗，或者叫书堂站战斗。假若需要立纪念碑的话，让我把带火扑敌和用刺刀跟敌人拼死在一起的烈士们的名字记下吧。他们的名字是：王金传、邢玉堂、井玉琢、王文英、熊官全、王金侯、赵锡杰、隋金山、李玉安、丁振岱、张贵生、崔玉亮、李树国。还有一个战士，已经不可能知道他的名字了。让我们的烈士们千载万世永垂不朽吧！

这个营的营长向我说了以上的情形，他的声调是缓慢的，他的感情是沉重的。他说在阵地上掩埋烈士的时候，他掉了眼泪。但是他接着说："你不要以为我是为他们伤心，我是为他们骄傲！我觉得我们的战士太伟大了，太可爱了，我不能不被他们感动得掉下泪来。"

朋友们，当你听到这段英雄事迹的时候，你的感想如何呢？你不觉得我们的战士是可爱的吗？你不以我们的祖国有着这样的英雄而自豪吗？

我们的战士，对敌人这样狠，而对朝鲜人民却是那样的爱，充满国际主义的深厚热情。

在汉江北岸，我遇到一个青年战士，他今年才二十一岁，名叫马玉祥，是黑龙江青冈县人。他长着一副微黑透红的脸膛，高高的个儿，站在那儿，像秋天田野里一株红高粱那样淳朴可爱。不过因为他才从阵地上下来，显得稍微疲劳些，眼里的红丝还没有褪净。他原来是炮兵连的。有一天夜里，他被一阵哭声惊醒了，出去一看，是一个朝鲜老妈妈坐在山冈上哭。原来她的房子被炸毁了，她在山里搭了个窝棚，窝棚又被炸毁了。回来，他马上到连部要求调到步兵连去，正好步兵连也需要人，就批准了他。我说："在炮兵连不是一样打敌人吗？""那，不同！"他说，"离敌人越近，越觉着打得过瘾，越觉着打得解恨！"

在汉江南岸的那些日子里，有一天他从阵地上下来做饭。刚一进村，有几架敌机袭过来，打了一阵机关炮，接着就扔下了两个大燃烧弹。有几间房子着了火，火又盛，烟又大，使人不敢到跟前去。这时候，他听见烟火里有一个小孩子哇哇哭叫的声音。他马上穿过浓烟到近处一看，一个朝鲜的中年男人在院子里倒着，小孩子的哭声还在屋里。他走到屋门口，屋门口的火苗呼呼的，已经进不去人，门窗的纸已经烧着。小孩子的哭声随着那滚滚的浓烟传来，听得真真切切。当他叙述到这里的时候，他说："我能够不进去吗？我不能！我想，要在祖国遇见这种情形，我能够进去，那么，在朝鲜我就可以不进去吗？朝鲜人民和我们祖国的人民不是一样的吗？我就踹开门，扑了进去。呀！满屋子灰洞洞的烟，只能听见小孩哭，看不见人。我的眼也睁不开，脸烫得像刀割一般。我也不知道自己的身上着了火没有，我也不管它了，只是在地上乱摸。先摸着一个大人，拉了拉没拉动；又向大人的身后摸，才摸着小孩的腿，我就一把抓着抱起来，跳出门去。我一看小孩子，是挺好的一个小孩儿啊。他穿着小短褂儿，光着两条小腿儿，小腿儿乱蹬着，哇哇地哭。我心想：'不管你哭不哭，不救活你家大人，谁养活你哩！'这时候，火更大了，屋子里的家具什物也烧着了。我就把他往地上一放，又从那火门里钻了进去一拉那个大人，她哼了一声，我就使劲往外拉，见她又不动了。凑近一看，见她脸上流下来的血已经把她胸前的白衣染红了，眼睛已经闭上。我知道她不行了，才赶忙跳出门外，扑灭身上的火苗，抱起这个无父无母的孩子……"

朋友，当你听到这段事迹的时候，你的感觉又是如何呢？你不觉得我们的战士是最可爱的人吗？

谁都知道，朝鲜战场是艰苦些。但战士们是怎样想的呢？有一次，我见到一个战士，在防空洞里，吃一口炒面，就一口雪。我问他："你不觉得苦吗？"他把正送往嘴里的一勺雪收回来，笑了笑，说："怎么能不觉得？我们革命军队又不是个怪物。不过咱们的光荣也就在这里。"他把小勺儿干脆放下，兴奋地说，"就拿吃雪来说吧。我在这里吃雪，正是为了我们祖国的人民不吃雪。他们可以坐在挺豁亮的屋子里，泡上一壶茶，守住个小火炉子，想吃点什么就做点什么。"他又指了指狭小潮湿的防空洞说，"再比如蹲防空洞吧，多憋闷得慌哩，眼看着外面好好的太阳不能晒，光光的马路不能走。可是我在这里蹲防空洞，祖国的人民就可以不蹲防空洞啊，他们就可以在马路上不慌不忙地走呀。他们想骑车子也行，想走路也行，边遛达、边说话也行。只要能使人民得到幸福，也就是我们最大的幸福。所以，"他又把雪放到嘴里，像总结似的说"我在这里流点血不算什么，吃这点苦又算什么哩！"我又问："你想不想祖国呀？"他笑起来："谁不想哩，说不想，那是假话，可是我不愿意回去。如果回去，祖国的老百姓问，'我们托付给你们的任务完成得怎么样啦？'我怎么答对呢？我说'朝鲜半边红，半边黑'，这算什么话呢？"我接着问："你们经历了这么多危险，吃了这么多苦，你们对祖国对朝鲜有什么要求吗？"他想了一下，才回答我："我们什么也不要。可是说心里话，——我这话可不一定恰当啊，我们是想要这么大的一个东西……"他笑着，用手指比个铜子儿大小，怕我不明白，又说："一块'朝鲜解放纪念章'，我们愿意戴在胸脯上，回到咱们的祖国去。"

朋友们，用不着烦琐地举例，你们已经可以了解我们的战士是怎样一种人，这种人是什么一种品质，他们的灵魂多么地美丽和宽广。他们是历史上、世界上第一流的战士，第一流的人！他们是世界上一切善良人民的优秀之花！是我们值得骄傲的祖国之花！我们以我们的祖国有这样的英雄而骄傲，我们以生在这个英雄的国度而自豪！

亲爱的朋友们，当你坐上早晨第一列电车驰向工厂的时候，当你扛上犁耙走向田野的时候，当你喝完一杯豆浆、提着书包走向学校的时候，当你坐到办公桌前计划这一天工作的时候，当你向孩子嘴里塞着苹果的时候，当你和爱人悠闲散步的时候……朋友，你是否意识到你是在幸福之中呢？你也许很惊讶地说："这是很平常的呀！"可是，从朝鲜归来的人，会知道你正生活在幸福之中。请你意识到这是一种幸福吧，因为只有你意识到这一点，你才能更深刻了解我们的战士在朝鲜奋不顾身的原因。朋友！你是这么爱我们的祖国，爱我们的伟大领袖毛主席，你一定会深深地爱我们的战士，他们确实是我们最可爱的人！

【鉴赏导引】

1951 年 4 月 11 日，《人民日报》头版刊登了魏巍采写的通讯《谁是最可爱的人》。毛泽东主席读后批示"印发全军"。朱德读后连声称赞："写得好，很好！"《谁是最可爱的人》

在朝鲜战场的志愿军内部乃至全国都产生了极其强烈的反响,鼓舞了前方将士的斗志和士气,激发了国内支援抗美援朝运动的热情。自此,"最可爱的人"便成为志愿军官兵的光荣称号。

魏巍以饱含深情和诗意的笔触,报道了抗美援朝战场上惊天动地的英雄事迹,从不同的侧面表现志愿军战士的崇高品质和思想境界。他从采访到的 20 多个故事当中,精心选出了 3 个最典型最感人的事例写入了《谁是最可爱的人》。文章开头 3 段,表明写作愿望,抒写在朝鲜的深切感受,点明志愿军战士是"最可爱的人"。第二部分,精选典型材料表现志愿军的高贵品质:松骨峰战斗,表现对敌人的恨;冒火救朝鲜儿童,表现对人民的爱;防空洞里吃炒面,表现对祖国的忠。3 个感人事例从 3 个侧面表现了志愿军坚韧顽强的意志、纯洁高尚的品质、淳朴谦逊的气质和美丽宽广的胸怀,揭示了中国人民志愿军光照日月的崇高心灵,歌颂了中朝两国人民的血肉情谊,深刻、准确、有力地揭示了主题。最后一部分,也就是最后一段,回应前文,连续用 6 个排比句点明:生活在祖国幸福怀抱的每个人,时刻要意识到志愿军是祖国人民幸福生活的保卫者。并以抒情性的议论,诗样的语言歌唱志愿军英雄,从而教育、启迪读者,激发广大读者的爱国热情,进一步深化了主题思想。文章开头如凤头,短小精悍,楚楚美丽,抓住读者,使之欲罢不能。文章中部,内容最多,似是猪肚,以典型的事例、细致的描写、真挚的情感,打动了人心。文章末段,如豹尾,刚劲有力,给人感染,给人教育,催人前进,令人奋力。

文章情文并茂,既以事感人,又以情动人。成功将叙事、抒情和议论三者结合起来,使诗意和政论融为一体。文章思想深刻,感情激越,酣畅淋漓,动人心弦。语言优美,明快晓畅,尤其是排比句式的运用,使得行文铿锵有力,气势贯通,具有强烈的节奏感和音乐美,被后人誉为"中国人民军事报道的巅峰"。从文学角度来说,这是一篇杰出的报告文学,朴实无华而又感人至深,文笔流畅,引人入胜,在文学史上占有重要地位;从历史角度来说,这是一篇重要的历史文献,是 20 世纪 50 年代初朝鲜战场上一份珍贵的形象记录,传之后世,永不磨灭。

【广阅津梁】

1. 38 军军长、开国中将梁兴初之子梁晓源:

中华民族有很多精神,包括长征精神、井冈山精神、延安精神、西柏坡精神等,这些精神也包括抗美援朝精神,这是我们中华民族发展并且赖以生存的精神支柱。中华民族是要有精神的,一个没有精神的民族,是颓废的。我们中华民族是勃勃向上的一个民族,生机盎然的一个民族,必然要在精神层面上立足于世界民族之林。

2. 军旅诗人石祥 2004 年 1 月 16 日为祝贺魏老 84 岁寿辰写下一首诗《魏巍是一座山》:

魏巍是一座山

硝烟里 山巅长出一棵"红杨树"

鏖战《两年》结出硕果满园

《黎明风景》亮起曙光片片

山泉流出《不断集》

夕阳推出《红叶集》

号角 鼓点 一簇簇激情

燃烧的火焰

魏巍是一座山

炮火中 松骨峰上浴血奋战

第一声喊出《谁是最可爱的人》

让世界瞩目 令一切侵略者胆寒

《壮行集》《幸福的花为勇士而开》

一串串赞歌挂在无数英烈胸前

魏巍是一座山

山谷回荡长篇"三部曲"

一条《地球的红飘带》

长达二万五千里

诠释"红军不怕远征难"

一只腾飞的《火凤凰》

再现死灰中的"凤凰涅槃"

一组群雕屹立在世界《东方》

中华好儿女雄踞于三千里江山

魏巍是一座山

一座为人民英雄树碑立传的山

一座与祖国同呼吸共命运的山

一座镌刻着镰刀斧头旗帜的山

一座永远属于最可爱的人的山

【研讨练习】

1. 请分析本文的写作技巧。

2. 在当今的社会中,你觉得怎样的人是"最可爱"的?

（田秀娟）

茶花赋

杨　朔

【作者传略】

杨朔(1913—1968)，当代著名作家、散文家、小说家。原名杨毓瑨。山东蓬莱人。1939年，参加全国文艺界抗敌协会组织的作家战地访问团，解放战争开始，担任新华社特别记者。新中国成立后担任中华全国铁路总工会文艺部部长，并加入中国作家协会。1950年，参加了抗美援朝，写了著名的长篇小说《三千里江山》。曾任中国作家协会外国文学委员会主任。他写了大量反映社会现实生活、描绘祖国自然风貌的优秀散文。代表作品有《荔枝蜜》《樱花雨》《香山红叶》《泰山极顶》《茶花赋》《海市》《铁骑兵》等。

久在异国他乡，有时难免要怀念祖国的。怀念极了，我也曾想：要能画一幅画儿，画出祖国的面貌特色，时刻挂在眼前，有多好。我把这心思去跟一位擅长丹青的同志商量，求她画。她说："这可是个难题，画什么呢？画点零山碎水，一人一物，都不行。再说，颜色也难调。你就是调尽五颜六色，又怎么画得出祖国的面貌？"我想了想，也是，就搁下这桩心思。

今年二月，我从海外回来，一脚踏进昆明，心都醉了。我是北方人，论季节，北方也许正是搅天风雪，水瘦山寒，云南的春天却脚步儿勤，来得快，到处早像催生婆似的正在催动花事。

花事最盛的去处数着西山华庭寺。不到寺门，远远就闻见一股细细的清香，直渗进人的心肺。这是梅花，有红梅、白梅、绿梅，还有朱砂梅，一树一树的，每一树梅花都是一树诗。白玉兰花略微有点儿残，娇黄的迎春却正当时，那一片春色啊，比起滇池的水来不知还要深多少倍。

究其实这还不是最深的春色。且请看那一树，齐着华庭寺的廊檐一般高，油光碧绿的树叶中间突出千百朵重瓣的大花，那样红艳，每朵花都像一团烧得正旺的火焰。这就是有名的茶花。不见茶花，你是不容易懂得"春深似海"这句诗的妙处的。

想看茶花，正是好时候。我游过华庭寺，又冒着星星点点细雨游了一次黑龙潭，这都是看茶花的名胜地方。原以为茶花一定很少见，不想在游历当中，时时望见竹篱茅屋旁边会闪出一枝猩红的花来。听朋友说："这不算稀奇。要是在大理，差不多家家户户都养茶花。花期一到，各样品种的花儿争奇斗艳，那才美呢。"

我不觉对着茶花沉吟起来。茶花是美啊。凡是生活中美的事物都是劳动创造的。是谁白天黑夜，积年累月，拿自己的汗水浇着花，像抚育自己儿女一样抚育着花秧，终于培养出这样绝色的好花？应该感谢那为我们美化生活的人。

普之仁就是这样一位能工巧匠，我在翠湖边上会到他。翠湖的茶花多，开得也好，红彤彤的一大片，简直就是那一段彩云落到湖岸上。普之仁领我穿着茶花走，指点着告诉我这叫大玛瑙，那叫雪狮子；这是蝶翅，那是大紫袍……名目花色多得很。后来他攀着一棵茶树的小干枝说："这叫童子面，花期迟，刚打骨朵，开起来颜色深红，倒是最好看的。"

我就问："古语说：看花容易栽花难——栽培茶花一定也很难吧？"

普之仁答道："不很难，也不容易。茶花这东西有点特性，水壤气候，事事都得细心。又怕风，又怕晒，最喜欢半阴半阳。顶讨厌的是虫子。有一种钻心虫，钻进一条去，花就死了。一年四季，不知得操多少心呢。"

我又问道："一棵茶花活不长吧？"

普之仁说："活得可长啦。华庭寺有棵松子鳞，是明朝的，五百多年了，一开花，能开一千多朵。"

我不觉噢了一声：想不到华庭寺见的那棵茶花来历这样大。

普之仁误会我的意思，赶紧说："你不信么？大理地面还有一棵更老的呢，听老人讲，上千年了，开起花来，满树数不清数，都叫万朵茶。树干那样粗，几个人都搂不过来。"说着他伸出两臂，做个搂抱的姿势。

我热切地望着他的手，那双手满是茧子，沾着新鲜的泥土。我又望着他的脸，他的眼角刻着很深的皱纹，不必多问他的身世，猜得出他是个曾经忧患的中年人。如果他离开你，走进人丛里去，立刻便消逝了，再也不容易寻到他——他就是这样一个极其普通的劳动者。然而正是这样的人，整月整年，劳心劳力，拿出全部精力培植着花木，美化我们的生活。美就是这样创造出来的。

正在这时，恰巧有一群小孩也来看茶花，一个个仰着鲜红的小脸，甜蜜蜜地笑着，唧唧喳喳叫个不休。

我说："童子面茶花开了。"

普之仁愣了愣，立时省悟过来，笑着说："真的呢，再没有比这种童子面更好看的茶花了。"

一个念头忽然跳进我的脑子，我得到一幅画的构思。如果用最浓最艳的朱红，画一大朵含露乍开的童子面茶花，岂不正可以象征着祖国的面貌？我把这个简单的构思记下来，寄给远在国外的那位丹青能手，也许她肯再斟酌一番，为我画一幅画儿吧。

【鉴赏导引】

《茶花赋》是杨朔歌颂祖国的散文代表作。1956 年以来，作者先后在印度、日本、埃及等许多亚非国家从事外事工作，旅居外国期间，对祖国的思念情深意切。1961 年，作者回到思念以久的祖国。一踏上国土，作者就置身于温暖的春天中，美的光、色、影、味勾起了他无限美好的情思，于是写下了这篇抒情散文《茶花赋》。文章通过对茶花的赞美，歌颂了辛勤栽培茶花的劳动者，进而抒发了作者对祖国欣欣向荣的面貌和美好未来的热爱及赞美。

本文构思精巧，谋篇布局独具匠心。全文可分 4 个部分。第一部分写在海外怀念祖国,盼望得到一幅能象征祖国面貌特色的画却不得,为读者留下悬念。第二部分从清香的梅花写到红艳茂盛的茶花,揭示出祖国南方早春"春深似海"的醉人春意。第三部分写观赏茶花时联想到育花人,通过对普之仁这位能工巧匠的辛勤劳动者的着力描绘,赞扬辛勤栽培茶花的能工巧匠,赞美整年整月劳心劳力、建设祖国,创造美好生活的劳动者。第四部分揭示茶花的象征意义,终于得到象征祖国青春健美的一幅画的构想。

《茶花赋》托物言志、借景抒情,文风简约质朴、诚挚深沉。作者巧妙地运用象征手法,用普通的育花人象征辛勤劳动的建设者,用童子面茶花象征祖国的欣欣向荣,使茶花的象征意义更加深刻具体。文章在构思上由情入景,由景到人,由人及理,层层深入,首尾照应。通过情、景、理的自然交融既抒发了作者深切的思乡情,又充满了画趣。

"以诗为文"是杨朔散文的最大特点。杨朔曾说:"我在写一篇文章时,总是拿着当诗一样写","常常在寻求诗的意境",他的这种审美追求,使他成为"以诗为文"的突出代表。

新中国成立后,杨朔创作中的"物—人—理"或"景—人或事—情"三段式结构的散文模式,开创了一个时代的写作风格,被称为"杨朔模式",成为那一代人写作的"样板"。毛泽东对杨朔的散文也非常欣赏。

【广阅津梁】

杨朔回忆他在延安的那段历史时期时,写下了这样的话:

> 毛主席指示的文艺方向,是我终身要走的文艺方向;不追求生活享受,不追求名誉地位,追求的是工作,是属于人民的创作事业。

【研讨练习】

1. 请分析本文的艺术特点。
2. 请分析文中茶花意象的象征意义。

(徐彩云)

下编

外国文学

第十一单元
外国文学

论 美

[英]培 根

【作者传略】

弗朗西斯·培根(1561—1626),英国文艺复兴的代表人物,杰出的哲学家,科学家及散文家。他持之以恒地用科学方法思考及依靠观察而非权威学说获取知识的态度,使其成为现代科学的奠基人。他的《培根随笔》是英国文学的典范,并被誉为英语散文发展的重要里程碑。他所运用的一些新鲜词汇还进入了英国文学传统。《培根随笔》主要讲述培根从不同的角度看待事物的态度和想法。本书的内容涉及政治、经济、宗教、爱情、婚姻、友谊、艺术、教育和伦理等,对于各种方面的内容培根都写出了自己的想法,从字里行间透露出培根的人生态度和处事方式。

善犹如宝石,以镶嵌自然为美;而善附于美者无疑最美,不过这美者倒不必相貌俊秀,只须气度端庄,仪态宜人。世人难见绝美者兼而至善,仿佛造物主宁愿专心于不出差错,也不肯努力创造出美善兼备之上品。故世间美男子多有身躯之完美而无精神之高贵,多注重其行而不注重其德。但此论并非放之四海而皆准,因古罗马皇帝奥古斯都和韦斯帕芗、法兰西国王腓力四世、英格兰国王爱德华四世、古雅典将军亚西比德,以及伊朗国王伊思迈尔一世皆为志存高远者,但也都是当时的冠玉美男。至于美女,天生容貌胜过粉黛胭脂,而优雅举止又胜过天生容貌。优雅之态乃美之极致,非丹青妙笔所能绘之,亦非乍眼一看所能识之。绝色者之形体比例定有异处。世人难断阿佩利斯和丢勒谁更可笑,后者画人像总是按几何比例,前者则将诸多面孔的最美之处汇于一颜。笔者以为除画家本人之外,此等画像谁也不会喜欢。虽说笔者认为画家可以画出比真颜更美的容貌,但他必须得靠神来之笔,而非凭藉什么规则尺度,这就像音乐家谱写妙曲得靠灵感一般。世人可见这样的面庞,若将其五官分而视之则一无是处,但合在一起却堪称花容玉颜。倘美之要素果真在于仪态之优雅,那长者比少者更美就不足为奇,须知美人之秋亦美。假如不把青春视为优雅得体之补足,年少者多半都难称俊秀。美貌如夏日鲜果易腐难存,而且它每每使年少者放荡,并给年长者几分难堪;但笔者开篇所言仍然不谬,若美貌依附于善者,便会使善举光彩夺目,使恶行无地自容。

【鉴赏导引】

《论美》是培根的著名美文。主要论述了至上之美是由内在美和外在美结合而成的——把美的形貌和美的德行结合起来吧,只有这样,美才会放射出真正的光辉。培根在文中提到：形体之美要胜于颜色之美，而优雅行为之美又胜于形体之美。诚然，爱美是人的天性。无论是生活在哪个年代哪个国家的人，都在追求着美。然而，那些衣着华丽、披金戴银，却毫无真才实学，肚里空空的人；那些外表风度翩翩、英俊潇洒，而内心丑恶、言行令人不齿的人，仅有衣着，外表的美，并不是完整的美丽。

《论美》凝练着培根浓郁的个人风格：节奏优美、行文简洁、警句迭起。他将自己对社会的认识及对人生的理解浓缩成名言警句，于简单平实之间蕴含哲理，引人深思。此外，培根还运用了很多历史典故来增强说服力。其语言有气度并颇有说服力，结构简练而紧凑。文章精密的思想与简洁的语句颠覆了培根时代传统文章的语句散漫、冗长的特点，具有划时代的意义。

【广阅津梁】

恩格斯在《自然辩证法》中高度评价意大利文艺复兴在历史上的进步作用，说：

> 这是一次人类从来没有经历过的最伟大的、进步的变革，是一个需要巨人而且产生了巨人——在思维能力、热情和性格方面，在多才多艺和学识渊博方面的巨人的时代。

【研讨练习】

1. 试分析《论美》的主题思想、哲理意义与写作风格。

2. 培根散文的翻译比较有代表性的有王佐良、曹明伦与徐新的译本。文学翻译是一项重要而有意义的工作，翻译的过程也是读书的过程。试收集本文的3种译本，分析比较其中的异同点，并谈谈你对文学翻译的理解和认识。

3. 了解培根的哲学思想与自然观念对英国文艺复兴的影响。

4. 阅读培根的《培根随笔集》。

（欧阳伟）

哈姆莱特(节选)

[英]莎士比亚

【作者传略】

威廉·莎士比亚(1564—1616),英国文艺复兴时期伟大的戏剧家和诗人,也是欧洲文艺复兴时期人文主义文学的集大成者,近代欧洲文学的奠基人之一。他出生于英格兰中部斯特拉福镇的一个商人家庭。莎士比亚的一生著作较为丰富,主要作品有:喜剧《第十二夜》《仲夏夜之梦》《威尼斯商人》《皆大欢喜》等,悲剧有《哈姆莱特》《奥瑟罗》《李尔王》《麦克白》等,历史剧包括《亨利四世》《亨利五世》《理查三世》等9部,还写有长诗《维纳斯和阿多尼斯》《鲁克丽丝受辱记》和154首十四行诗。此外,他还写有《辛白林》和《冬天的故事》等3部传奇剧。他是"英国戏剧之父",本·琼斯称他为"时代的灵魂",马克思称他为"人类最伟大的天才之一"。被称为"人类文学奥林匹斯山上的宙斯"。他亦跟古希腊三大悲剧家埃斯库罗斯、索福克勒斯及欧里庇得斯合称戏剧史上四大悲剧家。

【剧情简介】

丹麦王子哈姆莱特在德国威登堡大学就读时突然接到父亲的死讯,回国奔丧时,叔父克劳迪斯即位并娶了母亲乔特鲁德,对此哈姆莱特充满了疑惑和不满。接着,在霍拉旭和勃那多站岗时出现了父亲老哈姆莱特的鬼魂,说明自己是被克劳迪斯毒死的,并要求哈姆莱特为自己复仇。

哈姆莱特利用装疯掩护自己并证实了自己的叔父的确是杀父仇人。由于错误地杀死了恋人奥菲利亚的父亲波洛涅斯,克劳迪斯试图借英王手除掉哈姆莱特,但哈姆莱特趁机逃回了丹麦。他得知奥菲利亚沉水自杀并不得不接受了与其兄雷欧提斯的决斗。决斗中哈姆莱特的母亲乔特鲁德因误喝克劳迪斯为哈姆莱特准备的毒酒而死去,哈姆莱特和雷欧提斯也双双中了毒剑,哈姆莱特在临死前杀死了克劳迪斯并嘱托朋友霍拉旭将自己的故事告诉后来人。

【主要人物】

1. 哈姆莱特——丹麦王子,丹麦前任国王之子,现任国王的侄子。

2. 奥菲利亚——哈姆莱特的恋人。

3. 波洛涅斯——御前侍卫,哈姆莱特的恋人奥菲利亚的父亲,被哈姆莱特误杀。

4. 国王——克劳迪斯,哈姆莱特的叔父。他杀死自己的哥哥、哈姆莱特的父亲,登上王位,并娶了哈姆莱特的母亲。

5. 罗森格兰兹及吉尔登斯吞——哈姆莱特的好朋友,后投靠新国王。克劳迪斯派遣两人送哈姆莱特去英国,在文书中叫英王处死哈姆莱特,结果被哈姆莱特识破,将自己的名字改换为两人的名字,两人被英王处死。

第三幕

第一场　城堡中一室

(国王、王后、波洛涅斯、奥菲利娅、罗森格兰兹及吉尔登斯吞上。)

国王　　　　你们不能用迂回婉转的方法,探出他为什么这样神思颠倒,让紊乱而危险的疯狂困扰他的安静的生活吗?

罗森格兰兹　他承认他自己有些神经迷惘,可是绝口不肯说为了什么缘故。

吉尔登斯吞　他也不肯虚心接受我们的探问;当我们想要引导他吐露他自己的一些真相的时候,他总是用假作痴呆的神气故意回避。

王后　　　　他对待你们还客气吗?

罗森格兰兹　很有礼貌。

吉尔登斯吞　可是不大自然。

罗森格兰兹　他很吝惜自己的话,可是我们问他话的时候,他回答起来却是毫无拘束。

王后　　　　你们有没有劝诱他找些什么消遣?

罗森格兰兹　娘娘,我们来的时候,刚巧有一班戏子也要到这儿来,给我们赶过了;我们把这消息告诉了他,他听了好像很高兴。现在他们已经到了宫里,我想他已经吩咐他们今晚为他演出了。

波洛涅斯　　一点不错;他还叫我来请两位陛下同去看看他们演得怎样哩。

国王　　　　那好极了;我非常高兴听见他在这方面感到兴趣。请你们两位还要更进一步鼓起他的兴味,把他的心思移转到这种娱乐上面。

罗森格兰兹　是,陛下。(罗森格兰兹、吉尔登斯吞同下。)

国王　　　　亲爱的乔特鲁德,你也暂时离开我们;因为我们已经暗中差人去唤哈姆莱特到这儿来,让他和奥菲利娅见见面,就像他们偶然相遇一般。她的父亲跟我两人将要权充一下密探,躲在可以看见他们,却不能被他们看见的地方,注意他们会面的情形,从他的行为上判断他的疯病究竟是不是因为恋爱上的苦闷。

王后　　　　我愿意服从您的意旨。奥菲利娅,但愿你的美貌果然是哈姆莱特疯狂的原因;更愿你的美德能够帮助他恢复原状,使你们两人都能安享尊荣。

奥菲利娅　　娘娘,但愿如此。(王后下。)

波洛涅斯　　奥菲利娅,你在这儿走走。陛下,我们就去躲起来吧。(向奥菲利娅)你拿这本书去读,他看见你这样用功,就不会疑心你为什么一个人在这儿了。人们往往用至诚的外表和虔敬的行动,掩饰一颗魔鬼般的内心,这样的例子是太多了。

国王　　　　(旁白)啊,这句话是太真实了! 它在我的良心上抽了多么重的一鞭! 涂脂抹粉的娼妇的脸,还不及掩藏在虚伪的言辞后面的我的行为更丑恶。难堪的重负啊!

波洛涅斯　　我听见他来了;我们退下去吧,陛下。(国王及波洛涅斯下。)

　　(哈姆莱特上。)

哈姆莱特　　生存还是毁灭,这是一个值得考虑的问题;默然忍受命运的暴虐的毒箭,或是挺身反抗人世的无涯的苦难,通过斗争把它们扫清,这两种行为,哪一种更高贵? 死了;睡着了;什么都完了;要是在这一种睡眠之中,我们心头的创痛,以及其他无数血肉之躯所不能避免的打击,都可以从此消失,那正是我们求之不得的结局。死了;睡着了;睡着了也许还会做梦;嗯,阻碍就在这儿:因为当我们摆脱了这一具朽腐的皮囊以后,在那死的睡眠里,究竟将要做些什么梦,那不能不使我们踌躇顾虑。人们甘心久困于患难之中,也就是为了这个缘故;谁愿意忍受人世的鞭挞和讥嘲、压迫者的凌辱、傲慢者的冷眼、被轻蔑的爱情的惨痛、法律的迁延、官吏的横暴和费尽辛勤所换来的小人的鄙视,要是他只要用一柄小小的刀子,就可以清算他自己的一生? 谁愿意负着这样的重担,在烦劳的生命的压迫下呻吟流汗,倘不是因为惧怕不可知的死后,惧怕那从来不曾有一个旅人回来过的神秘之国,是它迷惑了我们的意志,使我们宁愿忍受目前的磨折,不敢向我们所不知道的痛苦飞去? 这样,重重的顾虑使我们全变成了懦夫,决心的赤热的光彩,被审慎的思维盖上了一层灰色,伟大的事业在这一种考虑之下,也会逆流而退,失去了行动的意义。且慢! 美丽的奥菲利娅! ——女神,在你的祈祷之中,不要忘记替我忏悔我的罪孽。

奥菲利娅　　我的好殿下,您这许多天来贵体安好吗?

哈姆莱特　　谢谢你,很好,很好,很好。

奥菲利娅　　殿下,我有几件您送给我的纪念品,我早就想把它们还给您;请您现在收回去吧。

哈姆莱特　　不,我不要;我从来没有给你什么东西。

奥菲利娅　　殿下,我记得很清楚您把它们送给了我,那时候您还向我说了许多甜言蜜语,使这些东西格外显得贵重;现在它们的芳香已经消散,请您拿回去吧,因为在有骨气的人看来,送礼的人要是变了心,礼物虽贵,也会失去了价值。拿去吧,殿下。

哈姆莱特　　哈哈! 你贞洁吗?

奥菲利娅　　殿下!

哈姆莱特　　你美丽吗?

奥菲利娅　　殿下是什么意思?

哈姆莱特　　要是你既贞洁又美丽,那么你的贞洁应该断绝跟你的美丽来往。

奥菲利娅　　殿下,难道美丽除了贞洁以外,还有什么更好的伴侣吗?

哈姆莱特　　嗯,真的;因为美丽可以使贞洁变成淫荡,贞洁却未必能使美丽受它自己的感化;这句话从前像是怪诞之谈,可是现在时间已经把它证实了。我的确曾经爱过你。

奥菲利娅　　真的,殿下,您曾经使我相信您爱我。

哈姆莱特　　你当初就不应该相信我,因为美德不能熏陶我们罪恶的本性;我没有爱过你。

奥菲利娅　　那么我真是受了骗了。

哈姆莱特　　进尼姑庵去吧;为什么你要生一群罪人出来呢? 我自己还不算是一个顶坏的人;可是我可以指出我的许多过失,一个人有了那些过失,他的母亲还是不要生下他来的好。我很骄傲,有仇必报,富于野心,我的罪恶是那么多,连我的思想也容纳不下,我的想象也不能给它们形象,甚至于我都没有充分的时间可以把它们实行出来。像我这样的家伙,匍匐于天地之间,有什么用处呢? 我们都是些十足的坏人;一个也不要相信我们。进尼姑庵去吧。你的父亲呢?

奥菲利娅　　在家里,殿下。

哈姆莱特　　把他关起来,让他只好在家里发发傻劲。再会!

奥菲利娅　　哎哟,天哪! 救救他!

哈姆莱特　　要是你一定要嫁人,我就把这一个诅咒送给你做嫁奁:尽管你像冰一样坚贞,像雪一样纯洁,你还是逃不过谗人的诽谤。进尼姑庵去吧,去;再会! 或者要是你必须嫁人的话,就嫁给一个傻瓜吧;因为聪明人都明白你们会叫他们变成怎样的怪物。进尼姑庵去吧,去;越快越好。再会!

奥菲利娅　　天上的神明啊,让他清醒过来吧!

哈姆莱特　　我也知道你会怎样涂脂抹粉;上帝给了你们一张脸,你们又替自己另外造了一张。你们烟视媚行,淫声浪气,替上帝造下的生物乱取名字,卖弄你们不懂事的风骚。算了吧,我再也不敢领教了;它已经使我发了狂。我说,我们以后再不要结什么婚了;已经结过婚的,除了一个人以外,都可以让他们活下去;没有结婚的不准再结婚,进尼姑庵去吧,去。(下。)

奥菲利娅　　啊,一颗多么高贵的心是这样殒落了! 朝臣的眼睛、学者的辩舌、军人的利剑、国家所瞩望的一朵娇花;时流的明镜、人伦的雅范、举世注目的中心,这样无可挽回地殒落了! 我是一切妇女中间最伤心而不幸的,我曾经从他音乐一般的盟誓中吮吸芬芳的甘蜜,现在却眼看着他的高贵无上的理智,像一串美妙的银铃失去了谐和的音调,无比的青春美貌,在疯狂中凋谢! 啊! 我好苦,谁料过去的繁华,变作今朝的泥土!

　　(国王及波洛涅斯重上。)

国　王　　恋爱! 他的精神错乱不像是为了恋爱;他说的话虽然有些颠倒,也不像是疯狂。他有些什么心事盘踞在他的灵魂里,我怕它也许会产生危险的结果。为了防止万一,我已经当机立断,决定了一个办法:他必须立刻到英国去,向他们追索延宕未纳的贡物;也许他到海外各国游历一趟以后,时时变换的环境,可以替他排解去这一桩使他神思恍惚的心事。你看怎么样?

波洛涅斯　　那很好;可是我相信他的烦闷的根本原因,还是为了恋爱上的失意。啊,奥菲利娅! 你不用告诉我们哈姆莱特殿下说些什么话;我们全都听见了。陛下，照您的意思办吧；可是您要是认为可以的话，不妨在戏剧终场以后，让他的母后独自一人跟他在一起，恳求他向她吐露他的心事；她必须很坦白地跟他谈谈，我就找一个所在听他们说些什么。要是她也探听不出他的秘密来，您就叫他到英国去，或者凭着您的高见，把他关禁在一个适当的地方。

国王　　　就这样吧；大人物的疯狂是不能听其自然的。（同下。）

第二场　城堡中的厅堂

（哈姆莱特及若干伶人上。）

哈姆莱特　　请你念这段剧词的时候，要照我刚才读给你听的那样子，一个字一个字打舌头上很轻快地吐出来；要是你也像多数的伶人们一样，只会拉开了喉咙嘶叫，那么我宁愿叫那宣布告示的公差念我这几行词句。也不要老是把你的手在空中这么摇挥；一切动作都要温文，因为就是在洪水暴风一样的感情激发之中，你也必须取得一种节制，免得流于过火。啊！我顶不愿意听见一个披着满头假发的家伙在台上乱嚷乱叫，把一段感情片片撕碎，让那些只爱热闹的低级观众听了出神，他们中间的大部分是除了欣赏一些莫名其妙的手势以外，什么都不懂。我可以把这种家伙抓起来抽一顿鞭子，因为他把妥玛刚特形容过分，希律王的凶暴也要对他甘拜下风。请你留心避免才好。

伶甲　　　我留心着就是了，殿下。

哈姆莱特　　可是太平淡了也不对，你应该接受你自己的常识的指导，把动作和言语互相配合起来；特别要注意到这一点，你不能越过自然的常道；因为任何过分的表现都是和演剧的原意相反的，自有戏剧以来，它的目的始终是反映自然，显示善恶的本来面目，给它的时代看一看它自己演变发展的模型。要是表演得过分了或者太懈怠了，虽然可以博外行的观众一笑，明眼之士却要因此而皱眉；你必须看重这样一个卓识者的批评甚于满场观众盲目的毁誉。啊！我曾经看见有几个伶人演戏，而且也听见有人把他们极口捧场，说一句比喻不伦的话，他们既不会说基督徒的语言，又不会学着基督徒、异教徒或者一般人的样子走路，瞧他们在台上大摇大摆，使劲叫喊的样子，我心里就想一定是什么造化的雇工把他们造了下来：造得这样拙劣，以至于全然失去了人类的面目。

伶甲　　　我希望我们在这方面已经有了相当的纠正了。

哈姆莱特　　啊！你们必须彻底纠正这一种弊病。还有你们那些扮演小丑的，除了剧本上专为他们写下的台词以外，不要让他们临时编造一些话加上去。往往有许多小丑爱用自己的笑声，引起台下一些无知的观众的哄笑，虽然那时候全场的注意力应当集中于其他更重要的问题上；这种行为是不可恕的，它表示出那丑角的可鄙的野心。去，准备起来吧。（伶人等同下。）

（波洛涅斯、罗森格兰兹及吉尔登斯吞上。）

哈姆莱特　　啊，大人，王上愿意来听这一本戏吗？

波洛涅斯　　他跟娘娘都就要来了。

哈姆莱特　　　　叫那些戏子们赶紧点儿。(波洛涅斯下)你们两人也去帮着催催他们。

罗森格兰兹
吉尔登斯吞　　　是,殿下。

　　(罗森格兰兹、吉尔登斯吞下。)

哈姆莱特　　　　喂!霍拉旭!

　　(霍拉旭上。)

霍拉旭　　　　　有,殿下。

哈姆莱特　　　　霍拉旭,你是我所交接的人们中间最正直的一个人。

霍拉旭　　　　　啊,殿下!——

哈姆莱特　　　　不,不要以为我在恭维你;你除了你的善良的精神以外,身无长物,我恭维了
　　　　　　　　你又有什么好处呢?为什么要向穷人恭维?不,让蜜糖一样的嘴唇去吮舐
　　　　　　　　愚妄的荣华,在有利可图的所在屈下他们生财有道的膝盖来吧。听着。自
　　　　　　　　从我能够辨别是非、察择贤愚以后,你就是我灵魂里选中的一个人,因为你
　　　　　　　　虽然经历一切的颠沛,却不曾受到一点伤害,命运的虐待和恩宠,你都是受
　　　　　　　　之泰然;能够把感情和理智调整得那么适当,命运不能把他玩弄于指掌之
　　　　　　　　间,那样的人是有福的。给我一个不为感情所奴役的人,我愿意把他珍藏在
　　　　　　　　我的心坎,我的灵魂的深处,正像我对你一样。这些话现在也不必多说了。
　　　　　　　　今晚我们要在国王面前演一出戏,其中有一场的情节跟我告诉过你的我的
　　　　　　　　父亲的死状颇相仿佛;当那幕戏正在串演的时候,我要请你集中你的全副精
　　　　　　　　神,注视我的叔父,要是他在听到了那一段戏词以后,他的隐藏的罪恶还是
　　　　　　　　不露出一丝痕迹来,那么我们所看见的那个鬼魂一定是个恶魔,我的幻想也
　　　　　　　　就像铁匠的砧石那样黑漆一团了。留心看他;我也要把我的眼睛看定他的
　　　　　　　　脸上;过后我们再把各人观察的结果综合起来,给他下一个判断。

霍拉旭　　　　　很好,殿下;在演这出戏的时候,要是他在容色举止之间,有什么地方逃过了
　　　　　　　　我们的注意,请您唯我是问。

哈姆莱特　　　　他们来看戏了;我必须装出一副糊涂样子。你去拣一个地方坐下。

　　(奏丹麦进行曲,喇叭奏花腔。国王、王后、波洛涅斯、奥菲利娅、罗森格兰兹、吉尔登
斯吞及余人等上。)

国王　　　　　　你过得好吗,哈姆莱特贤侄?

哈姆莱特　　　　很好,好极了;我过的是变色蜥蜴的生活,整天吃空气,肚子让甜言蜜语塞满
　　　　　　　　了;这可不是你们填鸭子的办法。

国王　　　　　　你这种话真是答非所问,哈姆莱特;我不是那个意思。

哈姆莱特　　　　不,我现在也没有那个意思。(向波洛涅斯)大人,您说您在大学里念书的时
　　　　　　　　候,曾经演过一回戏吗?

波洛涅斯　　　　是的,殿下,他们都称赞我是一个很好的演员哩。

哈姆莱特　　　　您扮演什么角色呢?

波洛涅斯　　　　我扮的是裘力斯·凯撒;勃鲁托斯在朱庇特神殿里把我杀死。

哈姆莱特　　　　他在神殿里杀死了那么好的一头小牛,真太残忍了。那班戏子已经预备好

了吗？

罗森格兰兹	是，殿下，他们在等候您的旨意。
王后	过来，我的好哈姆莱特，坐在我的旁边。
哈姆莱特	不，好妈妈，这儿有一个更迷人的东西哩。
波洛涅斯	（向国王）啊哈！您看见吗？
哈姆莱特	小姐，我可以睡在您的怀里吗？
奥菲利娅	不，殿下。
哈姆莱特	我的意思是说，我可以把我的头枕在您的膝上吗？
奥菲利娅	嗯，殿下。
哈姆莱特	您以为我在转着下流的念头吗？
奥菲利娅	我没有想到，殿下。
哈姆莱特	睡在姑娘大腿的中间，想起来倒是很有趣的。
奥菲利娅	什么，殿下？
哈姆莱特	没有什么。
奥菲利娅	您在开玩笑哩，殿下。
哈姆莱特	谁，我吗？
奥菲利娅	嗯，殿下。
哈姆莱特	上帝啊！要说玩笑，那就得属我了。一个人为什么不说说笑笑呢？您瞧，我的母亲多么高兴，我的父亲还不过死了两个钟头。
奥菲利娅	不，已经四个月了，殿下。
哈姆莱特	这么久了吗？哎哟，那么让魔鬼去穿孝服吧，我可要去做一身貂皮的新衣啦。天啊！死了两个月，还没有把他忘记吗？那么也许一个大人物死了以后，他的记忆还可以保持半年之久；可是凭着圣母起誓，他必须造下几所教堂，否则他就要跟那被遗弃的木马一样，没有人再会想念他了。

（高音笛奏乐。哑剧登场。）

一国王及一王后上，状极亲热，互相拥抱。后跪地，向王做宣誓状，王扶后起，俯首后颈上。王就花坪上睡下；后见王睡熟离去。另一人上，自王头上去冠，吻冠，注毒药于王耳，下。后重上，见王死，作哀恸状。下毒者率其他二三人重上，佯作陪后悲哭状。从者异王尸下。下毒者以礼物赠后，向其乞爱；后先作憎恶不愿状，卒允其请。同下。

奥菲利娅	这是什么意思，殿下？
哈姆莱特	呃，这是阴谋诡计、不干好事的意思。
奥菲利娅	大概这一场哑剧就是全剧的本事了。

（致开场词者上。）

哈姆莱特	这家伙可以告诉我们一切；演戏的都不能保守秘密，他们什么话都会说出来。
奥菲利娅	他也会给我们解释方才那场哑剧有什么奥妙吗？
哈姆莱特	是啊；这还不算，只要你做给他看什么，他也能给你解释什么；只要你做出来不害臊，他解释起来也决不害臊。

奥菲利娅　　殿下真是淘气，真是淘气。我还是看戏吧。

　　（开场词）

　　　　这悲剧要是演不好，

　　　　要请各位原谅指教，

　　　　小的在这厢有礼了。（致开场词者下。）

哈姆莱特　　这算开场词呢，还是指环上的诗铭？

奥菲利娅　　它很短，殿下。

哈姆莱特　　正像女人的爱情一样。

　　（二伶人扮国王、王后上。）

伶王　　　　日轮已经盘绕三十春秋，

　　　　　　那茫茫海水和滚滚地球，

　　　　　　月亮吐耀着借来的晶光，

　　　　　　三百六十回向大地环航，

　　　　　　自从爱把我们缔结良姻，

　　　　　　许门替我们证下了鸳盟。

伶后　　　　愿日月继续他们的周游，

　　　　　　让我们再厮守三十春秋！

　　　　　　可是唉，你近来这样多病，

　　　　　　郁郁寡欢，失去旧时高兴，

　　　　　　好教我满心里为你忧惧。

　　　　　　可是，我的主，你不必疑虑；

　　　　　　女人的忧伤像爱情一样，

　　　　　　不是太少，就是超过分量；

　　　　　　你知道我爱你是多么深，

　　　　　　所以才会有如此的忧心。

　　　　　　越是相爱，越是挂肚牵胸；

　　　　　　不这样哪显得你我情浓？

伶王　　　　爱人，我不久必须离开你，

　　　　　　我的全身将要失去生机；

　　　　　　留下你在这繁华的世界

　　　　　　安享尊荣，受人们的敬爱；

　　　　　　也许再嫁一位如意郎君——

伶后　　　　啊！我断不是那样薄情人；

　　　　　　我倘忘旧迎新，难邀天恕，

　　　　　　再嫁的除非是杀夫淫妇。

哈姆莱特　　（旁白）苦恼，苦恼！

伶后　　　　妇人失节大半贪慕荣华，

　　　　　　多情女子决不另抱琵琶；

　　　　　　　　我要是与他人共枕同衾，
　　　　　　　　怎么对得起地下的先灵！
伶王　　　　　　我相信你的话发自心田。
　　　　　　　　可是我们往往自食前言。
　　　　　　　　志愿不过是记忆的奴隶，
　　　　　　　　总是有始无终，虎头蛇尾，
　　　　　　　　像未熟的果子密布树梢，
　　　　　　　　一朝红烂就会离去枝条。
　　　　　　　　我们对自己所负的债务，
　　　　　　　　最好把它丢在脑后不顾；
　　　　　　　　一时的热情中发下誓愿，
　　　　　　　　心冷了，那意志也随云散。
　　　　　　　　过分的喜乐，剧烈的哀伤，
　　　　　　　　反会毁害了感情的本常。
　　　　　　　　人世间的哀乐变幻无端，
　　　　　　　　痛哭转瞬早变成了狂欢。
　　　　　　　　世界也会有毁灭的一天，
　　　　　　　　何怪爱情要随境遇变迁；
　　　　　　　　有谁能解答这一个哑谜，
　　　　　　　　是境由爱造？是爱逐境移？
　　　　　　　　失财势的伟人举目无亲；
　　　　　　　　走时运的穷酸仇敌逢迎。
　　　　　　　　这炎凉的世态古今一辙：
　　　　　　　　富有的门庭挤满了宾客；
　　　　　　　　要是你在穷途向人求助，
　　　　　　　　即使知交也要情同陌路。
　　　　　　　　把我们的谈话拉回本题，
　　　　　　　　意志命运往往背道而驰。
　　　　　　　　决心到最后会全部推倒，
　　　　　　　　事实的结果总难符预料。
　　　　　　　　你以为你自己不会再嫁，
　　　　　　　　只怕我一死你就要变卦。
伶后　　　　　　地不要养我，天不要亮我！
　　　　　　　　昼不得游乐，夜不得安卧！
　　　　　　　　毁灭了我的希望和信心；
　　　　　　　　铁锁囚门把我监禁终身！
　　　　　　　　每一种恼人的飞来横逆，
　　　　　　　　把我一重重的心愿摧折！

| | 我倘死了丈夫再作新人，
| | 让我生前死后永陷沉沦！ |

哈姆莱特　　要是她现在背了誓！

伶王　　　　难为你发这样重的誓愿。
　　　　　　爱人，你且去；我神思昏倦，
　　　　　　想要小睡片刻。（睡。）

伶后　　　　愿你安睡；
　　　　　　上天保佑我俩永无灾悔！（下。）

哈姆莱特　　母亲，您觉得这出戏怎样？

王后　　　　我觉得那女人在表白心迹的时候，说话过火了一些。

哈姆莱特　　啊，可是她会守约的。

国王　　　　这本戏是怎么一个情节？里面没有什么要不得的地方吗？

哈姆莱特　　不，不，他们不过开玩笑毒死了一个人；没有什么要不得的。

国王　　　　戏名叫什么？

哈姆莱特　　《捕鼠机》。呃，怎么？这是一个象征的名字。戏中的故事影射着维也纳的
　　　　　　一件谋杀案。贡扎古是那公爵的名字；他的妻子叫作白普蒂丝姐。您看下
　　　　　　去就知道是怎么一回事啦。这是个很恶劣的作品，可是那有什么关系？它
　　　　　　不会对您陛下跟我们这些灵魂清白的人有什么相干；让那有毛病的马儿去
　　　　　　惊跳退缩吧，我们的肩背都是好好的。

　　　（一伶人扮琉西安纳斯上。）

哈姆莱特　　这个人叫作琉西安纳斯，是那国王的侄子。

奥菲利娅　　您很会解释剧情，殿下。

哈姆莱特　　要是我看见傀儡戏搬演您跟您爱人的故事，我也会替你们解释的。

奥菲利娅　　您的嘴真厉害，殿下，您的嘴真厉害。

哈姆莱特　　我要是真厉害起来，你非得哼哼不可。

奥菲利娅　　说好就好，说糟就糟。

哈姆莱特　　女人嫁丈夫也是一样。动手吧，凶手！混账东西，别扮鬼脸了，动手吧！来；
　　　　　　哇哇的乌鸦发出复仇的啼声。

琉西安纳斯　黑心快手，遇到妙药良机；
　　　　　　趁着没人看见事不宜迟。
　　　　　　你夜半采来的毒草炼成，
　　　　　　赫卡忒的咒语念上三巡，
　　　　　　赶快发挥你凶恶的魔力，
　　　　　　让他的生命速归于幻灭。（以毒药注入睡者耳中。）

哈姆莱特　　他为了觊觎权位，在花园里把他毒死。他的名字叫贡扎古；那故事原文还存
　　　　　　在，是用很好的意大利文写成的。底下就要做到那凶手怎样得到贡扎古的
　　　　　　妻子的爱了。

奥菲利娅　　王上站起来了！

哈姆莱特	什么！给一响空枪吓怕了吗？
王后	陛下怎么样啦？
波洛涅斯	不要演下去了！
国王	给我点起火把来！去！
众人	火把！火把！火把！（除哈姆莱特、霍拉旭外均下。）
哈姆莱特	嗨，让那中箭的母鹿掉泪，
	没有伤的公鹿自去游玩；
	有的人失眠，有的人酣睡，
	世界就是这样循环轮转。
	老兄，要是我的命运跟我作起对来，凭着我这念词的本领，头上插上满头的羽毛，开缝的靴子上再缀上两朵绢花，你想我能不能在戏班子里插足？
霍拉旭	也许他们可以让您领半额包银。
哈姆莱特	我可要领全额的。
	因为你知道，亲爱的朋友，
	这一个荒凉破碎的国土
	原本是乔武统治的雄邦，
	而今王位上却坐着——孔雀。
霍拉旭	您该押韵才是。
哈姆莱特	啊，好霍拉旭！那鬼魂真的没有骗我。你看见吗？
霍拉旭	看见的，殿下。
哈姆莱特	在那演戏的一提到毒药的时候？
霍拉旭	我看得他很清楚。
哈姆莱特	啊哈！来，奏乐！来，那吹笛子的呢？
	要是国王不爱这出喜剧，
	那么他多半是不能赏识。
	来，奏乐！

（罗森格兰兹及吉尔登斯吞重上。）

吉尔登斯吞	殿下，允许我跟您说句话。
哈姆莱特	好，你对我讲全部历史都可以。
吉尔登斯吞	殿下，王上——
哈姆莱特	嗯，王上怎么样？
吉尔登斯吞	他回去以后，非常不舒服。
哈姆莱特	喝醉了吗？
吉尔登斯吞	不，殿下，他在发脾气。
哈姆莱特	你应该把这件事告诉他的医生，才算你的聪明；因为叫我去替他诊视，恐怕反而更会激动他的脾气的。
吉尔登斯吞	好殿下，请您说话检点些，别这样拉扯开去。
哈姆莱特	好，我是听话的，你说吧。

吉尔登斯吞	您的母后心里很难过,所以叫我来。
哈姆莱特	欢迎得很。
吉尔登斯吞	不,殿下,这一种礼貌是用不着的。要是您愿意给我一个好好的回答,我就把您母亲的意旨向您传达;不然的话,请您原谅我,让我就这么回去,我的事情就算完了。
哈姆莱特	我不能。
吉尔登斯吞	您不能什么,殿下?
哈姆莱特	我不能给你一个好好的回答,因为我的脑子已经坏了;可是我所能够给你的回答,你——我应该说我的母亲——可以要多少有多少。所以别说废话,言归正传吧;你说我的母亲——
罗森格兰兹	她这样说:您的行为使她非常吃惊。
哈姆莱特	啊,好儿子,居然会叫一个母亲吃惊!可是在这母亲的吃惊的后面,还有些什么话呢? 说吧。
罗森格兰兹	她请您在就寝以前,到她房间里去跟她谈谈。
哈姆莱特	即使她十次是我的母亲,我也一定服从她。你还有什么别的事情?
罗森格兰兹	殿下,我曾经蒙您错爱。
哈姆莱特	凭着我这双扒手起誓,我现在还是欢喜你的。
罗森格兰兹	好殿下,您心里这样不痛快,究竟为了什么原因? 要是您不肯把您的心事告诉您的朋友,那恐怕会害您自己失去自由。
哈姆莱特	我不满足我现在的地位。
罗森格兰兹	怎么! 王上自己已经亲口把您立为王位的继承者了,您还不能满足吗?
哈姆莱特	嗯,可是"要等草儿青青——"这句老话也有点儿发了霉啦。

(乐工等持笛上。)

哈姆莱特	啊! 笛子来了;拿一支给我。跟你们退后一步说话;为什么你们总这样千方百计地绕到我下风的一面,好像一定要把我逼进你们的圈套?
吉尔登斯吞	啊! 殿下,要是我有太冒昧放肆的地方,那都是因为我对于您敬爱太深的缘故。
哈姆莱特	我不大懂得你的话。你愿意吹吹这笛子吗?
吉尔登斯吞	殿下,我不会吹。
哈姆莱特	请你吹一吹。
吉尔登斯吞	我真的不会吹。
哈姆莱特	请你不要客气。
吉尔登斯吞	我真的一点不会,殿下。
哈姆莱特	那是跟说谎一样容易的;你只要用你的手指按着这些笛孔,把你的嘴放在上面一吹,它就会发出最好听的音乐来。瞧,这些是音栓。
吉尔登斯吞	可是我不会从它里面吹出谐和的曲调来;我不懂那技巧。
哈姆莱特	哼,你把我看成了什么东西! 你会玩弄我;你自以为摸得到我的心窍;你想要探出我的内心的秘密;你会从我的最低音试到我的最高音;可是在这支小

小的乐器之内,藏着绝妙的音乐,你却不会使它发出声音来。哼,你以为玩弄我比玩弄一支笛子容易吗?无论你把我叫作什么乐器,你也只能撩拨我,不能玩弄我。

（波洛涅斯重上。）

哈姆莱特	上帝祝福你,先生!
波洛涅斯	殿下,娘娘请您立刻就去见她说话。
哈姆莱特	你看见那片像骆驼一样的云吗?
波洛涅斯	哎哟,它真的像一头骆驼。
哈姆莱特	我想它还是像一头鼬鼠。
波洛涅斯	它拱起了背,正像是一头鼬鼠。
哈姆莱特	还是像一条鲸鱼吧?
波洛涅斯	很像一条鲸鱼。
哈姆莱特	那么等一会儿我就去见我的母亲。（旁白）我给他们愚弄得再也忍不住了。（高声）我等一会儿就来。
波洛涅斯	我就去这么说。（下。）
哈姆莱特	说等一会儿是很容易的。离开我,朋友们。（除哈姆莱特外均下。）现在是一夜之中最阴森的时候,鬼魂都在此刻从坟墓里出来,地狱也要向人世吐放疠气;现在我可以痛饮热腾腾的鲜血,干那白昼所不敢正视的残忍的行为。且慢!我还要到我母亲那儿去一趟。心啊!不要失去你的天性之情,永远不要让尼禄[1]的灵魂潜入我这坚定的胸怀;让我做一个凶徒,可是不要做一个逆子。我要用利剑一样的说话刺痛她的心,可是决不伤害她身体上一根毛发;我的舌头和灵魂要在这一次学学伪善者的样子,无论在言语上给她多么严厉的谴责,在行动上却要做得丝毫不让人家指摘。（下。）

第三场　城堡中一室

（国王、罗森格兰兹及吉尔登斯吞上。）

国王	我不喜欢他;纵容他这样疯闹下去,对于我是一个很大的威胁。所以你们快去准备起来吧;我马上叫人办好你们要递送的文书,同时打发他跟你们一块儿到英国去。就我的地位而论,他的疯狂每小时都可以危害我的安全,我不能让他留在我的近旁。
吉尔登斯吞	我们就去准备起来;许多人的安危都寄托在陛下身上,这一种顾虑是最圣明不过的。
罗森格兰兹	每一个庶民都知道怎样远祸全身,一个身负天下重寄的人,尤其应该时刻不懈地防备危害的袭击。君主的薨逝不仅是个人的死亡,它像一个漩涡一样,凡是在它近旁的东西,都要被它卷去同归于尽;又像一个矗立在最高山峰上的巨轮,它的轮辐上连附着无数的小物件,当巨轮轰然崩裂的时候,那些小物件也跟着它一齐粉碎。国王的一声叹息,总是随着全国的呻吟。
国王	请你们准备立刻出发;因为我们必须及早制止这一种公然的威胁。

罗森格兰兹 吉尔登斯吞	我们就去赶紧预备。

（罗森格兰兹、吉尔登斯吞同下。）

（波洛涅斯上。）

波洛涅斯	陛下，他到他母亲房间里去了。我现在就去躲在帏幕后面，听他们怎么说。我可以断定她一定会把他好好教训一顿。您说得很不错，母亲对于儿子总有几分偏心，所以最好有一个第三者躲在旁边偷听他们的谈话。再会，陛下；在您未睡以前，我还要来看您一次，把我所探听到的事情告诉您。
国王	谢谢你，贤卿。（波洛涅斯下）啊！我的罪恶的戾气已经上达于天；我的灵魂上负着一个元始以来最初的诅咒，杀害兄弟的暴行！我不能祈祷，虽然我的愿望像决心一样强烈；我的更坚强的罪恶击败了我的坚强的意愿。像一个人同时要做两件事情，我因为不知道应该先从什么地方下手而徘徊歧途，结果反弄得一事无成。要是这一只可诅咒的手上染满了一层比它本身还厚的兄弟的血，难道天上所有的甘霖，都不能把它洗涤得像雪一样洁白吗？慈悲的使命，不就是宽宥罪恶吗？祈祷的目的，不是一方面预防我们的堕落，一方面救拔我们于已堕落之后吗？那么我要仰望上天；我的过失已经犯下了。可是唉！哪一种祈祷才是我所适用的呢？"求上帝赦免我的杀人重罪"吗？那不能，因为我现在还占有着那些引起我的犯罪动机的目的物，我的王冠、我的野心和我的王后。非分攫取的利益还在手里，就可以幸邀宽恕吗？在这贪污的人世，罪恶的镀金的手也许可以把公道推开不顾，暴徒的赃物往往成为枉法的贿赂；可是天上却不是这样的，在那边一切都无可遁避，任何行动都要显现它的真相，我们必须当面为我们自己的罪恶作证。那么怎么办呢？还有什么法子好想呢？试一试忏悔的力量吧。什么事情是忏悔所不能做到的？可是对于一个不能忏悔的人，它又有什么用呢？啊，不幸的处境！啊，像死亡一样黑暗的心胸！啊，越是挣扎，越是不能脱身的胶住了的灵魂！救救我，天使们！试一试吧：屈下来，顽强的膝盖；钢丝一样的心弦，变得像新生之婴的筋肉一样柔嫩吧！但愿一切转祸为福！（跪祷。）

（哈姆莱特上。）

哈姆莱特	他现在正在祈祷，我正好动手；我决定现在就干，让他上天堂去，我也算报了仇了。不，那还要考虑一下：一个恶人杀死我的父亲；我，他的独生子，却把这个恶人送上天堂。啊，这简直是以恩报怨了。他用卑鄙的手段，在我父亲满心俗念、罪孽正重的时候乘其不备把他杀死；虽然谁也不知道在上帝面前，他的生前的善恶如何相抵，可是照我们一般的推想，他的孽债多半是很重的。现在他正在洗涤他的灵魂，要是我在这时候结果了他的性命，那么天国的路是为他开放着，这样还算是复仇吗？不！收起来，我的剑，等候一个更惨酷的机会吧；当他在酒醉以后，在愤怒之中，或是在乱伦纵欲的时候，有赌博、咒骂或是其他邪恶的行为的中间，我就要叫他颠踬在我的脚下，让他

幽深黑暗不见天日的灵魂永堕地狱。我的母亲在等我。这一服续命的药剂不过延长了你临死的痛苦。(下。)

(国王起立上前。)

国王　　　我的言语高高飞起,我的思想滞留地下;没有思想的言语永远不会上升天界。(下。)

【注释】

[1] 尼禄:古罗马暴君。

【鉴赏导引】

《哈姆莱特》又名《王子复仇记》,是由威廉·莎士比亚创作于1599—1602年间的一部悲剧作品。取材于丹麦王子为父复仇的史实,折射出文艺复兴晚期英国和欧洲的面貌,表现了莎士比亚对文艺复兴的反思及对人类命运与前途的关注。全剧共5幕,本文选自第三幕,也是戏剧的高潮部分。描写哈姆莱特对人生发出感叹,对贞洁、美德失去信心,似乎精神产生紊乱。他证实了国王心中有鬼,让母亲看到自己有罪。作者先写哈姆莱特与奥菲利娅的对话,展示王子对人生苦涩的思索,然后安排了一场戏中戏,让王子暗中观察国王的反应,随后在王后寝室中不意杀死波洛涅斯,表现了王子的复仇心切,最后让王子用话去点拨母亲,层次分明地写出哈姆莱特行动的周密、内心的郁闷和仇恨之深,悲剧气氛浓烈,将戏剧冲突逐渐推向高潮,体现出莎剧的生动性、曲折性和多样性。

哈姆莱特是莎士比亚极力塑造的一个人文主义者的典型形象。他既是一个忧郁的王子,又是一个犹豫的王子。在《哈姆莱特》中,冲突始终围绕王子为父报仇这个中心展开。哈姆莱特出身王室,却在当时新文化中心的德国威登堡大学接受人文主义教育,他接受了许多与传统和教会截然不同的人文主义新思想和新观念。哈姆莱特曾经高歌:"人类是一件多么了不得的杰作! 多么高贵的理性! 多么伟大的力量! 多么优美的仪表! 多么文雅的举动! 在行为上多么像一个天使! 在智慧上多么像一个天神! 宇宙的精华! 万物的灵长!"而世界则是"一栋壮丽的帐幕",一个"金黄色的火球点缀着的庄严屋宇",表现出当时人文主义所特有的民主意识与人性光辉。

【广阅津梁】

1. 同为17世纪执剧坛牛耳的本·琼生赞誉莎士比亚是"时代的灵魂"。说他"不属于一个时代而属于千秋万代"。17、18世纪的英国古典主义者约翰·德莱顿认为"莎士比亚有一颗通天之心,能够了解一切人物和激情"。

2. 恩格斯在《自然辩证法》中高度评价意大利文艺复兴在历史上的进步作用,说:

　　这是一次人类从来没有经历过的最伟大的、进步的变革,是一个需要巨人而且产生了巨人——在思维能力、热情和性格方面,在多才多艺和学识渊博方面的巨人的时代。

3. 别林斯基《文学的幻想》：

　　莎士比亚——这位神圣而崇高的莎士比亚——对地狱、人间和天堂全都了解。他是自然的主宰……通过了他的灵感的天眼，看到了宇宙脉搏的跃动。他的每一个剧本都是一个世界的缩影。包含着整个现在、过去及未来。

4. 歌德在 1771 年的莎士比亚纪念日发表讲话：

　　我读到他的第一页，就使我一生都属于他。我读完了第一部，我就像是一个生下来的盲人，一只奇异的手在瞬间使我的双目看到了光明……

【研讨练习】

1. 试结合文艺复兴时期的历史文化背景分析分析哈姆莱特形象的意义。
2. 请从艺术接受的角度谈谈你对"一千个读者就有一千个哈姆莱特"这句话的理解。
3. 哈姆莱特悲剧的根源是什么？谈谈你的看法。

（欧阳伟　冷淑敏）

米龙老爹

[法]莫泊桑

【作者传略】

居伊·德·莫泊桑(1850—1893,以下简称莫泊桑),19世纪后半期法国优秀的批判现实主义作家,被誉为"世界短篇小说巨匠"。生于没落贵族家庭,曾参加普法战争。创作上深受福楼拜、左拉和屠格涅夫的影响。莫泊桑擅长从平凡琐屑的事物中截取富有典型意义的片断,以小见大地概括出生活的真实。他的短篇小说构思别具匠心,情节变化多端,描写生动细致,刻画人情世态惟妙惟肖,令人读后回味无穷。在近10年的创作生涯里,共出版27部中短篇小说集和6部长篇小说,对后世产生了极大影响。代表作品主要有:《羊脂球》《我的叔叔于勒》《项链》《一生》《漂亮朋友》《温泉》等。

一个月以来,炙热的太阳烘烤着田野。在阳光的照耀下,大自然显得开阔了;绿色的田野一眼望不到边,巨大的天蓝色、穹顶一样的天空晴朗无边。诺曼底一带的农庄稀稀拉拉地分布在平原上,它们被一圈高高的山毛榉围起来,从远处看像是一处小树林。然而走近一看,在那些破烂不堪的栅栏门后,你能想象到你处在一个巨大的花园中吗?因为所有那些像农民皮肤一样粗糙的古老苹果树正盛开着花。那些鲜花散发出的芳香味道混合着浓厚的土地气息,形成了持久明显的气味。

已经是中午了。那一家人正在门前的梨树阴影下吃着饭:父亲、母亲、四个孩子和帮工,两个女的和三个男的全部都在那儿。他们都沉默不语。汤喝完了,然后一盘混着咸猪肉的马铃薯被端了上来。

其中一个女长工不时站起身来,拿着一个大水罐,走到地下室去舀来更多的苹果汁。

那个男人是个年纪大约四十岁的大个子,他端详着沿房子一边弯弯曲曲像蛇一样的光秃秃的葡萄藤。最后说道:"老爹的这根葡萄藤,今年发芽很早,说不定可以结些果子了。"

那个女人转过身来看了一眼,什么也没有说。

那根葡萄藤就种在他们的父亲被枪杀的地方。

那是一八七○年打仗时候的事情。普鲁士人占领了整个国家,裴兑尔白将军正率领着北方军队和他们抵抗。

普鲁士人把他们的指挥部建在这个农场里。那位老农场主,一位叫皮埃尔·米龙老爹的人,竭力招待他们。

一个月来,德国人的先头部队已经抵达这个村庄。法军依然在十里外的地方按兵不动;然而每天晚上,德军总有些骑兵失踪。

所有那些被分组派出去侦探的侦察员,一组至多三个人,从来没有一个能回来的。

到了第二天早上,他们从田里或者沟渠里被抬了起来,甚至他们的马也被发现倒在大路上,被人割破了嗓子,这种暗杀行动,好像是同一伙人所为,但是普鲁士人没法找到他们。

这个村子弥漫着恐怖的气氛。许多农民一受到怀疑就被枪决了,妇女们也被拘禁了起来,他们本想吓唬那些儿童以便有所发现,但是什么也没有得到。

但是一天早上,他们发现米龙老爹躺在马房里,脸上有一道刀口。

两个普鲁士骑兵被发现死在离农场一英里半的地方,其中的一个手,手里依然握着他那把沾满血迹的刀。可见他曾经搏斗过,想保卫自己。一场军事审判立刻就在这农场前面的露天里开庭了,那个老头子被带了过来。

他已经六十八岁了,身体矮小、瘦弱,弓着背,长着两只巨大的像蟹爪一样的手。他花白的头发单薄而稀少,就像幼小的鸭头那种绒绒的头发,头皮随处可见。脖子上发黄起皱的皮肤显出好些鼓起来的血管,一直到腮边消失却又在太阳穴那出现。在本地,他是一个以小气和难以对付而出名的人。

他们让他站在一张厨房桌子跟前,四面有四个士兵看守。五个军官和上校坐在他们对面。

上校用法语说道:"米龙老爹,自从我们来到这以后,对于您,我们只有称赞。你总是乐于帮助我们,甚至可以说对我们很关心。但是今天一个可怕的控告降临到你的头上了,你必须澄清事实。你脸上那道伤是怎样来的?"

那个乡下人什么也没有回答。

上校继续说道:"你的沉默说明你有罪,米龙老爹,但是我要你先回答我,你听见没有?你知道是谁杀了我们今天早上在伽尔卫尔附近找到的那两个骑兵吗?"

那个老头利索地说道:"是我。"

上校吃了一惊,沉默了一会,眼睛直直地瞪着这个囚犯。米龙老爹带着他那种乡下人迟钝的样子,面无表情地站在那里,它的眼睛就好像正在和神父说话一样低垂着。只有一件事表明他内心的不安,就是它的喉咙好像被紧紧地扼住了一般,显而易见他在不断地咽着口水。

这个男人的一家人,他的儿子约翰、儿媳妇和两个孙子,都惊慌失措地站在他后面几英尺的地方。

上校接着说:"那么你也知道这一个月来,每天早上,我们在田野里发现的那些被杀害的侦察兵,他们是被谁杀了?"

老头用同样迟钝的模样回答道:"是我。"

"都是你杀的吗?"

"对呀!都是我。"

"你一个人?都是你一个人?"

"对呀!"

"告诉我你是怎么做的。"

这一次,那个男人好像激动了起来,因为非要开口多说了,这明显让他为难。他结结巴巴地说:"我不知道!该怎么做就怎么做。"

上校接着说:"我警告你,你必须把一切都告诉我。你不妨现在就下定决心。你是怎么开始的?"

那个男人不安地朝站在他后面的家人看了一眼,然后又犹豫了一分钟之久,然后突然下定决心,听从了命令。

"有一天晚上,我正在回家的路上,就是你们到这儿的第二天晚上,大约十点的样子。你和你的士兵们,已经从我这里拿走了价值超过五十法郎的草料,另外还有一头牛、两只羊。我对自己说:他们从你这儿拿走多少,你就要从他们那儿要回多少。并且当时我还有其他打算,等会儿我会告诉你。就在那时我看见你们有一个骑兵坐在我的仓后面的壕沟边抽烟斗。我取下了我的镰刀,蹑手蹑脚走到他身后,他没有听到我过来。我一下子就砍掉了他的脑袋,就像割麦子那样,他甚至没来得及叫一声'啊'。如果你看看池塘的底部,你就会发现他和一麻袋石头绑在一起沉在下面。

"我有了个主意。我剥下了他的全部衣服,从他的靴子一直到帽子,然后就把它们藏在园子后面的小树林里。"

这时那个老头停了下来。那些感到震惊的军官们面面相觑。审讯又开始了,下文就是他们所听到的:

这次谋杀成功后,这个男人就有了这种想法:"杀些普鲁士人吧!"他盲目地憎恨着他们,一个怀有强烈仇恨又爱国的农夫。正如他说的那样,他是有自己的打算的。他待了几天。

他们让他任意进出,因为他对侵略者是如此谦逊,唯命是从和感激。每天晚上他都看见哨兵出去。他听到了那些人要去的村庄名字,并且在为准备他的计划过程中和那些士兵的交往中学会了几句德国话。一天晚上他跟着他们出发了。

他从后院出来,溜进树林里,找到那个死人的衣服穿上,接着他顺着田边的篱笆向前爬行,以便不让自己被看到。他警惕着极为细小的声响,就像一个偷猎者那样谨慎。

一等到他认为时机成熟的时候,他靠近大路,躲在灌木丛后面。他等了一小会儿,最终,接近午夜时分,他听见一匹马飞驰而来的声音。这个男人把耳朵贴到地上,以便明确只有一个骑兵过来。然后他就准备妥当了。

那个骑兵带着一些机密文件飞驰而来,他聚精会神地听着,等到相距不超过几步远的时候,米龙老爹就横在大路上爬着,一面呻吟道:"救命呀!救命呀!"骑士认出那是一个德国人,就勒住了马,他以为他受伤了,于是就下马了,毫无戒备地靠近他,他正要弯腰去看这个陌生人的时候,胸口狠狠地被马刀那长长弯弯的刀刃刺进去了一刀。他没有受到痛苦的折磨就倒了下来,仅仅颤抖了几下就死了。

然后这个农场主感到一种老农式的无声快乐,容光焕发,他站了起来,并且为了闹着玩,他就砍断了那个死人的喉咙。接着他把尸首拖到沟边就扔在那里面了。

那匹马安静地等着它的主人,米龙老爹骑了上去,穿过平原飞驰而去。

大约一个小时后,他发现另外两个骑兵正肩并肩地返回营地。他径直地向他们骑过去,又喊道:"救命!救命啊!"那两个普鲁士人认出了制服,毫不怀疑地让他接近。于是那个老头就像炮弹一样从他们中间穿过,用一把马刀和一把手枪,同时干掉了这两个人。

然后他宰了那两匹马,都是德国马! 接着他就快速返回树林里面,把其中一匹马藏了起来。他在那里脱掉军服,重新穿上自己的旧衣裳,后来就回家爬到床上,一直睡到第二天早上。

接下来四天他没有出门,一直等到调查结束,但是,第五天,他又出去了,并且用同样的计谋杀死了另外两名士兵。从那以后,他就没再停下来,每天晚上,他总是转来转去寻找机会杀普鲁士人,时而在这里,时而在那里,在月光下,匆匆穿过荒芜的田野,如同一个迷路的骑兵,一个专门猎取人头的猎人似的。每次,工作完成后,他任凭那些尸首横在大路上,这位老农场主就返回并藏好他的马匹和制服。

快中午的时候,他也悄悄带些燕麦和清水去喂他的坐骑,为了让它能够担负大量的工作,他必须喂好它。

但是,他在被审判的前一天夜里,那两个被他袭击的人,其中一个在保护自己的时候,用他的马刀在那个老农的脸上划了一刀。

然而,他还是把他们两个都杀死了。他回来后藏好那匹马,换上他平常的衣服,但是当他回家的时候,他开始感到晕眩,只能拖着脚步到了马房跟前,再也不能走到房子里去了。

他们在马房里发现他躺在麦秸上面,流着血。

当他说完自己的故事后,突然抬起头自豪地看看那些普鲁士军官。

那位上校咬着自己的胡须,问道:"你还有其他要说的吗?"

"没有了,我已经完成我的任务了;我杀了十六个,不多不少。"

"你知道自己快要死了吗?"

"我没有请求宽恕。"

"你当过兵吗?"

"是的,我从前当过兵。也是你们杀了我的父亲,他曾经是一世皇帝的部下。还有上个月,你们又在艾弗勒附近杀了我最小的儿子弗朗索阿。从前你们欠了我的账,现在我讨清了。我们现在扯平了。"

军官们这时互相望着。

那个老头继续说道:"八个是为我的父亲,八个是为我的儿子,我们扯平了。我本不要找你们的任何麻烦。我不认识你们! 我甚至不知道你们从哪里来的。现在你们来到这里,在我家里把我差来差去,就好像在你们自己家里一样。我已经在其他人身上报了仇。我一点也不感到抱歉。"

老人挺起他弯曲的脊梁,并用一种谦逊的英雄姿态叉起了双臂。

那几个普鲁士人低声谈了好长一段时间。其中有一个上尉,他在上几个月也失去了一个儿子,这时,他替这个不幸的人辩护。接着上校站起来走到米龙老爹身边,低声说道:"听着,老家伙,或许有个办法能救你的性命,就是要……"

但是那个人根本不听,他的眼睛紧紧盯着他憎恨的军官,这时,一阵微风吹动了他头顶上那些绒绒的头发,他扭着受伤的脸,显露出一种相当可怕的表情,然后他鼓起他的胸腔,狠狠地向那个普鲁士人一巴掌打过去,正好打中了他的脸。

上校狂怒不已,他扬起一直手,而老农又朝他的脸打了一巴掌。

所有军官同时跳了起来,并且尖叫着发出了好多命令。

不到一分钟,那个始终面无表情的老人被推到墙边,这时他朝着他的长子、他的儿媳妇和两个孙子微笑了一阵,他们都默默恐惧地望着他,他立刻就被枪决了。

【鉴赏导引】

《米龙老爹》是莫泊桑的短篇代表作之一,发表于 1883 年 5 月 22 日的《高卢人民日报》。故事的背景是 1870 年爆发的普法战争。当时,法国的大部分领土被普鲁士军队所占领。面对民族危机,统治阶级妥协投降,苟且偷生,而下层人民则起来反抗,表现了崇高的爱国主义思想。有感于这种鲜明的对照,莫泊桑创作了许多以普法战争为题材的小说,揭露工业家、贵族、商人等上层阶级的自私自利和寡廉鲜耻,如他最出色的短篇小说杰作《羊脂球》,同时也讴歌法国人民抗击侵略者的斗争精神,如《米龙老爹》《蛮大妈》等。

莫泊桑曾应征入伍,参加过普法战争,故对此有深切体验。普法战争后来成为他作品的 3 个主要内容之一,另外两个内容是城市中小资产阶级生活和农村生活。战争结束后,他拜大作家福楼拜为师,开始了他的创作生涯。后来他又参加了以左拉为首的作家群体活动,受到自然主义创作方法的影响。

《米龙老爹》是莫泊桑以普法战争为题材、热情讴歌法国人民抗击入侵者的英雄主义和爱国主义精神的一篇杰作,它成功地塑造了一位貌不惊人、身手不凡、智勇双全的民间游击英雄形象。作品从生者的回忆转入正题,先提出普军官兵屡遭夜袭的奇案,后回叙米龙老爹的英雄事迹。回叙又先由米龙老爹自述,再以第三人称描述,把一个简短的故事写得回环多姿。

【广阅津梁】

1. 福楼拜曾教导莫泊桑:

你所要说的事物,都只有一词来表达,只有一个词来表示它的行动,只有一个形容词来形容它。

2. 左拉《在莫泊桑葬礼上的演说》:

他高产、稳产,显示出炉火纯青的功力,令我惊叹。短篇小说、中篇小说,源源而出,无不丰富多彩,无不精湛绝妙,令人叹为观止;每一篇都是一出小小的戏剧,一出小小的完整的戏剧,打开一扇令人顿觉醒豁的生活的窗口。读他的作品的时候,可以是笑或是哭,但永远是发人深思的。

3. 屠格涅夫认为莫泊桑是 19 世纪末法国文坛上"最卓越的天才";托尔斯泰认为他的小说具有"形式的美感"和"鲜明的爱憎";恩格斯则认为:"应该向莫泊桑脱帽致敬。"

【研讨练习】

1. 米龙老爹是怎样的一位人？他的思想性格特征表现在哪几个方面？

2. 这篇小说在艺术构思上有什么特点？倒叙与双重人称并用的叙述方法分别有什么用？

3. 为什么说本作品的叙述和描写是冷静而又客观的？作者是怎样表现他对米龙老爹的情感倾向的？

（胡　蓉）

苦 恼

[俄]契诃夫

【作者传略】

安东·巴甫洛维奇·契诃夫(1860—1904,以下简称契诃夫),19世纪末俄国伟大的批判现实主义作家,情趣隽永、文笔犀利的幽默讽刺大师,短篇小说之王,著名戏剧作家。契诃夫出生于小市民家庭,父亲的杂货铺倒闭后,他靠当家庭教师读完中学,1879年入莫斯科大学学医,1884年毕业后从医并开始文学创作。他的小说短小精悍,简练朴素,结构紧凑,情节生动,笔调幽默,语言明快,极富于音乐节奏感,寓意深刻。他坚持现实主义传统,善于从日常生活中发现具有典型意义的人和事,通过幽默可笑的情节进行艺术概括,塑造出完整的典型形象,以小见大,以此来反映当时的俄国社会现况。代表作品有《苦闷》《变色龙》《套中人》等。

我向谁去诉说我的苦恼?

暮色苍茫。大块的湿雪懒洋洋地在刚刚点亮的路灯四周飘舞。一层薄薄的、软软的雪覆盖到了屋顶上,马背上,人的肩膀和帽子上。马车夫姚纳·帕塔波夫全身银白,像一个幽灵。他弯着身子,弯到一个活的躯体可以弯曲的最大限度。他坐在驭座上,纹丝不动。哪怕有块大的雪团落到他身上,他也觉得没有必要把它抖落掉……他的那匹瘦马也是白色的,也一动不动。它的呆立不动,它的骨瘦如柴,它的像棍子一样僵直的细腿,甚至有点像一个不值多少钱的马形蜜糖饼。这马好像陷入了沉思。要是有谁被人从犁地的田间、从熟悉的灰色图景里拉走,被扔到这个五光十色、喧闹不休、川流不息的漩涡中,谁就不可能不想想……

姚纳和他的瘦马已经很长时间没有动窝了。他们午饭之前就从车马大院里出来,至今没有拉到一个活。眼看着夜色笼罩了这个城市。惨淡的路灯变得更加耀眼,街头的嘈杂也变得更加喧腾。

"车夫,到维堡去!"姚纳听到喊声,"马车夫!"

姚纳抖动了一下身子,透过沾满雪花的眼睫毛,看到一个穿着带风帽的灰色军大衣的军人。

"到维堡去!"军人重复道,"你是睡着了吧? 到维堡去!"

姚纳为了表示同意,拉动了马缰。于是,一片片雪花从马的背上、人的肩上落了下来……军人坐上雪橇。车夫咂巴着嘴唇,伸长他天鹅般的颈项,稍稍抬起身子,与其说是出于必要,毋宁说是出于习惯地挥动了马鞭。马儿同样地伸长颈脖子,弯曲了棍子一样的细腿,迟疑不决地往前挪步……

"妖怪,你往哪里跑!"姚纳立刻听到从周遭黑簇簇的人影里传出的叫骂声,"鬼东西往哪里赶呢?靠右边走!"

"你不会赶车!靠右边走!"军人也生气了。

一个坐在四轮轿式马车上的车夫也在骂娘,而一位在赶路,肩膀碰着了马脸的行人,恶狠狠地瞪视着他,抖落了衣袖上的雪。

姚纳局促地坐在驭座上,像是坐在针尖上,他把胳膊肘向两边撑开,翻转着两只眼睛,像是被煤气熏了似的。他好像不知道他是在哪里和为什么在那里。

"都是些混蛋!"军人打趣道,"他们有的往你身上撞,有的往马蹄上扑。他们好像都是串通好的。"

姚纳回头看了一眼乘客,动了动嘴唇……看来,他想说点什么,但喉咙里只吐出一些嘎哑的声音。

"什么?"军人问。

姚纳一笑把嘴撇歪了,他让自己的喉咙使劲出来,沙哑地说:

"老爷,我的……儿子这个星期死了。"

"噢……得什么病死的?"

姚纳把整个身子转向乘客,说:

"谁知道呢!大概是,热病……在医院躺了三天就死了……这是上帝的旨意。"

"拐转呀,死鬼!"在黑暗中传来喊声,"老狗,你的眼睛瞎了?用眼睛看看!"

"赶车走吧,走吧,走吧……"乘客说,"照这样我们明天都赶不到了。快走吧!"

马车夫又伸长脖子,把身子微微抬起,粗中有细地挥舞着马鞭。此后,他几次转过头来看看乘客,但他闭着双眼,看样子,不想再听他说什么。把乘客送到维堡之后,他把马车停在一家饭店旁,坐在驭座上弯着腰,又是一动不动了……湿雪又把人和瘦马染白了。过去了一个小时,两个小时……

人行道上走着三个年轻人——其中两个长得又高又瘦,另一个是个矮个子,还有点驼背。他们嘴里骂骂咧咧的,脚上的套鞋踩出一片声响。

"马车夫,去警察大街!"驼子用颤声嚷嚷说。"三个人……二十戈比!"姚纳抖动了一下缰绳,砸吧一下嘴唇。二十戈比的车钱太少了,但他对车钱已经无所谓……一个卢布也罢,五个戈比也罢,在他全是一样,只要有乘客就行……

年轻人互相推搡着,说着粗话,走进雪橇。三个人全往车座上挤。需要解决一个问题:哪两个可以坐,哪一个只能站着?

经过一番争执、胡闹和责难,终于做出了决定:应该让驼子站着,因为他个儿最矮。

"哎,快赶车吧!"驼子沙哑地喊着。他站着,朝姚纳的后脑勺哈气,"快跑!老兄,瞧你这顶破帽子!在彼得堡找不到比这更破的帽子……"

"嘿,嘿……"姚纳笑笑,"就这么顶破帽子……"

"哎,你,就这么顶破帽子,快赶车吧!你就这样走一路?是吗?要给你朝脖子上打一拳吗?"

"脑袋都要炸裂了……"一个高个子说,"昨天我们两人和瓦斯卡一起在杜克马索夫家喝了四瓶白兰地。"

"我不明白,你为什么要撒谎!"另一个高个子生气地说,"像畜生一样撒谎。"

"上帝惩罚我好了,这是实情。"

"这要是成了实情,那虱子能咳嗽也是实情了。"

"嘿,嘿!"姚纳笑了,"享福的老爷!"

"你见鬼了!……"驼子愤怒地说,"老不死,你到底走不走? 难道就这么磨磨蹭蹭? 抽它一鞭子! 见鬼! 唉! 狠狠抽它一鞭子!"

姚纳感觉到背后那个驼子的扭动着的躯体和颤抖的嗓音。他听到有人骂他,看到了很多人,他的孤独感逐渐在他心中有所消解。驼子一直骂着,一直骂到他的稀奇古怪的漫骂和连声咳嗽让他喘不过气来。两个高个子说出一个名叫纳杰日达·彼得罗芙娜的女人。姚纳转过头去看了看他们。等到了一个他们说话的短短空隙,他又转过头去,喃喃地说:

"这个星期,我儿子死了。"

"谁都会死的……"驼子咳嗽之后抹嘴唇,叹了口气说。

"唉,快走! 快走! 先生们,我绝不能再这样赶路了! 他什么时候才能把我们送到?"

"你稍稍刺激他一下……照他的脖子来一拳!"

"老不死,听到了吗? 我要揍你的脖子! ……和你们兄弟讲客气,还不如干脆下车走路! ……你听到了没有,毒蛇? 你还是不把我们的话当一回事?"

姚纳与其说是感觉到了,不如说是听到了敲打他后脑勺的啪的一声。

"嘿……嘿。"他笑着说,"享福的老爷……上帝赏赐你们健康!"

"赶车的,你有老婆吗?"高个子问。

"我? 嘿,嘿……享福的老爷! 现在我只有一个老婆,那就是潮湿的土地……哈哈哈……那就是一个坟墓! 儿子现在也死了,就我一个人活着……怪事儿,死神认错门了……该来找我的,奔孩子去了……"

姚纳转过身去,想说说儿子是怎么死的,但驼子轻轻地喘了口气,说,感谢上帝,他们终于到了目的地。姚纳收起二十戈比之后,还久久地眼瞅着那几个去寻欢作乐的乘客,如何消失在乌暗的门洞里。

他又孤单单一个人了,寂寞又向他包围过来……刚刚平静了片刻的苦恼,又一次向他袭来,而且变本加厉地折磨着他的心胸。姚纳的慌恐的眼睛,痛苦地扫视着顺着街道两旁来回穿梭的行人:在这上千的行人里能够哪怕找到一个愿意倾听他说的人吗? 但人群在疾行,既看不见他这个人,也看不见他的苦恼……这苦恼是巨大的,没有边际的。要是姚纳的胸膛裂开,从中流出的苦恼,那么,这苦恼像是能把整个世界都会淹没的,但这苦恼却偏偏不被人看见。这苦恼装进了这样一个渺小的躯壳里,甚至白天举了火把都看不见……

姚纳看见一个看门护院的仆人,手里拿着纸袋子,就决定去和他说说话。

"亲爱的,现在几点了?"他问。

"九点多……你把马车停在这里干什么? 走开! ……"

姚纳把马车挪走了几步,弯下腰去,任凭苦恼把自己包络住……他知道向别人诉说已经没有用处。但是没有过去五分钟,他直起身子,摇晃着头,像是感受到了一阵剧痛,抖了抖缰绳……

他忍不住了。

"回大车店,"他想,"回大车店!"

那匹瘦马也像是明白了他的心思似的,一路快步小跑了起来。一个钟点之后,姚纳已经坐到了一个又大又脏的灶台旁。蜷卧在灶台上、地板上、长凳上的人在打鼾。空气污浊燥闷……姚纳瞅瞅沉睡的人,搔了搔头,后悔不该这么早就回来……

"我连买燕麦的钱都还没有挣到呢,"他想,"这就是苦恼的原因。一个人要是能把自己的事情处理得井井有条……他自己不饿肚子,马儿也能吃饱,那他就永远会心平气和……"

在一个墙角里,有个年轻的马车夫爬起身来,睡眼惺忪地清了清嗓子,伸手去拎水桶。

"想喝水。"姚纳问,

"是想喝点水!"

"喝吧,喝个痛快,可,老弟,我的儿子死了……听到了吗? 这个星期死在医院里的……好惨呀!"

姚纳想看看他这番话会有什么效果,但是什么效果也没有。年轻人蒙头睡过去了。老头长叹一声,搔了搔头……就如同那个年轻人要喝水那样,人要说话。儿子去世快一个星期了,但他还没有好好地跟什么人说……应该从从容容、条理分明地说一说……应该说说儿子是怎么得的病,这病是怎样折磨他的,他在临死前说了些什么,他是怎么死的……还应该描述一下给儿子下葬的情形,和到医院去取回死者衣物的经过。在村子里就留下女儿阿尼娅一个人了……也应该说说女儿……他现在想说的事儿还少吗? 听他说话的人应该哀痛得叫出声来,欷歔不止才对……找婆娘们去说更好。她们尽管痴蠢,但她们听不到两句话,就会号啕大哭的。

"去看看吧……"姚纳这样想,"睡觉总是来得及的……不用愁,能睡个够的……"

他穿上衣服,走到马厩里,他的那匹马就立在那儿,他在寻思燕麦、干草、天气……光是他一个人,他不能想儿子……他可以跟一个人说说他儿子,但自己念想他,在心里描绘他的模样,就会觉得十分可怕……

"你在啮草吗?"姚纳问自己的马儿,瞅着它的闪闪发光的眼睛。"哎,吃吧,吃吧……燕麦是没有挣回来,但干草总是有的……是的……我老了……赶车不得劲了……赶车的该是儿子,而不是我……他才是赶车的好把式……要是他能活着……"

姚纳沉默了片刻,又继续说:"我的小母马,你听着……库兹马·姚内奇不在了……他一闭眼先走了……说走就走了……这好比说,你生了头小马驹,你就是这头小马驹的母亲……突然之间,好比说,这头小马驹也一闭眼先走了……你照样会难过吧?"

小母马嚼着草,倾听着,朝自己主人的手喷着热气……姚纳讲得出了神,把所有要说的话,统统讲给了它听。

【鉴赏导引】

《苦恼》写于 1886 年,是契诃夫短篇小说创作中的代表作之一,曾经被列夫·托尔斯泰列为作者的"第一流作品"。

19世纪80年代,俄国正处于沙皇统治下的黑暗时期。19世纪70年代兴起的民粹派"到民间去"的运动,由于无视资本主义发展的事实,得不到农民的支持而告终失败。进入19世纪80年代后,他们转而采取暗杀手段来推翻专制制度。虽然他们成功地刺杀了沙皇亚历山大二世,但亚历山大三世即位后,便开始了更加残酷的血腥镇压。革命者被成批地绞死和流放,知识分子中出现了普遍的绝望情绪,丧失了以往那种革命信念和斗争精神。窒息的政治空气也使许多人变得麻木、冷落,充满了庸俗的市侩习气。

契诃夫的青少年时代是在贫困中度过的,因此他对下层人民生活的苦难和不幸深有体会。19世纪80年代初他开始了创作生涯,到写作《苦恼》时,社会责任感已日益增强,民主倾向也更为鲜明。他目睹当时社会的黑暗和群众思想的麻木,以深广的忧愤投入创作。除了写揭露社会的丑恶和庸俗的幽默讽刺小说之外,他开始越来越多地创作出具有震撼人心力量的悲剧性作品,以同情的笔调塑造受侮辱受损害的小人物形象,控诉和揭示造成他们不幸命运的社会黑暗。如《小公务员之死》中因将军打喷嚏而最后被吓死的小公务员,《哀伤》中妻子病死、自己残废了的木匠,《万卡》中远离家乡、挨打受饿的小学徒,《风波》中被女主人无理搜查、侮辱的家庭女教师等,都渗透着作者对旧世界的揭露和批判意识。《苦恼》即是这类作品中的一个名篇。

作品分成3个部分。第一部分即第一、二自然段,以一个街头即景画面,写车夫姚纳和他的小母马。第二部分从"姚纳和他的瘦马"到"就会号啕大哭的"。这部分是小说的主干,主要写姚纳分别向军人、青年人、看门人、小伙子倾吐内心苦恼时的种种遭遇。第三部分从"去看看吧"到全文结束,描写姚纳只能向马倾诉苦恼,马成了他唯一可以得宽慰的动物。全篇作品以题记"我拿我的烦恼向谁去诉说"为情节线索,依次写出了姚纳与马各怀苦恼与心事,姚纳向人诉说苦恼的连续失败,向马倾吐内心感情的成功。所有的情节内容都紧紧围绕着姚纳深怀苦恼倾诉苦恼的动机和行为展开。首尾互相呼应并形成对照,首尾人与马的关系又与中间部分人与人的关系构成对比。全文结构紧密,中心突出,行云流水,浑然一体。

【广阅津梁】

1. 高尔基评价说:

这是一个独特的巨大天才,是那些在文学史上和在社会情绪中构成时代的作家中的一个。

2. 列夫·托尔斯泰评价说:

我撇开一切虚伪的客套肯定地说,从技巧上讲,他,契诃夫,远比我更为高明!

【研讨练习】

1. 马车夫姚纳的苦恼是什么?他为什么要一再地对别人倾诉自己的苦恼?

2. 小说最后描写马车夫对马倾吐衷肠,其寓意何在?对表现主题有什么作用?

3. 试从作品中举出一二个例子，说明细节描写与人物心理描写在小说中的作用和特点。

4. 为什么说人与马的对比和对应是本作品运用的重要艺术手法？它对读者产生了怎样的艺术效果？

（胡　蓉）

麦琪的礼物

[美]欧·亨利

【作者传略】

欧·亨利(1862—1910),美国著名的短篇小说家。出生于美国北卡罗来纳州的一个医师家庭。少年时曾一心想当画家,婚后在妻子的鼓励下开始写作。后因在银行供职时的账目问题而入狱,服刑期间认真写作,并以"欧·亨利"为笔名发表了大量的短篇小说,引起了读者广泛的关注。他善于描写美国中下层人民的生活,作品构思新颖,语言诙谐幽默,结局出人意料(即"欧·亨利式结尾");又因描写了众多的人物,富于生活情趣,被誉为"美国生活的幽默百科全书"。欧·亨利与法国莫泊桑、俄国契诃夫并称"世界三大短篇小说之王"。代表作有《白菜与国王》《四百万》《命运之路》《爱的牺牲》《警察与赞美诗》《带家具出租的房间》《最后一片叶子》等。

一元八毛七分钱,都在这里了,其中有六毛是铜子儿凑成的。这些铜子儿都是一分两分从杂货铺、菜贩及肉店的老板那儿讨价还价省下来的。尽管人家没直说,自己知道为这种斤斤计较的交易难免落得一个小气的坏名声,从而羞得她满面通红。黛拉连续数了三次,结果都是一元八毛七分钱,但明天就是圣诞节了。

除去坐在那张破烂不堪的小榻上默默流泪以外,很明显没有其他的办法。她情不自禁地想到,人生或许就是用抽泣、哽咽和微笑组成的,其中哽咽一直占优势。

在这家女主人的哀伤渐渐地恢复平静之前,我们不妨来看一下她的家!一套家具齐全的房子,租金每星期八块钱。尽管还称不上破烂得无法描述,但是,的确和贫民窟也差不多了。

楼上的过道上有个信箱,不过从来没有放进去任何信件;而且还有个电铃,但是没有一个人能够将它摁响。那儿有张名片,上边写的是"詹姆斯·迪林厄姆·扬先生"。

"迪林厄姆"这一名号是主人从前有钱时,即每星期赚三十元的时候,一时兴起,加到姓名中间的。如今每周成了二十元,"迪林厄姆"几个字看上去有点儿模糊不清,好像它们正在认真思考是不是应该缩成一个朴实而谦逊的"迪"字。

不过每逢詹姆斯·迪林厄姆·扬夫人(即前边曾介绍过的黛拉)一直喊他为"吉姆",同时热情地搂住他,这一切都十分美好。

黛拉哭够了之后,轻轻地在脸颊上扑了点粉。她站在窗口,目不转睛地望着外边阴沉的后院中一只灰猫沿着灰色的篱笆走着。明天是圣诞节,而她只能用一元八毛七分钱为吉姆买件礼物。在过去的几个月中,她竭力省下每一分钱,最后仍是这么一点儿。

每星期二十元原本就不多,而且花销总比她先前估计的还要多,而且经常这样。只有一元八毛七分钱来为吉姆买礼物。她的吉姆。为给他买个好东西,黛拉自得其乐地思考了很长时间。必须买件美丽、珍贵而确实有价值的东西——虽然能够配得上吉姆的东西并不多,但始终要让他称心如意的啊。

房间中的两个窗子间镶着一面壁镜。读者可能看到过租金八元钱的公寓中的壁镜。一个十分瘦弱灵敏的人,在一连串狭长的片断的映像里,或许能对自己的面貌获得一个基本正确的概念,黛拉凭借身材苗条,才掌握了这一艺术。

她忽然由窗前转身对着镜子站在那儿。她的眼睛闪闪发光,然而在二十秒之内她的面孔陡然失色。她马上将头发弄开,让它披散在肩上。

要知道,詹姆斯·迪林厄姆·扬夫妇有两件东西使他们引以为豪:一件是吉姆祖传三代的金表,另外一件便是黛拉的长发。倘若示巴女王就在天井对面的公寓中住,要是黛拉将头发甩到窗子外面去晾干,那女王的珠宝及饰物便会相形失色。假若所罗门王成了守门人,将自己的一切财宝都放在地下室中。那么,吉姆每次路过那里的时候都会取出他的金表瞟一眼,这样使所罗门王羡慕得直捋胡子。

此刻黛拉那摇曳生姿的头发在背上披散开来,犹如一股棕色的小瀑布,波浪时起时伏,亮光闪烁。头发直拖到膝盖下边,好像罩上了一件衣服。她又神经质地马上理好头发。她迟疑了片刻,默默地站在那儿,有一两颗眼泪滴落在磨破的红地毯上。

她换上那棕色的旧外衣,戴上棕色的旧帽子,眼中含着闪亮的泪花,裙子摆动了一下,飞一般地离开房间,下了楼梯,走到大街上。她在一个招牌旁边停下来,招牌上边写的是:"索弗洛尼太太——经营各种头发用品。"

黛拉跑到一楼,一边喘着粗气,一边使自己镇定下来。那位太太身体肥胖,皮肤特别白嫩,显得很冷淡,与"索弗洛尼"这一名字很不相称。

"您想不想买我的头发?"黛拉说。

"我买头发,"夫人说道,"摘下你的帽子,叫我看一下你的头发是什么样子!"那股棕色的小瀑布倾泻而下。

"二十元。"夫人用老练的手抓着头发说。

"赶紧给钱。"黛拉说。

哦!后来的两小时好像长了玫瑰色的翅膀一样飞一般流逝了。一定别在意这种糟糕的比喻!总而言之,黛拉为了送给吉姆礼物,在各个铺子中都找了一遍。

后来,她总算找到了它。它简直像是特意为了吉姆,而不是为其他什么人制造的。她将各个商店都找遍了,任何一家都没有这件东西。这是条白金表链,样式高雅朴实,只用质地来显示它的价值,不靠任何庸俗的装潢——不管什么好东西原本都该如此。

它还确实和那块金表相配。她刚刚看见这表链的时候,就觉得必须要给吉姆买下来。它很像他本人,安静而有价值——这句话用来描述表链及吉姆都很合适。店中以二十一元钱的价格卖给她,她拿着仅剩的八毛七分钱匆忙赶回家。吉姆有了这表链,不管在什么人面前都能没有任何顾虑地看时间了。尽管那块表很精致,但是由于他用一条旧皮带来取代表链,所以他不管是什么时候都只是悄悄地瞟一眼。黛拉到家之后,她用审慎和理智来代替了陶醉。她取出卷发铁钳,点燃煤气,开始弥补因为爱情和慷慨而带来的伤害。那从来都是一件细巧的工作,但此时亲爱的朋友们——真是艰巨的工作。

忙了不到四十分钟,她的头上已经满是平整的小发卷,看上去就像一个逃课的小学生。她用挑剔的目光在镜子里看了很久。

"要是吉姆看到以后肯定会立即杀死我,"她喃喃自语道。"他会把我看成科尼岛游乐场上的卖唱姑娘。可是我能怎么办呢?唉!只有一元八毛七分钱,我能怎么办呢?"

七点,咖啡已煮好,煎锅也放在炉子上热着,时刻准备煎肉排。

吉姆一向按时回家。黛拉将表链对折起来抓在手中,在靠门的桌脚边坐了下来。然后,她听见了他上楼的声音,刹那间,她面色发白。

她有个习惯,总是为了平时微不足道的事默默地祈祷几声,此刻她悄悄地说:"求求上帝,让他依然觉得我是漂亮的。"

屋门开了,吉姆走进来随手关上门。他看起来精瘦而庄重。可怜的人,他刚刚二十二岁,就要承担起家庭的重任!他该买一件新外套,甚至连手套都没有。

吉姆一进门便停住了,像一只猎狗闻到鹌鹑一样一动不动。他双眼盯住黛拉,其中有一种她无法理解的神情,这令她极其害怕。那不是发怒,不是吃惊,不是不满,也不是恐惧,她所想象的任何表情都不是。不过他却用那种奇怪的表情紧紧地盯住她。

黛拉惴惴不安地由桌子上跳下去,向他走去。

"吉姆,亲爱的,"她叫道,"请不要用这种眼光看着我。我剪了头发,把它卖掉了,因为如果我不送给你礼物,我就没法过圣诞节。头发还会长出来的,你是不会介意的,对吗?我确实没有别的办法才这样做的!而且我的头发长得特别快。说一句'圣诞快乐'吧!吉姆,让我们快活一点儿。你不知道我为你买的是一份多么珍贵——多么漂亮的礼物。"

"你剪头发了?"吉姆费解地问,好像他苦苦思索之后,但仍未将那个明摆着的事实弄清楚一样。

"不仅剪掉了,并且还卖了,"黛拉说,"无论如何,你仍然爱我,对吗?头发虽然没了,但我仍然是我,难道不是吗?"

吉姆好奇地朝房间里四下环顾。

"你是说你的头发没了?"他像傻瓜一样问道。

"你就别找了,"黛拉说,"对你说吧,已经卖掉了——卖掉了,已经不在了。今天是除夕,亲爱的对我好一点儿,我剪头发都是为了你啊,我的头发或许都能数得清。"她用甜蜜的调子继续说道,"可是我对你的爱却怎么也数不清。我去煎牛排,好不好?吉姆!"

吉姆仿佛刚刚由恍惚中清醒过来。他抱住了黛拉。为了对一切事物仔细审查,让我们用一点儿时间来看看另一方面与此无关的东西。一个星期八块钱的房租和一年一百万元的房租——又有什么差别?就像一位数学家或者一个俏皮的人也许给你一个错误的答案。麦琪带来了宝贵的礼物,可是其中什么也没有。这句含糊其辞的说法,后面将向你挑明。

吉姆由大衣兜里拿出一小包东西,将它放到桌子上。

"别对我有什么误解,黛尔,"他说,"无论是剪发、修脸、洗头,我对我妻子的爱是丝毫不会减少的。不过,只要你把那小包东西打开看一下,就会知道,为什么刚才你让我一下子惊呆了。"

白嫩的手指头灵活地解开了绳子和包装纸。紧接着听到一声悲痛欲绝的叫声！随即，哎哟！忽然变成了女性神经质地泪水和号啕大哭，使公寓的主人只好设法安慰她，因为面前放着插在头发上的梳子———一整套发梳，插在两鬓上的、后脑勺上的，一应俱全；那是百老汇路一个橱窗中的，黛拉羡慕已久的东西。由纯玳瑁制成、宝石镶边的漂亮的梳子，和那已失去光泽的秀发一配，颜色正好合适。

她知道这套梳子非常贵重，她向往了很久，可是从未有过得到它的愿望。如今她竟然拥有了它，但用来装饰的那渴望已久的装饰品的头发却没有了。

然而她仍然将这套发梳用力搂在怀里，等了一会儿，她才抬起红肿的眼睛，微笑着对吉姆说："我的头发长得特别快，吉姆！"

随后，黛拉就像一只被烫着的小猫一样跳起身来，叫道："噢！噢！"

吉姆还没见到给他买的漂亮礼物呢！她热情地将它捧在手心向他递过去。这默默无言的贵重金属好像闪闪映照着她的快乐与热忱的心情。

"好看吗，吉姆？我走遍全城才买到它的，以后你可以每天把表掏出来看一百遍了。将你的表拿过来，我想看一下它装上表链是什么样儿的！"

吉姆并没像她说的那样去做，却躺倒了沙发上，面带微笑地把手放在脑后。

"黛拉，"他说，"我们先把圣诞节的礼物放起来，暂且保留着。它们确实很珍贵，只是眼下最好不用。我是用卖金表得到的钱为你买的梳子。那就请你马上去煎肉排吧！"

那三位麦琪，你应该知道，全都是聪明人，并且是聪明绝顶的人，他们带着礼物去送给在马槽里出生的圣婴耶稣。是他们带来了圣诞节赠送礼物的习俗。他们既然聪明，那么他们的礼物肯定也很聪明，也许有一种送了重复的礼物可以调换的权利。而我笨嘴拙舌地在这儿为读者讲了一个平平淡淡、不足为怪的典故：那两个住在一个公寓的笨孩子，很不明智地彼此放弃了家中最贵重的东西，然而，让我来对当今普通的机灵鬼儿再说最后一句话，在赠送礼物的所有人中，他们俩是最明智的。

在所有赠送礼物的人中，像他们这样的同样聪明。

无论在哪儿，他们都是聪明的。

他们就是麦琪。

【鉴赏导引】

欧·亨利是美国著名的短篇小说家。幼年丧母，先后从事药房伙计、簿记员、药剂师、抄写员、出纳员的下层生活经历，以及被迫逃亡、无辜坐牢的坎坷人生遭遇，使他对社会下层人们的生活和心灵有了较深刻的体察和了解，从而构成了创作《麦琪的礼物》这类作品的生活和思想基础。

小说主要描写圣诞节之时，一对恩爱的小夫妻黛拉和吉姆想互赠礼物。但是拮据的经济条件使他们捉襟见肘，只能卖掉自己心爱的东西来换取。结果妻子卖掉了美丽的长发，给丈夫买了白金表链；而丈夫却卖掉了祖传的金表，给妻子买来了她向往已久的发梳。两人珍贵的礼物均变成了无用的东西。小说情节并不复杂，但作者灵活运用了巧合和悬念，使整个情节引人入胜。作者以精巧的构思、丰富的细节描写、独具风格的感伤笔调和诙谐轻快的笔锋,成功刻画人物和铺展情节,使笔下的形象富有立体感。黛拉的美丽与善良,吉姆的体贴与纯真,以及二者之间深厚诚挚、纯洁忠贞、至高无上的爱情,给人以不尽的余韵。欧·亨利通过这个感人的生活故事,肯定了存在于普普通通的美国人民身上的高尚品德,塑造了成功的艺术典型。作品时而细致入微,时而寥寥数笔,读者仍能从那些不着文字之处领悟作家的弦外之音。这种寄实于虚,并兼用暗示和略写的手法,是《麦琪的礼物》所独具的。

【广阅津梁】

评论家 H.J.弗门说:

> 具备莫泊桑的技巧,而幽默上则远远超过莫泊桑。

【研讨练习】

1. 作者在小说的最后,为什么称赞黛拉夫妇说"他们就是麦琪"?

2. 作者是怎样通过渲染突转方法使结局出人意料的? 这样的结构是否合理?

3. 为什么说小说的最终结局由悲剧变成了喜剧? 体会小说"以外显内"的心理刻画方法。

（胡　蓉）

荒原(节选):死者的葬礼

[英]T. S. 艾略特

【作者传略】

托马斯·斯特尔那斯·艾略特(1888—1965),通称 T. S. 艾略特,英国现代派诗人和文艺评论家,是英国 20 世纪影响最大的诗人。他出生于美国密苏里州圣路易斯。祖父是牧师,曾任大学校长。父亲经商,母亲是诗人,写过宗教诗歌。T. S. 艾略特曾在哈佛大学学习哲学和比较文学,接触过梵文和东方文化,对黑格尔派的哲学家颇感兴趣,也曾受法国象征主义文学的影响。1914 年,艾略特结识了美国诗人埃兹拉·庞德。第一次世界大战爆发后,他来到英国,并定居伦敦,先后做过教师和银行职员等。1922 年创办文学评论季刊《标准》,任主编至 1939 年。1927 年加入英国籍。著有诗集《普鲁弗洛克的情歌》《诗选》《四个四重奏》等。

四月是最残忍的月份,在死去的
土地里哺育着丁香,混合着
记忆和欲望,又让春雨
拨动着沉闷的根芽。
冬天使我们温暖,把大地
覆盖在健忘的雪里,用干枯的
球茎喂养着一个小小的生命。
夏天来得出人意外,在下阵雨的时候
夏天令人吃惊,从施坦博格西吹来
一场阵雨;我们在柱廊下暂避,
太阳出来继续赶路,走进霍夫加登,
喝咖啡,闲聊了一个小时。
我根本不是俄国人,生在立陶宛,纯德国血统。
我们幼年时,住在公爵那里——
我表兄家,他带我出去滑雪橇,
我很害怕。他说,玛丽,
玛丽,紧紧抓住。于是我们滑下去。
在山上,你感到自由自在。
大半个夜里,我读书,冬天到南方去。

什么树根牢牢抓着大地，什么树枝
从这片乱石的垃圾堆中长出？人子呵，
你说不出，也猜不到，因为你只知道
一堆破碎的意象，那儿阳光灼热
枯树没有荫凉，蟋蟀的声音也不让人宽心，
干石间没有流水的声音。只是
在这块红岩下有影子，
（走进这块红岩的影子中吧）
我要让你看一样东西，既不同于
早晨你身后迈着大步的影子；
又不同于黄昏你身前迎你而来的影子；
我要让你在一把尘土中看到恐惧。
清新的风啊
吹回故乡，
我的爱尔兰小孩，
你留连在何方？
"一年前你先赠给我风信子；
他们叫我做风信子女郎"，
——可是当我们从风信子花园，回来晚了，
你的臂膊抱满，头发湿漉，我张不出
口，我的眼睛也看不见，我不死，
也不活，什么都不知道，
注视着光亮的中心那是一片寂静
空虚而荒凉是那大海。
索索斯特利斯夫人，著名女相士，
患了重感冒，可仍然是
欧洲人所皆知的最有智慧的女人，
她带着一副邪恶的纸牌。这里，她说，
是你的牌，那淹死的腓尼基水手，
（这些珍珠曾是他的眼睛，看！）
这是贝拉多纳，岩石的夫人
一个机敏善变的夫人。
这是带着三根杖的人，这是"转轮"，
这是那独眼的商人，这张牌
上面一片空白，是他藏在背上。
不许我看见的东西。我找不到
"那被绞死的人"。害怕水里的死亡。
我看见一群人，绕着圈子行走。

谢谢你。如果你看到埃奎通夫人

告诉她我自己带着那张占星天宫图:

这年头人就得这么小心。

没有实体的城,

在冬日拂晓的黄雾下,

一群人流过伦敦桥,那么多人,

我没想到死亡毁了那么多人。

叹息,又短又稀,吐了出来,

每个人的目光都固定在自己的脚前。

流上山,流下威廉王大街,

直到圣马丽沃尔诺斯教堂,那里报时的钟声

敲着九点的最后一下那阴惨的一声。

在那儿我看见一个熟人,我叫住他:"斯坦森!"

你从前曾同我一起在迈里的船上!

去年你在你花园里种下的尸体,

抽芽了吗? 今年它会开花吗?

还是突来的寒霜扰乱了它的苗床?

呵,把这"狗"赶远些吧,它是人的朋友,

不然它会用它的爪子再把它刨出来!

你! 虚伪的读者! ——我的同类——我的兄弟!

【鉴赏导引】

《荒原》是现代英美诗歌的里程碑,是象征主义文学中最有代表性的作品,是 T. S. 艾略特的成名作和影响最深远的作品,表达了西方一代人精神上的幻灭,被认为是西方现代文学中具有划时代意义的作品。1948 年因"革新现代诗,功绩卓著的先驱",获诺贝尔文学奖。

《死者的葬礼》将现代人的生活写成出殡,葬礼在于使人的灵魂得救。诗歌从描写春夏景象到描写没落贵族玛丽的回忆、《圣经》中的荒原景象、瓦格纳的歌剧、西方文明之都伦敦的衰败,最后到描写死者尸体的发芽,跳跃性强,画面的连接没有过渡,缺乏逻辑性,其中有自然景物的萧瑟,也有城市的凄惨景色,还有"我"的凄凉回忆,以蒙太奇手法拼接起来,呈现出立体交叉的复杂模式,而这些意象组成了一幅西方世界的荒原景象。诗人用这种丑恶的、病态的意象来象征现实,继承了波德莱尔的艺术手法。

【广阅津梁】

1. 1964 年 9 月 14 日,T. S. 艾略特荣获美国总统自由勋章,颁奖词为:

他是一位诗人和批评家,融汇了智力与想象、传统与创新,在一个变革时代,他为世界带来了新的可能性。

2. 美国文学批评家哈罗德·布罗姆评价说：

你也许跟艾略特的评论搏斗了很久，但仍然终生迷恋他最好的诗作。《荒原》和《普鲁弗洛克的情歌》《一个哭泣的年轻姑娘》《空心人》《三圣人的旅程》等，艾略特最不朽的诗作的名单上，也许还可以再加上《小老头》和《小吉丁》。但刚才列举的5首诗是他诗歌创作最重要的成就。

【研讨练习】

1. 作为现代派诗歌的里程碑，《荒原》体现了现代派诗歌的哪些特点？
2. 请分析本诗的主旨及现代意义。

（欧阳伟）

哈克贝利·芬历险记(节选)

[美]马克·吐温

【作者传略】

马克·吐温(1835—1910),原名萨缪尔·兰亨·克莱门斯。1835 年 11 月出生于美国密苏里州的佛罗里达的乡村。12 岁便弃学打工。1863 年开始用"马克·吐温"这个笔名发表文章。1864 年结识幽默作家阿·沃德和小说家布·哈特,从此开始写作生涯。1866 年去夏威夷采访后到欧洲各地旅行。1910 年去世,享年 75 岁。他是世界著名短篇小说大师,是 19 世纪后期美国批判现实主义文学的杰出代表,也是美国文学史上第一个用纯粹的美国口语进行创作的作家,开创了一代文风,被誉为"美国文学史上的林肯"。

跟老吉姆开玩笑

我们算计着再过三夜就要来到伊利诺斯南头的开罗,俄亥俄河就在那儿和这条河汇合在一起,那就是我们想要到的地方。我们到了那儿就打算把木筏卖掉,坐上轮船,到俄亥俄上游的那些不买卖黑奴的自由洲去,那么就免得再生是非了。

第二天夜里可巧又下起雾来,我们向一个沙洲划去,想把木筏拴起来,因为在大雾里没法走木筏;但是我坐在独木船上,拉着一根缆绳向前划,没想到沙冈子上除了些嫩嫩的小树之外,没有别的东西可以拴上。我就把绳子系在那断岸旁边的一棵小树上,但是因为这里的河水流得特别急,冲得木筏呼隆呼隆地往下跑,劲头太猛,一下子把那棵小树连根拔起,于是木筏就顺水下去了。我眼看着大雾从四面八方聚拢起来,心里觉得又难过、又害怕,弄得我待了至少有半分钟,一点儿也不能动弹——然后那个木筏就看不见了:二十码以外的地方,你根本就看不清楚。我跳到独木船上,跑到船尾,抄起桨来,用力划了一下。可是它不往前走。原来是我忙手忙脚地上了船,忘记把绳子解开了。我又站起来,想要解开它,可是我心里着急,两手发抖,忙乱了半天,几乎一点儿事也办不了。

等我刚一划开,我就对着木筏,顺着沙洲,拼命地追过去。这一段路走得还算顺当,可是这个沙洲还不到六十码长,我刚窜过沙洲的末尾,就冲到白茫茫的浓雾当中来了,我像个死人一样,连东西南北都摸不清了。

我心里想,这样划下去,可不是办法;首先我知道我会撞在岸上,或是碰着一个沙冈子或是什么东西;我必须坐着不动让它漂,然而在这样紧要的关头,揣着手一动也不动,实在是件焦心的事。我喊了一声,听了一下。在下游老远的地方,我听见一个轻微的呼声,我的精神立刻振作起来。我飞快地赶过去,伸着脖子仔细听,看看还有没有声音。等我又听见一声的时候,我才知道我并不是正对着它前进,而是朝着它的右面走哪。等到那个声音再来的时候，我又正在冲着它的左面走——并且也没追上多少，因为我一直在东一头、西一头拐着弯儿地乱闯；不过那个声音始终是走在我的正前方。

我真是希望那个傻家伙能想起找个洋铁锅敲敲，一直不停地敲下去，可是他偏不那么干，他老是喊一声又停一下，当中那不作声的当儿，是我最头痛的时候。我又拼命地划了一阵，忽然间，我听见他的喊声跑到我的背后去了。这下子我可让它给闹迷糊了。那一定是另外一个人的喊声，要不然就是我又转过头来了。

我把桨丢下。我又听见一声喊叫；还是在我的后面，可是并不在原来的地方；那声音不断地飘过来，不断地换地方，我也就不断地答应着，不久以后，它又来到我的前面，我就知道急流已经把我的船头向下游顺过来了，只要那果真是吉姆的声音，不是别的撑木筏的人在喊叫，那我就算是走对了。我在雾里听不出来是什么人的声音，因为在大雾里，无论什么东西，看上去、听起来，都和原来不一样。

那喊叫的声音还是可以听到。又过了一分钟的样子，我就一下子撞在一片断岸上，那上面长着许多大树，好像是些浑身冒烟的妖怪似的；河水把我冲到左边来，由我身旁流过去，穿过许多蹲在水里的半截树干，哗啦哗啦地直响，因为急流从树干当中像箭似的冲过去，所以才发出这种声音来。

又过了一两秒钟，又是白茫茫的一片，一点儿声音也听不见了。这时候，我一动也不动地坐着，仔细听我心跳的声音，我觉得我的心跳了足够一百下，我还没有吸过一口气来。

这时候，我只得放手了。我知道是怎么回事了。那一带断岸是一个岛，吉姆一定是冲到岛那边去了。这决不是一个十分钟就可以从旁边漂过去的沙洲。那上面的许多大树，是一个大岛上才有的；这个岛也许有五六英里长，半英里多宽。

我一声不响地竖着耳朵听了大概一刻钟。当然我还一直向前漂，大约一点钟走四五英里；但是你并没想到你在漂。你只觉得好像是一动也不动，死钉在水面上似的；假如你偶尔看见一棵伸出水面的树桩子，你万想不到是你自己像飞似的向前漂，你会倒吸一口气，心里想：哎呀，那个桩子跑得多么快呀！假如你以为半夜里下着大雾一个人在水上这么漂着，并不算是一件又凄惨、又闷人的事，那么请你试一试，你就会明白了。

后来又过了大约半点钟，我过一会儿就喊几声；最后，我听见在很远很远的地方，有人答应了一声，我就想跟着声音往前走，可是根本办不到；我猜想一定是来到一大群沙洲当中，因为我渺渺茫茫地看见两旁有些沙洲的影子，有时候只隔着当中一条很窄的河道；还有许多沙洲我根本看不见，可是我知道是有的，因为我听见河水哗哗地冲刷着那些挂在岸上的枯树枝子和乱七八糟的东西。我在这些沙洲当中不久又听不见那个喊声了，我只好随便地追了一会儿，因为这比追鬼火还要麻烦。我从来没听见过一个声音这么来回闪转腾挪，这么疾速地、这么不断地变换地方。

有三四次我必得忙手忙脚地由岸旁撑开，免得撞上这些冒出河面的小岛；我想那个木筏一定也屡次撞在河岸上，不然它早就冲到老远的地方去，一点儿声音也听不见了——它漂得比我稍微快一点儿。

我好像又来到开阔的河面上，可是这回我哪儿也听不见一点儿喊叫的声音。我想吉姆也许是撞在一个树桩子上，一下子他就完了。我已经累得够受了，我就躺在小船里，心里想我再也不去找麻烦了。我当然并不打算睡；可是我困得实在没办法；所以我想我先打个盹儿再说吧。

不过,我看那不只是打了一个盹儿,因为等我醒过来的时候,天上的星星亮晶晶的,雾已经完全不见了,我的船尾朝前,飞快地顺着一个大河湾子向前漂。起初我不知道我在什么地方;我还以为是做梦呢;等我慢慢想起来的时候,刚才的事情似乎都是些模糊的影子,好像是上个礼拜的事情一样。

这一段河实在是大得可怕,两旁岸上都是些顶高顶密的大森林,我借着星光望过去,那简直像是一堵厚厚实实的大墙。我向下游远远地望了一下,看见水面上漂着一个黑点。我就追了过去;但是等我追上了它,那原来是捆在一起的两块大木材。随后我又看见一个黑点,又追了过去;后来又有另外一个,这一回我可找对了。那正是我们的木筏。

我来到木筏前面的时候,吉姆正在那儿坐着,他把头夹在两个膝盖当中睡着了,右胳膊还在掌舵的桨上耷拉着。另外那根桨已经撞掉了,木筏上面乱七八糟地盖满了许多枯枝、烂叶和泥土。可见这个筏子也受了不少风险。

我拴好小船,跳上筏子,就在吉姆眼前一躺,打了个呵欠,伸出拳头顶了吉姆一下,说:

"喂、喂,吉姆,我睡着了吗?你怎么不把我叫醒呢?"

"哎呀,我的天,是你吗?哈克?你原来没有死啊——你并没有淹死啊——你又回来了吗?这实在太好了,老弟,这实在太好了。让我来看看你,孩子,让我来摸摸你吧。啊呀,你并没有死啊!你又活蹦乱跳地、平平安安地回来啦,还是咱们原来的老哈克——还是原来的老哈克,真是谢天谢地啊!"

"吉姆,你是怎么回事儿呀?你喝醉了吗?"

"喝醉了?我喝醉了吗?我哪儿来的工夫喝酒呀?"

"那么,你为什么说话这么不着边儿呀?"

"我怎么说话不着边儿啦?"

"怎么不着边儿?你不是说我又回来了吗?乱七八糟的一大套,好像我真离开过这儿似的?"

"哈克——哈克·芬,你好好地看着我,好好地看着我。你真没有离开过这儿吗?"

"离开这儿?嘿,你到底是什么意思啊?我哪儿也没有去呀。你说我会上哪儿去啊?"

"好了,你听我说吧,老弟,这可是有点儿不对头,的确。我还是我吗,不然我是谁呢?我是在这儿吗,不然我是在哪儿呢?我要把这些弄个清楚明白。"

"哼,我看你是在这儿,这倒没错儿,可是,吉姆,我认为你是个昏头昏脑的老傻瓜。"

"我是吧,我是吗?我先问问你吧:你没有坐着小船,拉着绳子,想要把筏子拴在沙洲上吗?"

"我没有。什么沙洲啊?我根本就没看见什么沙洲。"

"你敢说你没看见沙洲?你听着——那根绳子不是拉松了吗?木筏不是顺水呜呜地冲下来,把你跟小船都丢在大雾里了吗?"

"什么大雾呀?"

"怎么,那一阵大雾。那一阵整整下了一夜的大雾。再说,难道你没有喊吗?难道我没有喊吗?喊到后来咱们就让那些小岛弄得晕头转向,咱们两个人有一个走丢了,另外一个也就等于走丢了,因为谁也不知道谁走到哪儿去了,你说是不是?我不是还在那些小岛上撞来撞去,受了那么些罪,还差点儿没淹死吗?是不是这么回事,先生——是不是这么回事?你告诉告诉我好不好?"

"啊,你可把我给闹糊涂了,吉姆。我根本不知道有什么大雾,也没看见什么小岛,也没遇见什么麻烦，什么也没瞧见。我整夜一直坐在这儿跟你聊天儿，一直聊到十分钟以前，你就睡着了，我看我也睡着了。这么一会儿的工夫，你决不会喝醉了，你一定是做梦来着。"

"真他妈的奇怪，我怎么会在十分钟里梦见那么多事儿呢？"

"哼，他妈的，你准是做梦来着，因为根本没有出过什么事儿。"

"可是，哈克，我觉得那些事儿都清清楚楚地摆在眼前，好像——"

"清楚不清楚，根本是一样，反正没有什么事儿。我知道，因为我一直在这儿待着。"

吉姆大概有五分钟没说话，只是坐在那里仔细想。后来他说："那么，好了，我想我真是做梦来着，哈克；但是，这可真是他妈的一场大噩梦，我这辈子也没遇见过。我从前做的梦向来没有叫我这么累过。"

"呵，那倒没有什么，有时候做梦是会让人累得要命的。可是，这一场大梦真是了不起——你给我从头到尾说一遍吧，吉姆。"

于是吉姆就说起来了，他把整个的事一五一十地对我说了一遍，他说的都是实情，不过他还添枝添叶地扯上了许多。他说他要想法子把它"圆一圆"，因为这是天上降下来的一个预兆。他说第一个沙洲指的是想要对我们做些好事的好人，可是那流得很急的河水是打算把我们拖开的小人。那些喊叫的声音都是我们偶尔能够听到的警告，假如我们不尽力把这些警告的意思弄清楚，它们就会让我们走背运，而不让我们逢凶化吉，那一群沙洲指的是我们得跟爱吵架的家伙和卑鄙的小人惹些烦恼是非，可是假如我们只顾自己的事，不跟他们吵嘴，不惹他们生气，我们就会逢凶化吉，走出大雾，来到开朗的大河里——这就是说，我们会走到自由洲里去，再也不会惹什么是非了。

我刚爬上木筏的时候，天色阴得很黑，可是现在又变得非常晴朗。

"对了，很好，吉姆，到现在为止，你圆得总算不错，"我说，"可是这些东西又指的是些什么呢？"

我说的是木筏上的那些碎枝烂叶和七零八碎的肮脏东西，还有那根撞断了的桨。这时候可以看得清清楚楚了。

吉姆看看那堆肮脏的东西，然后又看看我，又回过头去看看那堆东西。梦在他脑子里牢牢地盘踞着，他好像一时不能把它摆脱开，重新把事实放进去。可是等他一下子明白过来了，他就瞪着眼睛瞧着我，一点儿笑容也没有，说：

"它们指的是些什么吗？我来告诉你吧。我因为拼命地划木筏，又使劲地喊你，累得我简直快要死了。后来我睡着了的时候，我的心差不多已经碎了，因为把你丢掉，我真是伤心透了，我就不再管我自己和木筏会遇到什么危险了。等我醒过来的时候，看见你又回来了，平平安安地回来了，我的眼泪都流出来了。我心里有说不出来的感激，我恨不得跪下去用嘴亲亲你的脚。可是你却想方设法，编出一套瞎话来骗我老吉姆。那边那一堆是些肮脏的东西；肮脏的东西就是那些往朋友脑袋上抹屎、让人家觉得难为情的人。"

他说完就慢慢站起来，走到窝棚那儿去，除了这几句之外，别的什么都没说，就钻进去了。可是这已经够我受的了。这下子真叫我觉得自己太卑鄙，我恨不得要过去用嘴亲亲他的脚，好让他把那些话收回去。

我待了足足有一刻钟，才鼓起了勇气，跑到一个黑人面前低头认错——我到底那么做了，以后也从来没有后悔过。我再也不去出坏主意骗他了，其实，我事先要是知道他会那么难过的话，我根本就不会耍出那么一套无聊的把戏来。

【鉴赏导引】

马克·吐温的《哈克贝利·芬历险记》于1884年由伦敦一家出版社出版问世。它不仅是作者创作成熟时期的一部划时代的杰作，而且是他批判现实主义的顶峰。本书主要叙述了一个忍受不了"资产阶级生活方式"和酗酒的父亲的毒打而离家出走的白人孩子哈克，以及一个逃亡的"黑奴"吉姆，同乘一个木筏，在密西西比河上漂流的见闻和遭遇。

本文选取了故事中的第十五章。前半部分叙述了因大雾迷漫、木筏难行，哈克乘独木船准备将木筏拴在沙洲之上暂避大雾，不料水流湍急将木筏冲走，哈克与吉姆二人在河中失散；后半部分写二人历经千辛万苦之后再次相聚，相聚时吉姆因在担心、伤心、绝望之中找寻哈克而极度劳累睡着了，哈克将吉姆唤醒，原以为哈克已遭不测的吉姆见到哈克后喜不自胜，可是哈克为了作弄吉姆与其开了一个玩笑，称此次事件并未真的发生而是吉姆的梦中经历。当吉姆明白了哈克的意图之后，由伤心转而生气。在此次历险经历中，二人患难与共，虽种族不同、年龄悬殊，吉姆却已将哈克当作自己的朋友、孩子而忠心护卫，哈克此举极大地伤害了吉姆的自尊心。事后哈克后悔莫及，主动向吉姆承认了错误。

文中二人之间感人而忠实的友谊，象征着维护黑人的自由、生存和尊严的必要。吉姆当仁不让的气魄、哈克勇于改过的精神，给读者留下了深刻的印象。故事情节曲折变化、故事场面险象环生、扣人心弦，无疑是本书极精彩的部分，而且也是美国文学杰作中掷地有声、不可多得的篇章。

【广阅津梁】

1. 海明威《非洲的青山》：

所有的现代美国文学都来自马克·吐温的一部题为《哈克贝利·芬历险记》的作品。如果你读它，你该读到黑孩子吉姆被从孩子们那里劫走的时候就打住。这是真正的结尾。后面的全是骗人的。但这是我们最好的书。所有的美国文学都脱胎于此。在它之前没有过文学。此后也不曾有过能与它媲美者。

2. 鲁迅《二心集·夏娃日记·小引》：

马克·吐温（Mark Twain）无须多说，只要一翻美国文学史，便知道他是前世纪末至现世纪初有名的幽默家（humorist）。不但一看他的作品，要令人眉开眼笑，就是他那笔名，也含有一些滑稽之感的。

【研讨练习】

1. 试分析本文的主题思想。
2. 请分析文中哈克和吉姆这两个人物的性格特征及表现手法。

（徐彩云）

参 考 书 目

一、论著

别林斯基.文学的幻想[M].合肥：安徽文艺出版社,1996.

曹雪芹.红楼梦[M].北京：人民文学出版社,1982.

陈子善,王自立. 郁达夫忆鲁迅[M].广州:花城出版社,1982.

陈祚明.采菽堂古诗选[M].李金松,点校.上海：上海古籍出版社,2008.

恩格斯. 自然辩证法[M]. 中共中央马克思恩格斯列宁斯大林著作编译局,编译. 北京:人民出版社,2015.

方玉润.诗经原始[M].北京：中华书局,1986.

傅雷.傅雷谈文学[M].南京：江苏文艺出版社,2010.

干天全. 写作概论[M]. 成都:四川大学出版社,2011.

高棅.唐诗品汇[M].上海：上海古籍出版社,1988.

高步瀛.唐宋文举要[M].北京：中华书局,1963.

龚自珍.龚自珍全集[M].王佩铮,校.上海：上海古籍出版社,1982.

过珙,黄越. 详订古文评注全集[M]. 上海:上海会文堂新记书局,1930.

海明威.非洲的青山[M].上海：上海译文出版社,2011.

海子. 海子诗集[M]. 青岛:青岛出版社,2020.

何焯. 义门读书记[M].北京：中华书局,1987.

何举芳. 中华经典美文选读[M]. 兰州:敦煌文艺出版社,2019.

胡适.吴敬梓传[M]//吴敬梓.儒林外史.北京：中国友谊出版公司,2022.

胡应麟.诗薮[M].上海：上海古籍出版社,1979.

贾仲明.新校录鬼簿正续编[M].成都:巴蜀书社,1996.

姜亮夫. 楚辞今译讲录[M]. 北京:北京出版社,1981.

金启华.中国古代文学作品选[M].南京：江苏人民出版社,1983.

金圣叹.天下才子必读书[M].合肥：安徽文艺出版社,2003.

金性尧.唐诗三百首新注[M].上海：上海古籍出版社,1980.

李朝全. 诗歌百年经典：1917—2015[M].北京:中央编译出版社,2016.

李扶九.古文笔法百篇[M].长沙:岳麓书社,1984.

李商隐.玉谿生诗集笺注[M].冯浩,笺注.上海：上海古籍出版社,1998.

林语堂.论幽默、论读书[M].北京：当代世界出版社,2002.

刘辰翁.刘辰翁词校注[M].吴企明,校注.上海：上海古籍出版社,2015.

刘大杰.中国文学发展史[M].上海：上海古籍出版社,1982.

刘鸣泰.毛泽东诗词鉴赏大辞典[M].长沙：湖南出版社,1993.

刘向.战国策[M].上海：上海古籍出版社,1985.

刘勰.文心雕龙[M].上海：上海古籍出版社,2008.

刘歆.山海经[M].长春：吉林大学出版社,2011.

刘义庆.世说新语[M].沈海波,译注.北京：中华书局,2009.

刘逸生.宋词小札[M].广州：广州出版社,1998.

刘永济.屈赋音注详解[M].上海：上海古籍出版社,1983.

柳永.乐章集[M].查明昊,卢净,注.上海：上海古籍出版社,2013.

鲁迅.二心集[M].北京：人民文学出版社,1973.

鲁迅.汉文学史纲要[M].北京：人民文学出版社,1973.

鲁迅.中国小说的历史的变迁[M].北京：中国文史出版社,2002.

鲁迅.鲁迅全集[M].北京：光明日报出版社,2012.

鲁迅.中国小说史略[M].上海：上海古籍出版社,2000.

罗大经.鹤林玉露[M].北京：中华书局,1983.

马克·吐温.哈克贝利·芬历险记[M].张万里,译.黄兰林,校.上海：上海译文出版社,1979.

毛翰.20世纪中国新诗分类鉴赏大系[M].广州：广东教育出版社,1998.

毛宗岗.三国演义毛评本[M].裴效维,校注.北京：作家出版社,2006.

茅坤.史记钞[M].北京：北京燕山出版社,2019.

莫泊桑.莫泊桑短篇小说选[M].张波,译.上海：上海三联书店,2009.

牛运震.史记评注[M].西安：三秦出版社,2011.

培根.培根随笔集[M].曹明伦,译.北京：人民文学出版社,2006.

蒲松龄.聊斋志异：冯镇峦批评本[M].冯镇峦,批评.鲁德才,点校.长沙：岳麓书社,2011.

乾隆.唐宋诗醇[M].乔继堂,整理.上海：上海科学技术文献出版社,2020.

仇兆鳌.杜少陵集详注[M].北京：文学古籍刊行社,1955.

人民日报社文艺部.人民日报70年报告文学选[M].北京：人民日报出版社,2018.

莎士比亚.莎士比亚喜剧悲剧集[M].朱生豪,译.南京：译林出版社,2004.

上海辞书出版社文学鉴赏辞典编纂中心.古文观止鉴赏辞典[M].上海：上海辞书出版社,2006.

沈德符.顾曲杂言[M].北京：商务印书馆,1939.

沈复.浮生六记[M].苗怀民,评注.北京：中华书局,2010.

舒婷.双桅船[M].上海：上海文艺出版社,1982.

司马迁.史记[M].北京：中华书局,2013.

司马迁.太史公自序注释[M].王汉民,注译.西宁：青海人民出版社,1988.

苏轼.东坡题跋[M].上海：上海远东出版社,1996.

隋树森.全元散曲[M].北京：中华书局,1981.

孙虹,谭学纯.袁宏道散文注评[M].上海:上海古籍出版社,2016.

汤炳正等.楚辞今注[M].上海:上海古籍出版社,1996.

汤显祖.牡丹亭[M].徐朔方,杨笑梅,校注.北京:人民文学出版社,1981.

唐圭璋.唐宋词简释[M].上海:上海古籍出版社,1981.

托马斯·艾略特.荒原:艾略特文集·诗歌[M].汤永宽,译.上海:上海译文出版社,2012.

王勃.王子安集[M].北京:中国书店出版社,2018.

王夫之.姜斋诗话笺注[M].戴鸿森,笺注.上海:上海古籍出版社,2012.

王国维.宋元戏曲考[M].北京:朝华出版社,2018.

王国维.红楼梦评论[M].杭州:浙江古籍出版社,2012.

王国维.人间词话[M].苏州:古吴轩出版社,2013.

王国维.宋元戏曲史[M].南京:凤凰出版社,2010.

王逸.楚辞章句[M].黄灵庚,点校.上海:上海古籍出版社,2017.

吴承恩.西游记[M].北京:人民文学出版社,1981.

吴乘权,吴大职.古文观止[M].长春:东北师范大学出版社,2003.

吴淇.六朝选诗定论[M].黄进德,点校.扬州:广陵书社,2009.

谢榛.四溟诗话[M]//王夫之.姜斋诗话.北京:人民文学出版社,2010.

徐增.说唐诗[M].郑州:中州古籍出版社,1990.

徐中玉,齐森华.大学语文[M].上海:华东师范大学出版社,2005.

杨慎.词品[M].扬州:广陵书社,2010.

杨慎.升庵诗话新笺证[M].北京:中华书局,2008.

杨守国.晨读文选[M].西安:西北大学出版社,2017.

杨朔.杨朔散文[M].北京:人民文学出版社,2013.

余诚.重订古文释义新编[M].武汉:武汉古籍书店,1986.

俞陛云.唐五代两宋词选释[M].上海:上海古籍出版社,1985.

余光中.逍遥游[M].香港:大林出版社,1980.

余华.我能否相信自己[M].济南:明天出版社,2007.

余华.许三观卖血记[M].上海:上海文艺出版社,2004.

余建忠.中国古代名诗词译赏[M].昆明:云南大学出版社,2011.

袁宏道.袁宏道集笺校[M].钱伯城,笺校.上海:上海古籍出版社,2018.

袁枚.小仓山房诗文集[M].上海:上海古籍出版社,1988.

袁愈荌.诗经全译[M].唐莫尧,注释.贵阳:贵州人民出版社,1981.

查国华,杨美兰.茅盾论鲁迅[M].济南:山东人民出版社,1982.

张岱.琅嬛文集[M].杭州:浙江古籍出版社,2016.

张友鹤.聊斋志异会校会注会评本[M].北京:中华书局,1963.

张仲举.毛泽东诗词全集译注[M].西安:陕西人民出版社,1999.

章培恒,骆玉明.中国文学史新著[M].上海:复旦大学出版社,2007.

章培恒.元明清诗鉴赏辞典[M].上海:上海辞书出版社,1994.

郑克鲁.外国文学作品选[M].刘象愚,译.北京:高等教育出版社,2005.

中国戏曲研究院.中国古典戏曲论著集成[M].北京:中国戏剧出版社,1959.

钟惺,谭元春.古诗归[M]//顾廷龙.续修四库全书(集部总集类).上海:上海古籍出版社,2002.

周德清.中原音韵校本[M].张玉来,耿军,校.北京:中华书局,2013.

朱东润.中国历代文学作品选[M].上海:上海古籍出版社,2002.

朱栋霖,丁帆,朱晓进.中国现代文学史[M].北京:高等教育出版社,1999.

朱剑芒.美化文学名著丛刊[M].上海:上海书店出版社,1982.

朱向前.诗史合一:另解文化巨人毛泽东[M].长沙:湖南文艺出版社,2016.

二、论文

冯乾.清代扬州学派简论[J].史林.2005,(2):31-38.

郝丽.才子本色、落花低吟:唐寅碎影杂谈[J].美与时代:美学(下),2013(2):70-72.

李双华.论唐寅的人生态度及其文化意义[J].北方论丛,2008(1):85-90.

李晓明.论纳兰性德诗词的自然意象体系[J].时代文学,2008(14):102-103.

潘先伟.论余光中与中国传统文化[J].华文文学,1997(1):25-28.

尚继武.自为墓志写心曲:张岱的特异文化人格探窥.前沿,2005(5):206-209.

宋公然.苍凉悲慨写边声:评纳兰容若的塞上词[J].绥化师专学报,2000,20(4):65-71.

檀小舒.三十年代林语堂的性灵论[J].闽西职业技术学院学报,2001(2):41-45.

俞平伯.索隐与自传说闲评[J].红楼梦学刊,1991(1):14-17.

张丽杰.忏悔焉在:张岱《自为墓志铭》情感底蕴的再思考[J].内蒙古师范大学学报(哲学社会科学版),2009(6):126-130.

张新颖.海子的一首诗和一个决定[J].当代作家评论,2007(4):46-48.

后 记

  《经典阅读文选》是根据大学生学习、生活特点,遵循大学生成长规律而编写的一部教材。主要是向大学生介绍古今中外的文学作品,对这些作品进行鉴赏导引、注释,并介绍跟作品相关的一些评论,辅以思考练习题,从各个方面帮助学生理解作品、把握作品,提高对作品的分析能力和鉴赏能力,进而提高学生的文学素质和美学修养,掌握更多的写作技巧,提高语言运用的能力和写作水平。

  教材本着弘扬中国传统文化、促进精神文明建设的宗旨,对古今中外的文学作品进行了精心的选择,共计选出作品55篇。其中中国作品48篇,外国作品7篇。中国作品中古代作品37篇,现当代作品11篇。我们精心挑选了各个时期比较具有代表性的、优秀的、独具特色的作品作为大学生学习的经典阅读材料,通过对这些作品的学习,大学生能够较为全面地把握中外文学发展的历史进程,了解不同时代不同风格的作品类型,汲取丰富的文学营养,为大学生语言的运用、美学素养的提高奠定坚实的基础。

  文学反映社会,反映人生,是认识社会和人生的有益载体,对于更好地认识自我、提高大学生的情商具有积极的意义。经典的文学作品具有更加恒久的艺术魅力,是大学生必须继承的宝贵精神财富。这部教材的编写,正是通过对古今中外文学作品的分析和鉴赏,让大学生了解经典作品的精髓所在,知道经典之所以成为经典的特质,从而使经典作品为我所用。

  时代在进步,文学反映的内容发生了变化,文学的样式、表现手段也更加多样化,但经典作品打动读者的力量不会消失,当我们在欣赏这些经典作品时,依然能够感受到美的力量是无处不在的。如果能够让大学生们感受到经典作品的魅力,使得他们喜欢阅读这些作品,我们编写此书的目的也就达到了。

  当然由于编者水平有限,错误在所难免,希望有识者不吝指正。

编 者

2022 年 5 月